KB131083

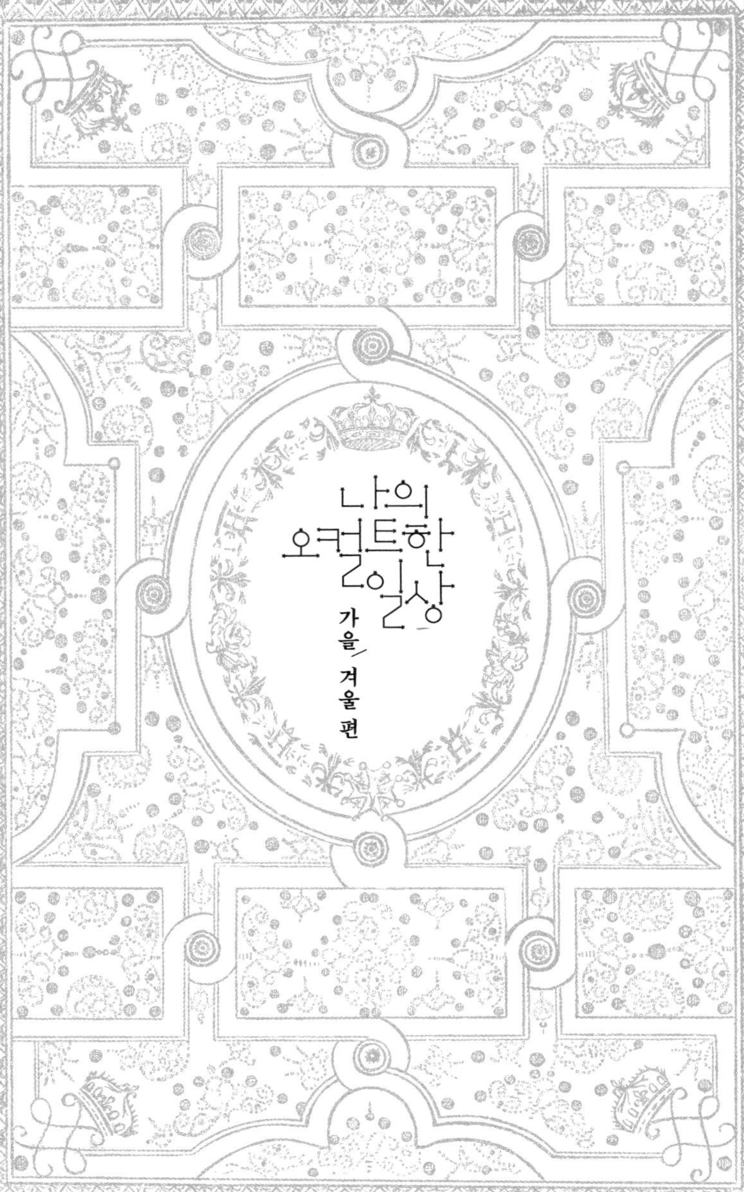
나의 오컬트한 일상
가을/겨울편

나의 오컬트한 일상

가을/겨울 편

박현주 연작 미스터리

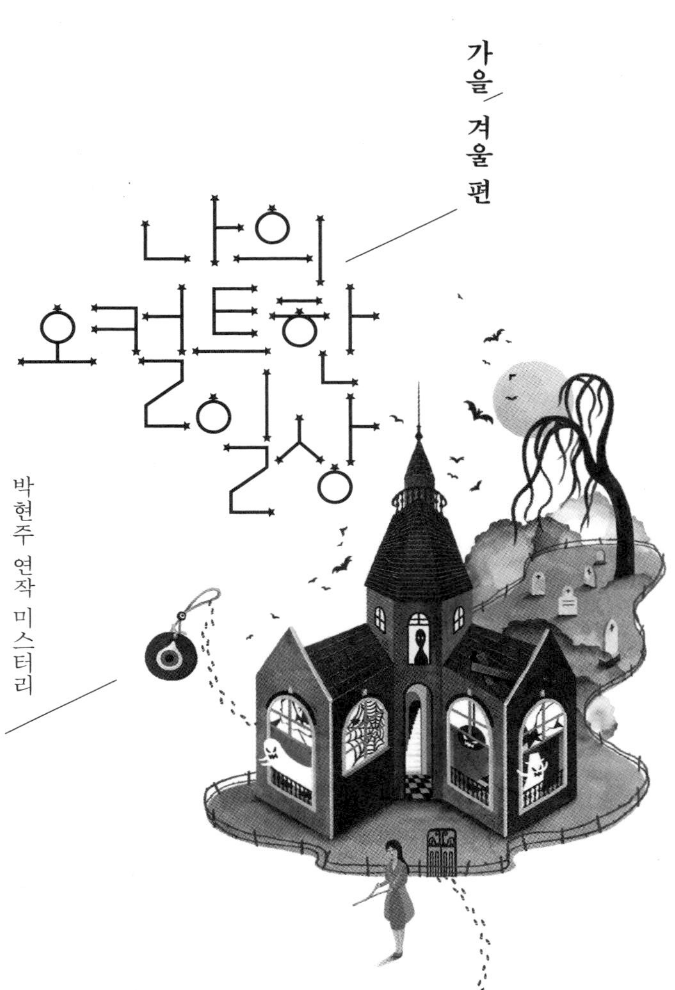

엘릭시르

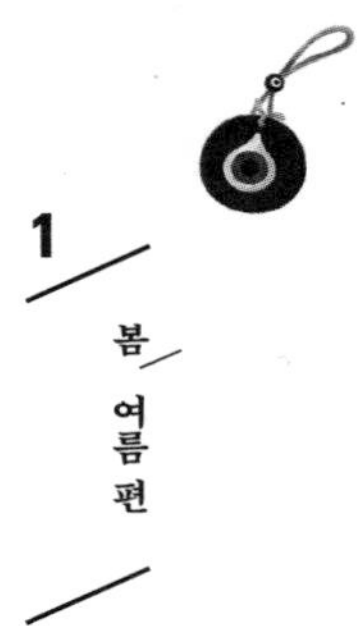

1 봄/여름편

프롤로그 :: 전해 3월 — 009

1장 별에 씌어 있는 것
It Was Written in the Stars — 037

2장 악마와 깊고 푸른 바다 사이에서
Between the Devil and the Deep Blue Sea — 099

3장 오, 너 미친 달이여
Oh, You Crazy Moon — 195

2 가을/겨울 편

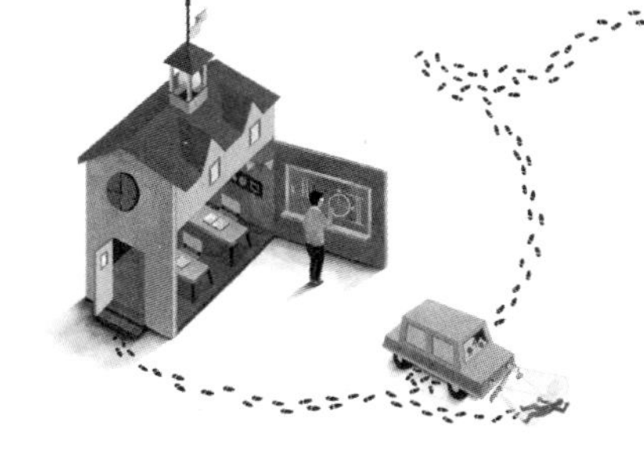

4장 천사의 눈
Angel Eyes — 007

5장 크리스마스에는 집으로 돌아온다
I'll Be Home for Christmas — 103

6장 낙원의 낯선 사람
Stranger in Paradise — 261

에필로그 :: 이듬해 3월 — 383

작가 후기 — 407
감사의 말 — 412
참고 문헌 — 414

천사의
눈
4
Angel Eyes

사악한 시선을 쫓기 위해선 그를 지켜보는 시선이 필요하다.
그렇게 우리는 타인을 바라보면서 그를 지킨다.

그해 9월 ~ 10월

영어 일대일 수업. 끝나고 메시지 한다

빗물 묻어 잘 보이지 않는 화면 위에 하트 이모티콘이 인색하게 날아온다. 이런 걸 하나 보낼 때마다 어색해하는 게 폰 화면 너머로 느껴진다. 싫으면 안 보내면 될 텐데. 그래도 우리는 사귀는 사이니까, 라고 자기 나름은 고집스럽게 표현하는 것 같다. 하기는 그렇게 자존심이 센 아이가 사귀자고 말했을 때 조금은 귀엽다고도 생각했다.

고개를 절레절레 저으며 한 손으로 우산을 든 채로 폰을 가방에 넣으려는데, 페이스북 앱 오른쪽 상단에 숫자 3이 떠 있다. 숫자가 남아 있으면 못 견디는 성격, 딱히 별 내용 없을 걸 알면서도 클릭해본다.

화면에는 새로운 글이 세 개 올라와 있다. 하진이 좋아하는 엑소가 앨범을 내는 모양이다. 삼십 초짜리 티저 뮤직비디오가 링크되어 있다. 밤에 보려고 '좋아요'를 클릭한다.

그다음으로 뜬 사진은 지겹도록 익숙하다. 일주일 내내 그걸 붙들고 있었으니 모르려야 모를 수가 없다. 다른 애들은 매듭으로 간단하게 마무리하기도 했지만, '우리'는 뭐 하나에도 노력한다.

"드뎌 다시 완성!" 파란 눈동자가 스마트폰 화면에서 이쪽을 빤히 내다본다. 특히 공들여서 검정색 비드를 끼운 후 눈을 달았다. 다른 아이들 것처럼 그저 파란 유리가 아니라, 금속으로 된 고급스러운 장식이다. 이렇게 세세하게 공을 들이는 게 우리답다. 손목을 내려다보니 대강 만들어서 매듭에 끼운 파란 눈이 쳐다보고 있다. 기분이 처질 것 같아 그다음 글을 탭.

세 번째는 아예 아무런 글이 붙어 있지 않고 일 분짜리 동영상만 있다. 앨범에 올린 비디오인 건가? 재생 버튼을 톡 치자 화면이 움직이며 학교 운동장에서 남학생들이 축구공을 쫓아 뛰고 있다. 서로 손을 들어 신호하며 "패스, 패스"를 외치는 남자애들. 역광이라서 사람들 얼굴이 흐릿하게만 보이고 거리도 멀다. 종일 비가 왔으니까 오늘 찍은 것은 아닐 텐데 게시 시간은 4시 45분. 멀리서 찍은 거라서 클로즈업에는 한계가 있지만 낯익어 보이는 얼굴도 한둘 있었다. 3학년 오빠들인가? 가장 가운데에서 공을 쫓아 달리는 사람은 누군지 확실히 알겠다.

평소에 이런 사진만 달랑 올리는 애가 아닌데. 그러고 보면, 계정은 만들었지만 포스트를 올린 것 자체가 처음인 듯싶었다. 아니면 이제까지 비공개로만 올렸던 건가?

"그렇게 전화에 코 박고 걷다간 넘어질 텐데."

뒤에서 들려온 말이 〈개그 콘서트〉 코너의 큐 사인이라도 된 양, 갑자기 발이 꼬였는지 빗물에 미끄러진 건지 몸이 앞으로 쏠린다. 이렇게 넘어지겠다! 하는 순간에 목소리의 주인이 팔을 잡아주었다. 간신히 몸의 균형을 잡을 수 있다.

"그러니까 조심하랬잖아."

혼자 어른스러운 말투에 괜히 심통이 난다. 바닥이 갑자기 낮아지는 걸 나보고 어쩌라고. 게다가 그렇게 갑자기 부르니까 놀라서 그런 건데. 하지만 속으로만 궁얼거렸지, 겉으로는 "고맙습니다"라고 꾸뻑 인사하며 스마트폰을 주머니에 재빨리 넣는다. 우리네 오빠는 옆으로 다가와 걸음을 맞춘다.

"혼자 가? 늦고 어두운데. 비도 오고."

"네, 저 동아리 활동, 문화제 준비 때문에……. 8시에 수학 학원 있는 애들은 먼저 갔어요."

우리도요, 라고 슬며시 덧붙였지만, 들었는지 못 들었는지 흐음, 하고 대답할 뿐이다.

평소에는 말도 붙이기 어색했던 사람인데 오늘따라 태도가 이상하다. 며칠 전만 해도 인사했을 때 고개만 까닥하고 지나갔던 오빠다. 그런데 오늘은 나와 우산을 나란히 쓰고 발을 맞춰서 걷고 있잖아! 3학년이 1학년이랑 같이 걷는 것 자체가 어색하다고! 앞에서 걸어가는 언니 두 명이 뒤를 힐끔힐끔 돌아보며 자기들끼리 소곤거린다. 고개를 푹 숙인다. 우리 학교 학생들 눈이 모두 이쪽에 쏠려 있는 것 같다. 물론 나 때문일 리는 없지만.

"그런데…… 요새 별일 없냐?"

"네?"

"학교 다니면서 이상한 일 없나 해서. 우리라든가 다른 여자애들이라든가."

"아뇨?"

왜 자꾸 친한 척하고 이러지? 별 이상한 걸 다 묻는다 싶어서 퉁명스럽게 대답한다. 우리 때문인가? 그러면 동생에게 직접 물어보면 될 텐데. 이제는 또 말없이 걷는다. 어떤 여자애가 앞으로 휙 걸어가더니 티 나게 고개를 돌려 아래위로 훑더니 오른쪽 입꼬리를 올리며 뒤에 따라오는 애들을 향해 손을 휘휘 젓는다. 저 눈길과 신호는 뭐지. 실례잖아. 고개 돌려 뒤를 보고 싶었지만, 같은 애가 되기 싫어 꾹 참는다.

이 와중에도 우리 오빠는 아무 말 없이 걷고만 있다. 사람들이 쳐다보는 게 이 사람에게는 일상일지도 모르지만, 나는 어색해서 죽겠다고! 주머니에 손을 넣다가 스마트폰에 손가락이 닿는다. 그래, 이거. 스마트폰을 꺼내서 화면을 열어보는 척하다가 위로 든다.

"오빠, 혹시 이거 오빠……."

하지만 오빠는 전화기는 본 척도 하지 않고, 이제는 아예 멈춰서 길 저편을 바라보고 있다. 밤 9시, 문화제 준비로 늦게까지 남아 있던 학생 몇몇이 있을 뿐 사람은 뜸하다. 이 길에는 하교 시간을 제외하고는 오가는 차나 사람이 적은 편이다. 노란 셔틀버스가 한 대 서서, 학원 끝나고 근처 아파트 단지에 사는 아이들을 내려준 후 휙 떠나가버린다. 학원 차에서 내려오는 아이들은 다들 스마트폰을 들여다보거나 무표정하게 앞으로 걸어갈 뿐 다른 사람들은 신경쓰지 않는다. 이 길은 가로등이 있지만, 가로수도 무성하고 단지에 선 나무에서 가지까지 내려와 이처럼 비 오는 날에는 주위가 어두워서 지나갈 때면 약간 무섭기도 하다. 가끔 아이들을 데리러 오는 엄마 차들이 서 있어 헤드라이트 불빛이 비칠 때도 있지만, 오늘은 그나마 그런 차도 없다. 반대편도 마찬가지로 어두워서 오빠가 무엇을 바라보는지는 알 수 없다. 그 길에 아파트 공사를 시작한 이후로는 더더욱 그쪽으로 가는 사람이 적다. 길 건너에 누구 아는 사람이라도 지나가는 걸까?

"미안하다, 나 먼저 갈게!"

우리 오빠는 갑자기 긴 다리로 날렵하게 뛰어 교차로로 향한다. 정말 달리기 하나는 멋지게 잘하는 오빠라는 생각이 새삼스럽게 든다. 하지만 오빠가 신호등 앞까지 뛰어갔을 땐 초록불이 깜박거렸고 남은 시간을 알리는 초록 삼각형은 하나만 남은 시점이었다. 다른 애들이라면 빨간불이 켜지든 차가 오든 무단횡단했을지도 모르지만 우리네 오빠는 그런 사람이 아니니까.

"여기 서서 뭐하냐?"

내 우산 속으로 누군가가 들어오더니 우산대를 잡는다.

"깜짝야!"

"뭐야, 새삼 놀래고."

"난 또 누구라고. 넌 지금 나와?"

"응, 학원 끝나고 보니까 스마트폰을 사물함 속에 놓고 왔지 뭐냐. 가지러 갔었지."

"가져왔어?"

"아니, 최근에 자물쇠를 바꿨는데 열쇠가 없는 거야……. 문을 못 따서."

"뭐냐, 바보니."

그저 언제나처럼 착한 웃음.

"너 우산도 없어?"

"아까 학원 갈 땐 우산 없었거든. 괜찮아, 후드 점퍼 입었으니까."

그러면서 후드를 더 깊게 눌러쓴다. 앞머리가 젖어서 눈까지 내려온 모습이 강아지처럼 귀엽다. 갑자기 마음이 몽실몽실해지는 기분. 그러다가 다시 가슴을 꼭 조이는 것 같다. 그 기분이 싫어서 괜히 명랑한 척 전화기를 든다.

"나 방금 너 페이스북 보고 있었거든. 그거 우리네 오빠 아니냐고 물어볼라 그랬는데……."

"뭐?"

친구들이 항상 하는 말. 너 가끔 오싹하다니까. 뭘 알고 하는 말인지 모르고 하는 말인지. 막 섬뜩할 때가 있어. 그렇지만 오히려 놀란 건 이쪽이다. 일부러 작정하고 말한 적은 없었는데, 상대가 먼저 놀라는 것뿐. 강아지 같은 눈망울이 더 커지며 내 전화기를 들여다보며 이거 어떻게 된 거지, 중얼거린다. 벌써 몇 명이 보았는지, '좋아요'가 두 개 찍혀 있다.

"애들이 봤나 보네."

나는 어정쩡하게 전화기를 든 채로 덧붙인다.

"때마침 오빠도 막 지나가서."

"너 뭐라고 말했어? 내 페이스북에서 봤다고?"

빗방울이 우산 꼭지에 맺혔다가 불길하게 뚝뚝 떨어졌다.

"그게, 보여주고 물어보려고 했는데, 오빠가 막 뛰어가버렸어……. 아, 저기!"

신호등 앞에 선 우리 오빠를 가리킨다.

"나 잠깐……."

순간 도로 우산을 쥐여주더니 뭐라고 변명할 시간도 없이 뛰어가버린다. 아니, 아무 말 안 했다니까? 사람 말도 끝까지 안 듣고 가고.

"야! 비 더 많이 와!"

뒤에서 외쳤지만 못 들었는지 얼굴까지 빨개져서 열심히도 달려간다. 그사이에 교차로의 신호등이 바뀌자 오빠도 사람들을 헤치며 쏜살같이 신호등을 건넌다. 지금 서 있는 길은 오르막, 반대 차선에서는 반대로 내리막이다. 길 건너에는 새로 짓는 아파트 공사장이 있어서 인적이 더 뜸하고 학원 차들을 대놓은 이쪽과는 달리 상대적으로 차가 적은 편이지만, 낮에는 길가에 승용차 한두 대가 서 있기도 하고 그쪽으로 간간이 걸어가는 학생들도 있는 편이다. 하지만 밤에는 그리로 걸어가는 사람은 많지 않고 몰래 주차해놓은 차들만 죽 서 있다. 오빠는 신호등을 건너서 도로 이쪽 방향으로 달린다.

그사이에 신호등이 바뀌려 하자 따라가던 애가 머뭇거린다. 저것도 모범생이라니까. 아무리 급해도 빨간불로 바뀌려는 신호에서는 건너지 않는 애가 초록불이 채근하듯 깜박일 때 갑자기 막 뛰기 시작한다. 반쯤 건넜을 무렵 신호가 바뀐다. 차들이 움직일까 마음이 두근거린다.

"야, 중앙선에 서야지."

혼자 두 주먹 꽉 쥐고 중얼거린다고 길을 건너는 사람에게까지 전달될 리가 없다. 건너려거든 서두르기나 할 것이지. 저러다가는 차가 온다……. 정말 오잖아!

까만 승용차 한 대가 내리막길을 달려오고 있다. 설마 횡단보도에 있는 애를 보고 서겠지, 했지만 자동차는 브레이크가 고장났는지 아니면 비 때문에 미끄러워 눈이 부셨는지 그대로 질주한다. 그래도 바로 앞에서는 설 거야, 설 거라고.

미친듯 뛰느라 숨이 찬다. 하지만 멈출 수 없다.

뛰면서 고개를 돌렸지만 빗속에서는 차가 잘 보이지 않는다. 차는 그 애를 친 후에도 멈출 줄 모른다. 브레이크만이 아니라 모든 게 망가져버린 것처럼 옆 차선을 넘어 달리다 횡단보도 옆에 서 있던 차와 부딪힌 것도 같지만, 이내 시끄러운 엔진음만 남기고 사라진다. 내 손에 있던 우산은 언제 던져버렸는지도 모르겠다.

먼저 그 자리에 닿은 건 우리의 오빠이다. 우리 오빠는 스마트폰의 플래시를 켠 채로 손을 마구 흔들며 다가오는 차에게 신호를 보내 막는다.

"나연아, 빨리 119에 전화해!"

그 옆에 주저앉은 채로 정신없이 전화기를 누른다. 빗방울이 화면 위로 떨어지고 손가락이 떨려서 제대로 눌리지 않는다.

빨리 서둘러. 너무 늦어.

누가 재촉한다. 빨리, 빨리. 그것도 하나 제대로 못 해. 가는 비가 내리는 횡단보도 위에 늘어져 있는 손목. 그 위에 걸린 파란 눈 두 개. 두 눈이 바라보고 있다.

"119죠? 여기…… 사고가 일어나서요. 차에 치였는데, 친구가……."

단어들이 앞구르기를 하듯 그냥 굴러나온다. 뭐라고 말하고 있는지도 느껴지지 않는다.

팔목에 미끈한 감촉이 느껴졌다. 뭐지, 비 때문인지 눈 앞에 흐린데 가는 손가락이 보인다. 가늘고 부드럽다고 애들이 부러워했던 손이다.

"나연아……."

여보세요? 사고 현장이 어딥니까? 스피커에서 들려오는 119 아저씨의 목소리, 떨어지는 빗소리, 그 위로 가느다란 목소리가 섞인다.

뭐라고, 뭐라고 했어?

그 애 위로 고개를 숙이고 귀를 갖다 대는데 다른 눈과 시선이 마주친다. 이 모든 것을 다 바라본 눈. 그 말도 들었을까? 모든 것을 알고 있는 악마의 눈.

❧

이전에도 이런 경험이 있었다. 수업 끝을 알리는 옛날 동요가 은은하게 울리고 모두 학교에서 우르르 쏟아져 나올 때, 나 혼자만 반대로 거슬러 간다. 주위가 아무리 소란스러워도 왠지 고즈넉한 분위기가 도는 시간, 방과후의 학교로 돌아가는 것은 이유와 상관없이 언제나 약간 쓸쓸하다. 학교 다닐 때 숙제를 해야 하는데 참고서를 놓고 와서 교실로 도로 향했다. 토요일이어서 교실은 비어 있었다. 창가에 서서 지나가는 아이들을 잠깐 쳐다보았다. 피리 부는 남자를 따라가는 아이들을 놓치고 혼자 남은 절름발이 아이가 된 듯한 기분이 몸에 전기처럼 퍼져갔던 기억이 아직도 든다. 혼자 남았다는 외로움, 다른 한편으로는 그 누구와도 발을 맞추어 걸어가야 할 필요가 없다는 자유다.

나는 학교 옆 공영 주차장에 차를 세우고 걸어 올라가는 중이었다. 학교에 주차할 공간이 많지 않고 들어오는 길에

늘 오가는 사람이 많다고 지연이 미리 귀띔을 해주어서 그 편을 선택했지만, 비가 오는 길에 빨간 단풍잎이 떨어져 있어서 미끄럽지 않을지 은근히 신경쓰였다. 지연은 내가 다리 다쳤던 것을 모른다. 알았더라도 다리가 나은 지 한참 된 지금에도 그 일이 트라우마로 남아 있으리라는 생각은 하지 않았을 것이다. 타인의 깊은 두려움에 대해서 우리는 언제나 약간은 무지한 편이다. 나도 마찬가지.

어깨를 스치는 우산들 틈을 비집고 교문으로 향했다. 늦은 구월의 우기, 태풍이 올라오다가 동해상에서 소멸했지만 비는 벌써 일주일째 내리고 있다. 바람이 불자 알록달록한 우산이 뒤집히고 소녀들이 꺄아 소리를 질렀다. 학교 앞 길, 드문드문 주차된 차 위로 걸려 있는 현수막들이 비에 젖은 불쌍한 몰골로 휘날렸다. 서울대와 홍대에 진학한 학생들의 이름과 사진이 찍혀 있는 미술 학원 현수막 한쪽 끝의 줄이 풀려 아래에 교통사고 목격자를 찾는 현수막의 글자를 가렸다. 친구의 이름을 부르며 뛰어오는 남학생의 아디다스 운동화가 물웅덩이를 디디면서 물이 튀어 내 손등까지 물방울이 어렸다. 남학생은 우산을 뒤로 젖히고 빨개진 얼굴로 “죄송합니다!”라고 외쳤다. 사과를 기대하지 않았던지라 문득 놀랐다.

본관에 있는 교무실 문을 두드려 들어가기 전에 문의 정

사각 유리창 너머로 책상에 앉은 지연의 모습이 보였다. 앞에 선 여학생을 바라보는 지연이 약간 낯설어서, 신기한 기분으로 잠시 서 있었다.

학교 다닐 때의 지연은 아라시인지 캇툰인지 하는 자니스 아이돌의 열혈팬이었다. 어쩌면 둘 다였을지도 모르고, 순서대로 갈아탄 것일지도 모르겠다. 방학 때 일본 콘서트에 가고 싶어서 학기 중에 죽도록 공부하고 성적을 올려서 엄마에게 허락을 받아내는 아이였다. 그전에는 신화의 팬이었을 것이고 지금은 영국 드라마를 파고 있다고 했나. 내가 아는 지연은 항상 누군가를 열렬히 좋아하는 사람, 그들에 대해서 눈을 반짝반짝 빛내며 말하는 소녀였다.

지난봄 영선의 결혼식에서 오랜만에 만났을 때도 이번 여름에 영국에 간다고 하기에 여전하다 싶어 속으로 웃었다. 그러나 지금 창 너머에서 꽤 엄숙한 어른의 얼굴을 한 지연에게는 또 다른 일면이 보였다.

여학생이 용무를 마치고 문으로 나올 때, 나는 그 애가 지나갈 수 있도록 옆으로 비켜서주었다. 키가 내 어깨 정도 오는 작고 귀여운 아이는 나를 올려다보더니 눈웃음을 지으며 고개를 숙였다. 아까 흙탕물을 튀겼던 남학생도 그렇고, 이 학교 애들은 내 생각보다 무척 예의가 바르다. 아니, 내가 어쩌면 요새 학생들의 매너 수준을 너무 과소평

가하고 있는지도 모른다.

"지연아."

다른 선생님들의 시선을 끌까 봐 작은 소리로 말하자 지연이 돌아보았다.

"재인이 왔구나!"

지연은 조용하게 얘기할 수 있는 곳이라며 나를 상담실로 데려갔다. 내가 털어놓아야 할 고민이 있는 것도 아닌데, 체크무늬 커버가 깔린 탁자 앞에 앉자 괜히 손이 축축해졌다. 상담실 밖 유리창을 바람과 함께 몰아치는 빗방울이 탁탁 때렸다.

"아까 보니까 꽤 어엿하던데? 노지연 새로운 모습 봤어."

농담으로 건넨 말인데, 지연이 살짝 진지한 표정을 지으며 자기 미간을 가리켰다.

"그럼 벌써 몇 년 차인데. 그사이에 너무 늙었어. 여기 세로 주름 생긴 거 보이지."

"야, 그런 말 하지 마. 그리고 네 주름은 잘 보이지도 않아."

세로 주름은 여자의 운수에 특히 좋지 않다고, 관상가가 말한 적 있다.

"하루하루 늙어, 요새 심란한 사건들도 많고."

그러고 보니 미니 냉장고를 들여다보는 지연의 어깨가 조금 처진 것도 같다. 내가 적절치 못한 타이밍에 방문한 건가 하는 걱정이 들었다.

"네가 여기까지 올 만큼 쓸모 있는 얘기여야 할 텐데. 내가 다 걱정된다."

지연이 내 건너편 의자에 앉으며 썬키스트 유리병 하나를 건넸다.

"메일에도 썼지만 페이스북에 네가 재미있는 사진 올렸다고 경은이가 알려주더라. 그래서 들어가서 구경하다가 요새 너희 학교에 유행하는 아이템을 봤어. 그런 소재를 때마침 찾고 있던 차라."

"경은이 걔는 내 페북에 좋아요 한번 눌러주는 법이 없으면서. 언제 또 보고 갔다니. 이런 거?"

지연이 손목을 들어 보였다. 까만 가죽끈에 매달린 나자르 본주가 달랑거렸다.

"그래, 사진 보니까 종류도 굉장히 많던걸."

"말도 마라. 여름방학 끝난 후에는 애들이 쉬는 시간에 이것만 만들어서. 공부 시간에 몰래 하다가 걸린 애들도 있고. 커플끼리 나눠 끼기도 하고 그러나 봐. 나도 그 덕에 하나 얻었지만."

"아직 기사의 각도는 못 잡았어. 나자르 본주에 초점을 맞출 건지. 아니면 학교 괴담과 연관해서 역사적으로 유행했던 행운 아이템에 초점을 둘 건지."

마감을 맞추려면 서둘러야 하는 시점인데도 아직 기사의 구체적인 각을 잡지 못하고 있었다. 학생들을 직접 만나면 뭔가 재미있는 얘기가 나오지 않을까 싶은 막연한 구상 정도뿐이었다. 지연은 두 손을 깍지 껴 머리 뒤에 대고 의자에 기댔다.

"우리 때는 뭐가 있었나 기억이 안 난다. 아! 수능 보기 전에 자기가 좋아하는 사람의 방석을 깔고 앉으면 시험을 잘 본다는 정도?"

"음, 나도 좀 알아봤는데, 우리 막내 이모 때는 은반지를 끼면 시험 잘 본다고, 특히 용이 새겨진 것. 수험생들 사이에 은반지를 선물하는 게 유행이었대. 우리 이모는 학력고사 세대지만."

"지난번 학교에서는, 그 인기 드라마 때문에, 악몽을 막아준다는 그거 뭐지?"

"아, 드림캐처인가 보다. 그건 미 원주민의 전통이라던가. 드라마가 외국에서 인기 많았어서 삼청동 같은 데서는 아직도 팔던데."

"맞다, 드림캐처. 하지만 그건 뭐 갖고 다니는 애들이 없으니까 인기까지는 모르겠고. 드라마 〈옥탑방 왕세자〉

에 나왔던 소원을 빌어준다는 사이판의 보조보 인형 열쇠고리 같은 것도 잠깐 인기가 있었거든. 보조보 인형은 인기 없을 것 같았는데 생각보다는 많이들 했어."

나는 공책에 드라마 덕후 지연이 줄줄 불러주는 아이템들을 기입했다. 확실히 요새 유행을 좌우하는 것은 TV나 인터넷. 방송국에서도 그런 트렌드를 아니까 일부러 다른 문화의 신화와 관련된 아이템을 가져다가 흥행 요소로 쓴다. 이런 주제로 묶으면 대충 얼개는 나올 것 같다.

"그렇지만 이 나자르 본주 팔찌는 그런 맥락이 없어서 좀 애매하네? 다른 학교는 그렇지 않은데 너희 학교에서만 유행하는 맥락도 잘 모르겠고."

여름방학 때 이스탄불로 문화 탐방 간 학생들이 있었거든, 지연은 설명했다. 가이드에게 나자르 본주에 관한 설명을 들은 아이들 사이에서 행운의 부적으로 갑자기 선풍적인 인기를 끌었다고.

"급속도로 퍼진 이유는 예쁘다고 팔찌로 하고 다니던 애 중에 남자친구가 생겼네 성적이 올랐네 하면서 입소문이 났기 때문이겠지. 애들은 나자르 본주라는 이름도 잘 몰라. 악마의 눈 팔찌라고 부르지."

나는 스크랩북을 꺼내 페이지를 넘겼다. 이제까지는 취재할 때 스마트폰이나 노트북에 기록했지만, 소재의 특성을 생각해서 종이 노트에 출력해서 붙이는 걸 습관으로 삼아야겠다고 생각해 몇 달 실천하던 참이었다. 누가 필기하는 습관을 보고 새삼 감명받았기 때문은 아니다.

"영어로도 이블 아이evil eye라고 해. 나자르 본주라는 이름 자체는 나자르가 눈, 시선이고 본주가 구슬이라고 하더라. 그러니까 그야말로 악마의 눈 구슬인 거지. 조사해보니까 지중해와 에게해, 터키 일대에서 유행하던 풍습인 듯하고, 주로 문에 걸면 악마를 쫓는다는 말이 있었어. 그런데 아일랜드에도 문에 푸른 공을 다는 비슷한 풍습이 있어서 관련성을 지적하는 사람도 있었고. 이웃의 시기 어린 시선으로부터 가축을 지키는 의미가 있대."

"그런데 왜 하필 악마의 눈이래?"

나도 아직 답을 생각해보지 않은 질문이었다.

"음, 온갖 해로운 것들을 쫓아야 하니까? 이에는 이 같은 개념일까……."

지연은 다 마신 주스병을 건네달라고 손짓하며 말했다.

"뭐야, 그러면 도리어 이로운 거잖아. 악마의 눈이 아니라 천사의 눈 아니야?"

내가 대답을 생각하려던 찰나, 상담실 문을 똑똑 두드리는 소리가 나더니 한 여학생이 얼굴을 들이밀었다.

"선생님, 지금요!"

포니테일로 묶어 훤히 드러난 둥근 이마가 귀여웠다. 도자기처럼 매끈하고 통통한 뺨 위에는 까만 뿔테 안경을 걸쳤다. 소녀는 급하게 외쳤지만 나를 보더니 차마 안으로 들어오지 못하고 반쯤 열린 문 앞에서 어물쩍거렸다.

“어머, 그러지 않아도 너희들 오라고 하려던 참인데, 들어와.”

지연은 나를 보며 손으로 가리켰다.

“얘, 내가 말했지. 사촌동생이랑 같은 1학년 여자애들. 네 취재원이 되어줄 애들이야.”

지연은 도로 선생님의 얼굴을 뒤집어쓰고 어투를 바꿨다. 두 개의 스위치가 지연에겐 있는 것 같았다. 내가 평생 알아온 친구 노지연. 그리고 엄격한 생활인으로서 지연.

“우리, 너희 교실 가서 나연이랑 다른 애들 좀 여기 오라고 해. 나연이에게 얘기 들었지?” 나를 돌아보는 지연은 미리 준비해두었지, 하는 표정을 지었다.

하지만 우리는 울상만 지을 뿐이었다.

“지금 나연이 못 와요. 선생님이 가보셔야 할 거 같아요. 엉망진창이에요.”

일어서는 지연이 목소리가 한 톤 높아졌다.

“아니, 왜? 또 무슨 일이 생겼어?”

“그게요…….”

"뭔데? 너희들 싸웠니?"

"그건 아니고요. 아니, 맞나?"

"아니면 아니고, 기면 기지 그게 뭐야."

지연은 내가 있기 때문에 괜스레 엄한 선생님의 역할을 연기하는 건지도 모르겠다. 예전에는 무사태평한 성격이라 남을 다그치는 일도 없었다. 물론 직장 생활은 인간의 기질을 다른 방향으로 끌고 가기도 한다는 것을, 직장 경력이 짧은 나도 알고는 있다. 그리고 관객이 있을 때 자신의 역할 연기에 더 몰두한다는 것도. 그 연기가 학생에게 먹혔는지, 우리는 띄엄띄엄 설명을 늘어놓았다.

"지금 교실이 엉망진창됐어요. 나연이 넘어져서 다리를 다쳤고요. 보건실에 가자니까 그냥 집으로 가겠다고……."

"아니, 이제는 다리를 다쳐? 요새 왜 이러지, 나야말로 점을 보든가 부적을 쓰든가……." 지연은 한숨을 내쉬더니 탁자 위의 빈병을 모아 재활용 쓰레기통에 담으며 말했다. "그래, 뭔 일인지 가보자."

소녀가 옆으로 비켜나자 지연이 문을 확 잡아당겨 더 열면서 상담실로 나갔다. 나는 아직도 어쩔 줄 모르고 어정쩡하게 탁자에서 일어서 있었다. 지연이 걸어가면서 나를 돌아보았다.

"너 어떻게 할래, 여기서 기다릴래?"

나는 교실까지 따라가야겠다고 생각했다.

우리가 뒤늦게 이렇게 말했기 때문이다.

"이거 다 악마의 눈 저주 때문이에요……."

학생들은 교실 뒤편 사물함 앞에 옹기종기 모여 있었다. 남자애가 사물함 손잡이를 잡고 당겨보다가 지연과 내가 우리의 뒤를 따라 뒷문으로 들어서자 눈치를 보았다.

"무슨 일이야, 나연이 다쳤다며?"

지연의 말에 아이들은 서로 시선을 교환했고, 의자에 앉아 있던 여자애가 다리를 들어올리다가 이마를 찡그리며 도로 내려놓았다. 머리를 높게 올려 묶은 소녀가 다리를 드니 발레리나 같은 느낌이 났다. 하늘 높이 오르려다 부상당한 발레리나.

"넘어졌는데, 피도 나고 걸을 수가 없어서……."

살색 스타킹 위로 피가 약간 배어 나왔다. 피를 보고 주위에 섰던 여자애들 둘이 새삼 으으, 하며 기겁했다. 둘 다 체육복 바지를 교복 치마 속에 입고 있었고, 블라우스 위에도 체육복 윗도리를 껴입었지만 한쪽은 키가 훌쩍 크고 훤칠하며 머리가 짧고, 다른 한쪽은 키가 작고 아래에 살짝 웨이브를 넣은 머리가 어깨까지 내려왔다. 세일러 우라누스와 넵튠인가.

"에그, 이게 무슨 난장판이야. 하루도 조용할 날이 없네."

지연이 어질러진 교실 바닥을 보고 한숨을 쉬었다. 애들은 고개를 푹 숙였다.

"죄송해요."

지연이 나연의 다리를 살피러 주저앉자 나연이 사과했다.

"너희가 사과할 일이 아니다. 일부러 넘어진 것도 아니고."

지연이 나연의 발 이곳저곳을 만지고 나연이 작게 비명을 지르는 동안 나는 교실 뒤편을 쓱 둘러보았다.

학교를 졸업한 지 오래인데도 교실에는 익숙한 빛깔과 냄새, 소리가 남아 있다. TV 크기가 커지고 의자와 책상 수는 줄었지만 학생들이 많을 때는 들떴다가 빠져나가고 없는 시간에는 축 가라앉는 공기가 두터워서 너무 많은 빛은 통과하지 못한다. 언제나 학생들이 뛰어다니는 현재진행형의 공간이지만, 늘 추억의 무대가 될 준비를 하는 곳이기도 하다. 한편으로는 교실 밖의 사람들에게는 완전히 알 수 없는 비밀이 숨어 있는 곳이다.

지금 눈앞에 보이는 광경도 그런 비밀 같았다. 교실 바닥에 책과 방석, 빗과 같은 아이들 물건이 막 흩어져 있고 자물쇠가 달린 사물함 문 몇 개가 열려 있었다. 이런 게 평소 상태일 리는 없고, 자물쇠가 뜯겨 있는 것 같다. 주저앉은 지연이 일어나 사물함 쪽으로 와서 뜯겨나간 문에 손을 댔다.

"이건 또 무슨 일이야. 도난 사건이라니."

"그래서 저희들이 자물쇠 다는 구식 사물함 교체해달라고 건의했었는데. 디지털로 바꿔달라고."

아까 사물함을 들여다보던 남자애는 입을 삐쭉하며 기대서서 따지듯이 말했다. 언뜻 보기엔 귀엽게 잘생긴 남자애인데, 내 눈에는 지나치게 미끈한 기운이 있다. 일곱 명으로 구성된 남성 아이돌 그룹에서 두 번째 비주얼 멤버 같은 느낌이다.

넵튠이 발꿈치를 들어 우라누스의 귀에 무어라 속삭이자, 우라누스가 내 쪽을 힐끔 보았다. 지연도 그 시선을 느낀 듯했다.

"아, 여기. 이쪽은 선생님 친구야. 도재인이라고. 나연이에게는 말했는데."

나연이 고개를 들어 나를 올려다보며 고개를 끄덕였다.

"네, 들었어요. 사촌언니 친구분이라고. 취재하신다고."

나는 얼떨결에 소개받았을 때 짓는 특유의 웃음을 지으며 손을 들었다. "안녕, 오늘 타이밍이 안 좋네."

"취재라니, 뭐야?"

남자애가 퉁명스럽게 끼어들었다. 딱히 누구에게 묻는 것도 아닌 듯했지만, 나나 지연에게 묻는 건 아니길 바랐다.

"악마의 눈 얘기야. 너 그거."

우라누스가 남자애의 소맷자락을 가리키며 말했다. 남자애가 무심코 손을 들자 셔츠 사이에서 파란 끈이 보인다. 여자애들은 취재에 대해서 알고 있는 듯했다. 처음에 지연에게 요청했을 때도, 지연이가 "여자애 넷"이라고 한 기억이 난다.

"뭐, 이런 것도 취재해요? 요새 고등학생들 사이에 도는 미신이다, 이런 식으로?"

이번엔 날 보고 묻는 게 맞는 것 같았다. 적어도 앞말에는 '-요'를 붙였으니. 눈빛에는 붙이지 않았지만.

"그런 거 비슷해……요."

나는 고개를 끄덕였다. 언제부터인가 '비슷하다'가 말버릇이 되었다.

"그런 얘기 누가 봐요. 차라리 이런 걸 취재해요. 우리

학교에 일어난 재수없는 일들, 좀도둑 포함."

"야!"

여자애 셋이 마치 중창단처럼 입을 모아 소리쳤다. 미리 맞춰놓은 것도 아닐 텐데 호흡이 잘 맞는 트리오다. 하지만 교실로 안내했던 안경 쓴 소녀, 우리만은 입을 다문 채로 심각하게 서 있었다. 아까 말한 저주에 대해서 물어볼 절호의 기회였다.

"그것도 악마의 눈이랑 상관있는 거잖아."

첫인상이 좋은 소녀는 역시나 남의 삶에 이로운 역할을 한다. 이번에도 우리가 먼저 말을 꺼내주었다.

"그게 왜?" 나는 노트를 꺼내 들며 말했다. 지연이 질색하며 무릎을 펴고 일어서다가 끙 소리를 냈다.

"그런 거 아니야. 아까 말했지만. 요새 공교롭게도 불길한 일이 겹친 거지."

"우리, 너 쓸데없는 말 마."

넵튠이 새침하게 말했지만, 우리의 이마 위로 떨어지는 머리카락을 넘겨주는 모습은 다정해 보였다. 둥근 이마의 우리라는 아이에게는 그런 면이 있다. 친구들이 우스워하는 터무니없는 말을 잘하고 작은 일에도 허둥대지만, 모두에게 귀여움을 받을 듯한 소녀의 전형을 우리에게서 발견할 수 있었다.

"하지만 인터넷에서 봤어! 너희도 아까는 그렇게 말했잖아. 악마의 눈을 둘러싸고 또 다른 눈을 집어넣었기 때문일지도 모르겠다고. 내가 악마의 눈 팔찌를 잘못 만든 날부터 시작된 거야. 희원이가 뺑소니 당하고. 사물함 도둑을 맞고. 나연이도 이렇게 넘어지고."

우리는 금방이라도 울 것만 같았다. 우라누스가 다가가서 우리의 어깨를 감쌌다. 넵튠은 어이없다는 표정이었다.

"아냐. 네 잘못이라고 말한 게 아니라고! 그리고 내가 넘어진 건 오늘 비가 와서 바닥이 미끄러워서 그런 거뿐이야. 다리는 피 조금 난 것뿐이고, 이젠 괜찮아."

나연은 차분하게 말하면서 책상을 짚고 일어서려 했다. 남자애가 재빨리 다가오더니 여자애의 팔을 잡았다.

"나한테 기대."

나연은 둘러선 여자애들을 돌아보며 잠시 망설이는 듯했지만 남자애의 팔을 잡고 일어선 후 다시 놓았다.

"나 이젠 혼자 걸을 수 있을 것 같아."

"그래도 아깐 못 걷겠다며."

잘 걸을 수 있다는 것도 불만인가. 나는 건너편 책상에 엉덩이만 걸친 채로 아이들을 바라보면서 이 아수라장에서 뭐라도 건질 수 있을지를 궁리했다.

"이젠 괜찮아. 애들도 있고…… 손님도 있고."

나연이는 절뚝거리며 사물함 앞으로 가더니 힘들게 주저앉았다. 책을 정리하려는 모양이었다. 넵튠이 뛰어왔다.

"야, 됐어. 이 상황에 착한 척은. 정리는 우리가 할게." 넵튠은 사람들을 흘끗 돌아보았다. "저 우리가 말고 우리 우리가."

"같이 해."

나연의 말에, 구경꾼처럼 서 있다가 다들 흩어진 물건을 주섬주섬 줍기 시작했다. 나도 도울까 싶어 그 옆에 쪼그리고 앉긴 했지만 뭐가 누구 건지 알 수 없어서 손을 댈 순 없었다. 지연은 팔짱을 끼고 그 옆에 섰다.

"그런데 사물함은 왜 이렇게 된 거니, 누가 설명해봐."

아이들이 다시 서로 눈치만 보고 말을 하려 하지 않자 지연은 남자애를 보았다.

"민재. 네가 우리 반이 아니니까 객관적으로 말해봐. 왜 그런 거야?"

"저도 몰라요. 저는 희원이 부모님한테 걔 전화가 사물함에 있는지 확인해달라고 해서, 수업 끝나고 가보겠다고 약속했던 것뿐이에요."

"희원이 부모님이?"

"네. 희원이가 사고당했을 때 핸드폰이 없어서. 학원에서 핸드폰을 사물함에 두고 온 거 같다고 다시 학교에 가야겠다고 했다나."

"그럼 핸드폰 때문에 그 시간에 다시 학교에 왔다가 사고당한 거야?"

"그랬나 봐요. 걔 학원 친구가 그 얘길 어제야 해서. 걔네 부모님은 사고났을 때 없어진 건 줄 알았대요."

"그런데 사물함은 왜 이렇게 됐어?"

"전 모른다니까요."

민재는 남자애들 특유의 귀찮아하는 말투로 대꾸했다. 지연이 나연과 다른 여자애들을 날카로운 눈초리로 훑었다.

"은서."

우라누스가 책을 사물함에 넣다가 일어섰다. 앉아 있던 다른 애들은 은서를 올려다보았다. 나도 그들의 시선을 따랐다.

"그게, 저랑 하진이는 연극부 무대 만들다가 왔거든요. 나연이도 생물부 언니들이 집합하라고 해서 잠깐 갔다 왔고. 그런데 와보니까 이렇게 되어 있었어요. 제 거랑 하진이 거랑 사물함이 열려 있고, 책이 다 나와 있고. 희원이 것도 사물함이 뜯겨 있었어요."

웨이브진 머리에 눈꼬리가 살짝 올라간 아이가 하진일 것이다.

나는 아이들의 이름을 입속으로 외며 눈으로 사물함을 살폈다. 말 그대로다. 사물함 두 개는 열려 있고 하나는 아예 사물함이 뜯겨 있다.

"나연이 다리는?"

"괜히 저 따라오다가 넘어져서……."

다른 여자애들이 정리하는 와중에 옆에 서 있던 민재가 대답했다.

"내가 언제 널 따라갔어. 네가 날뛰니까 말리려다가 미끄러진 거거든."

나연이 톡 쏘자 민재는 입을 다물었다. 은서가 덧붙였다.

"맞아요. 민재가 범인이 근처에 있을지도 모른다고 괜히 흥분해서는 복도로 뛰쳐나가려 하니까 나연이 말리려고 일어서다가 바닥이 미끄러워서 넘어졌어요."

지연은 다시 미간을 찌푸리며 한숨을 푹 쉬었다. 아, 저 미간의 주름, 좋지 않다니까. 한숨의 무게만 쳐도 교실 바닥이 벌써 꺼지고 남았다.

"그래서 뭐 없어진 건 없고?"

"은서랑 저는 없는 거 같아요." 하진이 재빨리 말했다. "그치?" 은서는 고개를 끄덕였다.

민재가 불쑥 말했다.

"근데 희원이 핸드폰이 없어요."

망가진 사물함에 물건을 집어넣으며 우그러진 문을 어떻게든 맞추려던 나연이 대신 대답했다.

"원래 없었던 걸 수도 있잖아. 다른 건 멀쩡히 있는데 왜 그것만 없어지니."

민재는 한쪽 눈을 찡그렸다.

"그게 제일 비싸니까 그렇겠지. 폰이잖아."

"은서 사물함에는 아이팟 같은 거도 들어 있었어. 글구 희원이 폰은 약정이 남아서 이제 곧 바꿀 때 된 구형이야."

나연이 따박따박 말하는데도 민재는 들을 마음이 없는 것 같았다. 일단 분하다 싶은 일이 생기면 흥분하는 타입이다.

"그러니까 내가 경찰에 신고하자고 했잖아. 누구 이상한 사람이 들어와서 물건 훔쳐갈 수도 있는 거니까."

민재는 왠지 나를 쳐다보면서 말했다. 성격도 급한데, 관찰력도 없는 아이였다. 내가 연장 들고 다니면서 고등학생들 사물함이나 털 사람으로 보이니? 비 오는데도 친구 직장에 간다고 실크 셔츠 다려 입고 온 내가?

"이건 선생님이 처리할게. 너희는 집에 가라. 비 더 많이 오기 전에."

지연이 위엄 있게 말하며 사태를 정리했다. 아이들도 흩어져 자기 가방을 들었다. 나연이 일어나서 절뚝대며 몇 걸음을 떼자 민재가 뛰어와서 나연의 어깨를 잡았다. 이번에는 나연도 민재를 뿌리치지 않았다. 아이들은 조용히 한 줄을 지어 뒷문으로 빠져나가며, 입을 모아 "안녕히 계세요"라고 인사했다. 민재와 나연이 먼저, 나연이 가방까지 든 은서가 그 뒤, 하진이 민재마냥 우리와 어깨동무를 하고 마지막으로. 아이들이 나간 자리를 대신 먼 고요가 채웠다. 지연은 다시 한숨을 더한 후 교실을 휙 돌아보더니 내게 신호했다.

"우리도 가자."

창밖에는 어둠이 모이고 있었다. 아직 4시인데. 돌아갈 길이 먼데. 나도 미간에 세로 주름이 잡히는 듯했다.

사람의 앞모습이 개인의 아름다움을 말해준다면, 뒷모습은 어떤 시절의 아름다움에 관한 것 같다는 생각이 든다. 앞모습에는 타인을 대하는 표정과 모두 다르게 생긴 이목구비와 자의식이 있다면, 뒷모습에는 자신이 의식하지 않는 태도나 몸이 기억하는 시간이 있다. 뒷모습을 보면 개인을 인식하기에 앞서 한 시절을 살아가는 사람들의 세대를 먼저 목격하게 된다.

교문 앞에서 나란히 걸어가는 아이들의 뒷모습을 차창 너머로 보면서 나는 어른들이 말하는 '뭘 해도 예쁜 나이'라는 말의 뜻을 다시 생각했다. 타인의 눈을 의식하지 않아 솔직해 보이는 뒷모습에서 우러나는 청소년의 아름다움.

"저기, 어디 가요?"

차창을 내리면서 접근 멘트치고는 진부한 말이라고 생각했다. 아이들은 모두 각기 다른 얼굴로 나를 돌아보았다. 우리는 그야말로 놀란 토끼 같고, 은서는 한쪽 눈썹을 치켰고, 하진은 입만 살짝 벌렸을 뿐이다. 나연은…… 무엇을 품었는지 알 수 없는 상자처럼 뚜껑을 닫았다. 나연을 부축하고 있던 민재만 '이 아줌마는 뭐야' 하듯이 미간을 찌푸렸다.

"다 각자 갈 길 가죠, 뭐."

민재가 퉁명스럽게 내뱉었다. 그 말에 우리의 귀가 빨개졌다. 남 대신 무안해할 줄 아는 아이인가.

"저희 친구 병문안 가요. 대학 병원."

버스 타고도 몇 정거장은 가야 하는 곳이다. 말을 붙여볼 좋은 기회다.

"내가 태워다줄까요, 비도 오는데."

아이들은 어떻게 할지 망설였다. 민재는 칫, 콧방귀를

꿔었다.

"그 작은 차에 우리가 어떻게 다 타요."

사실 그렇다. 체구가 자그마한 여자애들 네 명이면 모르지만…… 거기에 자기들 덩치만 한 가방까지 있다. 내가 필요한 여자애들 넷. 그렇다고 그 자리에 서 있는 남자애를 무시하는 배려 없는 짓을 해버렸다.

"아, 그런가, 미안."

"괜찮아요, 저희 탈게요."

나연이 불쑥 말했다. 다른 애들은 아까 내가 처음 말을 걸었을 때와 비슷한 반응을 서로 주고받았다.

"넌 어차피 학원 가야 하잖아. 버스도 저기 있고. 병문안은 우리끼리만 갈 거니까."

차 조수석 쪽 손잡이에 손을 대며 나연은 민재를 힐끔 보았다.

"그거야 그렇지만……."

"비도 오고, 나 다리도 아파서. 애들아 같이 가자."

다른 여자애들은 차례로 뒷좌석에 올라탔다. 운전에 서투른 나는 뒤에서 경적 소리가 울릴까 내내 조마조마했다. 이 어린 연인들이—내 느낌이 맞는다면—빨리 이별 의식을 마쳐주기를 바랐다.

나연은 조수석에 올라타며 마지막으로 민재를 올려다보

았다. 우산을 든 채로 선 민재는 외출하는 주인 가족을 보는 고양이 같은 느낌이 풍겼다. 무관심하지만 못마땅하고 아쉬운 티를 내고 싶지는 않은 얼굴이다. 잘은 몰라도 요새 취향으로 잘생긴 아이였다.

"문자 할게."

길가에 버려진 강아지 같은 표정을 한 민재를 두고 나는 차의 시동을 다시 걸었다. 은색 세단이 방향 지시등도 켜지 않고 굳이 내 앞으로 들어와 서는 바람에 차선을 바꾸려는 내 차와 부딪힐 뻔했다. 나도 모르게 욕설이 나오려는 것을 아이들을 의식하고 간신히 삼킨 후, 옆 차선으로 옮겼다. 횡단보도 앞, 교통사고 표시선을 밟으며 앞으로 달렸다. 나는 세단을 지나며 운전자를 옆눈으로 흘겨봐주려 했지만 선팅이 짙어서 얼굴은 잘 보이지 않았다. 블랙박스의 파란 불빛이 깜박거렸다.

사람을 많이 태운 탓인지 앞유리에 김이 서렸다. 창문을 조금 내리고 바람을 들여보냈다. 빨리 말을 걸고 싶었지만 처음 와보는 일산에서 길을 찾기 위해 내비게이션을 새로 조작하느라 시간이 걸렸다.

딩동 하는 소리에 모두 동시에 자기 전화를 들여다보았다.

"내 거야."

곁눈질로 쳐다보니 나연은 문자를 쓱 확인하더니 전화를 도로 주머니에 넣었다. 다른 애들은 꺼낸 김에 휴대전화를 들여다보았다.

"오빠한테 문자 와 있었네. 오빠도 병원으로 온대."

모두 우리의 오빠를 아는 모양이었다. 하진이 말했다.

"헌이 오빠 경찰서에 갔다 왔어?"

"응, 사고 다음날."

우리는 우울한 목소리로 대답했다.

"그래, 오빠도 놀랐겠다……."

장단을 맞추듯이 은서가 약간은 형식적으로 대답했다.

나는 사이드미러를 슬쩍 확인했다. 아까 보았던 현수막의 끝자락이 떠나가는 차들을 배웅하듯 흩날렸다. 교통사고 목격자를 찾습니다.

"놀라기야 나연이가 더 놀랐겠지. 나연이도 바로 거기 있었으니까."

하진이 말하자 다른 아이들이 고개를 끄덕였지만, 나연은 말하고 싶지 않은 듯했다.

"그 얘기는 그만했으면 좋겠어."

단지 사고의 기억을 떠올리고 싶지 않은 것만은 아닌 말투였다. 운전석에 앉은 내 존재를 의식하는 것 같기도 했다. 아이들에게 나연의 감정이 전해졌는지 다들 아무 말하지 않았다.

"저기, 괜찮으면 가는 동안 아까 말한 저주 얘기 계속해 줄 수 있어요?"

차에 속도가 붙자 마음도 불안해졌다. 나는 원래도 차가 빨리 달리는 것을 두려워한다. 지금은 조급함까지 더해졌다. 이런 속도라면 이야기할 시간이 충분하지 않았다.

윈드실드 앞으로 검은 구름들이 스쳐갔다.

"저주요?"

백미러로 은서가 하진에게 의아하다는 눈길을 보내는 것을 볼 수 있었다.

"그게요……."

오른쪽 창 옆에 앉은 우리가 이마 위로 떨어진 머리카락 한 올을 다시 올려 실핀으로 고정하려 애쓰며 대답했다. 높이 쳐든 손목에 파란 눈의 팔찌가 흔들렸다.

"우리야, 그거 네 잘못 아냐."

나연의 목소리는 아까보다도 더 굳어 있었다. 내 친구 지연이 섭외한 정보원은 내게 아무런 정보도 주지 않을 모양이다.

"나도 그 정도는 알아."

우리라는 아이에게는 특이한 점이 있었다. 외모로나 목소리, 행동 모두 귀엽지만 어딘가 단호한 데가 있다.

"나도 처음부터 다 믿은 건 아니야. 하지만 계속 이런 일이 일어나니까…… 그런 생각 하게 되지."

나연은 아무 말 하지 않았다. 다른 아이들도.

"처음 시작은 우리 반 반장이 여름방학 때 터키 학생 연수를 갔다 오면서예요."

차는 빗속에서 조심스레 커브를 돌았다. 물 웅덩이를 지났는지 물이 튀는 소리가 났다.

"악마의 눈 팔찌를 하나 사 왔는데, 이걸 갖고 있으면 소원이 이루어진다고 했거든요. 애들 다 갖고 싶어 했는데…… 인터넷에 보니까 재료도 팔고 만드는 법도 나와 있는 사이트가 있더라구요."

"진지하게 믿은 건 아니구요."

은서는 변명하듯이 말했다.

"처음엔 재미로 했는데 나중엔 유행이 됐어요."

그랬겠지. 나는 어렸을 때 존 스타인벡의 『에덴의 동쪽』에서 그런 구절을 읽었었다. 한 아이가 돼지 껍질로 만든 목걸이를 갖고 싶어 하고 그게 유행이 되면 그걸 갖지 못한 아이는 슬퍼지는 법이라고. 학창 시절의 동아리 의식은 무엇보다 강하다.

우리가 계속 말을 이었다.

"먼저 만들어서 하고 다닌…… 친구에게 남자친구가

생겨서 전 조금 부러웠어요. 그리고…….”

우리는 침을 삼켰다.

“저도 좋아하는 애가 있어서 공을 들여서 만들었어요.”

아이들이 왜 우리를 귀여워하는지 말투에서 짐작할 수 있었다. 그 친구가 나연임을 우리 모두 알 수 있는데도 사생활을 생각해서 굳이 이름을 말하지 않는 조심성, 그리고 부러워하고 좋아하는 마음을 솔직히 인정하는 태도. 필요한 만큼 선명해지기가 어려운 법인데, '우리'에게는 그런 면이 없었다.

우리의 설명에 따르면 반 아이들은 다들 팔찌를 만들었다. 남자친구가 생긴 나연, 연극 공연에서 원하는 배역을 맡게 된 은서, 가고 싶은 팬미팅에 당첨된 하진. 사소하지만 아이들에게는 행운이 있을 때나 찾아올 수 있는 일들이 벌어졌다. 우리는 팔찌를 다 만들어서 좋아하는 친구에게 주려고 했지만…… 의외의 일이 생겼다.

“그게 뭐였는데요?”

“이 팔찌를 잘못 만들면 오히려 불운이 올 수도 있다는 거예요.”

나자르 본주에 대해서 꽤 많은 자료를 모았지만 처음 듣는 말이다. 귀가 번쩍 띄었다.

“처음 들어보는 얘긴데.”

“음, 나연이가 알려준 사이트에 있었어요. 트위터였나?”

하진이 설명했다.

“팔찌 하나에 눈을 하나만 끼워야지, 두 개를 끼우면 서로 마주보는 눈이 되어서 오히려 저주가 걸린다고.”

“잘못된 팔찌를 만든 걸 알고 겁이 나서 주었던 걸 도로 달라고 했어요. 그런데 괜찮다고 자기는 눈이 두 개인 게 마음에 든다고……. 새로 만들어서 주려고 했는데, 그전에 잘못되고 말았어요.”

우리가 고개를 숙이자 하진이 어깨를 안아준다. 뭔가 축구 선수들의 세트 플레이나 발레리나들의 안무를 보는 느낌처럼 그들 사이의 공식 같기도 했다. 나연은 뒤도 돌아보지 않고 유리창 너머만 보고 있다. 이제 얘기는 그만이려나 싶은 시점에 우리가 말을 이었다.

“그런데 그제 마침 제가 그런 일을 당해서…….”

“저 앞에서 좌회전이네요.”

나연이 병원 입구를 알리는 표지판을 가리켰다. 교통 흐름이 가장 느린 저녁 시간인데도 그 길만은 한갓져서 차도 하나 없었다. 비에 흐려진 차창 너머에서 병원 진입로의 가로등들이 착륙하는 비행기를 안내하는 등처럼 반짝였다.

⁂

아이들을 병원 정문 앞에 내려주고 갈 생각이었다. 아이들의 얘기가 기사에 도움이 되지 않을 것 같아서는 아니었다. 오히려 그 반대였지만, 기사에 도움이 된다는 이유로 사생활을 캐는 것도 무례하다. 지금은 적당한 상황도 아니었다. 그러나 여자애들의 데면데면한 인사를 받은 후 돌아가는 길, 병원 차로로 내려오는데 차 옆자리에서 뭔가 반짝였다.

운전대에서 한 손을 떼는 게 두려웠지만, 고개를 돌리지 않은 채로 오른손을 조심스럽게 뻗어 기어 옆에 떨어진 것을 들어올렸다. 검은색 구슬에 달린 악마의 눈. 별거 아닐 수도 있지만 그대로 모른 체하고 들고 가기엔 꺼림칙한 물건이다. 한숨을 쉬고 차를 한옆으로 돌렸다가 돌아서 다시 올라가기로 했다. 비 오는 날, 초행길인데다, 운전에 서툰 사람에게는 부담되는 미션이다.

병원 로비에는 사람이 많지 않았다. 나는 안내 데스크에 앉아 있는 남색 제복의 접수원에게로 곧장 다가갔다. 병실을 물어보려는데, 환자 이름을 모른다는 걸 깨닫고 새삼 난감했다. 아픈 애 이름이 뭐라고 했더라?

“강희원 학생 병실이 몇 호실이에요?”

무게가 있지만 먼지가 묻지 않은 목소리. 순간, 그렇게 생각하며 올려다보았다. 예상외로 한참 올려다보아야 했다. 다른 아이들과 같은 교복을 입은 남자애였다.

남자애는 718호라는 말을 듣더니 고개를 꾸벅하고 곧장 엘리베이터로 향했다. 나도 얼떨결에 뒤를 따라 총총히 따라갔다. 교복 재킷을 걸친 넓은 어깨에서 이제 소년기의 마지막에 다다른 인상이 풍겼다. 하얀 와이셔츠 깃 위, 짧게 친 머리카락 아래 목덜미에서는 비 오는 날인데도 햇빛을 맞은 느낌이 났다. 오늘은 왠지 아이들의 뒷모습에 감동하는 날이다.

그 뒷모습이 내 눈앞에서 막 사라지려고 한다.

"아얏!"

문 사이에 낄 것 같다, 라는 순간, 커다란 손이 나와 문 사이로 들어왔다. 나도 모르게 눈을 감았다. 눈을 뜨자 햇빛에 탄 얼굴 속 검은 눈이 나를 쳐다보았다.

"괜찮아요?"

"아, 네."

태연하게 엘리베이터 안으로 또각또각 걸어 들어갔다. 엘리베이터에 끼는 일은 하루에 한 번은 겪는 당연한 일과처럼 아무렇지도 않아 보이는 것 맞겠지. 언제나 번잡한 병원 엘리베이터에 탄 사람이 그 시각엔 우리 둘뿐이라는 것이 그나마 다행이었다.

남자애가 엘리베이터 패널에서 7을 누르더니 나를 돌아보며 눈으로 몇 층이냐고 물었다. 나는 손가락을 들어 가리켰다.

"저도 7층이에요."

남자애는 고개를 끄덕이더니 엘리베이터 벽에 기댔다. 나도 뒷벽에 기댄 채로 층수 표시등을 올려다보았다. 낯선 사람에게 말을 거는 건 언제나 힘들다. 낯선 사람이 말을 걸어오면 당황하는 사람의 얼굴을 먼저 떠올리게 되니까. 하지만 이렇게 쭉 같이 가다가 병실 앞에서 다시 만나면 그도 또 이상하지 싶었다. 차라리 다른 사람이 많았다면 그 틈에 섞여 있다가 모르는 척 따라가면 될 텐데, 이렇게 둘만 있는 상황에서 모른 척한다는 건 견디기가 어렵다.

"저기…….

검은 눈이 나를 내려다보았다.

"네?"

"저기, 혹시……."

전화벨이 울리자 남자애는 잠시만요, 라고 말하더니 전화를 꺼냈다.

"응. 지금 병원."

엘리베이터 문이 열리자, 남자애는 나를 한번 돌아보기

는 했다. 이제 내려야 한다는 신호를 주는 듯했다. 저도 내려요, 라고 말한다면 수상하게 보이려나. 남자애는 나를 곁눈질로 보면서 전화 통화를 계속했다.

"아니, 학원은 못 가지. 동생 데리고 집에 갈 거 같아."

그렇게 성큼성큼 걸어가는 그 애를 따라 718호실 앞까지 와버렸다.

여자애들은 병실 앞에 불안한 모습으로 모여 있었다. 그들의 세트 플레이는 이번에도 진행중이었다. 은서가 큰 키를 낮추고 두 손으로 감싼 우리의 얼굴을 들여다보고 있었다. 하진은 옆에서 아까처럼 우리의 어깨를 감싸고 토닥이고 있었다. 나연은 고개를 숙인 채로 앞의 의자에 앉아 있었다. 다리를 다쳐서 무대에 출전할 수 없게 된 발레리나 같은 인상이 아직까지 남아 있었다. 아까 차에서 내릴 때는 무리 없이 잘 걸었지만.

남자애가 다가가자 여자애들이 고개를 들었다.

"우리야, 헌 오빠 왔다."

하진이 속삭이면서 남자애에게 시선을 던졌다. 그 뒤에 따라오는 나는 아직 못 본 듯했다.

우리의 오빠가 동생에게 다가가자 소녀들은 자신들의 역할을 마치고 옆으로 물러섰다. 소년이 동생의 귀에 대고 무어라 달랬다. 남매간에 저렇게 다정한 게 흔한 일인가 싶지만 요새 십 대의 일에 대해서는 내가 아는 게 있을 리 없다. 외동인 탓에 남매의 관계에 대해서는 잘 모르는 것이기도 할 테지만, 한 가족의 관계를 다른 가족으로 일반화할 수도 없다는 것 정도는 알았다.

나를 먼저 발견한 것은 나연이었다. 어떻게 말을 거나 싶었지만 눈이 마주쳐서 오히려 다행이었다. 방해자 역할은 빨리 마무리하고 떠나는 게 좋을 것 같았다.

"여기, 이거 떨어뜨리고 갔길래."

한 손으로 주머니에서 팔찌를 꺼내 들어 보이면서 아이들에게로 다가갔다. 오빠라는 아이가 도착한 이후로 우리에게서 약간 물러서 있던 은서와 하진은 나를 돌아보고 뭔가 싶은 표정을 지었다. 우리와 우리의 오빠조차도 내게 시선을 집중했다. 의외롭게도 나연은 입을 한일자로 다물고 빤히 바라만 볼 뿐이었다. 차트를 든 간호사가 내 옆을 스치며 힐끔 쳐다보았다.

"차에 떨어져 있었어. 너희 중에 누가 떨어뜨리고 가서."

"제 건 아니에요."

하진이 블라우스 소매를 걷고 자기 손목을 내보였다. 그 애의 하얀 손목에는 금속 구슬 사이에 빨강 유리알을 끼운 악마의 팔찌의 눈이 걸려 있었다.

"저도 아니에요. 저는 팔찌 안 하고 다닌 지 오래되어서."

은서의 그을린 팔에는 팔찌를 꼈던 자국만 희미하게 남아 있을 뿐이었다. 하진이 은서를 휙 쳐다보는 게 보였다. 살짝 올라간 눈꼬리가 다시 5도 정도 올라간 듯했다. 은서는 다시 재빨리 소매를 내렸다.

남자아이가 내려다보자, 우리가 고개를 흔들며 팔목을 오빠 앞으로 내밀었다. "아니, 나도 아닌데." 손에서 악마의 눈 두 개가 번득였다. 톤이 미묘하게 다르긴 하지만 전체적으로 하얀 구슬에 검정을 간간이 섞은 팔찌 하나와, 비슷한 모양인데 검은 구슬에 하얀 구슬을 간간이 끼운 팔찌 하나. 다해서 둘.

"내 거랑 비슷한데 아니야."

우연찮게도 내 손 위에 놓인 검은 비드 팔찌와 '우리'가 팔에 끼고 있는 것은 정말 비슷해 보였다. 그러나 우리가 만든 팔찌일 리는 없다. 나는 팔찌가 발견된 위치로 짐작할 수 있는 주인이 나서지 않는 것이 당황스러울 뿐이었다. 나연은 팔찌를 자세히 보기 위해 자리에서 일어나지도 않았다. 다만 손을 들어 이마에 흘러내린 머리카락을 쓸어 모아 머리를 다시 묶을 뿐이었다. 하얀 손 한쪽은 머리카락을 움켜쥐고, 다른 손은 고무줄을 돌리고 있었다.

"나도 모르겠는데."

왜 그런 걸로 수선을 떠느냐는 말투였다.

"그래, 나연이가 민재랑 나눠 낀 건 파란색 매듭이잖아. 이거랑은 영 다른데."

하진이 거들었다.

"그럼 누구 거지?" 은서가 고개를 갸웃했다. "다른 사람이 떨어뜨리고 간 것 아니에요?"

너희 말고 이런 걸 하고 다니는 사람이 흔하겠니, 라고 대꾸하고 싶은 마음도 들었지만,

"그래, 그런가 보다. 내가 잘못 알았네요."

가볍게 인정하고 할 수 있는 한 태연하게 돌아섰다. 어른인 이상 가급적이면 남 앞에서 당황한 모습을 보이고 싶진 않은 것이다. 상대가 고등학생이라고 할지라도 마찬가지다. 게다가 주인이 나서지 않는 물건은 억지로 안겨주지 않는 편이 좋다. 여기에 어떤 마음을 담았든 남에게 보일 수 있는 유형의 것이 아니라는 뜻이다. 그리고 병원 복도는 유실물의 주인을 찾기에 적당한 장소도 아니었다. 잃어버린 게 그저 팔찌이든 그 안에 든 의미이든 주인을 찾을 순 없을 것 같았다.

"그거 잠깐 제가 좀더 봐도 돼요?"

나를 멈춰 세운 사람은 우리였다. 우리는 어깨를 잡은

오빠의 손을 부드럽게 떨치고 내 쪽으로 천천히 걸어왔다. 나는 손바닥을 펼쳐 그 애의 앞에 내밀었다. 우리는 고개를 숙이고 내 손 위에 놓인 팔찌를 뚫어져라 쳐다보았다. 나자르 본주에게서 뭔가를 읽어내려 하는 것처럼 매끈하고 맑은 이마에 주름이 잡혔다.

"이거 정말 내 거랑 비슷하네요. 그거랑 비슷해……."

내가 글을 쓴다고 여러 군데를 취재하고 소재를 모으면서 느꼈던 것들이 몇 가지 있다. 그중 하나는 내가 알아챈 것은 남도 알아챌 수 있다는 것이다. 또한 순진하게 보이는 사람이라고 해서 무지하거나 눈치가 없는 건 아니라는 점이었다.

우리는 숙였던 고개를 다시 들고 아이들을 돌아보았다. 나연, 은서, 하진, 그리고 우리의 오빠와 눈이 마주쳤다. 남자애의 얼굴에서는 아무것도 읽을 수가 없었다. 그리고 우리는 다시 나연을 돌아보았다. 이 동네 수돗물에는 포커페이스 성분이 함유되어 있는 게 아닐까 싶었다.

"나 먼저 갈게."

복도 저편으로 침착하게 걷는 우리의 발걸음에는 목소리에서 묻어나는 떨림이 없었다. 아까 의연하게 돌아섰다고 믿었던 내 자신이 부끄러울 지경이었다. 당황함을 감추고 돌아서는 뒷모습이 어때야 하는지 지금 열일곱 살 여자

아이에게서 보고 있었다.

"이우리, 기다려."

남자아이가 긴 다리로 성큼성큼 동생 뒤를 따라가려 했다. 그때 나연이가 처음으로 의자에서 일어섰다.

"헌이 오빠!"

남자애는 앞을 향해 걸음을 떼며 고개만 돌렸다.

"오빠…… 여기까지 왔는데 희원이는, 희원이는 안 보고 가요?"

헌은 아주 잠깐이나마 멈칫했다. 그는 병실 문을 바라보았다. 문은 열려 있었으니 아마 병실 안이 보였을 것이다. 병실 안의 환자도 보였을지 모르고.

"미안, 오늘은 우리랑 갈게. 혼자 보내면 안 돼서. 다시 올 수 있으면 올게."

헌은 링거 꽂은 휠체어를 타고 다가오는 환자를 피해서 엘리베이터 쪽으로 뛰어갔다. 마침 저녁을 먹을 시간인지 간병인들이 분주하게 병실에서 쏟아져 나오고 저 멀리에서 병원식을 실은 카트가 다가왔다. 은서와 하진은 그들을 밀치고 가는 아주머니에게 길을 내주며 양옆으로 갈라섰다. 나연은 다리를 다친 애치고는 꽤 꼿꼿이 서 있었다.

나도 퇴장할 시간이었다. 자기 물건의 권리를 주장할 시간은 충분히 주었다고 생각했다.

운명론자 중에서 나는 가장 냉소적인 부류일지도 모른다. 어떤 사람들은 우연은 운명의 다른 이름이라고 생각한다. 나는 운명은 우연의 다른 이름일지도 모른다고 생각한다. 반복되는 우연이면 운명을 느끼지만, 세 번 이상 지나치게 반복되면 이는 어떤 우연의 패턴일 뿐이라고 도로 의심하게 된다. 사는 곳이 같으므로, 삶의 방식이 같으므로, 삶의 경로가 같으므로……. 하지만 그와 나는 무엇이 같은 건지 모르겠다고, 나는 병원 현관의 회전문 앞에서 성현과 눈이 마주쳤을 때 떠올렸다.

현관으로 들어오는 사람들에게서 오른쪽으로 약간 떨어진 자리에서 그는 어떤 풍채 좋은 남자와 얘기중이었다. 카멜색 캐시미어 카디건과 하얀 셔츠, 치노팬츠를 입은 남자는 성현을 보며 둥근 아래턱을 문질렀다. 근심이 담겨 있는 처진 눈은 어딘가 낯익은 인상이었다. 한국에서 부유해 보이는 사십 대 남자는 다 비슷하게 보이기 때문일지도 모른다. 개성은 사라지고 부의 냄새와 일정한 틀에 맞춘 성공의 윤기만이 흐른다.

남자와 성현은 문 앞으로 걸어 나오는 나를 보고 조금

의외라는 표정을 지었다. 정확히 말하면 성현은 나를 보고, 남자는 내 앞에 걸어가고 있던 우리와 헌을 바라본 것이지만. 헌은 고개를 숙여 인사를 하고, 우리는 다가가서 남자의 손을 잡으려다 멈칫했다.

"아저씨."

남자는 우리가 어설프게 내민 손을 한 손으로 잡고 다른 손으로 토닥였다.

"와줘서 고맙다. 희원이는 봤니?"

성현은 내 옆으로 와서 다가오더니 속삭였다.

"여긴 어떻게 왔어요?"

"그건 내가 묻고 싶은 말인데요. 나 미행해요?"

그는 가운뎃손가락으로 안경을 쓱 올렸다.

"오늘 일산까지 오는지도 몰랐는데, 그럴 리가……."

농담에 진지한 대답을 하는 건 이 남자의 재미없는 면이다. 나는 그의 어깨 너머로 아이들과 중년 남자를 보았다. 우리와 남자는 아빠와 딸은 아니라도, 삼촌과 조카 정도는 될 정도로 정답게 서서 이야기를 나누었고, 헌은 다소 떨어진 자리에서 정중한 자세로 남자의 말을 들어주고 있었다. 그는 내 시선을 따라 고개를 돌리더니 말했다.

"고객과 상담하러 왔습니다. 엄밀히 말하면 이 건에 관해서는 정식 고객이 아니지만……."

내가 뭐라 물을 틈은 없었다. 남자가 뒤에서 그를 불렀다.

"안 선생, 온 김에 잘됐네요. 여기 얘가 현장 목격자입니다. 이 아이에게 이야기를 들으면 되겠군요."

그가 헌을 가리켰다.

"제가 그날 본 이야기는 경찰에 다 했는데요."

헌은 약간 내키지 않는다는 말투로 말했다. 그렇다고 해서 아까 민재에게서 느낀, 십 대 소년 특유의 귀찮아하는 말투와는 좀 달랐다. 불필요한 일은 하지 않으려는 효율적인 사업가 같은 투였다.

"이분도 경찰이나 다름없는 분이니까 번거롭겠지만 한 번만 더 얘기해주렴. 아저씨는 이제 가려던 참이라서."

그 말에 나는 성현을 올려다보았지만, 역시 그의 얼굴도 근육 하나 움직이지 않았다. 이렇게 포커페이스들이 많으면 우리나라 점집들은 금방 망할 텐데, 라는 생각이 들었다. 나처럼 생각이 얼굴에 드러나는 사람도 있으니까 산업이 굴러가는 거겠지. 혹은 지금 앞에 있는 이 여자애처럼.

그는 잠시, 라고 말하고 중년 남자와 함께 엘리베이터로 걸어갔다. 나와 두 아이는 그가 돌아오기를 기다려야 하는 처지가 되었다.

"오빠, 말씀드리고 가자. 희원이 뺑소니범 잡는 데 도움이 될지도 모르잖아."

우리가 오빠의 팔을 잡으며 덧붙였다.

"이번에는 다 얘기해."

헌이 나를 쳐다보았다.

"다?"

우리는 약간 힘없이 말했다. "나 괜찮아."

두 남매의 시선이 오고 갔다. 헌은 오늘 너무 많이 울어서 빨갛게 부은 동생의 얼굴을 자세히 보았지만 우리는 고개를 흔들었다. 헌은 한숨을 내쉬며 알았어, 라고 말했다.

성현이 다시 돌아와서 우리 옆에 섰다.

"그럼 이제 다 얘기가 됐나? 여긴 좀 번잡하니까 2층에 있는 카페로 갈까."

우리와 헌이 그를 따라 돌아서자, 나는 돌아서며 어색하게 말했다.

"저는 그럼 여기서……."

나를 붙잡은 것은 기대와는 다른 사람이었다.

"같이 안 가세요?"

무척 의외라는 의미를 담은 헌의 목소리.

"아니, 관련있는 사람들끼리만 할 얘기인 것 같아서"라며 성현을 보았지만 그는 어깨만 살짝 들어올렸을 뿐이다. 자기가 결정할 일이 아니라는 듯했다. 그때 우리가 돌아와 내 팔을 잡았다.

"같이 가주세요."

이렇게 말하는 눈이 지나치게 간절해서 나는 조금 놀라고 말았다.

"여자……분이 옆에 있어야 좀더 편하게 할 수 있는 얘기라서."

헌이 말했다.

나는 이야기를 들어달라고 할 때 정중히 사양하는 법을 잘 모른다. 남에게 도움을 요청받으면 매끈하게 거절하는 법도 모른다. 정식으로 참견할 권리를 부여받는 게 왠지 기쁘기 때문인가, 라고 나는 우리에게 팔을 잡혀 계단을 걸어 올라가며 생각했다.

언제고 붐비지 않는 법이 없는 글로벌 프랜차이즈의 카페는 병원이라고 다르지 않았다. 오히려 여타 지점보다 기다리는 사람도 훨씬 많았다. 우리는 운 좋게도 막 일어나 나가는 이십 대 남녀 그룹의 자리를 차지할 수 있었다. 헌과 우리가 자기 가방을 무릎 위에 올려놓고 어색하게 앉자 성현이 무엇을 마시겠느냐고 물었다. 다들 번거로운 게 싫었는지, 사과 주스나 탄산수 같은 병 음료를 주문했다. 그덕에 번잡한 벨 호출 과정을 생략하고 자리에 앉았다. 병원이기 때문인지 손님은 많아도 목소리를 높여 말하는 사람은 많지 않았다. 웃는 것조차 조심스러운 곳이다.

먼저 입을 뗀 건 헌이었다. 헌은 희원과는 집안끼리 알아서 어릴 때부터 친동생처럼 지내는 사이라고 설명했다. 헌과 우리, 희원은 여름에는 해변 휴가, 겨울에는 스키 여행을 같이 다니는 사이였다.

"희원이는 나보다도 오빠랑 더 친했잖아. 둘이 어렸을 때부터 축구나 하키 클럽도 같이 하고."

우리가 샘을 내는 것처럼 앵돌아진 말투로 말했다. 헌은 동생을 내려다보았다. 그 애 얼굴에 또 한 번 미묘한 표정이 떠올랐다. 아까 나연이 팔을 잡았을 때의 표정이다.

"대학 가면, 오빠랑 배낭여행 가고 싶다고 했잖아. 나도 껴달라고 했더니 남자들만 갈 거라고."

"그때 되면 난 군대 가 있을 텐데 어떻게 같이 가느냐고 웃었지만."

헌이 옅은 웃음을 입술에 올리며 나와 성현에게로 시선을 돌렸다.

"지금 희원이가 깨어나서 갈 수만 있다면……."

잠시 다들 아무 말 하지 않았다. 희원의 상태는 내 생각보다 심각한 듯했다. 성현이 잠시 기다리다가 말을 꺼냈다.

"사고 얘기 좀 해줄래요?"

"경찰에도 말했지만, 저는 사실 희원이가 치이는 현장 자체는 못 봤어요."

성현이 파일을 넘기며 확인했다.

"그렇다고 써 있군요."

"그때 신경쓰이는 일이 있어서……. 그거 바라보느라고. 경찰들 말로는 근처에 CCTV도 없고, 어제 비가 와서 다들 우산을 쓰고 있어서 목격자도 없다 하던데요."

"아직까지는."

그가 짤막하게 대답했다. 헌은 넓은 어깨를 약간 늘어뜨렸다.

"죄송합니다. 제가 잘 봐둘걸."

"오빠 잘못은 아니잖아, 내가 전화로 그러지만 않았어도……."

우리도 오빠에 맞추듯 어깨가 처졌다. 어깨가 넓고 키가 큰 헌과 체구가 작고 아담한 우리는, 첫인상으로는 두 사람이 닮은 줄 몰랐는데 이렇게 보니 어깨가 처진 각도가 비슷한 게 역시 남매다웠다.

"사고를 내고 뺑소니친 사람이 따로 있는데 잘못했다고 말할 일은 아니잖아요."

목소리가 조금 높아졌다. 옆자리에서 분홍색 음료를 앞

에 두고 마시던 사람이 우리 쪽을 힐끔거릴 정도였다.

"교통사고처럼 사고는 그 말대로 예측할 수 없는 사건이에요. 사고가 일어나면 우리는 '이러지 않았더라면' '저러지 않았더라면' 하고 과거를 짚어가기 마련이지만 사고에는 그걸 낸 사람의 과실만 있을 뿐, 목격자나 피해자의 잘못을 따질 이유는 없어요. 아무것도 행동하지 않는 사람만이 그 잘못을 면제받을 수 있을 뿐이지."

세 사람의 시선이 내게로 쏠렸다. 헌이 입을 열었다.

"어려운 얘기를 아무렇지도 않게 하는 분이네요." 그러더니 동생을 한번 쳐다보았다. "우리네 선생님 친구분."

언제나처럼 흥분한 게 겸연쩍었다.

"그런 얘기 많이 들어요."

오늘 두 번째로 헌과 눈이 마주쳤다. 내가 이런 얘기를 한 사정을 헌은 모르겠지만, 아까처럼 왠지 모를 것도 다 아는 눈이었다.

"그럼 그 일이 뭔지 들어볼 수 있을까요."

성현이 두 손의 손가락을 맞대면서 물었다. 누구라도 좋으니 이 일을 빨리 마칩시다, 라는 말투였다. 우리가 침을 꼴깍 삼켰다. 동생의 망설임을 알아차렸는지 헌이 의젓하게 대답했다.

"어제, 희원이가 교통사고 당하기 전에……."

"오빠 내가 얘기할게."

우리가 오빠의 말을 끊었다.

"내 일은 내가 얘기하는 게 좋잖아."

헌이 양보하듯 어깨를 으쓱하고 의자 등받이에 기댔다. 우리는 아까 병실 앞에서의 동요는 간데없이 차분하게 이야기했다.

"정확히 사고 일어나기 전날, 그러니까 그제 월요일에요. 저는 예체능계라서…… 발레하거든요. 연습하고 레슨 시간 맞춰서 나가요. 보통은 오빠랑 같이 가든가 엄마가 데리러 오는데 그날 엄마도 일이 있고 오빠도 애들이랑 어디 간다고 해서……."

"희원이랑 같이 친하게 지내는 은준이랑 예전 수학 과외 선생님 만나러 갔었어요. 선생님 결혼하신다고 해서 인사드리러."

헌이 굳이 덧붙였다. 동생을 내버려두고 갔다는 인상을 주기 싫은 것 같았다. 우리는 고개를 끄덕이고 말을 이었다.

"그래서 저는 다른 애들 먼저 가고 혼자 늦게 나왔어요. 엄마가 택시 타고 오라고 돈도 줬지만 큰길 정류장까지만 가면 어떻게 될 것 같아서 걷는데 비가 오더라고요. 날도 갑자기 캄캄해지고 사람도 없고 해서 혼자 나온 게 후회가 되는 거예요. 근데 택시도 한 대도 안 잡히고. 그냥 쭉 걸어갔어요."

내가 보기에도 우리와 헌이 다니는 고등학교 앞길은 학생들의 등하교 시간에는 번잡한 느낌이지만 그렇지 않은 때에는 괴괴한 느낌이 들기도 했다.

"특히 지금 공사장 쪽이 무서운데…… 평소에 다니던 길이라 생각 없이 건넜어요. 그쪽으로 가니까 사람이 하나도 없더라고요. 그날은 비가 쏟아져서 그런지 금방 젖었는데, 앞에 차 한 대가 서 있는 거예요."

여기서 우리의 목소리에 약간 떨림이 섞였다. 헌은 이제 몸을 일으켜서 두 손을 깍지 껴 탁자 위에 놓았다. 여고를 나온 나는 그다음 이야기가 어디로 흐를지 짐작이 됐다.

"제가 그 앞을 지나가는데…… 갑자기 문이 열리면서…… 어떤 코트 입은 아저씨가 앉아 있었는데……. 저는 처음엔 몰랐어요. 구월인데 코트라니 이상하다고 생각은 했지만."

나는 탁자 너머로 손을 뻗어 우리의 손을 잡았다.

"흉한 꼴 봤구나."

"그게 무슨……."

성현은 처음에는 잘 파악하지 못한 듯했다. 남자와 여자는 위협이라는 면에서는 다른 세계에 살고 있다. 그렇지만 민감한 남자라면 다른 세계의 틈도 엿볼 수 있을 것이다. 다행히 성현은 아, 하고 작은 소리만 내뱉고 더는 묻지 않았다.

"근데 그 아저씨가 사진도 찍은 거 같아요. 제가 아직까지도 하복을 입고 있었는데, 비에 맞아서……."

"뭐, 사진도 찍었어?"

이 이야기는 헌도 처음 듣는 말 같았다. 누가 사진 필터를 입힌 것처럼 소년의 얼굴이 벌게졌다. 내 혈관 속 피에 토치를 갖다댄 듯 불이 붙었다. 우리가 어째서 저주라는 말을 했는지 맥락이 이해가 되면서 우리가 가여워졌다. 나쁜 건 흉한 욕망을 가진 어른 남자인데, 소녀는 그것도 자신이 잘못해서 당한 재앙이라고 얘기한다.

"왜 말 안 했어?"

우리가 변명조로 말했다.

"사진은 찍었는지 안 찍었는지도 모르겠어……. 그냥 뭐가 찰칵한 거 같은 소리만 나고 핸드폰을 들고 있었던 거 같았는데."

"그건 범죄인데, 신고할 생각은 안 했어요?"

성현이 물었다. 헌은 다그치는 건 자기 일이라는 것처럼 매서운 눈길로 성현을 보았다. 우리는 고개를 저었다.

"너무 깜짝 놀라가지고……. 저는 그런 사람이 있는지

도 몰랐으니까요. 비가 와서 차도 제대로 못 봤고, 아저씨도 잘 안 보였고. 그냥 도망쳤어요."

우리는 잠시 아무 말 하지 않았다. 이 얘기가 어디로 향하는지 지금으로서는 잘 알 수가 없었다.

"친구들에게도 얘기 못 했어요. 그냥 부끄럽더라고요. 그런 걸 봤다는 게. 무섭기도 하고. 오빠한테만 그날, 희원이 사고당하던 전날 얘기한 거예요."

"그거……." 나는 고개 숙인 우리와 눈을 맞추려고 했다. "부끄러운 거 아니에요. 그런 꼴을 보인 어른이 부끄러운 거지."

우리가 날 바라보더니 다시 고개를 숙이고 입속으로 조그맣게 알아요, 라고 중얼거렸다.

헌이 그다음 이야기를 이었다.

"우리가 말을 안 해서 전 몰랐고요. 같은 집에 살아도 마주치는 일도 적어서, 왠지 학교 다녀와서 애가 기운 없어 보인다는 생각은 했는데……. 어제 아침에야 이상한 차가 있고, 거기 이상한 사람도 있는 것 같다, 라고 얘길 해서 걱정은 됐지만. 그럼 학교 끝나고 나 갈 때 같이 갈까, 하니까 자긴 친구들이랑 같이 가면 된다고 괜찮다고 해서, 그냥 그런가 보다 하고 말았죠."

목격 증언은 어려운 일이다. 바로 이틀 전의 사건이라

고 해도 있는 그대로 거슬러서 재구성한다는 것이 쉬울 리가 없다. 나는 언제나 추리소설이나 드라마를 보면서 일목요연한 증언을 내놓는 목격자를 보면 감탄하곤 했다. 헌의 이야기에는 '같아요'가 많았지만, 그래도 정돈이 잘된 편이었다. 요약과 정리를 잘하는 걸 보니 공부도 잘할 듯싶었다.

"어제 집에 갈 때 같은 반 여자애를 만났어요. 걔 말로는 학교 앞에 변태가 나온다는 소문이 있다고. 비 오는 날이면 학교 앞에 나타나 차 안에서 그런 짓을 하는 새끼가 있다고. 그 말 들으니까 어제 우리가 한 말이 생각나가지고. 얘가 요새 왜 그랬나 알 것도 같고. 그런데 저한테 얘기 해준 여자애도 직접 본 건 아니라서 정확히는 몰라요. 회색 큰 차라는 것만 알았지. 걔 말로는 독일 차 같았다나."

나도 알 것 같았다. 학교라면 언제나 그 앞에 출몰하는 사람들에 대한 괴담, 소문은 있기 마련이다. 남녀공학 근처에도 그런 일들이 일어날 수 있는지는 몰랐지만, 제정신이 아닌 범죄자들이 그런 일을 저지르는 데 항상 설명이 따르는 건 아니라고, 나는 개인적으로 믿고 있었다. 그들에겐 자기들의 논리가 있다. 오컬트적 표현으로는 악마가 씐다고 하겠지만, 그것이 악마의 대리자가 된 인간의 변명은 되지 않는다.

"걱정되어서 가는 길에 나연이를 만났어요. 이런저런 걸 물어봤는데, 걔는 그건 모르는 것 같더라고요. 그런데 그 앞 횡단보도, 애들이 말한 그 자리에 비슷하게 생긴 회색 차가 있어서. 어떤 여자애가 그 앞을 지나가는 것 같기도 해서 마음이 급하더라고요. 저는 그 차 볼 때부터 뛰어서 길 건너편으로 넘어갔죠. 어떻게 하려는지 생각도 안 해봐서 사진 찍을 생각도 못 하고, 역시 비가 오니까 번호판도 잘 안 보였고. 제가 그 차 가까이 갔을 때 뒤에서 희원이가 저를 따라서 건너다 차에 치인 거예요. 희원이를 친 차는 유턴을 했는지 돌아가다가, 변태 새끼 차랑 스친 것 같긴 한데, 휙 도망가버리더라고요. 회색 차도 정신없는 사이에 어느덧 사라져버렸고."

이제까지 무표정하던 헌의 얼굴에 잠깐 표정이 끼었다.

"제가 그렇게 뛰어가지 않았으면 희원이가 따라오지 않았을 텐데……."

우리는 더는 아무 말 하지 못했다. 현장에 있었지만 아무것도 목격하지 못한 헌의 좌절감이 그 자리 위에 내려앉아 주변의 소음까지도 약간 죽은 듯했다. 우리가 마침내 말했다.

"희원이에게 팔찌를 선물했지만…… 그게 그 애를 지

켜주지는 못했어요."

❧

희원의 아버지가 병실에서 내려온 후, 우리는—나와 성현은—아이들과 현관에서 헤어졌다. 희원의 아버지 자가용에서 기사가 내리더니 뒷문을 열어주었다. 헌은 앞문을 열고 나를 바라보았다. 무언가 말을 하려는가 싶었지만, 그 애는 머리를 저으며 조수석에 올라탔다. 그 애가 차에 타고 창문을 살짝 열었을 때, 가슴속에서 무언가 살짝 휘저어지려 했다. 뭐였더라. 연못 위에 떨어져 떠다니는 나뭇잎이 빙글빙글 도는 걸 볼 때처럼 간질간질한 기분. 비 내리는 가을날에 봄바람이 갑자기 일었다 간 것처럼. 하지만 나뭇잎은 금방 멈췄다.

운전은 하지만 차에 대해서 잘 모르는 사람도 있다. 나처럼. 나는 검은 차의 육중한 뒷모습과 엠블럼을 바라보면서 성현에게 물었다. "저 차 종류가 뭐예요?"

성현은 무관심한 어투로 말했다. "벤틀리 플라잉스퍼인데……. 차에 관심이 있었어요?"

그의 얼굴에서는 아무것도 읽을 수 없었다.

나는 짧게 대답했다. "아뇨."

차에 타는 사람은 관심이 있지만, 이라는 말은 덧붙이지 않으려고 애썼다. 마음속에서 나를 밀고 달려갈 것처럼 같은 바람이 다시 불었다. 나뭇잎들이 휙 일어서서 허공에 날렸다.

성현이 차를 가지고 오지 않았다고 해서, 내 차로 함께 서울로 돌아가자고 제안했다. 병원 주차장에 세워놓은 내 차의 운전석 문을 열어주며 성현이 말했다.

"괜찮겠습니까?"

괜찮지 않을 것도 없지, 내 차인데. 운전 경력은 짧고, 계속해서 넘어지고 있지만. 성현은 여전히 진지하게 제안했다.

"제가 운전할까요?"

"아뇨, 제 차는 운전자밖에 보험이 안 되니까요."

나를 배려한 게 아니라 그저 자기가 불안했던 게 아닐까 하는 심술궂은 의심이 스쳤다. 우연히 만나지 않으면 연락도 안 하는 사람이니까, 그렇게까지 내 생각을 해준다는 것도 이상하다.

자유로에 올라탈 때까지 우리는 아무 말 하지 않았다. 자유로를 타는 게 이번이 두 번째라는 말도 하지 않았다. 첫 번째는 아까 일산에 올 때였다. 야간 운전이 처음이라는 말은 굳이 더할 필요도 없을 것 같았다. 다행히 비는 그쳤고 도로도 금방 말랐다.

"그간 어떻게 지냈습니까?"

"똑같죠, 뭐. 취재하고, 기사 쓰고."

다시 운전에 집중했다. 차선을 바꾸려면 온몸의 신경을 곤두세워야 했다. 2차선에 진입하자 그때야 물을 수 있었다.

"성현 씨는요?"

"저도 똑같았습니다. 일하고…… 바빴습니다."

바빴을 것이다. 연락이 뜸한 사람은 매일이 바쁘거나 내게만 바쁘거나 둘 중 하나일 테니까. 담양에서 어색하게 헤어진 후에는 도영을 통해 이야기만 들었다.

"이사하신 것 같던데."

"네, 다른 데로 옮겼습니다."

어딘지는 말하지 않았다. 나는 내 쪽에서 질문하는 역할을 맡아야 하는 게 오기가 나서 잠자코 운전에만 집중했다. 차들이 나를 추월해서 달려가며 힐끗 돌아보기도 했지만 아랑곳하지 않는다. 선팅이 잘되어 있는 차니까.

"음악 들을까요?"

"네, 전 상관없습니다."

"라디오 좀 틀어주실래요?"

그가 몸을 내밀어 라디오 버튼을 눌렀다. 내가 모르는 피아노 협주곡이 흘러나왔다. 잠시 작은 차 안으로 음표가 스며들어 그와 나 사이의 어색한 긴장의 틈을 파고들었다. 차는 자유로를 지나서 내부순환로에 올라섰다. 평소에는 높은 곳을 달리는 것을 무서워한다고 엄살을 떨었지만 지금은 여유롭게 운전하려고 애썼다. 어깨가 뻣뻣했다.

"아까 물어본다는 걸 잊었는데…… 일산까지는 웬일입니까, 역시 취재?"

"네."

나도 필요 이상의 대답은 하지 않겠다고 결심한 차였다.

"그럼 아까 그 고등학생들은……."

"취재원이에요."

하지만 호기심이 강한 쪽은 언제나 나였다. 그리고 내겐 질문이 있었다.

"아까 희원이 아버지라는 분, 어떻게 아는 분이에요?"

"고객입니다."

그런 대답일 거라 기대했다.

"차를 봐서는 부유하신 분 같던데."

경찰이 아니라도 조사를 따로 맡길 사람을 둘 만큼.

"부유하죠."

"보통 그런 집 애들은 특수고를 가든지, 유학을 가지 않나……. 희원이란 아이는…….”

“그 집 증조할아버님이 그 학교 창립자이십니다.”

“그럼 학교 이름이…… 그 학교와 같은 이름인 기업도 있잖아요. 광화문 근처에 본사 건물 있는.”

“할아버님이 회장이겠죠.”

“그렇군요.”

퍼즐을 맞출 때는 네 개의 모퉁이에 들어맞을 조각이 필요하다. 그게 없으면 그저 막막하다. 나는 네 개의 귀퉁이 중 하나를 찾은 것 같기도 했지만 전체 그림은 아직 보이지 않았다.

“희원이를 취재하러 온 건 아닐 테고.”

“아……. 고등학생들 사이에 유행하는 아이템 취재중이에요.”

“그게 뭡니까?”

“나자르 본주라고, 터키의 특산인 악마의 눈이란 팔찌예요. 보통은 수호 팔찌라고 알려져 있는데, 여기 학교에서는 오히려 사건이 일어났네요.”

나는 오늘 있었던 일을 그에게 간략하게 설명했다. 그는 언제나처럼 참을성 있게 들었다.

“팔찌와 사물함 사건은 재인 씨 전문 분야인 것 같은데.”

놀리는 말인지 진심인지 알 수가 없었다. 나는 굳이 겸손해할 필요도 없었다.

"알 것도 같은데요. 확인은 해봐야죠."

"아마 답은 이미 알고 있으실 것 같은데요."

나는 운전중이라 고개를 옆으로 돌릴 수가 없었다. 그가 나를 어떤 얼굴로 쳐다보는지 알아볼 수가 없었다는 뜻이다. 내부순환로에서 내려가자마자 우회전을 해야 하는 중대한 임무가 나를 기다렸다.

"무리……하진 마십시오."

내가 언제는 무리했나 하고 말하려 했지만, 그가 덧붙였다.

"늘 걱정스러우니."

무엇이, 내가? 사고를 칠까 봐? 사고를 당할까 봐? 내가 그렇게 매번 사고를 치는 캐릭터로 보이나? 게다가 걱정을 한 사람치고는 그동안 연락이 너무 뜸하지 않았나? 운전은 옆 사람이 화를 돋우지 않아도 화를 낼 일이 많은 작업이다. 옆 차가 방향 지시등도 켜지 않고 갑자기 끼어드는 바람에 급히 브레이크를 밟을 수밖에 없었다. 차는 급정거했다. 뒤따라오는 차가 없어서 다행이었다.

"재인 씨 잘못 아닙니다."

그가 한 팔로 쏠리는 내 몸을 막으며 말했다. 나는 그의 얼굴을 그때야 볼 수 있었다. 오늘 처음으로 제대로 본 것 같기도 했다.

"사고는 예측할 수 없는 사건이죠."

웃음기 없이 진지하게 들리는 말이었다.

"그날 거기에 안 갔어도 사고는 일어날 수 있죠. 조금 조심했더라도 그런 일은 일어납니다. 그리고 무엇보다도 사고가 일어났다 해도 본인이 일으킨 일이 아닐 수도 있어요."

내가 아까 우리에게 했던 말이었다. 희원의 사고, 앞서 달려갔던 헌의 잘못도 아니었다. 내게 일어난 일도 마찬가지다.

그렇지만 아직 사고는 다 일어난 게 아닐 수도 있어요, 나는 그에게 들리지 않게 중얼거렸다.

취재 핑계를 댈까도 생각했지만, 핑계만은 아니었다. 기사는 아직 손도 못 댔고 취재는 더 필요했다. 하지만 그렇게 청소년을 꾀어내다니 어른이 되어 비겁하지 않은가.

"전에 얘기도 다 못 했고……. 취재 말고 달리 물어보고 싶은 것도 있어요."

지연이 알려준 전화번호로 문자를 보내면서 마지막에 이렇게 덧붙였다. '있어요~'라고 써야 부드럽게 보일까 고민도 했지만 평소 스타일대로 썼다.

문자를 저녁 6시경에 보냈는데 답장은 12시 넘어서 도착했다.

내가 일산으로 가겠다고 했으나 나연은 "전철 타면 종로까지도 갈 수 있어요"라고 말했다. 나는 더 고집하지 않았다. 종로에는 고등학생과 만날 장소라고는 딱히 알지 못해서 안국동 전철역 앞에 있는 베이커리에서 보기로 했다. 케이크가 맛있기로 유명한 가게다.

그러나 나연은 탁자 위에 놓인 케이크에는 손도 대지 않았다. 그 옆에 내가 놓은 팔찌에도 마찬가지였다. 다만 고개를 숙인 채로,

"고맙습니다. 그냥 버리셔도 되는데."

라고 했을 뿐이다.

"버릴 수는 없고……. 나도 일단은 미신을 믿으니까 주인을 찾아줘야 한다고 생각했어요."

"네."

더는 말을 붙일 수 없게 만드는 단답이다. 새삼 각오를 다졌다. 남이 내게 하면 싫어할 일을 내가 막 하려는 참이

었다. 내가 나이 먹은 어른이라고 해서, 상대가 아직 소녀라고 해서, 타인의 일에 참견할 권리가 내게 있을 리가 없다. 그럼에도 초대도 받지 않고 남의 마음속을 헤집어놓을 결심이었다. 죄책감이 우리의 몸과 마음을 얼마나 갉아먹는지 잘 알고 있기 때문이다.

"우리에게 팔찌의 저주에 대해 얘기해준 사람이 나연이라고 들었어요."

나연은 부정도 긍정도 하지 않았다.

"내가 끼어드는 것 주제넘는다고 생각하겠지만……."

나는 한숨을 쉬었다. 기이한 표현이지만 나연이 아직 가져가지 않는 팔찌와 눈이 마주쳤다. 악마가 우리를 바라볼 때가 있다. 우리가 약해졌을 때 마음의 문 안으로 들어오려고. 그 안에 숨어 있던 어둡고 무거운 것들을 끄집어내려고.

"내가 기사를 쓰기 위해 악마의 눈에 대해서 조사를 했었는데, 그중에 이런 말이 있었어요. 우리를 보는 사악한 시선에는 세 가지가 있다. 남에게 해를 줄 의도는 없었지만 사람을 해치는 것. 의도를 가지고 해치는 것. 그리고 숨어 있는 알 수 없는 시선. 그중 뭔지 모르겠지만 일부러 나쁘게 하려던 건 아니었겠죠. 이 악마의 눈 팔찌는……."

나는 손가락으로 테이블 위에 놓인 팔찌를 가볍게 건드

렸다.

"우리를 보는 사악한 시선을 다시 노려보아서 돌려보내는 거예요. 그렇기 때문에 우리를 지켜주죠. 사악한 눈에는 사악한 눈으로. 무서운 눈은 나를 지켜주기도 하겠지만, 애초에 내가 남을 그런 눈으로 보았다면 어떻게 될까. 그 시선이 다시 내게로 돌아온다면. 해치려고 그런 건 아니라고 해도, 그저 바라보기만 했을 뿐이라고 해도, 아주 잠깐 미워하는 마음을 품었을 뿐인데."

나연이 이제 눈을 들어 나를 보았다. 그 속에 어둡고 무거운 것이 숨어 있으리라고는 생각할 수 없는 맑은 눈빛이었다.

"우리를 미워한 건 아니에요. 순간 싫다는 느낌이 들기도 했지만, 야, 정말 밉다라고 생각한 건 아니었어요. 그냥…… 그냥 그랬어요. 우리가 그 팔찌 만들어서 줬다고 할 때…… 그냥 말이 나왔어요."

나연은 탁자 위에 놓인 팔찌를 조심스레 집어서 손바닥 위에 올려놓았다.

"따라 하려고 했던 것도 아니에요. 이거 희원이가 좋아하는 색깔이에요. 검정과 하양. 이런 옷을 좋아하고. 어울리겠다 싶어서 저도 만들고 있었는데……. 우리가 똑같은 구슬을 사서 만들고 있어서 말 못 했어요."

이해가 되지 않는 점은 있었다.

"그럼 민재는요?"

"걔가 먼저 사귀자고 했으니까요. 처음엔 싫지 않았어요. 자기 잘난 줄만 아는 애지만 그게 귀여웠어요. 그리고 우리가 오래전부터 희원이 좋아했으니까……. 좋아한다고 모두에게 말했으니까요. 내가 만들어도 줄 수 없으니까요."

십 대의 사랑이 이렇게 복잡했는지 나는 기억하지 못한다. 그리고 애초에 내겐 십 대 시절 연정의 경험이 존재하지 않아서 비교할 수조차 없다. 하지만 사랑은 나이에 상관없이 당사자에게는 늘 복잡한 감정이다. 분홍빛만이 아니라 정열의 빨강, 질투의 초록, 체념의 검정, 순수한 하양 같은 여러 색이 섞여 있다.

"우리한테 말할게요. 솔직하게 미안하다고 사과할 거예요."

내가 뭐라 하기도 전에 나연은 먼저 담담하게 약속했다. 나는 고개를 끄덕이며 마음속 항목에서 하나를 지웠다. 이제 다음 항목을 체크할 차례였다.

"희원이 전화기엔 뭐가 있어서?"

처음으로 나연이 놀랐다. 의연한 가면이 순식간에 쓱 사라졌다. 다른 아이들에게서는 보았으나 나연에게는 아직

보지 못한 소녀의 얼굴이 나타났다.

"어떻게 아셨어요?"

"사물함은 여럿 망가졌지만 은서 하진이 둘 다 불평하지 않았고, 뭔가 도둑맞은 척하려 했지만 없어진 건 없죠. 우리는 아마 몰랐을 거예요. 그런 복잡한 연극을 할 만큼 얼굴이 두껍지 않으니까. 나연이는 심지어 다리를 다치는 연극까지 했어야 했어요. 우리 앞에선 아픈 척했지만 병원에서는 멀쩡하게 걸었죠. 그렇다면 그런 일을 할 동기가 있어야 하는데, 사라진 건 전화기뿐이니까요. 애초에 사물함은 민재가 전화기를 찾으려고 한 장소이고, 사라진 물건도 그것. 그렇다면 전화기에 뭔가 있고 그걸 보여주기 싫었던 거겠죠. 민재에게 알리기 싫었던 것. 즉, 희원이 부모님에게 보여주는 게 싫었던 것."

"뭐가 있는진 저도 몰라요. 하지만 희원이가 부탁했어요. 교통사고 당하던 날, 자기 전화기 찾아서 보관해달라고. 남에게 보여주지 말라고. 근데 저는 열쇠가 없어서 찾을 수 없었어요. 사고당해서 피를 그렇게 많이 흘렸는데, 전화기를 찾고……. 근데 희원이 어머니는 다른 열쇠를 가지고 계셨나 봐요. 민재에게 전화해서 학교 끝나고 전화기 좀 가져다달라고 하셨대요."

그렇게까지 아픈데 숨기고 싶었던 게 뭐였을까. 나연은

완전히 이해할 수 없지만 그래도 들어줄 수밖에 없는 부탁을 받았다. 모른다는 말은 진짜겠지만, 뒷부분에는 엉켜 있는 감정으로 봐서는 뭔지 짐작할 수 있었을 것이다. 그런 부탁은 너무 무겁고 야속하기도 했지만 저버릴 수는 없었다. 그리고 남에게 들키지 않고 싶은 은밀한 마음을 가진 사람의 동지 의식이 있었을지도 모른다.

"은서나 하진이는 제 말에 따라줬어요. 희원이가 핸드폰에 남에게 알리고 싶지 않은 게 있을 것 같다고. 둘 다 그렇게 하고 싶다고 했어요. 사물함을 부수자고 한 건 하진이였어요. 연극부 세트 만들고 있어서 망치 같은 것도 있었고요. 은서가 힘이 좀 세거든요. 열쇠는 찾을 수 없을 거 같고, 민재에게 물어봐서 알아내는 것보다는 나을 거 같았어요. 그게 뭔지는 서로 말하지 않았어요. 다들 그냥 알고 있었던 것 같아요. 한 개만 부서지면 이상하니까 제 거랑 하진이 것도 같이 망가뜨렸어요."

"희원이가 알리기 싫어하는 비밀을 은서와 하진이도 알았다고?"

"그게 뭐가 됐든요." 나연이의 목소리에는 우리 둘 다 무엇을 눈치챘든 꼬집어 말하지 말자는 뜻이 분명히 담겨 있었다.

"민재에겐 말하면 안 됐나요? 희원이를…… 이상하게

생각하거나 소문내거나 할까 봐? 적지 않은 애들이 그러하듯이?"

나연은 손바닥 위에 팔찌를 놓은 채로 자기 팔에 걸린 파란색 팔찌를 내려다보았다. 파란 눈과 파란 눈이 마주본다.

"민재, 그렇게 나쁜 애는 아니에요……. 모르겠지만 아닐 거라고 생각해요. 가끔…… 다른 사람들에 대해 아무렇지도 않게 말을 하긴 하지만 친구에겐 그러지 않았을 거예요. 민재도 아직 어려서 그렇지 그런 정도의 상식이 있는 애예요. 그리고 더 크면…… 함부로 말하지 않게 될 거고요. 그런 문제는 아니에요. 어른들은 청소년이라면 누구나 어른들 생각을 그대로 따라 할 거라고 생각하는지도 모르지만."

동갑인 나연이 민재를 더 어리다고 생각하는 게 흥미로웠지만 굳이 말하지 않았다.

"그럼 왜?"

이 질문은 하지 않았어야 한다. 하지만 그 순간 지나치게 호기심이 일었다. 내가 겪지 못한 이 섬세하고 연약한 감정들을 이해하고 싶었다. 이해해야 다음 이야기를 꺼낼 수 있기도 했다.

나연은 나를 똑바로 쳐다보면서 도리어 그것도 모르느

냐는 말투로 물었다.

"언니는 남몰래 누구 좋아해본 적 없어요? 그런 게 부모님에게 알려지는 것 괜찮아요? 자기도 모르는 새 친구들이 알게 되어도?"

그런 적은 없었다. 그래서 모른다. 그러나 곰곰이 생각해보면 남에게 알리지 않은 채 좋아하는 거라면 그게 자기 뜻과 상관없이 알려지는 게 괜찮을 리는 없다. 특히 자기가 의식이 없을 때라면.

"그러네요."

하지만 여전히 의문은 남아 있었다.

"나연이도, 은서도, 하진이도 알고 있었잖아요."

"그거야…… 우린 페친이니까요. 민재도 페친이긴 해도, 걔는 잘 안 하고…… 남자애니까요."

나는 민재와 비슷한 정도의 눈치라면 남자아이, 여자아이의 문제는 아니지 않은가 싶었지만 오늘 집에 가서 일단 페이스북에 가입해봐야겠다 생각했다.

나연이는 잠시 생각하더니 한마디 덧붙였다.

"어쨌든 우리는 친구예요."

모든 것이 설명되는 말이다. 마음속에 어떤 감정이 있었든, 바깥에 어떤 상황이 있었든, 친구니까 비밀을 지켜주고 싶다. 나는 이전 영선의 결혼식 직전에, 버스 정류장에서 경은이 했던 말을 떠올렸다. 친구란 무엇이라고 한마디로 정의 내릴 수는 없지만, 우리가 그에 대해서 느끼는 감정으로 설명할 수 있을 것이다. 성격도 맞지 않고, 가끔은 나를 화나게도, 내가 그를 화나게도 하지만 어려울 때 나의 손을 잡아주었던 친구. 언젠가 내가 지켜주고 싶다고 생각하게 만드는 사람이 친구의 다른 정의가 된다.

나는 마음속 리스트를 다시 확인하며 질문을 지워나갔다. 이제는 마지막 한 개 항목만이 남아 있었다. 어리석을 정도로 무모한 항목이었다. 말을 꺼내려니 입술이 바짝 탔다. 나는 컵의 물을 들이켜고 무겁게 입을 뗐다.

"희원이를 위해서, 나 좀 도와줄래요?"

나연이 '희원이를 위한다'는 말에 의아한 얼굴로 나를 바라보았다. 이야기를 다 들은 후에는 그 얼굴이 미친 사람 보는 표정으로 바뀌어 있었다. 나연이가 나를 미친 사람이라고 생각해도 상관없었다. 다만 위험하게 하지 않겠다는 내 약속만은 믿어주기를 바랄 뿐이었다.

빗속에서 잎들이 나무와 이별하듯 팔랑팔랑 손짓하며 떨어져서 발밑에 굴렀다. 미끄러지지 않으려고 한 발 한

발 조심하며 내디뎠다. 어차피 빨리 걷는 것보다는 천천히 걷는 편이 더 좋다. 비가 가늘게 내리고 우산을 쓰고 있어서 얼굴은 잘 보이지 않겠지만, 보이더라도 너무 이상하게 보이지 않기를 바랐다. 그보다는 옷이 조금 꽉 끼어서 걸음걸이가 더욱 경직된 것이 신경쓰였다.

아파트 공사장은 밤이라서 문을 닫아놓아 더욱 괴괴하게 느껴졌다. 짓다 만 아파트 꼭대기에서 불빛이 깜빡거려 판타지 영화에 나오는 괴물의 눈 같은 느낌을 준다. 걸음을 조금 빨리했다. 나를 지켜보는 것이 판타지 괴물만은 아닐 것이다.

그 생각에 반응하듯 두 개의 눈이 반짝 켜지며 빗줄기 사이로 나를 내다보았다. 주차한 자동차의 후미등이었다. 이전에 바로 그 자리에서 보았던 회색 자동차다. 불을 켜지 않고 잠복하던 악마. 나는 심호흡을 하고 느리게 걸음을 떼었다. 이상하다는 낌새를 눈치채이면 안 된다. 조금 더 차 옆으로 가까이 붙으며 한 발, 한 발. 손은 주머니 속의 휴대전화를 꽉 쥐었다.

차창이 천천히 내려갔다. 나는 무심하게 옆을 쳐다보았다. 중년의 남자가 내 얼굴을 보았지만, 그는 자신만의 희열에 젖어 아무것도 알아차리지 못했다. 가는 머리카락이 덮은 헐벗은 이마, 뿔테안경, 그 너머의 작은 눈. 지극히 평범해 보이는 남자였다. 얼굴에는 웃음기도 없었다. 다만 그 눈에는 그 무엇에도 대항할 수 없는 약한 동물을 보는 육식동물의 승리감이 어려 있었다. 그러나 비열하기 짝이 없고 그 또한 허약한 육식동물이었다.

놀라지도 않고, 소리를 지르지도 않고, 가만히 서서 자신의 눈을 받아치는 먹이를 만나본 적 없는 약해빠진 동물이다.

나는 주머니에서 휴대전화를 꺼내 사진을 찰칵 찍었다. 남자는 한 팔로 얼굴을 급히 가리고 주섬주섬 바지를 올렸다.

"야, 뭐하는 거야! 그거 치워!"

새되고 거슬리는 목소리였다. 끽끽대는 것 같기도 했다.

나는 앞으로 돌아가서 번호판과 함께 앞유리창에 비친 얼굴을 찍었다. 옆 유리창은 선팅이 진했지만, 앞유리는 옅은 편이었다. 유리 너머에서 반짝이는 파란 불빛도 고스란히 찍혔다. 모든 것을 지켜보고 있었을 까만 상자의 불빛이다.

남자는 얼굴을 가린 채로 계속 욕을 내뱉었지만 차마 시동을 걸지 못했다.

나는 차 보닛 위에 손을 얹고 외쳤다. 빗물이 떨어져서 소리가 들리지 않을 건 확실했지만 메시지는 전달되었을 것이었다.

"그냥 빠져나갈 수 없을걸요!"

그렇게 겁을 주면 줄행랑칠 줄 알았다. 보통 아무것도 못 하고 지나가는 여고생 앞에서 바지나 내리는 인간들은 비겁하다. 하지만 이자는 사진까지 찍을 정도로 대담한 범인이니 예기치 않은 행동을 할지도 모른다는 생각을 했어야 했다.

내 예상은 틀렸다.

그나마 염치를 차려 도망가는 대신에 남자는 운전석에서 내렸다.

"핸드폰 내놔라. 남의 사진을 마음대로 찍고."

남자가 슬금슬금 다가오자 나는 뒷걸음쳤다.

지나가는 사람이 많을 줄 알았는데 의외로 등장 시간이 늦어져서 주변에 사람이 없다는 것도 불리했다. 길 건너를 보았지만 도움을 청할 만한 사람이 없었다. 하지만 전화를 빼앗길 수는 없었다. 앞으로 조금만 뛰어가면, 신호가 바뀌어 횡단보도를 건너면……. 그때 남자가 덤벼들었다.

"어린 게 맹랑하게!"

전화를 빼앗길 수 없다는 생각에 뛰었다. 길도 미끄러운데 나는 달리기가 빠르지 않다. 횡단보도의 신호가 아직 초록불이었다. 머뭇거리면 잡힌다. 초록불이 깜박거렸다.

언제 빨간불로 바뀔지 몰랐다. 빨리 건너면…… 불이 빨간색으로 바뀌었다. 횡단보도로 한 발 디디려는 순간, 누가 내 팔을 확 낚아채 뒤로 끌어당겼다.

"위험하잖아요!"

차가 한 대 등뒤에서 쌩 지나가는 것이 느껴졌다. 나는 뒤에서 잡아준 사람에게 안긴 꼴이 되었다. 비가 우리 위로 막 쏟아졌다. 자세는 안정감이 있었지만, 정신을 차리고 보니 오래 이러고 있으면 도리어 범죄가 되는 게 아닐까 싶어 화들짝 떨어졌다. 뒤로 한발 물러서려다가 나는 젖은 나뭇잎을 밟고 비틀거리면서 다시 연석 아래로 떨어질 뻔했다.

헌이 손을 뻗어 등을 받쳐주었다.

"찻길로 뛰어들면 어떡해요!"

구해준 건 고맙지만 지금은 위험한 상황도 아니지 않나. 나보다 한참 어린 남자애에게 혼나는 기분은 좋지 않았다. 게다가 지금 같은 꼴로 혼나려니 선생님에게 혼나는 학생이 된 것만 같았다.

"교복은 뭐예요? 어째서?"

나는 치마를 내려다보았다. 비에 젖어서 꾸깃꾸깃했다. 밤새 울 세탁하고 건조해서 다리면 깨끗해지려나. 내일 아침까지 어떻게 돌려주지, 걱정이 되었다. 아, 나연이에게 여벌이 있어야 할 텐데.

경찰서 밖에서 헌이 나올 때까지 기다리는 동안 비는 그쳤다. 그러나 밤바람은 이제 한결 차가웠다. 바람이 스칠 때 나뭇잎에서 물방울이 후드득 떨어지며 짧은 리듬을 연주했다. 밖에 서 있으려니 오한이 들었지만, 동생 대신 신고하러 왔다고 말하는 게, 여고생 교복을 빌려 입은 이상한 여자가 신고하는 것보다는 훨씬 믿을 만했다. 헌은 내가 휴대전화로 찍은 사진을 전송받아 경찰에게 제출했고, '동생'은 충격받아 경찰서에 바로 올 수 없다고 둘러댔다. 그자가 잡혀왔을 때 얼굴을 제대로 기억하지 못하기를 바랄 뿐이었다. 필요하면 우리가 경찰서에 오기로 했지만 오늘밤엔 그럴 것까지는 없을 듯했다. 전화로 말했을 때, 우리는 나연에게 이야기 들었다고 말했다.

"고맙습니다."

용기 내어줘서 내가 더 고맙다고 말했다.

"아저씨는 경찰들과 조금 더 얘기하고 나온대요."

헌이 경찰서에서 나오자 처음으로 한 말이었다. 나는 고개를 끄덕였다. 헌이 다시 나를 위아래로 훑어보았다.

"자세히 보니까 꽤 어울리는데요."

이 나이에 아직 교복이 어울려도 문제가 아닐까, 흥분이 가시니 새삼 볼이 화끈거렸다. 나연에게도 문자를 보내두었다. 여벌이 있으니까 걱정하지 말라고 답을 주었다.

"중고나라에서 사려고 했는데 이 학교 교복은 없어서…… 나연이에게 빌렸죠."

"잘 맞는데요. 나연이랑 비슷하신가 봐요."

나보다 한참 어리긴 하지만, 여기서 남자애와 내 사이즈에 대해 논할 마음은 없었다. 여고생과 비교당하는 것도 사절이다. 헌이 그럴 의도는 아니라고 해도.

"여고생을 노리는 변태인 것 같은데, 미성년자에게 대신 시킬 순 없었으니까. 다행히 시력이 나쁜 변태여서 늙은 얼굴을 잘 분간 못 했나 봐요."

마지막 말은 덧붙이지 말걸 그랬다. 오히려 더 의식하는 것처럼 들렸다.

헌이 무릎을 굽히더니 나와 눈높이를 맞추며 내 얼굴을 들여다보았다. 갑작스러운 행동에 놀랐다. 아니, 갑작스럽지 않더라도, 누구라도 저렇게 얼굴을 들이대면 놀라게 마련이다.

"뭐, 뭐하는 거예요?"

"실례라면 죄송하지만……. 저 시력 좋은데, 잘 모르겠는데요."

헌이 허리를 쭉 펴며 기지개를 켰다. 후드를 쓰고 있었지만, 앞머리가 조금 젖었다. 아까 비를 맞은 탓인 것 같다.

"경찰에게 그 변태 잡으면 블랙박스 확인해달라고 확실히 말했어요? 오늘밤에 집에 가서 지우지 않아야 할 텐데. 뺑소니 사건이 여전히 남아 있진 않았을 수도 있지만 뺑소니차와 부딪혔다면, 블랙박스에는 이벤트 기록으로 남아 있을 가능성이 높아요."

당황한 마음을 감추려고 마음속의 걱정거리를 꺼냈다. 나연에게는 변태를 잡으면 희원의 교통사고 뺑소니범을 잡을 수 있는 단서를 찾을 수 있을지 모른다고 했다. 나는 그날 밤 건너편에서 지키면서 차를 기다렸다. 헌이나 다른 여자애들이 묘사한 것과 비슷하게 생긴 차가 나타나면 확인한 후 경찰에 바로 신고해서 잡을 생각이었다.

비 오는 날 나타나는 회색 중형 세단. 운이 좋으면 현행범으로 잡을 수도 있다. 만약 그 차가 다시 나타나지 않는다면 허탕이 되겠지만, 회색 차가 주춤주춤 달려와 그 자리에 섰을 때 확신을 했다. 비 오는 날마다 같은 자리에 서는 차라면 수상하다. 게다가 출발하는 차 앞에 방향 지시등도 켜지 않고 들어와 서는 차라면 예의가 없다. 수상하거나 예의가 없을 순 있지만, 그 두 가지가 결합된 차라면 한번 확인해봐도 되겠다고 생각했다. 그나마 규칙적인 습관과 일관적인 취향이 있는 변태라는 게 우리에게 역설적인 다행이라면 다행이었다. 마지막으로는 헌이 말한 대로 차의 옆구리에 부딪힌 자국이 있나 확인했다. 비가 와서 잘 보이진 않았지만, 긁히고 우그러든 자국을 보았을 때 마음을 단단히 먹었다.

"작전이 너무 부실해서, 현장에서 잡았어야 했는데 놓칠 수밖에 없었어요."

나는 후회하듯 중얼거렸다. 변태는 헌이 나타난 후에 바로 차에 올라타 줄행랑쳤다.

헌이 어깨를 살짝 으쓱하더니 주머니에서 뭘 하나 꺼내 내밀었다. 나는 한발 다가갔다. SD 카드였다.

"아까 남자가 차에서 내렸을 때 문이 자동으로 닫히기 전에 몰래 꺼내 왔어요. 불법이지만 그자가 순순히 내놓을 것 같진 않고. 사진 찍길 좋아하는 변태 새끼라서 그런지 블랙박스 하나는 좋은 걸 쓰더라고요. 용량도 크고. 우리한텐 다행이죠. 며칠 전 일까지 남아 있을 가능성이 높으니까."

헌은 공사장 뒤편에서 숨어서 차를 기다렸다고 했다. 내가 먼저 지나가서 당황했지만, 위험할까 싶어 바로 따라와서 차 뒤에 숨었다고 했다. 남자가 차에서 내린 후에는 내가 찻길로 뛰어드는 줄 알고 전력으로 달려왔다고 했다. 축구를 해서 달리기 하나는 빨랐으니까요, 헌은 사실을 기술하는 무덤덤한 어조로 말했다.

경찰에는 동생이 걱정되어서 돌아보다가 현장을 본 거라고 둘러대기로 했다. 다른 의도가 있어서 찾아다녔다고 하면 경찰이 좋아하지 않을 테니까.

차가 있는 한, 항상 앞을 바라보는 파란 눈이 있다. 블랙박스의 파란 불빛, 또 다른 악마의 눈이다. 처음 우리에게 이야기를 들었을 때부터 그 차에 블랙박스가 있을 거라고 생각했다. 두 차가 부딪혔다는 말을 들었을 때는 뺑소니 차량이 찍혔을지도 모른다고 생각했다. 물론 그 생각을 한 건 나만이 아니었을 것이다. 사전 정보와 지능이 있다면 누구나 짐작할 수 있었을 것이다. 고등학생이라도.

헌이 이렇게 말하며 손을 내밀어보라는 몸짓을 했다. 나는 그대로 했다. 헌은 내 손바닥 위에 SD 카드를 놓았다. 손에 닿은 그 애의 손가락이 서늘했다.

"전에 같이 만났던 아저씨 주세요. 어떻게 찾았는지는 잘 둘러대실 수 있을 것 같고."

헌은 주머니에 손을 넣고 고개를 살짝 뒤로 젖혔다. 습기를 머금은 가로등 불빛이 가무잡잡한 얼굴에 하얗게 어렸다.

“이걸로 희원이 뺑소니범도 잡을 수 있겠죠? 제 잘못은 아니란 것 알지만, 그래도 내가 거기 있었으니까, 나 때문에 뛰어왔으니까……. 뭐라도 해주고 싶었어요. 제가 해줄 수 있는 건 이런 거밖에 없으니까.”

이 말을 할 때 헌의 얼굴은 맑았다. 알고 있었나, 이 아이도. 자기를 바라보는 시선을. 남학생들은 눈치가 없다고 생각했다. 아니, 나연이 그렇게 말했다. 그저 타인의 관점일 뿐일지도 모른다. 희원도 헌도 내가 생각한 보통의 남자아이와는 다르다. 하나의 틀에 집어넣기에는 모두가 다르다. 같은 교복을 입고 있다고 해도 똑같은 사람이 아닌 것이다.

헌이 고개를 내리면서 나를 돌아보고 씩 웃었다.

“많이 있다고 해도 뭐든 해줄 수 있는 건 아니고요. 다 받아줄 수도 없고.”

감정 감추기로는 수능 1등급일 것 같은 아이에게서 처음으로 속마음을 본 것 같은 기분이었다. 나는 무심코 말해버렸다.

“세상의 시선 같은 것, 마음만 있다면 중요하지 않잖아요. 누구나 누구를 좋아할 수 있는 건데. 우리의 어떤 조건에도 상관없이.”

그 말에 담긴 무례함은 눈치채지 못한 것처럼 헌은 담백하게 대답했다.

"시선이 두려워서 그런 게 아닌데. 그렇게 색안경 낀 눈으로 쳐다보는 사람도 있겠죠. 하지만 모두 다 그런 건 아니잖아요."

헌이 나를 내려다보았다. 새삼 느끼지만 키가 큰 아이였다. 마주보고 서니 더욱 실감이 되었다. 헌은 덧붙였다.

"어쨌든 전 아니에요."

나는 또, 어줍잖게 어른인 척했다. 나는 편견이 없지만 남에게는 있다고 쉽게 단정짓는 것도 또 다른 편견일 것이다. 헌은 그때까지 푹 뒤집어쓰고 있던 후드를 내리고 나를 바라보았다. 그 애의 머리카락 위에 빛이 떨어지면서 순간 얼굴이 잘 보이지 않았다.

"그리고 맞아요, 누구나 누구를 좋아할 수 있죠. 어떤 조건에도 상관없이."

밤바람이 다시 불면서 빗방울을 날렸다. 물방울이 머리 위로 뚝 떨어지자 나도 모르게 떨고 있었던 모양이다. 냉기가 피부 아래로 파고들면서, 오히려 열에 들뜬 기분이 들기도 했다. 헌이 점퍼를 벗더니 내 어깨 위에 걸쳐주었다.

"교복 입은 게 이상해서는 아니고."

속에는 반팔 티셔츠만 입고 있었는데, 헌은 전혀 추운

기색도 없이 서 있었다. 우리는 잠깐 마주보았다. 그 애가 말했다.

"입술이 파래요."

요전날 밤, 나연의 팔찌를 들여다보며 '지켜보다'라는 말의 의미에 대해서 생각했다. 주의를 기울여 한참 쳐다보는 것. 단순히 보는 것은 감각의 차원일지 모르지만, 옆에서 바라보고 관심을 기울이면서 보는 행위에는 그를 지켜준다는 의미가 있다. 사악한 시선을 쫓기 위해선 그를 지켜보는 시선이 필요하다. 그렇게 우리는 타인을 바라보면서 그를 지킨다. 나쁜 것으로부터 보호한다. 그게 바로 지켜본다는 것, '우리'의 수호 부적의 의미였다.

지켜본다.

내가 좋아하는 사람이 무엇을 좋아하는지 깨달을 만큼.

그리고 누군가 비를 맞고 떨고 있음을 알아차릴 만큼.

역시 이 아이는 독해하기 어려운 텍스트이다.

"저는 그럼 이만 가볼게요."

헌은 고개를 숙이더니 돌아섰다.

"저기……."

옷을 가져가라는 말을 할 틈도 없이 헌은 물 고인 길 위를 뛰어가버렸다. 뒷모습이 새삼스레 깨끗했다. 아마 희원이 바라본 모습이 이런 게 아니었을까 싶었다. 힘차게 내

디딘 발 아래서 물이 튀어올랐다.

"어려서 좋네요. 비 와서 날씨가 쌀쌀한데."

성현이 어느새 내 옆에 와서 서 있었다. 그도 계단을 내려오면서 헌이 가는 모습을 보았을 것이다. 그전부터 와 있었던 게 아니라면. 그리고 내 어깨에 걸친 헌의 후드 점퍼도. 그러나 그는 언제나처럼 아무 말 하지 않았다.

헌이 경찰서에 신고할 경우 다른 성인이 필요할 것 같아서 성현에게 연락했었다. 부모님에게 연락할 용기는 없었다. 지연도 떠올렸지만, 학교에서 곤란해질 수도 있었다. 무엇보다 경찰 관련한 업무라면 성현이 누구보다 적격일 것 같았다. 한밤에 뜬금없이 전화해서 일산까지 와 달라고 하는데도 그는 거절하지 않았을뿐더러, 때마침 근처라며 금방 와주었다. 그는 교복을 입고 비에 젖어 엉망인 내 꼴을 보고도 한쪽 눈썹만 치켰을 뿐 뭐라 하지 않았다.

"네, 젊어서 좋아요."

나는 필요 이상으로 새침하게 대답했다.

"우리도 가죠."

그가 나의 팔을 살짝 잡으며 덧붙였다.

"또, 어디로 뛰어들지 모르는 사람이라서."

"사고는 내 잘못이 아니라면서요."

잠깐은 그에게 팔을 잡힌 채로 놔두기로 했지만, 순순히 따라가는 건 좀 억울하기도 했다.

"사고는 당신 잘못이 아니지만……." 그는 길을 건너면서 나를 좀더 가까이 잡아당겼다. 동시에 차 키를 꺼내 꾹 눌렀다. 그의 차에 반짝 불이 들어왔다.

"내가 안 보는 데서 사고를 당하는 건 원치 않으니까. 다른 사람에게."

그 말을 할 때도 그는 앞만 보고 있었다. 나는 그에게 팔을 잡힌 채로 걸어가며, 다시 생각했다. 독해하기 어려운 또 하나의 텍스트가 여기에도 있구나, 하고.

맑은 소녀 시절의 꿈을 지켜보는 푸른 눈

나자르 본주 팔찌 열풍

보통 청소년기는 꿈과 희망이 가득한 맑은 시절이라고 말한다. 언제나 파란 하늘만 이어질 뿐 어두운 그늘 한 점 없는 것처럼. 하지만 우리의 학창 시절을 돌아보면 그렇게 환하기만 했을까? 어른들이 말하는 어두움은 먼 나중의 이야기이기만 했을까? 학교라는 터널을 무사히 빠져나오고 나면 우리 모두가 겪었던 질투와 걱정, 부끄러움과 좌절 같은 불안한 감정들은 모두 과거의 일들이 되어버린 것만 같다. 알 수 없었던 미래가 불안해서, 친구가 부러워서, 아무것도 느껴지지 않아서 도리어 괴로워했던 시간들 속에서 기댔던 작은 부적들에 대한 이야기도 다 잊어버렸다.

요새 일산 일대의 고등학교에서는 나자르 본주, 일명 악마의 눈 팔찌가 유행이라 한다. 악마의 눈은 터키에서 유래한 것으로 파란 배경 속에 그려진 눈동자이다. (……)

크리스마스에는
집으로
돌아온다
5
I'll Be Home for Christmas

"로체스터 씨는 제인 에어를 보내주지 않았어요.
그랬어야 하는데도."

그해 11월 ~ 12월

"예에, 등류당입니더."

아직도 전화를 받으면 가슴이 콩닥콩닥 뛴다. 등류당이라는 이름도 왜 이리 발음하기가 어려운지. 집 이름을 제대로 대지 못하거나 걸려 온 전화에 더듬더듬 대답했다가 큰마님이 아시기라도 하면 불호령이 떨어지기 때문에, 옥순 아지매도 거실의 전화가 울리면 못 들은 척하기 일쑤였다. 지금도 전화가 울리자마자 부엌 뒷문으로 슬쩍 나가면서 아까 넌 빨래가 다 말랐나 만져보고 있다. 덕형이 아재는 오전에 아침을 일찍 마친 후에 큰마님 모시고 구미로 일보러 갔다. 2층에서도 전화는 받을 수 있지만 주인님은 주무시는지, 기척이 없다. 휴우, 한숨을 내쉬면서 총총히 거실로 걸어가 수화기를 들었다. 그러지 않아도 큰마님이 "앞으로 전화 정도는 진남이가 받을 수 있어야지"라고 말씀하기도 했지. 수화기 저편에서 애교가 살랑살랑 넘치는 교환원이 새처럼 조잘댔지만 귀에 잘 들어오지 않는다. 기다리라는 말인 것 같아 가만히 수화기를 든 채로 서 있었다. 큰마님의 명으로 지난주에 대청소를 하면서 융단을 깔았는데도 바닥에서 올라오는 찬 기운이 고무신 속으로 파고든다.

거실은 커다란 창문이 있지만, 오늘 같이 흐린 날에는 볕이 잘 들지 않는다. 그리고 지금은 해님도 산을 넘어가고 있어 더욱 싸늘하다. 노랑, 초록 종이를 붙여서 장식을 해놓은 위 창문으로 알록달록한 빛깔이 어려 빨간 융단 위에 무늬를 이룬다. 덕형 아재가 돌아와서는 오늘밤에는 벽난로에 불을 지핀다고 하겠다. 창문 너머 보이는 정원의 정자에는 뿔이 난 것처럼 사방으로 뻗쳐 있는 등나무 덩굴들에 달린 얼마 남지 않은 마른 잎들이 바람에 이리저리 흔들린다.

얼마 전 주인님이 읽어주신 오-헨리의 「마지막 잎새」 생각이 났다. 거기서 잎새기는 담쟁이덩굴이라고 했는데. 대명동에 있는 학교 건물 담장에 얽혀 있는 게 담쟁이라고 주인님이 가르쳐주었다. 저 등나무 나뭇잎이 다 떨어지면 조운시처럼 아픈 사람의 목숨도 사라지는가, 생각하니 난데없이 서글픈 기분이 들었다. 연못에 누가 돌을 던지면 물둘레가 퍼져 가는 것처럼 알 수 없게 가슴속이 간질간질하다.

퍼져간다……. 왜 고개를 들었는지 모르겠다. 처음에는 책으로만 보고 공상하던 것이 눈에 보인다고 착각하는 줄 알았다. 큰마님이 질색하시는 습관이다. 부르는데도 멍하니 딴청 부린다고 큰마님에게 꾸지람을 들은 적도 여러 번이었고, 지난번에는 다음에도 그러면 쫓겨날 줄 알라고 으름장을 놓으셨기 때문에 엎드려 싹싹 빌기도 했다. 꿈에서 일어난 일을 진짜로 본 줄 알고 한 달 동안 무서워서 잠도 설쳤는데. 지금도 보이는 게 꿈인 줄만 알았다. 백일몽이라고 한다고 주인님께서 그러셨지.

그렇지 않고서는 하얀 천장 위에 저렇게 붉은 얼룩이 나타날 리가……. 하지만 뭐가 검정 고무신 코 앞으로 똑 떨어진다. 헛것을 볼 수는 있지만, 그게 이렇게 움직이기도 하나. 그리고 그 얼룩은 점점 크게 물둘레처럼 커진다. 그리고 바닥으로 똑똑.

"여보세요?"

수화기 너머로 남자 목소리가 들려왔다. 분명히 들었는데, 누구더라? 쉽게 대답할 수 없었다.

"여보세요? 진남이니?"

"예……. 그런데요."

누구신데 이름을 아는 걸까 하다가 생각났다. 상회 사장님이다. 주인님에게 용무가 있으신 거겠지. 그렇지만 목소리를 알아듣는 귀에서 머리까지가 천리같이 멀다. 눈이 천장의 얼룩에서 떨어질 줄 몰랐다. 처음에는 쪼만한 강낭콩 크기였던 빨간 점이 점점 크게 번져간다. 저런 빨간색 어디서 많이 보았는데. 꿈속에서, 마룻바닥에서, 머리카락 사이로 퍼지던 빨간 얼룩……. 한 방울이 코 위에 뚝 떨어졌다. 차갑네.

"얘, 진남아, 무슨 일이냐, 무슨 일이야?"

대답을 하진 못했다. 수화기를 떨어뜨렸으니까. 그러나 그전에 비명을 질렀던 모양이다. 잠든 집안을 다 깨울 것 같은 무시무시한 비명소리. 이게 마치 신호라도 된 듯 그 순간 바닥과 천장이 우르르 진동했다. 저번 천둥 치던 날 밤에 들었던 소리와 같이. 비명소리에 맞춰 우는 것만 같다. 벽도 따라 울부짖는다. 비명소리에 집 전체가 깨어난 것만 같다.

"이게 다 무슨 난리냐!"

돌아보니 옥색 두루마기를 입은 큰마님께서 거실 문지방에 서 계신다. 목에 두른 하얀 담비 머리가 뾰족한 큰마님 얼굴이랑 닮았다. 어느 쪽이 무서운지는 알 수가 없다. 정체 모를 얼룩인지, 흔들리는 집인지, 큰마님인지.

"저기……."

손가락으로 가리켰지만 그럴 필요도 없다. 큰마님도 내가 본 것을 보았는지 하얀 담비보다도 얼굴이 더 하얗게 질린다. 그러나 마님이 본 광경은 아까 보았던 것과는 다르다.

천장을 웅덩이처럼 물들였던 빨간 물이 점점 옅어지며 본디의 하얀색이 서서히 드러난다. 천장에는 마마 걸린 애기 얼굴처럼 붉은 반점만이 군데군데 남는다.

"저게 뭐……."

큰마님이 중얼거리던 순간, 인간 대신 대답이라도 하듯 벽들이 다시 울어대고 천장이 흔들린다. 사변 때 터졌다는 대포 소리가 이랬을까. 어릴 때라서 기억나지 않는다. 큰마님은 바닥에 털썩 주저앉는다. 아, 저기 앉으시면 옷에 빨간 얼룩 묻을 건데, 그 와중에도 이 생각이 덜컥 들었다. 빨간 얼룩이라면 양잿물에 빨아도 질까 말까……. 그러나 아까까지만 해도 핏방울이 뚝뚝 떨어졌던 자리에 이제 빨강은 없다. 그 자리는 누가 걸레로 닦은 듯 희미한 분홍빛만 남은 채로 사라지고 만다.

"벽에서 뭐라고…… 뭐라고 우는 거야."

큰마님이 고개도 들지 않고 말씀하신다. 고개를 항상 꼿꼿하게 쳐들고 다니는 분인데 요새는 왜 이리 고개를 숙이실까. 머리속이 그렇게 훤하고 하얀지를 이전에는 보지 못했다. 그 앞에 무릎을 꿇어 부축하려 했지만 큰마님은 손을 내친다.

"뭐라고 하느냐고 묻지 않느냐!"

그때서야 벽에서 무슨 말소리가 들렸다는 걸 안다. 뭐라고, 나…… 사람……. 여자 목소리 같기도 하고, 아이 목소리가 같기도 하고, 그 둘이 바람에 한데 뒤섞인 목소리 같은 것. 가늘게 흐느끼는 소리.

"아이고, 이작 한낮까지 무슨 일이랴!"

빨래 뭉치를 안고 옥순 아지매가 복도를 뛰어온다. 아지매가 뛰어오는 뒤에 흰 옷가지들이 발자국처럼 떨어져 있다. 덕형 아재도 현관 안으로 냅다 들어왔으나 집이 무너질까 두려운 듯 머리 위에 두 손을 얹고 엉거주춤하니 서 있다.

"뭐라고 지껄이는 거 같고먼요. 나가, 나가 어쨌다는 건지……."

"나가라고."

층층대 위에서 목소리 하나가 일정하게 울리는 소리와 함께 내려온다. 쿵, 이건 지팡이를 짚는다. 탁, 이건 발을 끄는 소리. 그렇게 일정하게 장단이 나온다. 쿵, 탁, 쿵, 탁. 이제 벽의 비명과 쿵 쿵 소리가 한데 맞물려서 이전에 들었던 무슨 소리 같다고, 생각한다. 그러나 이 소리에는 물기가 묻어 있다.

"나가라고…… 하잖습니까."

주인님은 최근에 앓은 폐병이 아직 낫지 않아 숨을 헐떡거린다. 쇳소리가 벽의 합창 소리와 뒤섞였다. 이제 알았다. 주인님이 상회 사장님하고 말하던 영국 연극에 나온다는 마녀들이 읊는 소리이다. 왕이 아니라 살인자가 된다는 사람에 대한 이야기였는데. 머릿속이 빙글빙글 돈다. 지금 이것도 연극의 한 장면일지 모른다.

"뭐라고……."

큰마님이 주인님을 올려다본다. 이렇게 몸을 움츠린 큰마님은 주인님하고 닮았다. 동네 사람들이 다들 수군거리면서 그랬다. 주인님은 큰마님을 쏙 빼닮았다고. 하얀 얼굴, 오뚝한 코. 주인님 얼굴이 좀더 각졌지만 둘 다 비슷하게 보이는 가늘고 날카로운 턱의 윤곽. 하지만 두 사람의 눈은 닮지 않았다. 옥순 아지매는 개암같이 생긴 눈 모양이 닮았다고 했지만, 아니다. 주인님은 큰마님과 같은 눈빛을 지은 적이 없었다. 적어도 지금까지는.

다시 한번 벽을 타고 소리가 흘러내렸다. 이번에는 좀더 또렷하게 울부짖었다. 나가라고. 벽에 귀를 대고, 들리는 대로 따라 말해보았다.

"내 자리에서…… 나가……. 주인이 아닌 사람…… 나가라……."

그 말을 했을 때 주인님은 이쪽을 바라보지 않았다. 다만 큰마님, 덕형 아재, 옥순 아지매가 고개를 돌렸을 뿐이다. 이쪽을 향해. 나를 향해. 차갑네, 다시 한번 생각했다. 아까 떨어졌던 핏방울보다.

역 앞은 한창 공사중이었다. 초겨울의 마른바람이 불자 먼지가 일어 건너의 주상 복합 건물들이 뿌옇게 흔들렸다. 공사장을 두른 가벽에는 지역의 10경景과 10미味를 알리는 포스터가 일정한 간격을 두고 붙어 있다. 육개장이나 멸치국물 국수가 지방 특산이라 할 정도로 특별한 맛이 있는 건가 멍하니 멈춰 궁금하게 여기는 순간, 허기가 졌다.

미령이 옆에 와서 섰다.

"납작만두 맛있겠다. 쫄면이랑 같이 먹고 싶어."

하얗게 부친 밀가루 전병을 가리키는 듯했다. 나는 아직 먹어본 적이 없어서 어떤 맛일지 짐작할 수가 없었다.

"납작만두요? 서울에서 파는 비빔 만두 같은 건가?"

"비슷해요, 정말 들러서 먹고 갈까."

미령이 앞에서 걸어가는 장년의 남자를 흘긋 쳐다보며 들으라는 듯 말했다.

점심때가 약간 지난 시각이었다. 모두 점심을 거르고 왔으니 배가 고플 만도 했다. 그렇지만 누구도 선뜻 점심부터 먹고 가자는 말을 꺼내지 못하고 남자의 눈치만 살폈다. 미령이 앞서가는 남자를 뒤에서 불렀다.

"선생님."

남자는 벌써 택시들이 늘어선 앞까지 가서 우리가 따라오기만을 기다리고 있었다. 그는 어서 오지 않고 뭐하느냐는 투로 고개를 까닥 기울이고 미령과 나를 바라보았다. 미령과 나의 눈빛이 마주쳤을 때, 나는 그저 어깨만 으쓱해 보였다. 우리는 속도를 높여 남자에게로 다가갔다. 공사장의 흙먼지가 실린 바람이 다시 한번 불어오자 나는 콜록거리며 스카프로 입을 가렸다.

남자는 택시 문을 열어주며 우리가 뒷좌석에 탄 다음에야 본인도 조수석에 올라탔다.

"1시 이전에 가는 게 좋습니다. 그 이후에는 기가 흐려지기 때문에."

택시 기사에게 목적지를 알려주고, 차가 출발했을 때 남자가 설명하듯이 말했다. 예술영화에 흔히 등장하는 교수처럼 교양 있는 말투였다. 그는 실제로 수도권에 있는 대학에서 겸임 교수로 있다고 했다. 하지만 정확한 직함과 학과를 알 수 없으니 기사를 쓰기 전에 학교 홈페이지에 들어가서 확인을 해봐야겠다며 머릿속 수첩에 기억해두었다.

"그래서 이모할머님 수술은 경과가 어떻게……?"

나는 미령에게 물으면서도 눈으로는 앞좌석에 앉은 남자를 살폈다. 귀를 덮을 만큼 약간 긴 머리로 흰머리가 군데군데 보였다. 그는 차창 앞만 똑바로 바라보며 우리에게는 별로 신경을 쓰지 않는 듯했다. 미령은 머리를 저었다.

"아직 의식이 없으세요. 병원 쪽에서는 마음의 준비를 하라고 했다고……. 그쪽 변호사는 할머니는 돌아가신 후에는 한국에 오고 싶다는 말을 하셨다고도 하고. 하지만 임종 지키려면 우리 쪽에서 누가 가야 하는데, 지금 저희 사정도 여의치 않아서 알아보고 있어요. 게다가 갑자기 이 집 일이 생겨서……."

미령은 한숨을 폭 내쉬었다. 세상에 번거로운 일들이 몰리는 사람이 있다면 미령이 그런 사람이 아닐까 싶다. 풍수 교실에서 알게 된 미령은 소위 말하는 슈퍼 와이프였다. 미령은 전업주부로 치과 의사인 남편의 개업을 도와 인테리어를 하러 뛰어다니고 인스턴트를 전혀 사용하지 않고 유기농 재료만 사서 직접 애들 간식까지 만들어 먹이는 엄마였다. 그런 바쁜 와중에도 문화센터에서 풍수를 배우고 시각장애인용 도서 녹음 자원봉사를 한다. 부동산에도 밝아서 사모님들과 함께 강원도까지 가서 드론을 띄우고 땅을 살펴보러 다닌다고도 했다.

그런데 이제는 먼 친척의 일까지 떠맡아서 여기 대구까

지 온 것이다. 미령이 어쩌다 이 일의 책임자가 되었는지 보지 않아도 훤했다. 네가 땅이며 풍수며 잘 알잖니. 네가 그런 일은 잘하잖니. 네가 인맥이 넓잖니. 잘한다는 칭찬이 일을 떠넘기는 청탁으로 변하는 시점, 무엇이든 잘하는 사람의 괴로움이다. 거기 나까지 취재 욕심으로 얹혀 있어 부담을 주는 게 아닌지 미안했다.

"이렇게 바쁜데 저까지 따라와서 방해나 되지 않을지……."

미령이 눈을 동그랗게 떴다.

"무슨 말이에요. 재인 씨가 같이 와줘서 제가 얼마나 든든한데."

인사치레인 말도 진심으로 할 줄 아는 게 미령의 재능이었다.

창밖을 내다보니 택시는 알록달록한 간판과 함께 수건 가게들이 죽 늘어서 있는 거리 사이를 지나고 있었다. 교과서에서만 보았지 대구는 처음이었다. 내가 구경하는 모습을 바라보던 미령은 손가락으로 빨간 벽돌의 건물을 가리켰다.

"저거 대구에서 가장 오래된 성당이에요. 저 반대편으로 들어가면 옛날 주택들이 있어요. 이따가 시간 나면 둘러보면 좋은데."

나도 고개를 끄덕이며 가보고 싶다고 말하고 화제를 바꾸었다.

"미령 씨, 이모할머님 만나본 적 있다고 했죠?"

"네, 대학 때 유럽 여행 갔을 때 함부르크 할머님 댁에서 며칠 묵었어요. 사흘이었나……. 그때도 따뜻하게 대해주셨는데, 나중에 결혼하고 남편이랑 스위스 여행 갔을 때 바젤에서도 뵈었어요. 할머님 특별전이 있을 때라서…… 바쁘셔서 인사만 하고 왔지만요."

"저도 할머님 기사 신문에서 읽었어요. 국립 현대 미술관에서 작품도 인상 깊게 보았거든요. 아직 육십 대시고 작품 활동도 활발하셨는데, 꼭 쾌차하셔야 할 텐데요."

미령의 이모할머니인 성진영은 예술에 관심이 있는 사람들에게는 꽤 인지도 있는 유명한 화가였다. 처음에는 서양 회화의 고전적 모티브를 동양적으로 변환한 작품으로 이름을 알렸고, 그후에는 동양적 선의 요소를 담은 추상화로 유명해졌다. 최근에는 쪽 염색 등 다양한 섬유 염색 기법을 이용한 회화를 추구하고 있다. 현대 미술관의 설명 자원봉사자는 동양적 수묵화의 필치로 색면 추상을 구현했다는 말로 성진영의 작품을 설명했다. 삼베 위에 검은 묵이 스쳐지나간 모양이 한국의 산 같기도 하고, 태초의 밤 같기도 하다고, 자원봉사자는 그림을 들여다보며 말했다. 그 말을 들으니 그림 속에서 검은 천이 풀려 나와 나를 감싸는 것 같기도 했었다.

택시는 커브를 돌아 수건과 양말 가게들이 많이 들어선 거리를 달려나갔다. 시내치고는 약간 빠르다 싶은 속도였다. 우리가 탄 택시가 우회전하려는 찰나 옆에서 달리던 회색 아반떼가 갑자기 차선을 바꾸는 바람에 충돌할 뻔했다. 나는 번쩍 놀라 머리 위의 손잡이를 잡았고, 택시 기사는 짙은 경북 사투리가 섞인 욕설을 입안에서 웅얼거렸다. 큰 소리는 아니었지만 그 바람에 대화가 끊겼다.

"어머, 놀라라. 사고 날 뻔했네."

미령이 가슴을 쓸어내렸다. 내가 몸을 앞으로 내밀고 기사님에게 말하려는 찰나, 그때까지 침묵을 지키던 앞자리의 남자가 고개를 살짝 돌리고 기사에게 차분하고도 권위 있는 목소리로 말했다.

"기사 양반, 좀 천천히 갑시다."

기사는 아무 대꾸도 하지 않았지만, 못마땅해하는 기색이 잠시 택시 안에 흘렀다. 그 기운을 떨치려는 듯 미령이 다시 입을 열었다.

"할머니 전기 작가가 곧 서울에 올 거거든요. 독일에서 몇몇 이민자 출신 작가들의 작품 세계를 추적하고 기록하는 프로젝트가 있대요. 전기만 쓰는 게 아니라 대표 화집도 같이 출간하고 다큐멘터리도 촬영한다나. 암튼 거대한 작업처럼 들렸어요. 그중 할머니를 맡은 작가는 한국계 독일인이니 한국말을 하긴 하겠죠. 서울에 와서 자료 조사하고 주변 사람들 인터뷰도 하긴 할 건가 봐요. 그런데 어차피 서울에는 자료가 많지 않아서요. 할머니는 서울에 사신 적이 없거든요. 서울에 있는 자료는 저희 외할머니가 간직했던 편지 같은 것뿐이에요."

"할머님은 한국에서는 주로 대구에 사신 거예요?"

"네, 할머니는 십 대 후반까지는 대구에 사셨다고 하셨어요. 그게 66년이었나, 67년이었나……."

미령이 머릿속으로 숫자를 세는 동안, 택시는 시내를 빠져나가 시 외곽으로 향하는 듯했다. 도시적인 건물들은 드물어지고 야트막한 집들만이 이어졌다. 기이하게도 거리에는 행인조차 별로 볼 수가 없었다. 흐리긴 하지만 사람들이 집에 숨어만 있기에는 그렇게 추운 날씨도 아니었다.

"그럼 지금 대구에는 할머님 가족이 없어요?"

"가족은 할머니가 대구 떠날 때부터 없었다고 들었어요. 전쟁 이후에 부모님 잃었고, 형제자매도 없었나 뿔뿔이 헤어졌나 했던 것 같고. 그러다가 저희 외할머니 댁에서 같이 살았대요. 그때는 중학교도 다니고……. 그런데 저희 외할머니네도 아버님, 그러니까 저한테는 증조외할아버지죠. 돌아가시는 바람에 서울에 있는 할머니 외삼촌 댁으로 가게 됐대요. 그래서 진영 할머니는 다른 집으로 일하러 가게 됐대요."

"일요?"

"그때 시절이 그렇잖아요. 다들 못살 때고……. 가족도 없고 배운 것도 없는 여자가 할 수 있는 일이 별로 없었겠죠. 부잣집에 식모로 갔다고 들었어요. 그러다가 나중에 독일로 갔고."

공영방송의 아침드라마에 나올 만한 흔한 사연이지만, 나는 이 이야기에는 뭔가 빠진 게 있는 듯한 기분이 들었다. 며칠 어딜 가느라 드라마를 못 봤더니 몇 회를 뛰어넘어 줄거리를 놓친 것 같았다.

"지금 가는 이 집과 할머니는 무슨 관계죠? 무슨 관계길래 집까지 물려주고……."

"아, 그건……."

미령이 대답하려던 찰나, 택시가 다시 덜컹 멈춰서는 바람에 몸이 앞으로 쏠렸다. 곱게 서도 되는 걸 아까 한마디 들은 게 고까웠던 게 아닐까, 하는 생각이 스쳤다. 택시 기사는 여전히 아무 말 하지 않았다.

"여기네요."

앞자리의 남자가 고개를 빼고 창문 바깥을 보며 말했다.

미령이 앞좌석을 붙들고 남자가 가리키는 쪽을 바라보았다. 나는 차문을 열고 택시에서 내려서 고개를 젖혔다.

눈앞에 보이는 것은 십일월의 회색 하늘을 머리에 인, 빨간 벽돌과 하얀 회벽으로 지어진 이층집이었다. 검은 박공지붕 아래 회벽에 뚫린 반원형의 스테인드글라스 창문에, 구름 속을 뚫고 나온 하얀 햇살이 비쳐 반사되었다. 지붕 옆 굴뚝에서는 금방이라도 연기가 솟아날 듯싶었지만, 벽돌벽 전체에는 마른 갈색의 담쟁이덩굴이 감겨 있었다. 집에 덧대어 지은 듯한 일 층짜리 옆채부터 철제 덩굴 장식이 있는 대문에 이르는 정원은 손질한 지 오래되었는지 발목은 넘어설 듯한 길이로 풀들이 자랐다가 가을바람에 그대로 물기가 빠져 바스락댔다. 한쪽 구석에는 이제 잎 하나 남지 않은 등나무들이 똑바로 서서 정자를 에두르고 있었다. 주변의 풍경과는 하나도 어울리지 않는 기묘한 건물이었다.

아직도 야트막한 한옥들이 모여 있는 동네의 한구석에 자리한 지은 지 팔십 년은 되었을 듯한 서양식 고택, 타임슬립을 잘못해서 원치 않는 위치에 떨어진 시간 여행자가 된 기분이었다. 그런데 이 집주인은…….

"남편이었어요."

미령이 택시에서 내려 지갑을 도로 가방에 넣으며 말했

다. 나는 그녀를 돌아보았다.

"이 집 물려준 사람, 할머니 남편이었어요."

❦

미령이 변호사에게 받아 온 열쇠로 철문을 따는 동안, 나는 남자와 두 발짝쯤 떨어져서 서 있었다. 덩굴손이 중앙을 향해 뻗어 있는 모습의 연철 문은 한때는 고풍스러웠겠지만 지금은 비바람에 시달려서 군데군데 녹슬어 있었다. 하지만 문을 걸어놓은 맹꽁이자물쇠는 문만큼 오래된 것은 아니었다. 자물쇠가 철컥하는 소리와 함께 열리고 미령이 살며시 문을 밀어보는 순간, 남자가 한 손을 들었다.

"잠깐, 거기 가만있으세요."

미령은 자물쇠를 든 채로 재빨리 물러섰다.

"더 가까이 가면 위험하니 제가 먼저 들어가겠습니다."

남자는 미령을 지나 앞으로 걸어나갔다. 문은 녹슨 철 특유의 삐거덕 소리를 내긴 했으나 의외로 부드럽게 열렸다. 남자는 바로 집안으로 들어가지 않고 현관 앞에 선 채로 이제까지 메고 있던 배낭과 손에 든 쇼핑백을 바닥에 내려놓았다. 남자는 마지막으로 새끼줄을 꺼내 다시 철문으로 가서 매달았다. 금줄을 치는 것이었다. 그는 새끼줄

앞에서 합장하고 무언가 주문 같은 소리를 외더니 소금을 뿌렸다.

우리는 그 뒤에 약간 떨어져서 섰다. 나는 미령에게만 들리게 소곤거렸다.

"이전에 하는 것 본 적 있어요?"

미령도 내 소리에 맞춰 작게 속삭였다.

"딱 한 번. 판교에 아는 사람이 집을 물려받았을 때 와 달라고 해서. 그쪽은 부모님이 둘 다 교통사고로 돌아가신 바람에……. 그런데 신기하게도 그렇게 하고 나서 집이 금세 좋은 시세에 팔렸어요. 교수님이 이 분야에서 워낙 유명하셔서 할머니 상대편에서도 이름을 알더라고요. 원래도 이분에게 맡기려고 했대요."

교수님이라는 남자가 문 안으로 들어가자 우리도 따라 들어갔다. 그는 집안으로 들어가기 전 계단 앞에 멈춰 서서 가지고 온 것들을 꺼냈다. 하얀 창호지에 싼 나뭇가지, 초 몇 자루. 밥그릇과 놋쇠로 된 큰 용기. 약간 모형 느낌이 들긴 했으나 놋쇠 용기는 요강과 비슷한 모양이었다. 남자가 계속 들고 다니던 쇼핑백에 든 것은 물이 든 상표를 벗겨낸 페트병과 하얀 봉투 여러 개가 담긴 비닐 백이었다.

그가 준비를 하는 동안 나는 정원을 둘러보았다. 사람이 살지 않는 집에 활기가 있을 리가 없다. 마른 담쟁이와 길게 늘어진 등나무 덩굴만이 이 집안에서 움직이는 유일한 생물 같았다. 그들에게 아직 생명이 남아 있다고 할 수 있는지는 모르지만, 그들은 나무의 유령처럼 바람 따라 이리저리 흔들릴 뿐이었다.

나는 고개를 들어 무심코 2층을 올려다보았다. 스테인드글라스 창문 뒤로 무언가 휙 움직인 것 같아 스산한 기분이 들었다. 지나가는 구름이 비친 것일까.

"유령이 있어도 이상할 것 같지 않은 집이네요."

미령이 옆에서 한숨을 폭 내쉬었다. 나와 똑같은 생각을 하고 있었던 듯하다. 남자는 다시 현관 앞으로 돌아와 하얀 쌈지를 하나하나 풀어 펼쳐내고 있었다. 쌀, 보리, 저건 볶은 콩인가……. 내가 알 수 없는 붉은 건어물 같은 것. 그리고 빠질 수 없는 소금과 팥. 나는 인터넷에서 검색한 내용을 떠올렸다.

"정말 의외로 인기가 있던데요. 기 클리닝."

이 주 전, 미령과 점심을 같이 먹을 때 이 얘기를 처음 들었다.

"유령 저택을 상속받았다고요?"

한입 베어 물었던 BLT 샌드위치가 입에서 튀어나올 뻔했다. 미령이 커피잔을 내려놓고 손사래를 쳤다.

“아니, 제가 받은 게 아니고 이모할머니가. 전에 말했죠, 독일에 사는 화가 할머니.”

“그 할머님 뇌졸중으로 쓰러지셨다고 하지 않으셨어요?”

“네, 신문에도 났었죠. 그런데 그게 공교롭게 할머님이 그 집을 상속받는다는 소식이 전해진 날에 쓰러지셔서……. 저희 외할머니, 즉, 그러니까 진영 할머니 사촌언니는 그게 다 그 집 때문인 것 같다, 생각하시는 거예요. 그래서 집에 묶인 액을 풀어야 하지 않겠느냐고.”

미령은 심각한 표정이었지만 자기도 기가 차다는 말투였다. 나도 웃어야 할지 울어야 할지 모르겠는 이야기라고 생각했다. 사람 목숨이 위중하지만, 유령 저택의 저주라니. 그리고 미령에게서 들은 더 놀라운 말은 그렇게 집에 낀 액을 풀어주는 서비스가 사업으로 존재한다는 것이다.

“뭐죠? 엑소시스트 같은 건가요?”

“비슷한 거겠지만, 이사 들어가면 다들 고사를 지내잖아요. 그걸 변형한 의식인 것 같아요. 재개발 주택지 같은 데서는 집이 오래 안 팔릴 때 이런 의식을 하는 경우도 많고, 이사하고 들어갔는데 식구가 아플 때도 한대요.”

“그럼 하시는 분은 누구예요? 무속인?”

"그게 케이스 바이 케이스라고. 무속인이 굿을 하는 경우도 있고, 부동산에서 하는 경우도 있고. 요새는 보통 기 클리닝을 많이 해요."

"기 클리닝이라니, 동서양의 하이브리드인가요……."

"그런 이름이어야 인기가 있는 거겠죠. 퇴마보다는 어감이 좋잖아요. 고스트 버스터즈라고 할 수도 없고."

미령은 별로 유머도 담지 않고 대답했다. 실용적인 성격의 수준으로 따지자면, 내가 아는 사람 중 미령을 따라갈 사람은 없었다. 아니, 한 사람 더 있을지도 모르겠네. 두 사람의 진지함 대결 같은 것도 재미있을지도. 나는 잠시 딴 데로 돌아간 생각을 다시 화제로 돌렸다.

"그러네요. 기 클리닝하시는 분…… 기 클리너는 누군데요?"

"저도 잘 모르겠어요. 이런 업계에서는 이력을 따지진 않으니까. 점술사에게 학력을 요구하진 않듯이. 하지만 제가 아는 분은 무슨 교수님이에요. 전공은 모르겠지만."

나는 자기 이력을 말하지 않는 사람들보다 오히려 교수라고 밝히는 사람 중에 수상한 사람이 더 많다고 생각하는 편이었지만, 미령에게는 그 말을 하지 않았다. 미령은 그리하여 기 클리너와 함께 이모할머니가 상속받은 집에 가야 한다고 했다. 거기에는 복잡한 법률문제가 있다고 했지만, 본인이 말을 꺼내지 않았으므로 나도 더 묻지는 않았다. 다만 취재차 따라갈 수 있게 해달라고 부탁했을 뿐이다.

헤어지기 직전 나는 미령에게 물었다.

"그런데 거기 정말 유령의 집이에요?"

미령은 어깨를 으쓱했다.

"외할머니 말씀으로는 진영 할머니가 그렇게 말했다고 하시더라고요. 유령이 할머니를 쫓아냈다고."

그러고는 덧붙였다.

"오십 년 전 일이니까, 기억은 믿을 수가 없는 거겠죠."

오십 년이나 묵은 유령이 과연 기 청소 정도로 빠져나갈까, 나는 여전히 곡식을 제사상 차리듯 가지런히 늘어놓고 있는 교수를 보며 생각했다. 오십 년 전의 유령이 성진영 씨의 혼을 빼앗아갔다. 한번 쫓아냈는데 다시 돌아오게 되었기 때문에? 아무리 생각해도 전 세계 유령 연합이 있지 않는 한, 대구의 저택에 붙은 혼이 바다를 건너 함부르크에 있는 여자에게 해를 입혔다는 건 아무리 오컬트주의자라도 쉽사리 믿기지 않는 일이다.

교수는 이제 채비가 끝난 듯 우리를 돌아보았다.

"자, 이제 시작합니다."

나는 가방 속에서 보이스레코더를 집었다가 놓고 다이

어리와 연필을 꺼냈다. 특히 이런 유의 취재에서는 녹화나 녹음을 꺼려 하는 사람이 많다. 나조차도 조심스러운 면이 없지 않았다. 하지만 실용적인 미령은 내가 수첩에 주섬주섬 쓸 동안 핸드폰 카메라로 교수가 준비해놓은 것들을 찍었다. 처음에는 전체로, 그다음은 개별로 하나하나. 블로그를 위해 많이 찍어본 솜씨다. 교수는 안경 너머 얼굴을 찡그리긴 했지만 별말 하지 않았다.

"이분이 집주인이시죠?"

그가 미령을 쳐다보았다. 미령은 쾌활하게 대답했다.

"아뇨, 집주인은 저희 이모할머니세요."

남자의 미간이 알 듯 말 듯 다시 찌푸려지려 하자 미령이 재빨리 덧붙였다.

"할머니는 편찮으셔서 제가 대신 왔어요."

"이런 건 집주인이나 직계가족 아드님이나 따님이 오시는 게 좋은데. 어쩔 수 없죠. 그럼 시작해볼까요."

"저……."

미리 양해를 구하는 게 좋겠다 싶었다.

"같이 다니면서 어떻게 하시는지 봐도 될까요? 끝나고 몇 가지 질문도 드리고 싶고요."

미령이 옆에서 거들었다.

"미리 말씀드렸던 글 쓰는 친구예요. 기 클리닝을 '신문이나 잡지'에 소개하고 싶어서요."

신문이나 잡지에 확실히 강조를 두었다. 남자가 거기 어떤 인상을 받았는지는 알 수 없지만 싫은 것 같은 눈치는 아니었다. 책을 쓴다고 하는 것보다 광고가 될 수 있는 언론과 관계되었다는 인상을 주는 편이 취재에는 유리했다.

"네, 큰 소리만 내지 마십시오."

"가급적이면 사진이나 동영상도 찍고 싶은데요." 미령은 내친김에 밀어붙였다.

교수는 우리 둘, 특히 나를 머리부터 발끝까지 가늠해보았다.

"플래시는 터뜨리지 마십시오. 안에 있는 것들을 자극하니까."

해외의 미술관과 비슷한 원칙인 것 같았다. 다만 이 경우엔 뭔가 살아 움직이는 게 없기를 바랄 뿐이었다.

"집주인은 이걸 드십시오."

교수는 미령에게 놋쇠 요강을 건넸다. 그 안에는 쌀이 든 밥그릇이 있고, 거기에 촛불을 켜서 세워놓았다. 미령이 받으며 촛불이 약간 흔들리자 교수가 밑을 받치면서 엄격하게 말했다. "제가 내려놓으라고 할 때까지는 계속 들고 있으세요. 촛불 꺼지지 않게 똑바로."

미령은 두 손으로 공손히 요강을 받쳐들었다. 별로 꺼리는 기색은 없었다. 나는 다이어리에 "밥그릇" "요강"이라고 쓰면서 미령은 자기가 든 게 뭔지 아는 걸까, 라고 생각했다. 교수는 강의하듯이 말했다.

"쌀은 풍년, 촛불은 가문이 불처럼 일어나라는 뜻이지만, 요강은 인간에게 가장 중요한 배설과 관련된 것이고 오줌은 부정한 것을 쫓아주는 주술적 힘이 있지요."

미령은 교수의 말을 들으며 고개를 끄덕끄덕했다. 필기할 시간을 주듯 말하고 나서 그는 잠깐 뜸을 들이기에 나는 수능 1등급을 노리는 학생처럼 열심히 받아 적었다.

서양식으로 계단을 오르면 작은 포치가 있었다. 교수, 미령, 나 세 사람은 순서대로 계단을 올라 그 포치 앞에 섰다. 교수는 다시 강의를 시작했다.

"때마침 음력 시월 상달이라서 다행입니다. 어차피 이사를 오셨어도 가을고사를 지냈어야 할 달이지요. 게다가 상달이라서 길일을 따질 필요도 없지만, 오늘은 손이 없는 날이기도 하고. 벽사기복이라는 면에서는 기 클리닝이나 가을고사나 원리는 같습니다. 보통 고사 때는 시루떡과 백설기를 많이 하지만 우리는 이걸로 대신 하죠."

그는 손에 쥔 붉은 팥을 문 앞에 쫙 뿌렸다. 팥알들이 나무 바닥에 떨어지며 주판알 떨어지는 소리를 냈다.

"먼저 집부터 하고, 정원과 창고도 나중에 확인해보도록 하죠." 그는 마지막으로 주의를 주며 뒤로 한발 물러났다.

"집주인부터 먼저 들어가십시오."

요강을 무슨 특별 요리 접시처럼 똑바로 받쳐든 미령이 앞에 섰다. 교수는 옆에 서서 문을 열었다. 다른 창문처럼 스테인드글라스가 나무 패널 문 상단 위에 끼워져 있었다. 나는 햇볕이 들면 집 앞 현관이 여러 가지 색으로 빛나 무척 아름다웠을 것이라고 생각했다. 오십 년 전에는.

현관에 들어서자 빛이 문을 통해 사각형 모양으로 중앙 계단 아래에 비쳤다. 문 위의 스테인드글라스 때문에 사각형 위에는 초록과 노랑 색깔의 문양이 180도 부채꼴로 펼쳐졌다. 커튼이 닫혀 있었지만 그 외에는 사람이 살던 그대로인 것 같았다. 집안의 공기는 오랫동안 고여 있었던 듯 고요했지만 오래 비워두었던 집처럼 퀴퀴한 냄새는 나지 않았다. 주인은 잠깐 외출했고 그 안에서 누군가가 그를 기다리고 있을 것만 같은 분위기였다.

중앙 계단은 서양의 저택처럼 높거나 장엄하진 않았지만 옛날 주택치고는 꽤 넓고 가팔랐다. 계단 밑에 해리 포터가 살았을 것 같은 집은 이 계단을 중심으로 반으로 나뉘어 있었다. 왼쪽은 식당과 부엌으로 쓰던 공간인 듯했다.

남자는 우리가 들어온 현관 앞에 소금을 뿌렸다.

"일단 나쁜 기운은 많이 느껴지지 않는데, 저쪽 방부터 시작하죠."

우리는 남자의 뒤를 따라 오른편 넓은 방으로 향했다. 나는 미령의 귀에 대고 소곤거렸다.

"생각보다 으스스한 느낌은 없는데요."

미령은 태평하게 말했다.

"우리야 걱정할 게 뭐 있겠어요. 액을 쫓아주는 분과 같이 있는데."

문간을 넘어설 땐 마룻바닥에서 삐그덕 소리가 났지만, 방안은 오래된 꽃무늬 양탄자가 깔려 있어서 우리 발소리는 들리지 않았다. 먼저 눈에 들어온 것은 벽난로와 선반이었다. 벽난로의 안벽과 앞의 쇠울타리는 그을려 있었지만, 불을 땐 지 오래된 듯 보이는 집이었다. 이런 식의 집에서는 보통 난로 선반 위에 사진이나 작은 장식품들이 놓여 있기 마련이지만, 여기에는 원래 있었는지 아니면 나중에 치운 건지 아무것도 놓여 있지 않았다. 다만 그 위에 금테 액자에 끼운 흑백사진이 하나 걸려 있을 뿐이었다. 이 집으로 보이는 커다란 집 앞에 여러 사람이 선 사진이었지만, 방이 어두워서 개개의 그림자로밖에 보이지 않았다. 그 외 눈에 띄는 가구라고는 벽난로의 오른쪽 벽에 놓인 피아노뿐이었다.

"그것을 난로 선반 위에 갖다 놓으십시오."

미령은 기 클리너의 말에 따라 들고 있던 요강을 난로 선반 위에 놓았다. 그런 다음 한발 물러나서 사진을 힐끔 올려다보는 것 같았다. 그러더니 다시 다가가서 얼굴을 사진에 들이대고 자세히 살폈다. 미령은 "아!" 하는 소리를 내며 나를 돌아보았지만, 그녀의 표정은 읽을 수가 없었다. 나는 미령보다는 교수의 행동을 더 주시할 수밖에 없었다. 남자는 방의 네 귀퉁이를 돌아다니며 하얀 종이에 싼 쌈지를 놓았다.

"저기……. 그 안에 들어 있는 건 뭐죠?"

부정 탄다고 혼날 것을 각오했으나 남자는 담담하게 말했다.

"말린 해삼과 콩, 보리 볶은 겁니다."

빛이 없어서 사진이 잘 찍힐 거라는 생각은 들지 않았지만 일단 방 전경을 한 장 찍었다. 교수가 이미 커튼을 걷었지만 구름 낀 날씨라 방안도 침침했다.

교수는 벌써 바로 이어지는 옆방으로 옮겨가고 있었다. 나도 그 뒤를 따라가려는 찰나, 미령이 내 팔목을 붙잡았다. "저 사진 좀 보아요." 그녀가 속삭였다.

나는 난로 선반으로 다가가서 사진을 들여다보았다. 집

앞에서 여러 사람이 서거나 앉아서 찍은 기념사진이었다. 한가운데에는 한복을 입은 나이든 여자와 양복을 입은 젊은 남자가 의자에 구부정하게 앉아 있었다. 나이든 여자의 옆에는 셔츠 소매를 걷어붙인 중년의 남자와 같은 연배로 보이고 머리를 쪽진 여자가 아기 포대기를 안고 서 있었다. 아기로 보나 두 사람의 거리로 보나 부부 같은 인상이었다.

사진 대칭으로 그와 같은 위치에도 두 남녀가 있었다. 맨 가장자리에 선 남자는 흐린 옛날 사진에서도 훤칠하게 보이는 이십 대의 남자로 흰 셔츠와 검은 양복바지 차림이었다. 젊은 남자 둘 사이에 서서 똑바로 카메라를 바라보고 있는 여자는 밝은 색 원피스를 입고 있었다. 성인 여성이라기보다는 소녀에 가까운 느낌이었다.

미령이 원피스를 입은 소녀를 가리켰다. "이모할머니예요."

"그런가요……."

나로서는 알아볼 수가 없었다. 사진도 흐렸지만, 애초에 내가 아는 성진영 씨는 이미 노년에 접어든 후의 모습뿐이었으므로 이 말간 얼굴의 소녀와 동일인인지는 판가름할 수 없었다. 미령의 말을 듣고 보니 얼굴형이나 키가 비슷한 듯도 했지만 그도 확신할 수는 없었다.

"집주인, 이리로 오십시오."

옆방에서 부르는 소리에 우리는 서둘러 건너갔다. 뒷마당을 내다보는 넓은 창 아래 책상과 커다란 데스크톱컴퓨터가 있는데 바로 그 옆에 침대가 놓여 있어서 약간 비좁아 보이는 내실이었다. 심지어 이 방에는 오래된 전축도 놓여 있었다. 나는 이 방에서도 사진을 두어 장 찍었다. 나는 먼지가 베일처럼 옅게 깔린 책상 위를 살펴보았다. 거대한 참나무 책상 위는 컴퓨터 외에는 다른 물건이 없었고 서랍은 다 잠겨 있는 것 같았다. 책상을 자세히 들여다보려면 허리를 한참 굽혀야 했다.

교수는 이미 이 방 의식을 마친 모양이었다. 무언가를 태운 냄새가 공기 중에 흘렀다.

우리는 1층을 돌아다니며 기 청소 의식을 반복했다. 대부분 방에서 교수가 하는 일은 비슷했다. 팥이나 소금을 뿌리고, 벽장이 딸린 방에는 빨간 부적을 붙였다. 나는 그를 따라 방을 하나씩 돌아다닐 때마다 기묘한 기분이 들었다. 이 집이 지어진 지는 거의 백 년 가까이 되어 보였지만 가구는 그것만큼은 나이가 들지 않았다. 가끔 최근까지 사람이 살고 있었다는 흔적이 있는 물건들도 보였다. 가령, 선룸에는 치펜데일 스타일의 책상이나 의자가 있는가 하면, 방구석에 에어컨이 달려 있다거나 하는 식이었다. 시간이 뒤죽박죽 엉킨 기분이었다.

식당으로 썼을 것 같은 빈방 옆으로 이어지는 부엌에는 서양식의 저장고인 팬트리가 딸려 있고, 바닥부터 무릎까지 그리고 다시 눈높이부터 천장 높이까지 문이 여러 개 달린 붙박이식 벽장이 있었다. 교수는 다시 빨간 부적을 꺼내 위와 아래 가운데 벽장을 열고 그 안에 붙였다. 아래 벽장은 최근까지 쓴 흔적이 있어, 블렌더라든가 저울 같은 자잘한 조리 기구들이 들어 있었지만, 위쪽 벽장은 최근에는 아무도 쓰지 않았는지 텅 비었다.

현대식으로 개조되어 스테인리스 싱크대가 달린 부엌에서 들어가자 교수는 페트병에 넣어가지고 온 물을 바가지에 붓고 고추와 숯, 소금을 넣어 바닥에 두었다. 미령은 무슨 생각인지 모르지만 싱크대로 가더니 물을 틀어보았다.

"어, 아직 수도가 안 끊겼나 봐요. 물이 나오네요."

조용하던 집안에 와르르 하는 물소리가 퍼졌다. 교수는 뒤를 돌아보았다. 남자의 말소리가 약간 엄해졌다.

"제가 괜찮다고 할 때까지 손대지 마십시오." 그러더니 남자는 덧붙였다. "여기는 조금 얽혀 있는 게 있군요."

미령에게는 그렇게 위협이 되지 않는 말이었는지, 태연하게 수도를 잠갔다. 남자가 바가지에 담긴 물을 부엌 여기저기 뿌리기 시작하자 나는 부엌 뒤편에 있는 문 쪽으로 물러섰다. 옛날에 고용인 출입구로 쓰던 문이었다. 교수의 동선을 방해하고 싶지도 않고 물이 튀는 것도 싫었다.

교수는 바가지를 든 채로 갑자기 내 쪽으로 고개를 돌렸다. 나는 순간 멈칫했다. 오늘 처음으로 그의 얼굴에 놀란 표정이 스쳤다. 그의 눈은 내가 아닌 내 얼굴 너머를 바라보고 있었다. 그러고 보니 아까부터 목덜미에 스산한 기운이 느껴진다 싶었다. 누군가 나를 보고 있는 느낌……. 나는 서서히 고개를 돌렸다.

나도 모르게 소리를 질렀나 보다. 문 너머에서 우리를 지켜보던 두 눈과 마주쳤을 때.

ᘛᘚ

"내려올 때 미리 말을 허지 일케 멋대로 들어오믄……."

도둑괭이도 아니고, 부엌 뒷문으로 들어온 남자는 들으란 듯 이런 말을 덧붙였지만 다들 못 들은 척했다. 두툼한 체구에 이르게 벗어진 머리의 오십 대 남자는 등류당의 관리인이었다. 그는 집을 살펴보러 왔다가 부엌 문 너머로 우리가 뭘 하는지 보고 있었던 것이다.

"군수님이 수상한 사람들 들이지 말랐는데……. 옘병."

남자는 계속 반말인지 혼잣말인지 모르게 욕설을 섞어가며 불평했다. 자신이 참견할 권한이 없는 일에 권위를 내보이고 싶어 하는 사람들이 주로 쓰는 말투다. 미리 말씀을 주기는, 참도 문을 열어줬겠다, 자기가 더 수상하게 생겨가지고서는. 미령이 남자가 안 들리게 투덜거리자 나는 쿡 웃어버렸다. 미령은 나중에 군수님이라는 사람은 남자 쪽의 먼 친척이라고 말해주었다.

"여기 어디 군에서 십여 년 전 군수를 한 모양인데, 집주인이 죽으면 이 집과 재산을 차지하려고 한 것 같아요. 그런데 난데없이 아내가 나타났으니……."

그쪽에서 계속 방해를 하고 있어요, 라고 미령은 설명했다. 자세하게 듣지 않아도 알 만한 얘기다. 속사정은 알 수 없지만 이 집 주인과 미령의 이모할머니는 부부였었지만, 오십 년간 떨어져 살았을 테니 아내의 존재를 모를 만도 했다. 화가 성진영에 관한 인터뷰에서도 한국에서 결혼했었다는 사실은 밝혀지지 않았다. 게다가 지금 그 아내가 혼수상태에 있으니 남자 쪽 친척은 어떻게든 자기들이 유산상속자가 되려고 할 것이다. 돈에는 자칭 주인이 많다.

관리인, 교수, 미령, 나의 순서로 2층 계단을 올랐다. 이 시대의 건축 양식에 대해서 아는 건 하나도 없지만, 유난히 벽장이 많다는 인상이었다. 심지어 계단 옆에도 사람

하나는 족히 들어갈 만한 벽장이 나 있었다. 위에서 내려다보이는 쪽에서는 보이지 않고, 아래에서만 보이는 구조다. 이 정도 특이한 건축물이라면 역사적 의미도 있을 테니 문화재로 지정될 만하다 싶었다.

2층은 오른쪽 안쪽 방부터 시작했다. 크기가 작은 것으로 보아 고용인이나 손님을 재울 목적으로 낸 방 같았다. 세간살이는 아래층에 있던 것과 비슷하지만 간소한 침대와 의자 하나뿐이었고 벽에도 장식 하나 없었다. 하지만 교수는 이 방의 벽장 안에도 빨간 부적을 하나 붙였다. 어떤 기준으로 팥을 뿌리고, 부적을 붙이는지 전혀 기준이 보이지 않았지만, 아마도 교수의 기 감지에 따라서 다르다고 설명하면 그만이었다.

관리인은 우리 뒤에 멀찍이 서서 못마땅한 눈길로 줄곧 혼잣말로 웅얼거렸다.

"그런들 뭔 소용이 있다고 저 난리랴. 여그 귀신이 한두 해 살던 것도 아니고……."

주위에서 무슨 말을 하든 아무런 관심을 보이지 않던 교수가 날카로운 눈초리로 관리인 남자를 쳐다보자 관리인은 괜스레 삼각형 창문을 내다보며 딴청을 피웠다.

"아이고, 비가 한바탕 쏟아질랑가, 하늘이 새꺼멓구먼."

점점 먹구름이 모여들고 있는 건 사실이었다. 그에 따라 집도 차츰 어두워졌다. 수돗물이 나오는 것 보면 전기도 아직 들어올지 모르지만, 아무도 불을 켜자는 말을 꺼내지 못했다. 어둠이 군데군데 고이고 나무 바닥 위를 끄는 우리의 발소리가 좀더 커졌다. 마법사의 모자처럼 뭐가 나올지 모르는 교수의 가방에서 이번에는 양초, 종이컵, 성냥이 나왔다. 그는 초에 불을 붙여 종이컵 속에 촛농을 뚝뚝 떨어뜨린 후 초를 고정시켜 미령에게 건넸다.

"집주인이 들고 계십시오."

그 말에 관리인의 눈초리가 매서워지더니 눈에 띄게 미령을 아래위로 훑어보았다. 관리인은 무언가 질문을 던지려 입을 열었지만 미령은 그와 눈도 마주치지 않았다.

"여기가 안방인가 보군요." 교수가 말했다.

계단을 두고 고용인 방과 마주보는 방은 침실 중에서는 가장 크고 침대도 더블이었다. 침대 옆에 각도를 조절할 수 있는 거울이 달린 화장대도 놓여 있었지만, 거울은 아무도 비출 수 없도록 위로 돌아가 있었다. 여기도 먼지가 깔려 있을 뿐, 달리 눈에 띄는 점은 없었다. 박물관에서 볼 수 있는 모형 방 같았다. 장식이라고는 벽에 걸려 있는 그림 한 점뿐이었다. 천사가 성녀 마리아를 찾아와 잉태를 알리는 수태고지의 장면을 묘사한 종교화와 비슷한 구도였다. 소녀에게 꽃을 건네주는 작은 천사? 어느샌가 내 옆으로 미령이 다가오더니, 허리를 굽히고 그림을 보았다.

"아, 이거…… 전에 본 것도 같은데?"

"똑같은 그림을요?"

"완전히 똑같은 건진 모르겠지만, 이모네 집에 있던 것과 비슷한 그림 같기도 하고."

그렇다면 이 그림을 그린 사람은 성진영 씨라는 걸까. 내가 다시 한번 들여다보고 있는데, 교수가 어느새 우리 옆으로 다가오더니 말했다.

"보통 귀신 붙은 집이라고 하면 안방에서 뭔가 보입니다. 그런데 이 방은 깨끗하네요. 간단한 부정치기만 하면 되겠습니다."

그는 무릎을 꿇고 고개가 바닥에 닿도록 납작하게 붙어서 팥과 소금을 야트막한 침대 밑으로 뿌렸다. 관리인은 문간에 서서 엎드린 교수를 내려다보며 혀를 찼지만 아직 아무 말도 하지 않았다. 교수는 끙 소리를 내며 허리를 펴고 일어섰다. "여기는 됐습니다."

다들 돌아서서 다른 방으로 갈 때, 나는 방안을 한번 돌아보았다. 1층에는 최근까지도 누가 살았던 기운이 있었다면, 2층에는 그런 생활의 흔적이 하나도 없었다. 침대 위의 이불은 새것이 아니었지만, 아무도 지나가지 않은 눈길처럼 오랫동안 손을 댄 것 같지가 않았다. 그러나 이 방과 1층의 개인실에 있는 가구의 공통점이 마음에 걸렸다. 두 방의 가구 모두 키가 작았다.

"재인 씨, 이리 와봐요."

그때 미령이 부르는 소리에 나는 안방에서 기역자로 연결되는 옆방으로 건너갔다. 그러나 방안으로 들어서지 못하고 문 앞을 가로막고 선 관리인 뒤에 어정쩡하게 서 있어야 했다. 공간이 좁아서 나까지 들어갈 자리는 없었기 때문이다. 이쯤 되자 집안이 한층 더 어두워져서 방안의 모습이 잘 보이지가 않았다. 오로지 촛불을 든 미령의 얼굴만 빛의 동그라미에서 떠오를 뿐이었다.

소리의 창고. 처음 그 방을 보았을 때 떠오른 생각이었다. 방안에 있는 물건들은 이제까지 내가 본 적이 없는 커다란 클래식 오디오와 크고 작은 스피커들이었다. 오디오 기기에 문외한이어서 모르지만, 대략 사오십 년은 좋이 되었을 물건들, 소리 박물관에 있으면 적합할 골동품들이었다. 그러나 방에는 의자 하나 없어 음악 감상실 용도는 아닌 것 같았다.

"대단하네요. 옛날 전축인데도 디자인이 모던하네." 미령이 나무상자를 쓸며 감탄했다. "AV광인 우리 남편이 보면 되게 좋아하겠는데. 잡지도 많이 사 보고 그래서 저도 주워들은 게 많은데, 이건 정말 옛날 건가 봐요. 어디 브랜드인지조차 모르겠어요. 옛날에 이런 걸 어디에서 샀을까."

그 말에 관리인이 코웃음을 쳤다.

"사긴 어데서 사. 어디 아무리 백화점이니 인터넷이니 가보라지. 이런 거 비슷한 거 구경이나 하나."

나는 바로 옆에 있던 오디오를 만져보았다. 단단한 나무가 손 밑에서 부드럽게 느껴졌다. 화려하진 않아도 장인이 공들여 정교하게 만든 느낌이었다.

"누가 만드셨나 봐요."

내가 중얼거리자, 관리인이 의기양양한 건지 멸시하는 건지 알 수 없는 말투로 말했다.

"주인님이 만드신 거여. 양반 취미가 별나가지구……. 예전부터 쬐깐한 기계붙이를 만지작대고……. 뭐, 바깥출입은 안 했던 양반이니께."

내 눈앞에 있는 건 일이 년에 쌓인 작품이 아니었다. 한 사람의 오랜 역사를 간직한 물건. 스피커와 앰프는 모양과 크기는 제각각이었고, 시대에 따라서 다 다르게 제작한 것으로 보였다. 취미라는 말이 이에 걸맞은지는 모르겠지만 거대한 열정이라고 할 수 있을 것 같았다.

말을 잃은 나와 미령과는 달리, 교수는 기계 자체에는 별로 관심이 없어 보였다. 그는 오디오와 앰프 뒤를 살폈다.

"이 방은 괜찮습니다. 기구들에 먼지도 쌓여 있지 않고, 소리가 흐르는 방이었을 테니 기는 좋았을 겁니다."

우리는 그를 따라 계속 이동했다. 바로 옆이 2층의 반원형 창이 있는 방이었다. 아래층에도 작은 서재가 있었지만 이 방 또한 사무실로 이용했던 모양인지 거대한 마호가니 책상과 전면이 유리인 장식장이 양옆 벽에 세워져 있었다.

나는 유리장 너머를 들여다보았다. 선반에 놓인 도자기 인형들이 갑작스레 찾아든 낯선 얼굴에 놀란 듯 고개를 들고 나를 바라보는 기분이었다. 하지만 인형들이 바라보는 건 별이 위에 걸린 작은 전나무였다. 그리고 그 나무 뒤에 보호받듯 놓인 남자와 여자 도자기 인형은 작은 아기 요람을 들여다보고 있었다. 골동품 도자기 인형과 나무 모형은 하나의 종교적인 타블로를 이루었다.

눈길을 끈 것은 그 아래 죽 놓인 미니어처들이었다. 작은 축음기 모형들. 옆방에 있었던 오디오들을 닮았다. 대부분 손잡이가 달려 있었는데, 돌릴 수 있는 것인지 장식인지는 알 수 없었다. 작은 숫자가 오르골 안에 새겨져 있다. 2016, 2003…… 가장 마지막 것은 1961? 아니, 1967 같았다.

내가 장식장 안을 들여다보는 동안 여기서도 교수는 책상 밑에 간단하게 팥과 소금을 뿌리는 것으로 마무리했다.

이제 방은 하나만 남았다. 서재가 바로 중앙 계단으로 이어져 있다면, 그 중앙 계단의 오른쪽에 치우쳐 있는 방이었다. 미령은 그 방으로 옮겨가면서 내 귀에 속삭였다.

"왠지 점점 기분이 으스스해지지 않아요. 아까보다 날도 어둡고, 빨리 끝나고 나가서 뜨끈한 국물이나 먹었으면 좋겠네."

나도 비슷한 기운을 느끼던 참이었다. 무거운 짐을 들고 있는 것도 아닌데 어깨가 뻐근했다. 온도가 아까보다 더 내려갔는지 으슬으슬한 한기가 등 언저리를 쓸고 내려갔다. 다리는 점점 무거워져서 모래 위를 걷는 것 같았다.

"거기는 마님 방인디. 돌아가신 후에는 아무도 안 썼지만."

어느새 우리의 건물 안내원이 되어버린 관리인이 소개했다. 그는 이제 자기 역할을 즐기는 것 같았다. 어느 방식으로든 권위를 내보일 수 있다면 만족하는 것도 전형적이었다.

큰마님의 방은 이 집에서 가장 환하고 호사스럽다고 할 수 있었다. 널찍한 퇴창이 나 있는 방은 원래는 해가 잘 들었을 것 같지만 지금은 긴 그림자가 드리워져 있을 뿐이었다. 마호가니 옷장과 커다란 화장대, 헤드에 돋을새김 장식이 된 침대가 각 벽에 들어차 있었지만 좁다는 느낌은 들지 않았다. 바닥에도 섬세한 무늬를 넣어서 짠 두꺼운 양탄자가 깔려 있었다.

우리가 문지방을 넘어가려 하자 먼저 들어간 교수가 한 손을 들었다.

"잠깐, 문지방도 밟지 말고 여긴 들어오지 마요."

그의 좁은 얼굴이 유달리 심각해졌다. 미령과 나는 순간 섬뜩해져서 뒤로 물러섰다. 교수는 방안을 천천히 걸어다니며 옷장을 열어보거나 침대 밑을 들여다보았다. 마치 TV 재연 프로그램의 연기자를 보는 듯한 진지함이 교수에게 있었지만, 웃음이 나오지는 않았다.

그때 문틀을 짚은 내 손 옆에 뭔가 놋쇠 문손잡이 같은 게 보였다. 짧은 원형의 관 같아 보였는데, 벽에 붙어 있기에는 기묘한 것이었다.

"이게 뭐지……?" 내가 중얼거리자 미령이 들고 있던 촛불을 들이대며 살폈다.

"그러게, 이게 뭔가요, 손잡이 같은 거라서 잡아당기면 비밀의 문이라도 열리나."

계단 난간에 기대 있던 관리인은 혀를 끌끌 찼다.

"그거 요새로 치면 인터컴 같은 거요. 마님이 부엌에 뭔가 분부를 내릴 때 쓰던 거지. 부엌에도 연결되어 있었는데, 이제 안 쓰니까 빼버렸나."

"어머, 신기하다. 이런 게 2층 방방마다 있어요?"

미령이 눈을 동그랗게 뜨며 묻자 관리인은 한심한 인간을 깨우쳐주듯 말했다.

"그게 왜 방마다 필요해. 여기 마님 방하고 저기 주인님 작업실인가 전축 방인가 하는 데만 있지."

나는 다시 놋쇠 손잡이를 돌아보았다. 말대로 관 한가운데에 구멍이 들여다보였다. 나는 한 눈을 감고 구멍을 들여다보려다 왠지 두려운 마음에 물러섰다. 그 관을 통해 무언가 보이기라도 한다면 더욱 을씨년스러울 것 같았다. 괜히 괴담의 한 장면을 떠올린 나는 몸을 푸르르 떨었다.

"집주인분, 이제 들어와요."

교수는 우리가 중요한 순간에 다른 데 신경을 쓰는 게 못마땅한 것 같았다. 미령이 들어가자 그는 빨간 부적을 붙여 놓은 화장대 위에 촛불을 세워놓은 후 미령에게 세 번 합장하며 절하라고 지시했고 미령은 순순히 그 지시에 따랐다. 나는 방안을 살피며 머릿속으로 기억을 해두었다. 고용인 방에 달았던 것과 비슷한 빨간 부적을 화장대와 옷장 앞에 붙였고, 창틀에는 농기구를 두었다. 낫인가? 자세히 보니 호미에 가까워 보였다. 아니, 호미였다.

미령이 합장을 하는 동안 교수는 뭔가 알 수 없는 주문을 외웠다. 녹음해서 나중에 받아 적을까 싶었지만 교수가 싫어할 것 같아 그만두었다. 주문이 끝나자 교수 또한 세 번 합장한 후 촛불을 불어 껐다.

그 방에서 뒷걸음쳐 나와 일행은 다시 서재로 돌아왔다. 교수는 서재에 서서 만족스러운 듯 주위를 한 바퀴 돌아보았다.

"다 끝났습니다. 마지막이 특히 힘들었네요. 그 방에 나쁜 기운이 모여 있어서."

이 말에 관리인은 턱을 쳐들고 입술을 내밀었다.

"다락방도 남아 있는디."

그는 마님 방 건너 작은 계단 위, 놋쇠 손잡이가 달린 나무문을 가리켰다. 거기에 방이 또 하나 있다는 건 누구도 미처 눈치채지 못했다.

"이리 올라가면 다락이 있소. 거긴 안 해도 될랑가. 쥐새끼며 뭐며 난리를 치고 있을지도 모르는데."

나와 미령은 쥐라는 말에 동시에 몸서리를 치며 한발 뒤로 물러섰다. 기 클리너 교수도 얼굴을 찡그렸지만 쥐 때문은 아닌 것 같았다. 자신의 권위에 도전하는 관리인이 못마땅한 것이었다. 그는 가방에서 빨간 부적을 하나 꺼내더니 작은 계단 몇 단을 올라 다락방 문 앞에 붙이고 내려왔다. 이제까지의 공들인 의식에 비하면 대충 때우는 느낌이 없지 않았지만 그는 엄숙하게 이렇게 말했다.

"사람이 살았던 방은 아니니까 나쁜 기운이 빠져나오지 못하게만 하면 됩니다. 쥐라든가 해충이 있다면야 나중에 세스코 같은 업체를 부르면 되죠."

실용적이네. 나는 생각했다. 부적으로는 유령은 쫓아도 해충은 쫓지 못하는군.

교수는 여전히 심각한 표정을 지으면서 한 손을 휙 돌려 2층 전체를 에워싸는 듯한 동작을 했다.

"이제 한동안은 이 상태로 놔두면 됩니다. 새 주인이 이사 들어올 때 청소 의식을 한 번 더 하면 됩니다. 일단 사기邪氣를 몰아냈으니 새 주인이 와도 살 만하죠."

이것이 기 클리닝 서비스의 본질이었다. 옛것이 떠난 자리에만 새것이 들어올 수 있다. 떠나지 않은 자리에 새사람이 들어온다면 붐빌 테니까. 이제 다들 떠났다.

벌써 집안은 상당히 어두워져 있었다. 저녁 어둠이 이 집만 감싼 기분이었다. 모두 빨리 떠나고 싶다는 생각이 간절한 듯 보였다.

"수고하셨어요."

"뭐, 이제 나갈 때 조금 조심만 하면 됩니다."

미령과 교수가 말을 나누며 아래층으로 향했다. 나도 그들을 따라 발길을 옮기다 뒤를 돌아보았다. 서재는 전망이 멋진 방이었다. 반원형의 창 너머 정원이 한눈에 내려다보였다. 잎이 떨어진 나무들, 한때는 푸르렀을 잔디들, 오월에는 파란 꽃이 피었을 수국 덤불, 그리고 가을바람에 발버둥치듯 흔들리는 등나무들, 그리고 그 사이로 반짝이는 것. 점점이 반짝이는 불빛.

"저거 뭐예요?"

내 말에 앞서가던 사람들이 발걸음을 멈추고 돌아보았다. 나는 책상 뒤로 가 창문 앞에 섰다. 내려가던 사람들이 다시 2층으로 올라왔다. 미령이 가까이 다가와 무릎을 구부리고 창문 너머 아래를 내려다보았다.

"어머, 저게 뭐야? 설마 반딧불이인가?"

미령의 목소리에 어린 믿을 수 없는 기색만큼 나도 믿기지 않았다. 지금은 십일월 말이다. 하늘은 곧 눈이 내릴 듯 흐렸고 어느새 바람은 우리와 함께 집을 헤맸다. 반딧불이가 있을 계절이 아니었다. 하지만 등나무 사이를 지나 꽃 없는 덤불을 맴도는 불빛은 반딧불이라고 밖에 설명할 수 없었다. 혹은 하늘에서 떨어진 불티의 잔해? 길을 잃고 떠나가버리지 못한 여름의 요정처럼 불빛은 잠깐 겨울 정원을 날아다니다 곧 한둘 꺼져버렸다.

종이 울리고 기쁘고 기쁜 소식을 알리겠지

아, 블루스가 있는 크리스마스란

내 사랑은 가고, 친구도 없네

다시 한번 내게 안부를 전해줄…….

"창밖에 뭐라도 있어요?"

그가 어느덧 우리 탁자로 와서 건너편에 앉았다. 나는 생각에 빠져 창문 너머에 아래에 지나가는 사람들을 하염없이 바라보고 있었던 것 같다.

"아니, 아니에요. 시간이 참 빠르다는 생각. 벌써 십이월이네요."

"그러네요. 벌써 캐럴이 나오고."

우리는 잠시 카페의 소리가 뒤섞인 캐럴 송을 말없이 들었다. 성량이 좋은 여자 가수가 부르는 노래는 주변에서 경쾌하게 대화하는 사람들의 목소리에 비한다면 어딘가 모르게 구슬픈 분위기가 감돌았다. 다들 기쁘고 기쁜 소식을 서로 전하는 때, 블루스는 오히려 더 진해진다.

"이 노래 제목 뭔지 알아요? 검색해볼까." 나는 스마트폰을 꺼냈지만 검색 브라우저를 열어볼 겨를도 없이 그가 대답했다.

"플리스 컴 홈 포 크리스마스Please, Come Home for Christmas."

"아아."

"저는 이전에 이글스의 커버 곡으로 들었는데 이건 현대식으로 편곡한 것 같네요."

"그렇군요."

더는 슬픔도, 서글픔도, 고통도 없을 것이다. 사람들이 크리스마스 소원으로 빌 만한 것들이었다. 그러나 언제나 이런 선물을 받을 수 있을까. 노래가 다른 곡으로 바뀔 때까지 우리는 별말을 하지 않았다. 스피커에서 좀더 경쾌한 곡이 터져 나올 때쯤, 그는 내가 탁자 위에 놓은 파일을 가리켰다.

"이게 말씀하신 그겁니까."

"네, 미령 씨가 준 이모할머님의 편지예요."

대구에 갔던 그날, 미령은 돌아오는 길에 내게 한 가지 부탁할 일이 있다고 했다.

"아까 말했지만 이모할머니 전기 작가가 곧 오는데, 한국에서 하는 조사를 도와줄 사람이 필요하다네요. 그 사람도 한국어를 하지만, 가이드도 그렇고 자료 정리를 할 때도 한국 사람이 있으면 좋을 것 같다고. 그런데 외국어도 하고 글도 쓸 수 있는 사람이 재인 씨밖에 생각나지 않아서.”

흥미로워 보이긴 했지만, 내가 평소에 하던 일과는 결이 달랐다. 내가 망설이자 미령은 급히 덧붙였다.

“물론 보수는 그쪽에서 지급한대요. 액수는 협의해야겠지만……. 그리고 내 쪽에서도 재인 씨가 해줬으면 하는 이유가 있어요.”

“보수야 제가 직접 그분과 얘기해야 할 문제고, 미령 씨가 부탁하고 싶은 건 뭔데요?”

“이모할머니의 사생활과 관련되어 있다 보니, 어디까지 책에 내도 좋을지 쉽게 결정할 수 없는 면이 있어요.”

그러니까 전기 작가가 보기 전에 자료를 미리 보고 적절하게 조절해서 건네줄 만한 사람이 필요하다는 것이다. 믿을 수 있는 사람. 재인 씨는 믿을 수 있어요, 라고 미령은 말했다. 신뢰는 고맙지만, 거절할 수가 없다는 면에서 부담스러운 선물이다. 그리고 나는 거절에 무능한 사람이다.

“편지가 생각보다 많진 않네요.”

그는 파일 속의 편지 봉투를 세어보았다. 나는 미령에게 나보다 법에 좀더 능한 사람과 의논해도 되는지 양해를 구했다. 미령은 내가 믿는 사람이라면 괜찮다고 말했다.

"성진영 씨가 대구에 있었을 때, 미령 씨 외할머니에게, 즉 서울에 살았던 사촌언니에게 보낸 편지래요. 그런데 여기 성진영 씨의 첫 결혼 이야기가 언급되어 있어서 미묘한 거죠. 지금 걸려 있는 집의 유산상속 무효 소송 문제도 이 편지상의 내용에 따라서 영향을 받을 가능성이 높아서, 미령 씨는 공개하기 전에 살펴보길 바랐어요."

그는 왜 자신을 의논 상대로 골랐는지 묻지 않았다.

"그때라면 성진영 씨가 열일곱 정도 되었을 때죠?"

"네, 열일곱, 열여덟 되던 해로 알고 있어요."

어린 진영은 사촌 식구들이 서울로 떠난 후, 대구의 김씨댁에 식모로 보내졌다. 미령의 외할머니는 헤어져 남의 집에 더부살이를 하게 된 외사촌 동생이 애틋해서 편지와 간단한 선물을 보냈다. 초반에 주고받은 편지는 선물에 대한 감사와 언니에 대한 그리움, 낯선 집에서의 어려움이 배어났지만, 열일곱의 소녀치고는 차분하게 기록되어 있었다. 실로 중학교를 갓 졸업한 소녀가 그런 관찰력을 지닐 수 있다니 놀라운 일이었다.

"하지만 이상한 건 나중에 보낸 편지들이에요. 거기엔 기이한 이야기들이 씌어 있어서……."

내 말에 그는 고개를 들어서 나를 잠시 응시했다. 나는 어깨만 살짝 으쓱해 보였다.

"직접 읽어보세요."

편지는 그다지 많지 않았다. 진남은 우편비를 아끼려는지 한 편지지에 며칠 치를 몰아서 쓰기도 하고, 지웠다가 다시 고친 흔적도 많았다. 반세기를 거쳐온 편지에는 귀퉁이가 노랗게 변해버렸지만 아직도 깨끗이 보관되어 있었다. 미령 외할머니의 성정이리라고 짐작했다.

1966년 3월

보고 싶은 덕희 언니,

보내준 책과 블라우스 잘 받았습니다. 아침에 까치가 울어서 반가운 손님이 오시나 했는데, 언니 선물을 받았어요. 언니 보고 싶어서 좀 울었습니다.

일은 힘들지 않어요. 집이 커서 여기저기 소제할 게 많지만 다 잘해줍니다. 덕형 아재와 옥순 아지매가 힘든 집안일을 다 하고 저는 주로 큰마님과 작은마님 시중을 들면 된다고 하여요. 서방님은 병원에 있다는 데 아직 뵙지 못했습니다.

제 방은 2층에 있읍니다. 2층에 처음 올라오는 거라서 머리가 어질어질하고 처음에는 창문 밖을 볼라치니 겁이 났어요. 하지만 지금은 아침에 일어나서 창문 밖을 내다보는 게 즐겁습니다. 요새는 다락방에 올라가서 청소를 해도 아무렇지 않습니다. 다락방에서 창문을 내다보면 살랑살랑 흔들리는 등나무가 보입니다. 반대편에는 목련 나무도 있는데, 꽃송이가 피어납니다. 덕희 언니도 같이 보면 좋을 텐데 생각합니다.

작은마님이 부르셔요. 갔다 와서 다시 쓸게요.

*

마님이 외출을 하신다고 머리를 빗어달라고 하셨어요. 저는 언니나 삼희 머리만 따아봤지 다른 사람, 특히 숙녀의 머리는 처음이라 손이 덜덜 떨렸습니다. 하지만 마님이 잘 빗었다고 칭찬하셨어요. 그러면서 외롭지 않느냐고 물어보셨어요.

진남이는 식구들이 보고 싶지 안으니?

저는 조실부모하고 이모 댁에서 살았다고 대답했습니다. 하지만 다들 서울로 이사가서 사촌언니는 보고 싶으다고 말했어요. 그러다가 작은마님도 식구들이 보고 싶으냐고 용기를 내어 물었습니다.

누구? 나도 너처럼 어머니는 돌아가셨단다. 아버지와 오빠는.

작은마님은 웃으셨습니다.

나를 여기에 팔아버리고 일본으로 갔단다. 보고 싶을 리가 있겠니. 저는 뭐라고 할 말이 없었습니다. 거울에 비친 작은마님 얼굴이 쓸쓸해 보이는 것도 같았어요. 저는 주책스럽게 말하였어요.

그래도 마님은 여기 낭군님이 계시니까요. 덜 외로우시겠죠.

마님은 깜짝 놀라셨습니다. 그러면서 말씀하셨어요.

진남이, 너는 아직 그 사람을 못 봤지.

그러면서 더는 얘기하려 하지 않으셨어요.

작은마님이 채비를 마치고 외출을 하셨어요. 저는 뾰족구두를 장에서 내어 신겨드렸습니다. 작은마님은 분을 바른 얼굴만큼이나 비단 스타킹을 신은 발도 앙증맞으셔요. 언니, 작은마님은 참 고운 분이에요. 저는 그렇게 이쁜 분은 보지 못하였습니다. 덕희 언니도 고운 얼굴이지만서도, 마님은 언니가 언젠가 보여주었던 불란서 화가의 그림 속의 부인처럼 고웁니다.

작은마님이 나간 후에 마실 갔다 오신 큰마님이 들어오셔서 저한테 마님이 어데로 갔느냐고 매섭게 물으셨습니다. 저는 어딘지는 모른다고 벌벌 떨면서 대답했습니다. 큰마님의 눈초리를 생각하면 지금도 몸이 떨립니다.

밤에 설겆이를 다 하고 마님들께 자리끼까지 다 갖다 드리면 저 혼자 방에서 있어도 된다고 합니다. 언니가 보내준 『제인 에어』를 읽어야겠어요.

등류당의 모습을 그려보았어요. 이걸 보고 절 생각해주어요, 언니.

외숙모와 다른 식구들에게도 안부 전해주셔요.

덕희 언니를 보고 싶은 진남 올림

편지 종이 뒷면에는 등류당의 연필 드로잉이 있었다. 내가 지난달에 본 집의 모습과는 좀 다른 듯도 싶었다.

"아직 화가의 자질을 발견하기 전일 텐데, 드로잉이 수준급인데요. 게다가 열일곱 살 소녀였다는 걸 감안하면 글도 잘 쓰네요."

그는 첫 번째 편지를 접어 도로 봉투에 넣으며 말했다.

"네, 나중에 독일 생활 하면서도 책을 한 권인가 쓰신 적도 있어요. 두 권이었나."

"이름은 나중에 바꾸었나 보군요."

"그런 것 같아요. 뭐, 당시에는 다음에는 아들을 기원하는 의미로 여자아이의 이름에도 '남'자를 붙이곤 했으니까요."

그는 내 얼굴을 재미있다는 듯이 들여다보았다.

"마치 그 시대에 살았던 사람처럼 말하네요."

"뭐, 나도 어렸을 땐 그런 별명이 있었어요. 남동생을 간절히 바라신 할머니 때문에."

"뭔데요?"

그의 얼굴에서 처음으로 호기심에 가까운 감정이 떠올랐다.

"알려주기 싫어요."

그다음 편지는 두 달쯤 뒤였다.

1966년 5월

그립은 덕희 언니

언니, 그간 잘 지냈는지요. 진남이도 잘 지내고 있습니다. 내가 쓴 편지를 언니가 즐겁게 읽었다고 해서 편지를 쓰는 것도 재미납니다.

등류당에는 봄이 찾아왔습니다. 정원에도 꽃이 피어나고 벌과 나비들이 등나무 사이를 노닐어요. 정원의 등나무에는 보라색 꽃이 피었습니다. 바람에 살랑살랑 흔들리는 꽃이 허리가 가느다란 미인 같습니다.

봄과 함께 등류당에도 바뀐 게 있었습니다. 사월 초에 주인님이 집으로 돌아온 것이었습니다.

그날 아침에 일어나보니 창밖이 깜깜하지 뭐여요. 비님이 올 것처럼 구름이 까맙니다. 아코, 늦었구나, 하며 부엌에 내려가 보니, 옥순 아지매가 화덕에서 물을 끓이며 안달복달합니다. 아이고, 이래서야 어디 눈앞이라도 보이겠나, 아직 운전도 서툰 사람인디, 하면서 걱정하였어요.

나는 덕형 아재가 어디 갔는가 물어보려는데, 큰마님이 2층에서 우리를 부르는 소리가 들렸습니다. 마님이 부르는 소리가 부엌까지 잘 들리지 않아 혼날 때가 많어요. 이번에는 요행스럽게도 잘 들려서 부리나케 2층에 올라가보니, 큰마님께서 저번에 서문 한복점에서 맞춘 옥색 저고리가 어디 있느냐고 호통을 치셨습니다. 저는 양잿물에 빨아 다림질해서 장에 걸어두었다고 말씀하고 꺼내드렸어요. 큰마님은 받아들고는 꾸물거리지 말고 가서 작은마님 채비하는 것이나 빨리 도와드리라 하였어요.

작은마님 방에 가보니, 고운 마님은 경대 앞에 머리를 늘어뜨리고 앉아 있습니다. 아직 실내복 차림이라, 무슨 의복을 꺼내드릴까요 물으니 필요없다고 하였어요. 손님이 오시는가요, 여쭈니 마님은 대답이 없습니다.

저는 어찌할 바를 모르고 다시 큰마님이 부르실까 싶어 2층에서 오락가락하였습니다. 그때 2층 창문으로 보니 금방이라도 비올 듯 컴컴한 정원으로 검은 구루마가 들어와요. 옥순 아지매가 아래서 마님, 마님 야단스럽게 불렀습니다.

단장을 마치신 큰마님이 층층대 난간을 잡고 내려가며 호들갑 떨지 말라고 옥순 아지매를 혼내었습니다. 나는 눈치를 보다가 큰마님 뒤를 따라갔습니다.

아래층에 가보니 옥순 아지매가 문을 열었어요. 갑자기 비가 확 들이닥쳐서 나는 문 옆에서 고개를 숙였어요. 큰마님이 어서 오너라, 하였어요.

다녀왔습니다.

나는 고개를 까딱 들었습니다. 그때 나도 모르게 앗 소리가 나왔어요. 다행히 큰마님은 못 들으셨나 보아요. 하지만 주인님은 들으셨는지 제 쪽을 쳐다보시었어요.

언니, 내 말 오해하지 마셔요. 주인님의 키는 덕형 아재의 가슴에도 미치지 않았어요. 등이 굽어 머리를 들기도 힘겨우신지 옆으로 갸웃 기울어졌답니다. 어린아이처럼 작은 손에는 외할아버지가 쓰던 거 같은 지팡이를 짚고 있었습니다. 그치만 저를 쳐다보는 얼굴은 하야니 고웁고 눈은 까맸습니다. 큰마님이 비단 목도리에 다는 까만 브로치처럼 까맸어요. 저는 그 눈을 마주볼 수 없어서 고개를 숙였습니다. 덕형 아재가 문을 닫기 전에 정원에 우레가 우르르 했어요.

새애기는 어디 있느냐고 큰마님이 말하였어요. 올라가서 모셔올까요, 했는데 작은마님이 층층대를 내려오셨어요. 작은마님은 층층대 마지막 단에서 내려오지 않고 거기 서서 말하였어요.

오셨어요.

반기는 기색이라고는 하나 없는 인사였어요. 한겨울 바람이 저렇게 차가울까요.

언니, 작은마님을 쳐다보는 주인님이 저는 가여웠습니다.

그래도 주인님이 오신 후 등류당은 변하고 있습니다. 주인님이 오시기 전에는 큰마님과 작은마님이 따로 상을 받아 식사를 하셨는데, 주인님이 주장해서 모두 다 1층 식당에서 같이 식사를 하십니다. 저는 상을 한 번만 차려도 되어서 가뿐하여요. 아침 상을 일찍 치우면 작은마님은 외출하셔서 점심을 집에서 드시는 일은 없습니다. 큰마님도 교회에 가시는 날이 많아서 점심은 주로 주인님 혼자 드셔요. 저는 짬짬이 언니가 보내준 책을 읽고 편지를 씁니다.

언니, 보고 싶어요.

진남 올림

"주인님이라는 분은 척추장애인이군요."

그는 오래된 편지가 상할까 두려운 듯 조심스레 손끝으로 집어 옮기며 다른 편지들을 넘겨보았다.

"그랬다고 해요. 태어날 때부터 그랬던가 봐요."

등류당의 가구가 약간 낮다고 느꼈던 건 그 때문이었다.

"무슨 전설 같은 이야기네요. 경상도의 유서 깊은 집안에 태어난 장애 있는 장남, 그에게 팔려 오듯 시집온 미인.

그리고 냉랭한 고부 사이. 전형적으로 들립니다."

"그렇겠죠. 편지의 어감으로만 보면 개구리 왕자 이야기 같기도 하고."

개구리 왕자라면, 나중에 그 껍질을 벗는다. 이 이야기의 왕자님은 개구리의 마법을 풀 길이 없었다. 우리는 이미 이것이 로맨스로 끝나지 않는다는 결말을 알고 있었다.

편지는 보통 한 달 반에서 두 달 간격이었다. 드로잉이 들어 있는 것도 몇 개 있었다. 부엌에서 일하는 중년 여인, 커다란 거실의 모습. 공사중인 저택. 이 드로잉으로 그간의 삶을 짐작할 수가 있었다.

주인님은 그간 도쿄에 있는 병원에서 치료를 받으면서 공부했다. 주인님이 돌아온 후 집은 그가 다니기 편하게 약간의 공사를 거쳤다. 이제 진남은 부엌에서 일할 때 2층에서 마님이 부르는 소리를 놓치지 않는다고 했다. 명목상 젊은 부부는 같은 방을 쓰는 듯했지만 실상 주인님은 주인방의 공작실과 서재에서 주로 시간을 보내고 잠도 자는 듯했다. 큰마님과 작은마님 간의 사이는 나아지지 않았다. 큰마님은 작은마님 혼자 다른 식솔들과 식사를 해야 하는 것이 법도라며 우겼지만, 대체로 어머니의 말에 순순히 따르는 듯한 주인님도 그것만은 양보하지 않았다, 등등. 그리고 그사이에 진남의 삶도 바뀌었다.

나는 편지 봉투 몇 개를 골라 그에게 건넸다.
"일단 이것들부터 읽어보세요."

1966년 10월

덕희 언니에게
언니, 대구도 어느덧 슬슬해졌습니다. 다들 안녕하신가요?
오늘은 북성로의 공구 상회에 다녀왔습니다. 아침에는 옥순 아지매와 함께 빨래를 하고 점심 설겆이까지 다 마친 때였어요. 나는 방으로 올라와서 언니가 준 『제인 에어』를 읽었어요. 벌써 열 번도 넘었지만 재미났습니다. 그때 누가 문을 두드리지 뭐여요. 이제까지 모두 나를 진남아 부르기만 했지 문을 두드린 사람은 없었기에 나는 마음이 두근두근하였어요. 문을 열어보니 주인님이었습니다.
주인님은 부탁이 있다고 말하며 봉투를 내밀었어요.
이것 좀 북성 상회에 가져다줄 수 있겠니. 그리고 주인이 내주는 것을 가져다주겠어.
원래는 덕형 아재가 하던 일이지만 오늘은 구미에 가서 자리에 없다고 하였어요. 저는 주인님을 이렇게 가까운 자리에서 보는 게 처음이라 눈을 들 수가 없었어요. 고개를 숙이고 주인님의 구두코만 보고 있었습니다.

책을 좋아하니?
내가 책상에 놓은 책을 보셨던가 보아요. 저는 면구스러워져서 서울의 사촌언니가 보내준 책이라고 말씀드렸어요. 주인님은 고개를 끄덕이며 알았다 다녀오거라 하였어요.
마님 심부름으로 여기저기 다니기는 했지만 북성로는 처음이었어요. 쌀가게나 창고, 공구 상회가 줄지은 길이었습니다. 주인님이 말씀하신 상회에 가보니 가게에는 아무도 없고 처음 보는 쇠붙이들만 가득했습니다. 아무도 없으시냐고 큰 소리로 물으니 위층에서 올라오라는 소리가 들리었어요. 조심조심하며 좁은 층층대를 올라가보니 안경을 끼신 젊은 분이 책상에 앉아서 무언가 그리고 있었습니다.
저는 등류당에서 왔다고 말하며 봉투를 건네드렸습니다. 그분은 의자에서 벌떡 일어나셨는데 키가 훤칠하셔서 낮은 천장에 머리를 부딪히면서 아얏 외쳤습니다. 저는 그게 너무 우스버서 그만 쿡 웃어버리고 말았어요. 젊은 분은 머리를 문지르며 봉투에 든 종이를 꺼냈습니다. 저는 알아볼 수 없는 그림과 표가 그려져 있었어요. 젊은 분은 이거 까다롭겠다고 혼자 중얼중얼하셨습니다. 저는 주인님이 찾아오라는 물건이 있다고 전했습니다. 그분은 쨍그랑쨍그랑 하는 소리가 나는 뭔가를 담은 봉투를 주었어요. 저는 영차 받아들었지만 생각보다 무겁진 않았습니다.
집에 돌아와서 2층 서재에 계신 주인님께 봉투를 갖다 드렸습니다. 주인님은 의자에 앉으셔서 나를 올려다보며 고맙다고 말씀하셨습니다. 제가 얼굴을 붉히며 물러나려는데 주인님이 갑작스레 물으셨습니다.

그래, 『제인 에어』는 어떻더냐.

저는 정말로 깜짝 놀랐습니다. 그래서 아무 말 못 하고 있었더니 재차 물으셨어요.

재미가 없더냐. 아니면 아직 다 읽지 않았느냐.

저는 여러 번 읽었다고 더듬더듬 말씀드렸어요. 그랬더니 주인님은 다 읽었다면 생각이 있을 거 아니냐, 라고 말씀하셨어요. 그래서 제인 에어가 고아로 어려움을 이겨내고 선생님이 된 건 훌륭하지마는 로체스터 씨와 결혼을 한 것은 잘 납득이 되지 않는다고 하였습니다.

어째서?

자기를 한번 속인 남자를 남편으로 맞는 건 똑똑하지 않은 일 같다고 하였습니다. 주인님은 그때 웃으셨습니다. 저는 또 바보 같은 말을 하였는가 싶어 창피하였지만 주인님이 웃으시는 건 처음 보는 거라 신기하기도 하였습니다. 주인님이 다음에 책을 가져와보라 하셔서 저는 방에서 제 책을 갖다가 드렸습니다.

정말 손때가 많이 묻었구나. 여러 번 읽은 게 분명해.

주인님은 이렇게 말씀하시면서 제 책을 넘겨보셨어요. 그러다가 제가 책 뒤 하얀 종이에 그린 그림을 보셨는가 보아요.

이거 네가 그린 거니?

제인 에어의 모습을 상상해서 책장에 그려놓았던 걸 주인님이 보신 것입니다. 왠지 목이 막혀서 고개만 끄덕거릴 수밖에 업셨읍니다. 주인님은 제가 그린 그림을 한참 쳐다보셨어요. 그러더니 이러셨어요.

다른 책은 없느냐고 해서 언니가 준 『소공녀』와 『비밀의 정원』도 있지만 저는 『제인 에어』가 제일 좋다고 하였읍니다. 주인님은 그 책들은 제가 읽기에 너무 어린이 책이라면서 편찮으신 몸을 일으켜서 책장으로 가셨읍니다. 저는 제가 가서 도와드리는 게 좋을지 몰라서 어정쩡하게 서 있었어요. 주인님은 힘들어 보이셨지만 저보고 하라는 말씀 없이 책들을 끄집어내서 책상 위에 놓았읍니다. 暴風의 언덕, 罪와 罰, 엉클 톰스 캐빈, 작은 아씨들.

일단 이것들부터 읽어보자.

덕희 언니, 언니 말고 제게 책을 읽으라고 준 사람은 주인님이 처음이었읍니다. 저는 이 책을 받아도 될지 몰라 망설였어요. 그런데 그때 작은마님이 서재로 들어오셔서 이게 다 뭐냐고 물으셨어요. 자주색 외투를 입으신 마님은 바깥바람을 맞으셔서 그런지 얼굴이 외투색 같았어요. 외출하고 돌아오시는 것이었어요.

보시다시피 책이오. 진남이가 책을 좋아하는 것 같아서.

주인님은 조용하게 말씀하셨어요. 주인님은 작은마님을 대할 때 항상 그런 목소리로 말씀하셔요. 작은마님은 책상으로 오셔서 제 책을 집으셨어요.

『제인 에어』? 이거 결국 집에서 일하던 고아 하녀가 주인집 남자와 결혼한다는 얘기 아닌가.

그러면서 제 얼굴을 보셨어요.

누구랑 똑같네. 설마 그런 생각이야?

언니, 저는 책에서 본 얼굴에 불이 붙는다는 말이 무슨 뜻인지 그때 알았어요. 제가 큰 잘못을 한 것만 같았습니다. 그런데 주인님이 말씀하셨어요.

하녀가 아니라 가정교사요. 그리고 나에겐 어떻게 해도 좋지만 진남이를 모욕하는 말은 그만둬요.

그러면서 저보고는 책을 가지고 방으로 돌아가라고 하셨습니다. 저는 분부대로 돌아왔습니다.

언니, 제가 책을 읽은 게 잘못하는 일인가요? 하녀의 주제에 맞지 않는 것인가요? 저는 잠시 슬퍼져서 울었지만 언니에게 이 편지를 쓰니 눈물이 그칩니다. 오늘은 설워져서 편지가 길어졌습니다. 이만 줄이고 주인님이 주신 책을 읽어야겠어요.

진남이 올림

그다음 편지지 뒷면에는 그림이 있었다. 긴 머리의 여자가 흰 드레스를 입고 검은 머리카락을 휘날리며 저 아래 들판을 굽어보는 장면이었다. 이 시점에 이르자 이전까지의 드로잉보다 선이 좀더 분명해지면서 본인의 스타일이 생겨나는 느낌이었다.

1966년 11월

언니,

요새는 편지를 쓸 짬이 나지 안 하였어요. 주인님 심부름으로 북성 상회에 다니는 일도 많고 갔다 와서도 주인님의 일을 도웁니다. 그런 후에는 주인님이 주신 책을 읽은 후에 감상문을 씁니다. 주인님의 분부이어요. 주인님은 쓸 말이 생각나지 않을 때는 그림으로 그려도 된다고 하였어요. 제가 그림을 그려서 보여드리면 주인님은 한참 들여다보시고 암 말 안으셔요.

주인님은 몸이 불편하시지마는 몹시 바쁘십니다. 북성 상회에 가면 키 큰 분이 지난번처럼 봉투를 줍니다. 그 안에는 늘 쩔렁쩔렁 하는 쇠붙이가 있읍니다. 제가 그걸 주인님께 드리면 그걸로 뭘 뚝딱뚝딱 만드십니다. 제가 모르는 희한한 것들이 많아요. 1층에서 일할 때 2층에서 부르면 잘 들리지 않는다면서 2층에서 1층에 소리를 전달하는 관을 만드셨어요. 덕분에 이제는 늦게 올라온다면서 큰마님에게 혼쭐날 일도 업서졌읍니다.
오늘은 제가 주인님의 서재에서 그림을 그리는데 작은마님이 들어오셨읍니다. 저는 언제 벼락이 떨어질지 몰라 조마조마하였읍니다. 작은마님은 저를 휙 보셨지마는 잘 그리네 라는 말씀만 하였어요. 그러고는 주인님에게 이러셨어요.
크리스마스에 파아티를 하고 싶어요. 모임 친구들, 그리고 어머님의 교회 분들 몇몇 불러서 저녁 식사를 하겠어요.
언니, 파아티라는 건 저는 책에서나 나오는 줄 알았지요. 『제인 에어』에 보면 로체스터 씨가 쏜피일드에서 블랑쉬 잉그람 양과 결혼하려고 할 때 파아티를 하잖어요. 한국에서도 파아티를 할 수 있다는 걸 저는 몰랐읍니다. 하지만 주인님은 원치 않으셨읍니다.
이 집으로 사람들을 부르는 건 무리예요. 당신 친구들도 마찬가지일 거요.
제 친구들은 제가 알아서 해요. 일 년 내내 집에 갇혀 있는데 그 날 하루도 양보하지 못해요?
언니, 이 말은 거짓부렁입니다. 작은마님은 매일같이 곱게 분을 바르고 외출하시는걸요. 갇혀 있는 건 주인님입니다.
어머니가 허락하지 않으실 거요.
당신이 한다고 하면 어머님은 허락하세요. 당신이 사람들을 만나고 싶다고 하면 좋아하시겠죠.

과연, 큰마님은 주인님이 사람들을 만나는 걸 좋아하실까요. 저는 궁금하였읍니다. 큰마님은 교회에 갈 때조차도 주인님에게 같이 가자고 권한 적이 업섰읍니다.

주인님은 한참 말씀이 없으시다가 결국 작은마님을 올려다보고 말씀하였습니다.

알았소.

이 말을 할 때의 주인님의 눈은 무척 슬프게 보였다고, 저는 생각하였어요.

덕희 언니, 이번 편지는 이만 줄입니다. 손님을 치러야 하니 일이 많다고 옥순 아지매가 틈을 주지 않습니다. 지금도 부억으로 내려오라고 부르네요.

진남이 올림

"이런 이야기는 전기에 도움이 되겠는데요."

그가 사무적으로 말했다.

"성진영 씨가 처음에 어떻게 교양과 예술적 감각을 기르게 되었는지 발단이 여기에 드러나 있지 않습니까. 식모로 일하면서 집의 남자 주인과 교감을 했다는 것만으로도 비평가들에겐 흥미로운 얘깃거리가 되죠."

나도 비슷한 생각은 했다. 하지만 언제나 그렇듯 현실은 간단하지 않다.

"작품을 평가하는 데서 중요한 부분이기는 하겠죠. 그런데 다음 편지를 보면 약간 곤란한 부분이 있어서, 그게 문제예요."

그가 의아한 눈으로 나를 쳐다보더니 편지 더미를 넘겼다.

"다음 편지라고 하면……."

"66년 크리스마스에 쓴 편지예요."

1966년 12월

언니,

책에서 읽은 크리스마스는 참 즐거운 날이었습니다. 『소공녀』에서도 세에라가 고운 옷과 맛난 음식을 옆집 아저씨에게 선물로 받잔어요. 저는 그래서 본 적 없는 크리스마스지마는 몹시 기쁘고 재미난 날일 거라고 생각했읍니다.

그렇지만 등류당에서 처음 보내는 크리스마스는 몹시 슬픕니다.

언니, 작은마님이 등류당을 나가셨어요.

근 한 달 동안 저랑 옥순 아지매는 몹시 분주하게 돌아다녀야 했습니다. 크리스마스이브에 작은마님 손님들이 오시기로 하였잖아요. 작은마님은 동성로의 양과자점에서 과자랑 케이크를 주문하셨어요. 옥순 아지매와 제게는 닭을 굽고 잔치 음식을 하라고 하였습니다. 옥순 아지매는 서양식으로 닭을 굽는 건 해보지 않았지만 마님이 적어준 대로 해보겠다고 불퉁스럽게 말하였어요. 그치만 아지매는 글씨를 읽지 못하니까 아무튼 나랑 같이 해야 했어요.

우리는 집안의 커어튼도 모조리 빨아야 했습니다. 작은마님이 손님이 티끌 하나 보는 거 싫다고 하셨어요. 며칠 전부터 날이 춥고 얼어버릴 거라고 말씀하였지만 응접실에 걸라고 하였습니다. 흰 커어튼이 가득 걸린 거실 안은 『폭풍의 언덕』에 나오는 워더링 하잇츠처럼 유령이 나올 것만 같았습니다. 또 벽장에 쟁여두었던 양식기들도 모다 꺼내어 행주로 반짝반짝하게 닦았습니다. 저는 촛농을 묻혀 마룻바닥도 반들반들하게 닦았답니다. 모든 준비가 다 끝났을 때는 등류당은 정말 갓 태어난 간난쟁이처럼 보드랍고 반드러웠습니다.

하지만 언니, 파아티는 하지 못하였습니다. 갑자기 주인님이 열이 오르고 심한 기침을 뱉어내었어요. 이 추운 날에 밤에 어찌 창문을 열어놓으셨는지. 저는 큰마님에게 잠자리를 제대로 봐드리지 못했다고 호되게 호통을 들었습니다. 큰마님은 집주인이 편찮은데 어찌 파아티를 하겠느냐며 작은마님에게 모두 취소하라 하였습니다. 작은마님은 완강하였어요.

이제 와서 캔셀하진 못해요.

하지만 큰마님도 최씨 성을 물려받은 분이잖아요. 노발대발하시며 시어머니의 말을 거역하다니 법도가 땅에 떨어졌다면서 작은마님을 나무라셨습니다.

작은마님은 주인님과는 상관없이 파아티는 할 수 있다며 버티었지만, 거렁뱅이가 될 것을 구해준 은혜도 모른다고 불호령 내리시는 큰마님을 이길 수 없었습니다. 작은마님은 알았다고 하시며 다시 차를 불러서 외출하였습니다. 저녁 먹을 때까지도 돌아오지 않으셨어요.

꺼내놨던 식기 등 파아티에 쓰려고 내놓은 물건들을 도로 치우는 데도 한나절 걸렸습니다. 장만해놓은 음식은 다 어쩔까요, 라고 큰마님께 여쭈니 아침에 교회에 가지고 갈 테니 잘 싸놓으라고 하셨어요. 그리고 주인님에게 죽을 올리라 하였습니다. 저는 옥순 아지매가 끓여준 흰죽을 들고 주인님이 주무시는 방으로 가보았습니다.

주인님, 불렀지만 대답이 없으셨어요. 저는 주인님이 하신 대로 똑똑 녹크를 해보았습니다. 하지만 여전히 아무 말씀이 없으시길래 문을 살짝 열고 들어가보았어요. 방안은 어두웠지만 침상에 웅크린 작은 형체는 볼 수 있었습니다.

언니, 저는 솔직히 주인님이 파아티가 싫어서 꾀병을 부리는 게 아닌가도 생각하였습니다. 하지만 침상에 누운 주인님의 얼굴은 몹시도 불그스름하고 힘들어 보였습니다. 꼭 감은 눈까풀 위에 땀방울이 맺혀 있었어요. 저는 죽 쟁반을 얼음주머니와 흰 수건이 놓여 있는 협탁 옆에 놓고 나가려 하였어요. 하지만 그때 주인님이 끙 앓는 소리를 내었습니다. 저는 등을 돌려 주인님을 들여다보고 흰 수건으로 얼굴을 닦아드렸어요. 그 바람에 주인님이 잠에서 깨었나 봅니다. 주인님이 껌은 눈을 번떡 뜨셨읍니다. 처음에는 나인지 못 알아보시는지 한참 절 바라보기만 하였어요. 저는 조그만 목소리로 주인님 괜찮으시냐고 여쭈었어요.

진남이냐.

주인님은 다시 눈을 감고 아무 말 하지 않으셨읍니다. 그러다가 탁한 소리로 말씀하였어요.

손이 서늘하구나.

그러더니 저한테 미안하다고 하시지 뭐여요. 저는 무엇이 미안하시냐고 물었어요.

책에서만 보던 크리스마스인데 기대도 하였겠지.

그런 후에는 정말 다시 잠드셨는지 아무 말씀 없으셨읍니다. 저는 한참 그렇게 주인님 이마에 수건을 대어주고는 있다가 가만히 앉아 있었읍니다. 얼마나 오래인지는 모릅니다. 저멀리에서 누군가 노래를 부르는 소리가 들렸읍니다. 그러네요, 여기에도 아이들이 무리를 지어 집집마다 다니면서 크리스마스 노래를 부르는 것이었습니다. 저는 잠깐 주인님의 얼굴을 보면서 그 노래를 들었습니다. 숨소리가 편안해지신 것 같을 때 문을 닫고 나왔습니다.

부엌 청소를 다 하고 손님들 모시려고 꺼냈던 마 탁자보며 수건들을 다시 다리고 개키는 것까지 끝났을 때는 한밤중이었습니다. 허리가 너무 아팠어요. 옥순 아지매는 양과자점에서 주문한 빵이랑 과자를 먹어버리자고 했습니다. 저는 큰마님 눈치가 보인다고 했지만, 아지매는 어차피 다 상하기도 전에 먹을 수 없을 만큼 많으니 상관없다고 했어요. 아지매가 막 권해서 케이크를 먹었는데, 달콤하면서도 씁쓸한 맛이 처음 먹어보는 것이었어요.

원래 맘보다 케이크를 더 많이 먹은 후에는 아까 다린 탁자보와 수건을 가지고 원래 들어 있던 계단 옆 벽장으로 가지고 갔습니다. 그런데 저는 그 안에 들어가 깜박 잠들었던가 봐요.

덕희 언니도 아시지만, 제가 한번 까무룩 잠이 들면 쉽게 깨지 않잖아요. 글쎄 어떻게 벽장에서 잠이 들고 말았는지. 그러면서도 불편했는지 낮에 매섭게도 다투시던 큰마님과 작은마님의 꿈을 꾸었습니다. 꿈속에서 두 분은 서로 또 고성을 지르시고 다투었어요. 언니, 참 괴상한 꿈이기도 하지요. 큰마님은 작은마님을 차마 입에 담기도 두려운 험한 말로 부르며 욕을 하였고, 그 말을 들은 작은마님은 큰마님에게 마녀 할멈이라면서 대거리를 하였어요. 그러다가 『폭풍의 언덕』의 캐시처럼 누군가 미친듯이 창을 두드리는 것 같기도 했어요. 혹은 로체스터 씨의 미친 아내가 걸어가는 것 같기도 했고요. 그리고 주인님이 주신 『크리스마스 캐럴』 책에서처럼 누가 쩔렁쩔렁하며 사슬을 끌고 층층대를 오르다 굴러떨어지는 소리가 들린 것도 같았습니다. 저는 잠에서 깨서 밖으로 나가고 싶었지만 왠지 누가 제 몸을 잡아당기는 듯 일어날 수가 없었어요.

눈을 떴을 때는 이미 날이 밝아 있었습니다. 저는 벽장을 슬금슬금 나와 층층대를 따라 부엌으로 내려갔습니다. 부엌 뒷문으로 내다보았을 때는 이미 바깥이 하얬습니다. 저는 문을 열어보았습니다. 바닥에는 누군가 밀가루 포대를 뜯은 것처럼 얕은 눈이 깔려 있었습니다.

아침 식사 때도 작은마님은 없었습니다. 우리는 평소 때처럼 늦잠을 주무시나 보다 했지요. 하지만 큰마님이 저보고 2층에 올라가 작은마님도 불러오고 주인님의 상태도 보라고 하였습니다. 저는 방으로 가보았어요. 문을 살며시 열어보니 주인님은 여전히 눈을 감고 주무시는 것 같았습니다. 하지만 안방은 써늘했습니다. 그리고 온통 서랍이 뒤집어져 있고, 장롱 문도 활짝 열려 있었어요. 저는 황급히 계단을 뛰어 내려가 큰마님에게 고

했읍니다.

큰마님은 아침 죽을 드시다 말고 숟가락을 탁 내던지셨읍니다.

그년이 결국…….

그러면서 저한테 덕형 아재를 불러오라고 하였읍니다. 저는 너무 놀라 빨리 뛰어가 덕형 아재를 찾았읍니다. 하지만 집안에는 없었어요. 저는 앞문을 열고 뛰어나갔읍니다. 눈 위엔 사람 발자국 하나 없이 하얬어요. 저는 그 눈을 밟으며 아재가 있는 장작 창고까지 뛰어갔읍니다. 발자국 하나에 제 고함소리가 박혔읍니다.

지금 덕형 아재는 대구역까지 갔어요. 혹시나 작은마님의 흔적을 찾을까 봐요. 하지만 옥순 아지매는 작은마님이 벌써 새벽에 튀었을 거라 합니다.

에이그, 그 요란한 성격에 곱추 서방 모시고 살지 못하지. 애저녁에 도망갈 줄 알았는디, 오래도 버텼댜.

제가 째려보니까 아지매는 저의 등을 한 대 탁 쳤읍니다.

아, 이것아. 뭘 흰 눈깔을 뜨고 그랴.

언니, 크리스마스는 우리 인류 모두를 용서하는 아가 예수님이 탄생하신 날 아닌가요. 그렇지만 저는 오늘은 용서 못 할 사람이 많았읍니다.

크리스마스에

진남 올림

그는 이 크리스마스 편지를 접어 봉투 안에 넣었다.

“흥미롭네요. 이렇게 해서 주요 인물이 하나 퇴장했고……. 이제 성진영 씨가 주인공으로 무대에 등장하는 시점이 되겠군요.”

“그렇긴 한데, 과연 주인공이라고 할 수 있을지.”

그다음에 우리가 읽은 편지는 음울한 겨울에 대한 이야기를 담고 있었다. 작은마님이 떠난 후 동네에는 이런저런 소문이 떠돈 모양이었다. 진남이 가장 그럴듯하다고 생각한 소문은 작은마님이 소위 살롱이라고 하는 지역의 예술가들과 몇몇 교류가 있었는데, 그중 한 명인 시인과 서울로 도망쳤다는 것이었다. 진남도 그 남자를 본 기억이 있다고 했다. 바람이 불면 휘어질 듯한 버드나무 같은 모습으로 키가 크고 탈바가지처럼 흰 얼굴에 은테 안경을 쓴 사람이었다. 큰마님은 크리스마스 아침에만 화를 냈을 뿐 더는 말하지 않았다.

그해 겨울엔 눈보라가 잦았다. 겨우내 주인님은 병을 앓았다. 감기는 폐렴으로 진행되었다. 진남은 몇 날씩 밤을 새우며 주인님을 간호했다. 눈이 심하게 내리는 밤이면 진남은 주인님이 이 밤을 넘길 수 있을까 생각하며 옆에서 책을 읽었다.

그러나 눈은 언젠가는 그친다. 어느덧 정원의 등나무에도 푸른 잎이 돋아났다. 주인님의 얼굴에도 붉은빛이 돌아왔다. 봄이었다.

1967년 3월

보고 싶은 덕희 언니,

언니, 오늘은 나비가 창가에 와서 앉았다가 창문 틈에 끼었습니다. 방충망 사이와 유리 사이에서 파닥파닥하는 나비를 저는 살짝 집어서 날려 보내주었습니다. 나비는 힘 없는 날개를 흔들며 하늘 위로 날아갔습니다.

이틀 전, 주인님이 처음으로 1층으로 내려오시었어요. 지팡이를 짚으시고 정원 정자까지 가시겠다고 하였습니다. 제가 부축해드리겠다고 하였는데 손을 흔들어 싫다고 하셨습니다.

주인님은 정원을 한 걸음씩 천천히 짚으시고 시간은 좀 걸렸지만 등나무 정자까지 가셨습니다. 거기 잠시 앉아 하늘을 올려다보시는 주인님의 얼굴이 한결 가뿐하였습니다. 그러면서 제 이름을 부르셨습니다.

진남아.

네에.

네 중학교까지 마쳤다고 했지.

네.

고등학교에 가고 싶으냐.

저는 대답을 못 하였습니다. 주인님은 저를 쳐다보지도 않고 말했습니다.

고등학교 지나서 대학도 가고 싶으냐.

저는 꿈도 꾸어보지 못한 일이어서 가슴이 벅찰 뿐이었어요. 그 말을 들었지만 어딘가 꿈에서 들은 얘기 같았어요. 왠지 손도 깜짝할 수 없었습니다. 주인님은 지팡이를 짚으며 힘겹게 일어나셨어요.

내일부터 공부를 시작해보자꾸나.

어제 북성 상회 키다리 사장님이 책 몇 권이랑 공책, 그리고 나무 틀을 가지고 오셨습니다. 주인님은 그게 캔바스라고 하는 것이라고 하였어요. 제가 그림을 잘 그리니 그것도 해보자고 하였어요. 물감과 붓은 서울에 주문하신다고 시간이 걸릴 것이라 하였습니다.

옥순 아지매는 종년이 분수도 모른다고 못마땅해하였지만 저는 이번만은 옥순 아지매가 밉지 않았습니다. 미울 틈도 없습니다. 설겆이를 하면 주인님이 내준 숙제를 해야 합니다.

*

1967년 5월

덕희 언니,

언니가 보내준 책 잘 받았습니다. 처음에는 누런 종이에 싸인 소포가 묵직해서 무언가 했는데, 뜯어보니 화집이었어요. 메어리 카사트라는 화가는 들어보지 못했지마는 아기와 어머니의 그림이 참으로 정다왔습니다. 얼굴도 인제 가물거리는 제 어머니가 생각났습니다. 외숙모는 제가 기억하는 게 어머니 얼굴일 리가 없다고 하였지요. 내가 그렇게 어릴 때 돌아가신 어머니를 어떻게 기억하겠느냐고. 그 말이 맞는지도 모릅니다. 하지만 아직도 기억나는걸요. 카사트가 그런 여인처럼 얼굴 선이 곱고 피부가 희고 손이 따뜻했던 분이었다는 걸요.

요새는 무척 즐거어요. 수학은 아직 어렵지만 공부는 날로 재미나고, 고교 검정고시는 곧 볼 수 있겠다고 주인님께서 말씀하셨읍니다. 저는 점심 먹고 치우고 큰마님이 달리 심부름을 시키시지 않으면 오후에, 아니면 저녁에 주인님께 공부를 배울 수 있읍니다. 큰마님은 하녀에게 공부를 가르쳐서 뭐할 거냐고 말씀하시긴 했지만, 주인님이 고집을 부리시고, 주인님이 아프고 난 후에는 마님은 주인님의 말은 뭐든지 들어줍니다.

이제 작은마님이 없는 것도 상관이 있으려나요.

지난주부터 유채화를 그리기 시작하였읍니다. 그림은 북성 상회 사장님이 직접 오셔서 봐주기도 하셔요. 사장님은 도면을 잘 그리니까 그림도 알 수 있을 거라고 사장님이 말씀하였읍니다. 제가 그림 그리는 동안 사장님은 옆에서 복잡한 기계붙이를 만드십니다.

언니, 제가 그린 엽서를 하나 넣어 보내요. 물감으로 그린 등류당 사람들입니다.

언젠간 언니의 얼굴도 그릴 날이 오겠지요.

진남 드림

“이 그림은 자서전에 넣을 수 있긴 하겠지만, 화질이 그만큼 나오려나 모르겠어요”

나는 오래되어 누렇게 변한 엽서를 손때 묻을까 조심하며 뒤집어 보았다. 흐릿한 푸른 잔디 위 이층집 앞에는 빨래를 너는 한 여인이 있고, 오른쪽 구석에는 장작을 패는 한 남자가 있었다. 편지에 나오는 옥순 아지매와 덕형 아재가 아닐까 했다. 집 2층의 스테인드글라스의 여러 색깔이 세월을 거치며 옅어져 서로 뒤섞이는 느낌이었다. 정원의 장미 덩굴과 그 옆 은방울꽃 화단 앞에는 한 남자가 의자에 앉아 있고 그 옆에는 그림을 그리는 소녀가 캔버스 앞에 서 있다. 집 전체가 먼 기억 저편에 있는 듯 희미했다.

"성진영 씨의 대표 작품들과는 경향이 다르지만, 초년기의 습작이라면 작은 크기로 살려볼 수도 있을 것 같군요."

그가 내 손에서 조심스레 엽서를 건네받으며 살폈다가 다시 파일에 잘 끼워 넣었다. 그런 후에는 의자 등받이에 몸을 기댔다.

"그래서 미대에 진학해서 화가가 되었다는 입지전적인 이야기라면 문제가 없을 텐데요."

나는 한숨을 쉬었다.

"그런 얘기라면 거리낄 게 없겠죠. 하지만 미령 씨 외할머님이 마음에 걸리는 부분이 있기는 할 것 같아요."

그는 나를 보았다.

"뭔지는 알 것 같습니다만, 교양 있고 너그러운 사람이 재능 있는 사람을 후원하는 건 흔히 있는 일이죠. 다른 의도가 있는지는 몰라도."

"그다음 편지를 보세요."

그 일은 초가을부터 시작되었다.

1967년 9월

덕희 언니에게

언니, 그간 격조하였습니다. 외가 식구들은 모두 다 평안하신지 모르겠습니다.

외숙모가 보낸 편지를 받았습니다. 그러지 않아도 큰마님이 딴 생각을 하신다는 건 근자에 눈치가 왔습니다.

요전날 한번은 오후에 서재에서 주인님이 주신 수학 문제를 풀었어요. 제가 제일 못하는 것이 수학인데, 지난달부터 북성 상회의 사장님도 봐주시고 해서 요새 부쩍 실력이 나아졌어요. 어제는 주인님이 내주신 문제를 모두 맞게 풀고 동그라미표를 받았습니다. 주인님은 잘했다고 하시며 빙그레 웃으시더니 제 머리를 토닥여주셨습니다. 주인님이 이렇게나 칭찬을 해주신 게 처음이라 저는 기뻤습니다. 얼굴이 뜨끈뜨끈해지는 것 같았습니다.

하지만 그런 뜨끈한 기운은 얼굴에서 금세 빠져나갔어요. 서늘한 것이 제 목을 감싸는 것 같았습니다. 뒤를 돌아보니 큰마님이 우리를 보고 있었어요. 큰마님은 이제까지 한 번도 본 적이 없는 눈으로 저를 아래위로 바라보셨습니다. 주인님은 굳은 얼굴로 제게 손을 뗐습니다.

진남이 올해 몇 살이라고 했지?

큰마님이 제게 물으셨어요.

열여덟입니다.

저는 왠지 모르게 두려운 마음으로 대답했습니다.
그렇구나. 처음 올 때는 마냥 어리게만 봤었는데 말이다.
큰마님은 이렇게 말씀하시고 씩 웃으셨습니다. 이전엔 큰마님이 웃으면 잘못한 게 없구나 싶어 마음이 놓였는데 지금은 그렇지 않았습니다.

언니, 외숙모님에게 이런저런 신경써주셔서 고맙다고 전해주십시오. 하지만 말씀하신 건 저는 아직 잘 모르겠습니다.
언니 생각은 어떤지요? 솔직하게 말해주어요.

진남 드림

*

언니에게 보낼 편지를 봉투에 넣어 밥풀로 붙였다가 뜯어서 다시 씁니다.
편지를 써놓고 일주일 동안 부치지를 못했어요. 등류당에 이상한 일이 생겼기 때문입니다.
가장 먼저 시작된 건 외숙모님 편지 받고 제가 언니에게 답장을 썼던 다음 날이었습니다. 그날은 새벽까지 영어 공부를 하다가 또 깜빡 졸았던가 봐요, 밖에서 갑자기 비명소리가 들려 저는 퍼뜩 잠에서 깼고 황급히 뛰어나갔어요. 소리가 들린 큰마님 방으로 가보니 마님이 침대 곁에 서서 창밖을 가리키면서 소리치셨읍니다.

저기 봐. 귀신이야.

어디에요? 제가 물으니 마님은 내려다보면서 말씀하셨어요.

저기 안 보이느냐. 등나무 아래.

바람이 휘이휘이 부는 밤이었어요. 그전에 비가 내렸지만 그때는 그쳐 있었읍니다. 바짝 마른 잎을 매단 등나무들이 줄기를 세차게 흔들고 그 사이로 희뜩희뜩한 것이 보이는데 머리를 늘어뜨린 여자처럼 같아서 저도 소름이 싹 끼쳤읍니다. 낮에는 붉고 노란 나무들로 물감을 뿌린 양 반짝거렸던 정원은 지금은 희뿌연 빛을 받아 유난히 을씨년스러웠고 물 빠진 가지들은 쏴아쏴아 소리를 지르는 것만 같았어요. 귀신이 있다고 해도 놀랄게 없지만 저는 보지 못했읍니다.

어딘가 하얀 천 같은 게 날아온 것 같은데요. 귀신은 안 보여요.

큰마님이 빨래도 제대로 걷지 않았냐고 호통을 칠까 두려웠지만 웬일인지 큰마님은 침대에 도로 드러누우시면서 이렇게만 중얼거리셨읍니다.

돌아온 줄 알았는데.

마님 방을 나오는데 마님이 문단속을 잘하라고 하였어요. 저는 등도 없이 더듬더듬 계단을 내려가 현관으로 가보았읍니다. 이상하게도 아까 올라가기 전에 단단히 걸어두었는데, 웬일인지 문이 활짝 젖혀 있었어요. 정원의 마른 낙엽들이 가을 세찬 바람에 휩쓸려 문간에 떨어져 있었습니다. 저는 나뭇잎을 치울 틈도 없이 일단 문을 밀어 닫았습니다. 바람이 세차서 그것만도 힘겨웠고 문은 삐걱삐걱 소리를 내며 간신히 닫혔습니다.

계단을 올라오는데 갑자기 까마죽죽한 그림자가 드리내려 저도 모르게 소리를 지르고 말았습니다.

어디 갔다 오느냐.

주인님이었어요. 저는 문을 닫고 온다고 했어요. 주인님은 뭔가 더 말씀하시려는 것 같았지만 말을 잇지 않고 돌아섰습니다.

그러나 등 돌린 채로 이렇게 말씀하셨어요.

너 혹시…….

저는 무슨 말씀을 하실까 싶어 가만히 기다렸지만, 주인님은 한동안 말이 없으셨습니다. 그러다가 이렇게만 말씀하셨어요.

됐다, 들어가 자거라.

내 방으로 들어오다가 주인님에게 뭔가 필요한 게 없으신가 여쭤보려고 돌아가보니 주인님은 서재 창 너머로 정원을 내려다보고 계셨습니다. 혹시 주인님도 마님이 보셨다던 귀신을 보고 깨신 걸까요. 정원에는 바람뿐이었는데요. 오늘따라 주인님의 등이 더 구부정한 것 같았습니다. 저는 아무 말도 없이 방으로 들어왔습니다.

언니, 저는 요새는 주인님의 얼굴을 제대로 보지 못합니다.

*

언니,

달이 바뀌었는데도 아직도 편지를 부치지 못하였습니다.

집안은 몹시도 어수선합니다.

언니, 동네 사람들은 저희 집에 귀신이 들렸다고 해요. 소문은 아마 옥순 아지매가 퍼뜨리고 다녔겠지요.

요전날, 부엌에서 설겆이를 하는데 갑자기 집벽이 우르르 흔들리는 기분이 들면서 바람 소리가 부엌을 휩쓸고 가는 거 같았어요. 저는 교과서에서나 본 지진이 일어난 줄 알았는데 그건 아니었습니다. 몸이 웅웅 울리는 느낌.

거실에 계시던 큰마님이 퍼뜩 놀라서 옥순 아지매를 부르셨고 우리는 거실로 뛰어나갔지만 진동은 어느덧 사라지고 말았습니다. 하지만 몸속의 뼈는 아직도 부르르 떨었어요. 큰마님은 우리에게 무슨 울음소리를 듣지 않았느냐고 물으셨어요.

저는 무슨 소리가 들리긴 하였지만 울음인지는 모르겠다고 하였습니다. 제가 듣기에는 사람 소리라고 하기엔 오히려 사변 때 들은 전투기 소리에 가까웠어요. 하지만 옥순 아지매는 맞다고, 그러고 보니 분명 여자 울음소리라고 하였습니다. 큰마님은 열병이라도 걸리신 양 얼굴이 벌겋게 달아오르며 몸을 부르르 떠셨어요. 그러면서 몸이 편치 않다면서 2층 방으로 올라가셨습니다. 저는 마님을 부축하고 계단을 올라갔습니다. 저는 계단에서 구를지 모르니 조심하라고 말씀드렸어요. 그 말에 큰마님은 저를 휙 올려다보며 제 손을 내치셨습니다.

어째서 그런 소리를 해.

마님이 역정을 내셔서 저는 영문을 몰랐습니다. 그래서 걱정되어서 드린 말씀이라고 하였습니다.

마님을 침상에 뉘어드리고 나오며 서재로 가보았습니다. 주인님은 책상에 앉아 책을 읽고 계시었어요. 책상에 앉아 계실 때는 언뜻 보면 남다르지 않으십니다. 아니, 오히려 하얀 얼굴이 귀공자처럼 보이는 것이 남다릅니다.

제가 가까이 가자 주인님은 외국어 책에서 머리를 들고 저를 바라보셨어요. 언제나처럼 깊어서 속을 알 수 없는 눈입니다.

무슨 일이냐.

저는 용기를 내어서 내일부터는 다시 공부를 하고 싶으다고 했어요. 올해에는 어려워도 내년에는 시험을 보고 싶다고 했습니다. 주인님은 고개를 끄덕이며 알겠다고 하였어요. 그러면서 이렇게 말씀하셨습니다.

걱정할 것 없다.

저는 허리를 굽히고 물러나왔습니다.

주인님은 정말 고마운 분입니다.

내일은 시내에 나가서 이 편지를 부쳐야겠어요.

진남 올림

"여기 보면 귀신 들린 집 소문은 구월 전후로 있었던 것 같죠. 가을부터."

"그렇군요." 그는 모서리가 말리고 빛바랜 편지지를 빤히 들여다보았다. 그 안에 시간의 문이라도 있어 과거로 들어갈 수 있는 것처럼. "그리고 가을에는 왠지 편지 느낌이 변한 것 같은데요."

"집안 사정이 변했으니까요."

이렇게 말하기는 했으나, 나도 똑같이 느꼈다. 진남의 편지는, 혹은 편지를 받는 이에 대한 진남의 태도는 달라져 있었다. 이전에는 무슨 비밀이라도 다 털어놓을 수 있는 가까운 친구를 대하는 듯했다면, 마지막 편지에는 모든 것을 다 털어놓지는 않고 거리를 두면서도 말하고 싶은 마음을 참을 수 없다는 갈등이 느껴지기도 했다. 진남이 외숙모에게 받았다는 제안이 뭔지 우리는 이미 알고 있었다.

"이제 편지는 몇 통 안 남았군요."

그는 다른 편지들은 고이 넣어놓고 세 통의 편지를 탁자 위에 놓았다.

하나는 1967년의 십일월, 그리고 두 통은 그로부터 한 달 후인 십이월이었다.

1967년 11월

언니, 걱정 많이 하셨지요.

그간에 있었던 일을 어떻게 설명해야 할지 모르겠습니다. 어디서부터 어떻게 설명할 수 있을지 모르겠어요.

큰마님은 한동안 귀신이 보인다는 말씀은 하지 않으셨어요. 밤에 잘 잠구어놓은 문이 아침에 가보면 훤히 열려서 문 앞에 갈색 이파리가 가득 쌓여 있다거나 하는 일은 이제 더는 일어나지 않았습니다. 집이 우리에 갇힌 짐승처럼 날뛰는 기운도 없었습니다.

한동안은 그러하였습니다. 한동안은.

그간 저는 주인님과 북성 상회 사장님과 공부를 계속하였습니다. 북성 상회 사장님은 수학과 과학을 가르쳐주십니다. 이전에 말한 적이 있었나요? 사장님은 대학을 나오셨대요. 아버님이 하시던 상회를 잠깐 맡아 계시다가 이제 외국으로 공부하러 가신다고 합니다. 저는 사장님께 그간 입은 은혜를 보답할 길이 없어 그림을 그려드리기로 하였습니다. 초상화를 그려드리겠다는 말에 사장님은 잠시 겸연쩍어하시기도 하였지마는, 저의 모델이 되어주겠다고 하셨읍니다.
사장님은 또, 주인님에게 새로운 레코오드를 몇 장 가져다주었읍니다. 사장님은 주로 고전 음악을 들으시지만, 째애즈 음악도 좋아하신다고 한다면서요. 우리는 주인님이 만드신 축음기에서 그 레코오드를 틉니다. 언젠가는 사장님은 제게 춤을 가르쳐주시겠다고 하였어요. 저는 그러면 펄쩍 뛰며 절레절레 손을 흔들었지만 사장님은 억지로 일으켜 세웠습니다. 저는 그러면 꼭두각시 인형마냥 사장님이 움직이는 대로 뒤뚱뒤뚱 움직이다가 그만 사장님의 발을 밟고 말았읍니다. 저는 부끄러워서 얼굴이 빨개졌지만 사장님은 껄껄 웃으면서 제 어깨에 손을 올려놓으셨어요. 그때 축음기에서 끽 하는 소리가 났읍니다. 주인님이 판을 바꾸려다가 바늘이 부러진 것이어요. 그날은 더는 음악을 들을 수 없었읍니다.
사장님이 오시지 않을 때는 주인님과 둘이서 축음기 음악을 듣기도 합니다. 주인님은 제게 오-헨리 단편집을 읽어보라고 하였읍니다. 「마지막 잎새」도 좋지만은 저는 「크리스마스 선물」이 좋아요. 델라와 존이 자기의 가장 좋은 걸 팔아서 선물을 준비한다는 이야기가 고와서 눈물을 글썽였읍니다. 주인님은 제가 훌쩍이는 걸 보시고 온화하게 말씀하여 주었읍니다.
올해는 크리스마스를 재미있게 지내보자꾸나. 크리스마스트리도 꾸미고. 진수 아범에게 쓸 만한 전나무를 찾아보라고 해야겠다.

그때는 마치 하늘 위 구름 위를 둥둥 떠다니는 것만 같았습니다. 하지만 구름 위를 걸으면 언젠가 발이 빠지고 말겠지요.

그러다 일주일 전, 갑작스레 폭풍우가 몰아쳐 그나마 남은 잎도 다 떨어질 것만 같았어요. 새벽에 일어나니 뼈마디가 저릴 정도로 손발이 시려서 방밖을 나서는 게 힘들 정도였습니다. 아래층에 내려가보니 또 현관문이 확 열려 있고, 정원의 마른 잔디가 문간에 가득 흩어져 있었습니다. 저는 빗자루를 가져와 갈색으로 말라비틀어진 낙엽을 쓸었어요. 낙엽을 쓸다 보니 거기 다른 것이 섞여 있었습니다. 갈색 날개 위에 검은 점이 찍힌 나비였어요. 나비가 이 날씨까지 살아 있다니 놀라웠습니다. 아마 오래전에 죽었던 시체가 정원 한 구석에 떨어져 말라가다 간밤 바람에 함께 쓸려 들어온 것이겠지요. 나비가 잠시 날개를 파닥인 것처럼 느꼈던 건 저의 착각이겠지요.

그날 주인님은 다시 폐병이 도지셔서 크게 앓으셨습니다. 검은 차를 탄 의원님이 집에까지 왔다 가셨어요. 큰마님은 얼굴이 새파래지셔서 안절부절못하고 집안을 돌아다니셔서 오히려 병환이 드실까 걱정이 되었습니다.

끝끝내 주인님의 숨결이 골라지고 안색도 다시 밝아지자, 마님도 한시름 놓으셨어요. 저도 어찌나 안심이 되던지요.

하지만 저녁에 설겆이를 하고 있는데 놋쇠 관에서 큰마님 목소리가 들렸읍니다.

진남이 이리로 올라오거라.

옥순 아지매는 눈총을 주며 입을 삐쭉거렸지만 치도곤 치기 전에 얼른 올라가보라고 하였읍니다. 저는 손을 앞치마에 훔치며 계단을 조심조심 올라가보았어요. 큰마님은 경대 앞에 앉아 계시었어요. 제가 그 앞에 서자 마님은 돌아보지도 않고 거울 속을 들여다보며 말씀하였어요.

네 외숙모에게 얘기는 들었겠지.

저는 고개를 들지 못하고 고무신 코만 바라보았읍니다.

그래, 그간 내가 경황이 없어서 일을 진척하지 못했다만, 어제 오늘 이런 난리를 겪고 보니 하루도 늦출 수가 없겠구나.

저는 여전히 아무 대답하지 못했읍니다.

대가 끊기기 전에 다음 씨를 받아야지. 곧 시청에 가서 신고하도록 내가 조치해두마. 필요하면 네가 따라나서야 할지도 모르겠다. 식은 경수가 몸이 좋아지면 올리도록 하자.

저는 바닥에 깔린 용기를 다 끌어모아 고개를 쳐들고 입을 열었어요. 저는 거울 속 마님의 눈을 보았어요.

주인님도 좋다고 하시나요? 저를…….

거울 속에서 마님이 등을 돌렸읍니다. 그 눈은 이제 저를 바라보고 있었읍니다.

지금에 와서는 가릴 처지는 아니다만 너라면 저 애도 괜찮아하겠지.

마님이 손을 내밀었습니다. 자.

마님이 내주신 금가락지를 저는 얼결에 받고 말았어요. 마님은 제 손에 닿지 않게 가락지를 올려놓으시고, 다시 등을 돌리셨어요.

너는 운 좋은 줄 알거라. 아들을 낳기 전까지 호적에 올리지 않을 생각도 했지만, 사람들 눈도 있으니.

그런 후에는 저보고 나가보라고 하셨습니다. 저는 마님 방에서 도망치듯 물러나왔습니다. 저는 건너편의 주인님 방문을 보았어요. 저 문 뒤에서는 주인님이 앓고 계시다고 생각하니 마음이 아팠습니다만 차마 가서 문을 열어볼 수는 없었어요.

언니, 저는 마음이 그렇게 되지가 않았어요.

곧 다시 소식 전하겠습니다.

진남 드림

점심시간이 끝나고 오후가 깊어지자 카페 안이 더욱 분주해졌다. 사람들은 찬공기를 머리카락과 외투에 묻히고 들어와 발그레한 얼굴로 빈자리가 있는지를 두리번거리며 찾았다. 웅성거리는 소음과 간간이 터지는 웃음소리에 묻혀 캐럴은 알아들을 수 없는 중얼거림이 되어버렸다. 우리는 이 활기차고 명랑한 집단 속에서 유일하게 말수가 적은 사람들이었다. 그러나 침묵조차도 다른 이들의 소리에 묻혀서 눈에 띄지 않았다.

"이 사이의 편지가 한 통 없는 것 같은데요."

그가 마지막 두 편지를 재차 넘겨보면서 확인했다.

"제 생각엔 편지가 한 통 없는 게 아니라, 이전 편지에 덧붙여서 편지지를 넣었던 것 같은데, 어찌된 일인지 딸려오지 않았어요. 아마 편지 봉투에 다른 날 쓴 편지가 여러 장 들어 있었는데, 나중 날짜에 쓴 건 없어진 것 같아요."

"그렇군요. 십이월의 편지를 보면 이미 유령은 여러 번 나온 것 같습니다."

"네, 집이 흔들리고 기이한 소리가 많이 들리고. 큰마님은 한밤에 여자 유령을 봤다며 소리를 질러대곤 했던 것 같아요. 십이월쯤 되면 모두 신경이 당긴 실처럼 팽팽해져서 곧 끊어지기 직전이에요."

12월 15일의 편지는 거친 손글씨로 휘날리듯 씌어 있어서 읽기가 힘들었다.

1967년 12월 1일

덕희 언니.

언니, 제가 앞으로 무슨 횡설수설을 늘어놓더라도 이해해주어요. 지금 무슨 말을 쓰는지 저조차도 모릅니다. 그동안 집이 웅웅 흔들리거나 한밤에 문이 열리고 큰마님이 흰옷을 입은 유령을 보았다는 이야기는 저번 편지에 써서 보냈습니다. 11월부터 그런 일들이 벌어지자, 동네에는 이 집에 귀신이 나온다는 소문이 퍼졌고 심지어 우체부조차도 등류당 안에 발을 들여놓기를 무서워합니다. 큰마님은 낮에는 밖에 나가시고 밤에는 방안 가득 붙여놓은 십자가 아래서 기도를 하십니다. 덕형 아재는 두툼하던 배가 쏙 들어갈 정도로 야위었고, 옥순 아지매는 머리를 쥐어뜯는 것처럼 아프다는 소리를 자주 합니다. 오로지 주인님만이 평소와 다름없이 독서와 연구를 하셨어요. 저한테는 걱정할 것 없다고만 하였습니다.

하지만 주인님도 몇 주 전부터는 그런 말씀을 하지 않으셔요. 그전 날에도 한밤중에 마님이 하얀 옷의 귀신을 보셨다며 비명을 질러대서 저는 아래층에서부터 헐레벌떡 뛰어갔었습니다. 큰마님은 창문에 흰옷을 입은 여자가 떠 있다며 몸을 부들부들 떠셨습니다. 저는 두려웠지만 2층 창을 열고 내다보았어요. 잎 떨어진 나무들이 두 팔 벌려 서 있는 것이 으시시했고 바람에 흔들리는 등나무 줄기 속에 누군가 서 있는 기분이 들어 온몸에 소름이 쫙 끼쳤습니다만, 제가 본 게 무언지 알 수 없었어요. 저는 마님에게 뭔지 잘 보이지 않는다고 말했습니다. 마님이 성경책을 가져오라고 하셨고 마님이 기도하시는 동안 저는 옆에 서서 지켜야 했습니다. 결국 마님이 주무실 때까지 옆에 있다가 새벽녘에야 제 방에 돌아올 수 있었습니다.

한 시간 정도 잠들었을까, 동이 트는 것 같아 저는 아침 준비를 하러 부엌으로 내려갔습니다. 희뿌얀 새벽 빛 속에 부엌은 발이 시릴 듯 사늘하고 어둑어둑했습니다. 부엌에 바람을 들이려고 뒷문을 열었을 때 갑자기 바람이 확 불더니 옆 창고 방에서 엄청나게 요란스런 소리가 났습니다. 덜그럭덜그럭……. 무언가 뛰쳐나오려고 아우성치는 것만 같았어요. 손을 휘이 저어 전기를 켜고 창고 방의 문을 열어보았습니다. 머리 위 찬장 문이 죄다 활짝 열려 있고 물건이 바닥에 떨어져 어질러져 있었어요. 마치 찬장 한 칸 한 칸 숨어 있던 것이 밤사이에 풀려난 것만 같았어요. 나도 모르게 소리를 꽥 지르고 말았습니다.

때가 일러 집에는 주인님, 큰마님뿐이었습니다. 큰마님이 2층에서 무슨 일이냐고 송화관을 통해 물으셨어요. 그 목소리가 어두운 부엌에 마치 마녀의 소리처럼 울렸습니다. 저는 빨리 대답을 못 했어요. 마님이 호통을 치시자 소리는 메아리처럼 퍼져나갔습니다. 저는 정신을 퍼뜩 차리고 누가 밤새 열어놓았는지 찬장이 다 열려 있다고 말씀드렸습니다. 큰마님은 그런 일로 소란 떨지 말고 빨리 정리하라고 했지만 목소리는 떨리셨습니다.

저는 의자를 가져다 놓고 바닥에 떨어진 주걱이며 숟가락을 주웠습니다. 그때 목소리가 들렸어요.

이게 다 무어냐.

저는 바닥에 무릎을 꿇은 채로 고개를 들었어요. 지팡이를 짚은 주인님이 저를 내려다보았어요. 저는 밤사이 찬장 문이 저절로 열렸다고 말했습니다.

주인님은 말하였어요.

문이 죄다 저절로 열렸단 말이냐.

저는 그렇다고 말씀드리고 고개를 숙인 채로 은수저를 만지작거렸습니다. 그러고는 말했어요. 귀신의 짓이 아닐까요.

주인님이 얼마 전에 보여주신 독일 동화책에 집안을 마구잡이로 헝클고 다니는 유령 이야기도 있었습니다. 언니도 들어본 적 있으시지요?

주인님도 그 이야기를 알고 계실 텐데 아무 말씀 하지 않았습니다. 그렇다고도 아니라고도 하지 않았고, 전처럼 걱정할 것 없다고도 말해주지 않으셨어요. 다만 제 얼굴을 똑바로 보셨습니다. 그렇게 저와 눈을 마주친 건 처음이었어요. 보통 주인님은 앉아 계시고 저는 서 있으니까요. 그렇지 아니할 때도 주인님은 언제나 제 얼굴은 똑바로 보지 않으시고 눈을 저 먼 데 두시고 말씀하시고는 했었어요. 주인님이 저를 내려다보며 제 눈을 똑바로 보신 게 처음이었어요. 저는 다시 고개를 숙이었어요.

그다음에 주인님이 말하는 소리가 들렸어요.

알았다.

그저 창고 방을 나가셨읍니다. 바닥을 딛는 지팡이에서 똑똑 소리가 났읍니다.

그런 후 사흘쯤 지난 날이었어요. 저는 2층 서재에서 색종이를 오리고 있었는데 전화가 울리는 소리가 들렸어요. 전화는 2층 주인님 방에도 있읍니다만, 주인님이 방안에 계신데도 울리지 않았어요. 주인님은 전화기가 망가진 모양이니 거실로 내려가 전화를 받으라고 하였어요. 저는 아래층으로 뛰어가 전화를 받았읍니다.

그런데 고개를 들어 천장을 보니 같은 뻘건 물이 고여서 바닥으로 떨어지지 뭐여요. 때마침 나갔다 돌아오신 큰마님이 그 광경을 보시고 파랗게 질리고 말았읍니다. 하지만 피는 그다음 찰나 흔적도 없이 사라져서 저와 마님은 더욱 혼비백산하고 말았읍니다. 하지만 동시에 집이 무너질 듯 큰 소리가 나더니 기괴한 소리가 울려 퍼졌읍니다. 저 말고 큰마님, 덕형 아재와 옥순 아지매까지도 다 들었다니까요. 심지어 주인님까지도 들었읍니다. 남자도 아니고, 여자도 아닌 목소리가 무어라무어라 무녀의 주문처럼 중얼댔어요.

그날 밤 저는 주인님과 큰마님이 거실에서 말씀하시는 소리를 들었읍니다. 큰마님은 아무래도 악마가 낀 것 같다고 하였어요.

목사님을 불러서 악령 쫓는 의식을 해야 한다고 하셨어요. 그런데 언니 이거 아세요.

큰마님이 말하는 악령은 저였읍니다. 저를 집안에 들이기로 한 다음부터 귀신이 들었다고 하였어요.

너도 아까 들었잖느냐. 그 소리가 뭐라 했는지.

주인님이 말이 없자 큰마님이 음산하게 말씀하였읍니다. 보이진 않았지만 몸을 떠시는 것도 같았읍니다. 무리도 아니지요. 저도 이제까지와는 달리 정말 놀랐는걸요. 지금도 그 생각만 하면 손끝이 부들부들합니다.

나가라고, 주인이 아닌 사람 나가라고 했지. 그게 무슨 뜻이겠느냐.

주인님은 가만히 듣고 있다가 이렇게 말하였읍니다.

그 사람이라고 생각하시는 겁니까.

큰마님이 목소리를 낮춰서 더는 뭐라고 했는지 들리지가 아니하였어요.

언니, 주인님이 말하는 그 사람은 누구일까요. 혹여 작은마님을 말하는 것일까요. 그러면 제가 등나무 줄기 사이에서 본 희끗희끗한 그림자가 작은마님의 유령일까요? 작은마님은 죽은 걸까요? 그래서 제가 그 자리를 차지하는 게 싫은 걸까요?

저는 모르겠읍니다만, 이 집에서 무언가가 저를 쳐다보는 것 같은 기분이 들어요. 저의 책을 잡아 쫓아내려고 하는 것 같아요.

언니, 이 집에서 나가게 되는 걸까요?

진남 올림

우리가 앉은 자리는 커다란 창 옆이어서 창가에 자리 있을까 싶어 온 사람들이 우리 옆에서 서성거리다 떠났다. 창 너머에 보이는 것은 거대한 사무 빌딩들과 차들이 지나가는 거리뿐인데도 사람은 늘 바깥 풍경을 보고 싶어 한다. 하지만 이 빈약한 풍경을 양보하려고 한들, 편지는 한 통이 남아 있었다. 마지막 편지는 이제까지 썼던 괘선 규격 편지지가 아니라, 공책을 뜯어서 쓴 것으로 가장 나중에 씌었음에도 더 빛이 바래고 군데군데 얼룩도 남아 있었다.

"이 편지는 마지막 행선지가 남아 있어서 특히 소중하게 간직하셨나 봐요. 이로부터 다시 연락 오기까지는 오 년이나 걸렸다 하지만."

나의 말에 그는 고개를 끄덕였다. "일단 읽어보도록 하죠."

나는 그가 편지를 읽는 동안 창 아래에서 지나는 사람들을 쳐다보았다. 두꺼운 코트와 파카를 걸치고도 위로 솟은 어깨들에서 거리의 추위를 짐작할 수 있었지만, 유리창 안까지는 닿지 않았다. 나는 따뜻하고 안전했다. 내가 따뜻할 때 타인의 추위를 공감하기는 쉽지 않다. 내가 춥다고 한다면, 나보다 더 서늘한 사람을 짐작하기란 더욱 쉽지 않다.

언니, 지금은 황망하게 가는 중이라 이 편지가 언니에게 갈 수 있을지도 모르겠습니다. 배를 타기 전에 부산에서 부칠 틈이 날지. 부디 언니에게 닿았으면 좋겠습니다. 저는 지금 토오쿄오로 가요. 북성 상회 사장님 말로는 거기서 서독으로 가는 일본 비행기를 탄다고 합니다.

얼마 전까지는 저도 이렇게 될지 전혀 몰랐어요. 아니 일주일 전 크리스마스이브까지만 해도요.

작년처럼 번잡한 파아티는 준비하지 않아도 좋았습니다. 십 수 명 분의 음식을 장만하지 않아도 되었고, 식기를 꺼내서 닦거나 할 필요도 없었어요. 주인님은 동성로 양과자점에 부탁해서 케이크를 주문해두셨던 모양입니다. 저녁상을 물린 후 설겆이를 마쳐갈 즈음, 북성 상회 사장님이 커다란 상자를 들고 오셨어요. 주인님 부탁으로 케이크를 가지고 오셨다고 합니다. 교회에 가신 큰마님과 덕형 아재를 빼고 나머지 식구들은 거실에 모여 앉았습니다.

언니, 그렇게 아름다운 케이크를 저는 처음 보았어요. 작년에 먹었던 것보다 더 고운 것이 동화책 속에서 당장 나온 것 같았읍니다. 하얀 빵 위에 분홍색 장미꽃이 예쁘게도 피었지요. 입안에서 살살 녹던 게 또 어찌나 달콤하던지요. 옥순 아지매는 너무 달아서 못쓰겠다며 얼굴을 찡그리며 부엌으로 나가버렸지만 저는 몇 조각이나 먹었는지 몰라요. 앓은 후에 입맛 없어하시던 주인님도 큰 조각을 하나 다 드셨읍니다. 상회 사장님은 거실에 세워놓은 크리스마스트리를 보시면서 예쁘게도 꾸몄다 칭찬하셨어요. 주인님은 진남이가 색종이를 오려가며 만들어 붙인 거라고 말씀하셨읍니다. 저는 아마 얼굴이 붉어졌을 것이어요. 상회 사장님은 의자에서 일어나시며 들고 오신 가방을 여셨어요.

자, 이건 내가 여러분에게 주는 크리스마스 선물이야.

레코오드판이었읍니다. 크리스마스트리 앞에 얼굴이 검은 남자 네 명과 여자 한 명이 선물 상자를 들고 이쪽을 보고 웃어요. 상회 사장님은 조심스레 하얀 종이에서 검은 판을 꺼내서 축음기에 걸었읍니다.

일본에서 구해 온 건데 크리스마스캐럴이다.

저는 찬송가가 아닌 크리스마스캐럴이라는 것은 처음 들어보았어요. 판이 돌아가면서 깊고 고운 남자의 목소리가 흘러나왔읍니다. 그런데 가락이 너무 구슬펐어요. 제가 이제까지 들었던 노래들처럼 명랑하지가 않았어요. 저는 왠지 모르게 눈물이 나왔읍니다. 주인님이 저를 쳐다보였어요.

가사가 무슨 뜻인지 알아?

저는 고개를 저었습니다. 영어를 배우기는 했지만 노래를 알아들을 순 없었습니다. 집과 크리스마스라는 단어가 들어간 것 같긴 했어요. 주인님은 웃으며 말씀하셨어요.

진남이 영어 공부를 더 열심히 시킬걸 그랬다.

판이 돌아가는 동안 저는 두 분께 드릴 크리스마스 선물을 가져왔습니다. 포장지도 변변찮아 달력 종이에 노끈으로 대충 묶어 드리는 것이 부끄러웠어요. 그동안 두 분을 그린 그림이었어요. 상회 사장님은 포장을 뜯어보고는 진짜 얼굴보다 잘 나왔다면서 기뻐하였습니다. 주인님은 아무 말 하지 않으셨습니다. 저는 마음이 조마조마하였습니다. 상회 사장님이 말씀하였어요.

어, 경수가 천사가 되었는데. 근사한걸.

부끄럽지만 저는 화집에서 본 그림 중 하나를 모사했습니다. 주인님의 얼굴을 닮은 천사가 소녀에게 장미꽃을 건네주어요. 주인님의 어깨에 천사의 날개를 달아드렸어요. 이 저는 작은 목소리로 말했습니다.

주인님은 제게 천사 같은 분이시어요.

주인님은 여전히 말씀 없으시고 가만히 그림을 들여다보셨습니다. 어디가 마음에 안 드셨던 걸까요. 주인님이 조용히 말씀하셨어요.

천사가…….

저는 의아해서 쳐다보았어요.

천사가 작구나.

레코오드판은 계속 뱅글뱅글 돌아가고 남자 여럿이 한데 모여 부르는 노랫소리가 울려 퍼졌습니다. 저는 아무 대답 못 했습니다. 저는 본 대로 그린 거라고 말하지 못했어요. 벽난로에 장작이 떨어지며 우수수 하는 소리가 났습니다. 그 바람에 장작이 꺼졌을까요. 방안에 써늘한 바람이 불었습니다.

그때 상회 사장님이 불쑥 이러셨어요.

경수, 진남이에게 줄 선물 없어? 이렇게 좋은 선물 받아놓고.

저는 손사래를 쳤습니다. 아니라고, 이렇게 지내게 해주신 것만 해도 저는 이미 선물을 많이 받았다고. 주인님이 저를 보셨을 때는 눈이 왠지 지금 방안에 가득한 노랫소리랑 비슷한 것만 같았어요. 주인님이 몸을 일으키면서 뭐라고 말을 하려던 찰나, 대문이 열렸습니다.

큰마님이 돌아오신 것이었어요. 제가 뛰어나가보자 큰마님은 현관에서 외투를 벗어 덕형 아재에게 건네셨어요. 제가 재빨리 외투를 받아들 때 상회 사장님이 거실에서 나와 꾸벅 인사를 하셨어요. 큰마님은 사장님을 보시더니 얼굴을 찡그리셨어요.

다들 밤이 늦었는데 뭘 하고 있는 것이냐. 일중이, 넌 곧 떠난다면서.

사장님은 그러지 않아도 가려 했다면서 마지막 인사를 하러 왔다고 말하였어요. 저는 사장님이 어디 가시는지 여쭤보고 싶었지만 황급히 외투를 챙고 방으로 들고 가 솔질을 할 수밖에 없었습니다. 제가 빈 그릇을 챙기러 거실로 돌아갔을 때는 세 분이 거실에서 무슨 이야기를 하고 계셨어요. 큰마님은 사장님에게 이러셨습니다.

혼인도 하지 않고 떠나다니 네 부모가 걱정이 많겠구나.

사장님은 활달하게 웃으시면서 그런 걱정은 하지 않으신다고 하였어요. 그러자 큰마님은 왠지 주인님을 돌아보시면서 이러셨어요.

사지도 멀쩡한 아들이니까 어떻게든 잘살 거라고 생각하는 거겠지.

저는 못 들은 체 쟁반에 접시만 담았습니다. 사장님은 그저 웃기만 하시는 것 같았어요.

설겆이를 하는 동안에 대문이 열리고 닫히는 소리가 들렸습니다. 사장님이 굳이 저한테까지 인사를 할 필요는 없지마는 그때는 서운하였습니다.

뒷정리를 마치고 2층으로 올라가기 전 저는 거실로 돌아갔습니다. 어두컴컴한 방안에 촛불을 켜고 주인님이 아까 그 레코오드를 다시 듣고 계셨어요. 한 번 다 돌아갔는지 처음 들었던 곡이 흘러나오고 있었습니다. 저는 주인님께 필요한 게 없으시냐고 여쭈었어요. 주인님은 저를 보시더니 됐다고 하셨어요. 그래서 허리를 굽히고 물러나려는데, 주인님이 저를 부르셨어요.

진남아.

네, 주인님. 대답하며 고개를 들었더니 저를 보고 손짓을 하셨읍니다.

이 노래 한 곡만 같이 듣자꾸나.

저는 조심스럽게 주인님 옆으로 다가갔읍니다. 주인님은 옆에 있는 빈 의자를 손으로 가리키셨어요. 저는 의자 끝에 걸터앉았읍니다.

편하게 앉거라.

하지만 주인님은 이미 눈을 감고 계셨어요. 늦은 밤이라 피곤하였을까요. 주인님의 얼굴은 반쪽만 촛불 빛에 비쳤고 반은 어둠에 잠겨 있었어요. 얼굴만 빛 속에 떠오른 주인님은 편안해 보였어요. 제가 그린 천사 그림은 난로 선반 위에 세워놓았읍니다. 저는 어둑한 방안에서 소녀에게 은방울꽃을 건네는 천사와 제 앞에 앉은 주인님을 번갈아 보았읍니다. 노래가 끝나자 주인님은 눈도 뜨지 않고 말씀하였어요.

이제 올라가도 좋다.

저는 할말이 더 있었지마는 왠지 목이 막혀 아무 말도 하지 못하였읍니다. 저는 그저 분부대로 물러나 문단속을 하고 바닥을 닦은 뒤 자러 올라갔읍니다.

제가 침대에 누웠을 때 주인님이 층층대를 오르는 소리가 들렸읍니다. 똑똑대는 지팡이 소리. 저는 그 소리에 맞춰 잠나라로 갔던가 보아요.

언니, 그 밤에 마님이 층층대에서 구르셨어요. 층층대 앞에서 또 귀신을 본 것입니다.

마님은 한밤에 조갈이 난다고 저를 부르셨던 모양입니다. 하지만 저는 왠지 듣지 못했어요. 나중에 사장님에게 듣자 하니 케이크에 술이 들어 있어서 잠에서 깨지 않았던 모양입니다. 마님은 직접 일어나서 저를 깨우러 나오시다가 서재 반대편 창에 어린 뭔가를 보고 소리를 지르셨어요. 그러면서 계단을 뛰어 내려가시다가 발을 헛디디신 거예요.

저는 마님이 비명을 지르신 때에야 잠에서 깨서 방밖으로 뛰쳐나갔어요. 층층대 아래 바닥에 큰마님이 쓰러져 있었읍니다. 그때부터는 난리법석이었어요. 저는 별채로 뛰어가서 옥순 아지매랑 덕형 아재를 불렀고, 주인님이 전화로 의사에게 연락하였읍니다. 덕형 아재는 큰마님을 방으로 안아 옮겼고, 의사 선생님을 모시러 갔어요. 아재는 잠시 후 의사 선생님과 목사님과 함께 도착하였읍니다. 우리는 모두 뜬눈으로 새벽을 새웠읍니다. 저는 큰마님이 보셨다는 게 뭔지 3층 다락방으로 올라가 살펴보았지만 아무것도 찾지 못했어요. 저는 작년처럼 저멀리 어딘가에서 찬송가 소리를 들은 것도 같았읍니다. 아니면 제 머릿속에서 울리는 노랫소리였는지도요.

마님은 아침에야 눈을 뜨셨습니다. 그러고는 뭐라고 소리를 고래고래 지르셨습니다. 부엌의 송화관을 통해 그 소리가 들렸지마는 저는 귀를 막고 죽을 저었어요. 옆에서 옥순 아지매는 혀를 끌끌 찼습니다. 곧 덕형 아재가 부엌으로 와서 주인님이 보잔다고 하였습니다. 서재로 올라가보니 주인님은 제 쪽에 등을 돌리고 스테인드글라스 창 너머를 바라보고 계셨어요. 아침 햇빛이 비스듬히 들어 주인님 얼굴에 비쳤습니다. 어제 촛불 속 주인님 얼굴과 비슷하기도 하다고, 저는 그때 생각했습니다. 주인님은 의자를 돌려 저를 바라보시더니 말씀하였습니다.

진남아.

네.

너는 오늘 이 집을 나가줘야겠다.

순간 눈앞이 하얘지는 것만 같았습니다. 목이 따끔따끔하고 손이 부들부들 떨렸습니다. 저는 즉시 무릎을 꿇고 주인님에게 잘못했다고 빌었습니다. 주인님은 말씀하였어요.

아니, 네 잘못이 아니다. 하지만 어머니 뜻이 강경하시구나.

평소에 자상했던 깊은 눈이었는데 그때는 끝을 알 수가 없을 정도로 까맸습니다.

지금 네 물건을 챙겨서 북성 상회로 가거라. 거기서 네가 잠시 거처할 수 있도록 해줄 거다.

주인님은 책상 서랍을 여시더니 손을 넣어 안을 휘저었습니다.

손이 잠깐 머뭇거리는가 싶더니 노란 봉투를 꺼내었습니다.

이걸 일중에게 전하거라. 이 정도면 당분간 네 생활비는 되겠지.

그러더니 잠깐 침을 삼키시더니 다시 말씀하였어요.

나가보거라.

저는 방으로 돌아와서 얼마 되지 않는 제 짐을 챙겼습니다. 옥순 아지매가 빈 가방을 들고 들어와서 짐 싸기를 도와주었어요. 옥순 아지매는 재수가 없는 년은 앞으로 넘어져도 코가 깨진다고 했습니다. 조실부모하고 고아로 자란 것이 이제야 팔자 고치려나 했더니 조상님의 혼이 막은 거라고도 했습니다. 옥순 아지매는 분수도 모르고 공부한답시고 까분 제가 잘못이라고 한 것도 같습니다. 이제야 그 말들이 하나씩 생각나지만 그때는 화도 나지 않았습니다. 옥순 아지매도 무서워서 그런 거예요. 혼령이 나 때문에 화가 난 게 아니라고 한다면, 계속 그렇게 기괴한 일들이 벌어진다면 자기도 덕형 아재도 붙어 있고 싶지 않으니까.

저는 짐을 챙겨 나가며 마님께 인사드리려 하였습니다. 하지만 덕형 아재가 말하길 마님은 제 꼴을 보고 싶어 하지 않는다고 하였습니다. 저는 주인님께도 인사하려고 하였습니다. 주인님은 여전히 그 의자에 앉아 계셨어요. 주인님, 진남이 떠납니다, 라고 했는데 알았다, 하셨을 뿐입니다.

주인님, 정말 송구하고 그간 감사했습니다. 저는 인사드리면서 허리를 꾸벅 굽혔읍니다. 그런데 다시 허리를 펼 수가 없을 것 같았읍니다.

그동안 수고 많았다.

주인님, 항상 평안하십시오.

눈물이 신발 코 위로 뚝 떨어져서 더는 말하기가 어려웠읍니다. 고개를 숙이고 있는데 주인님이 그때야 저를 돌아보셨어요. 어떤 얼굴인지는 보이지 않았읍니다.

너도 몸조심하거라.

그것이 마지막이었읍니다. 주인님은 다시 등을 돌리셨읍니다. 현관문을 여니 바람이 싸늘하게 밀려와 뺨을 쳤읍니다. 덕형 아재가 먼저 가 기다리는 정문 앞으로 가는 길이 왜 이리 멀던지요. 얼마 전에 내려 녹지 않은 눈은 돌바닥 위에도 얼어 있어 걸음을 떼기가 더 어려웠어요. 가방엔 거의 든 것도 없는데 무척이나 버거웠읍니다. 그러다 저는 고개를 돌려 보았어요. 2층 창을 쳐다보았읍니다. 성탄절 아침에 색유리 조각은 더 영롱하게 빛났읍니다. 그 뒤의 어둠 속에 주인님은 아마 혼자 앉아 계셨겠지요. 저는 그렇게 한참 서 있다가 대문으로 나와서 덕형 아재가 시동을 걸어놓은 차에 올라탔읍니다. 벌써 아침해가 중천이었읍니다. 다시 바라본 2층 창 앞에 개똥벌레 같은 것들이 어른거린 건 아마 눈 위에 비친 햇빛이 제 눈을 찔렀기 때문이겠지요.

상회에 도착하자 사장님은 벌써 나와 계셔서 잘 왔다며 맞아주셨어요. 아마 주인님이 먼저 기별을 주셨겠지요. 저는 그날은 사장님 댁으로 갔읍니다. 사장님 부모님은 인품도 훌륭하고 자상하신 분들이었읍니다. 사장님이 독일에 갈 때까지 편하게 있으라고 말씀해주었읍니다. 저는 사장님이 독일에 가면 나는 어떻게 되는 걸까 생각했읍니다.

하지만 그날 밤 사장님께서 제게 말씀해주었읍니다. 같이 독일에 가면 어떻겠느냐고. 사장님이 기계 공부를 할 때 나는 미술 공부를 할 수 있다고.

너무 놀라서 어찌해야 할지 몰랐어요. 그래서 저는 독일말도 하나도 모르는데요, 라고 했더니 사장님은 가서 어학원을 다니면 된다고 하였읍니다.

저 같은 사람도 갈 수 있는가요, 했더니 가서 공부를 하면서 방법을 알아보자 했읍니다. 그림을 잘 그리니 될 것 같다면서요.

저는 잘 모르지만 서류 같은 것도 필요하지 않습니까, 했더니 사장님이 그건 알아서 하시겠다고 하였읍니다. 친척으로 올리면 초대할 수 있을 것 같다고도 하였읍니다.

그후로는 만사가 일사천리로 흘러갔읍니다. 저는 지금도 꿈속인지 부산행 기차인지 알 수가 없습니다. 어차피 사장님 없는 북성 상회 댁에 있을 수도 없고, 그렇다고 언니가 있는 서울로 갈 수도 없겠지요. 외삼촌이 저를 데리고 살 수 있었다면 애초에 저를 여기 대구에 두지도 않으셨을 테니까요. 언니, 삼촌과 숙모를 원망하는 것이 아닙니다. 저는 언니에게 신세를 지지 않고 살고 싶었습니다.

저는 함부르크라는 곳으로 가게 된다고 합니다. 가면 다시 연락을 드릴게요.

덕희 언니, 이제 곧 한 해가 바뀝니다. 그와 함께 저도 달라지겠지요. 이제까지의 진남이는 한국에 놓고 다른 나라로 가렵니다. 언니를 보고 가지 못하는 것이 못내 가슴이 아픕니다.

언니, 새해 복 많이 받으세요.

한국을 떠나며,

진남 올림

파란 물감처럼 퍼지는 도시 겨울 저녁의 어둠에는 역설적으로 희미한 온기가 있다. 거리의 가로등이 안내등처럼 일제히 떠오르면, 사람들은 둥지를 찾아 돌아가는 겨울새들처럼 날개를 주머니 속에 숨기고 검은 눈을 반짝이면서 집으로 총총히 걸어간다. 이런 이들과는 달리 힘을 빼고 느릿하면서도 머뭇대는 발걸음으로 걸어가는 사람들도 있다. 나는 철새의 이동 경로를 알아내려는 조류학자처럼 그들의 머리 끝을 열심히 바라본다. 그러나 그 사람들은 곧 인파 속에 묻혀버려 어디로 갔는지 영 알 수가 없다. 세상 어디에도 자기를 기다리는 이가 없는 것처럼 걸어가는 사람들.

"그럼 정리를 해봅시다."

편지들을 두 번째로 완독한 그가 검은 크라프트지 표지의 공책을 꺼내어 펼치며 말했다. 이전에도 본 적이 있는 공책이었다. 그 안에는 그가 정리한 수많은 얘기들이 있을 것이다. 그것이 무엇일지 문득 궁금했지만, 정신을 차리고 그의 이야기에 집중했다.

"성진영 씨, 즉 성진남 씨는 독일로 가면서 이름을 바꾼 것일 테고, 등류당이라는 집을 상속받았다면 한국 법상으로는 돌아가신 김경수 씨의 아내였다는 건데요."

"그걸 정말 아무도 몰랐던가 봐요. 미령 씨 외할머니도 모르셨대요. 성진영 씨 본인이 알고 있었는지조차도 지금은 확인할 수 없는 상황이에요. 이 편지에 따르면, 아마도 김경수 씨의 모친 되는 분이 강제로 허락을 받아 신고를 했겠지요."

"그런데 편지엔 쓰지 않았다……."

"글쎄, 숨기고 싶었을 수도 있죠. 편지라는 게 그렇잖아요. 보이고 싶은 이야기만 하는 것."

그는 공책에 적어 내려가면서 말했다.

"이 부분은 제가 확인을 해보죠. 혼인신고가 어디서 어떻게 되었는지는 몰라도 날짜 정도를 확인하면 편지와 대조해서 추론할 수 있을 겁니다."

종이 위를 누비던 그의 펜이 멈췄다.

"잠깐, 성진영 씨는 결혼한 적이 있지 않습니까? 혹시 상대가 이 편지에 나오는 일중이라는 분입니까? 그럼 문제가 복잡해지는데."

나는 그의 말이 끝나기도 전에 재빨리 말했다.

"아니에요. 성진영 씨의 파트너는 한국계 프랑스인이었어요. 파리에서 활동했을 때 만났던. 그런데 한국에서 하는 것 같은 혼인신고는 없었던 것 같고, 일종의 시민 결합이랄까. 그래서 지금 다른 친척 쪽에서 걸고넘어지는 것이긴 한데요. 혼인이 무효고, 그러니 유산상속도 무효라는 것이죠."

"그럴 만한 소지가 있긴 할 것 같네요."

"그러니까 제가 성현 씨에게 부탁드리는 거죠. 법률 제반 사항을 알아봐달라고. 부동산과 조사는 성현 씨 전문이잖아요."

그는 내 얼굴을 바라보았고, 나는 어깨를 으쓱했다. 그는 낯빛을 바꾸거나 목소리에 흔들림 없이 화제를 이어가며 다시 시선을 공책으로 옮겼다.

"미령 씨 쪽에서도 변호사를 고용하면 될 텐데요."

"그게…… 지금은 성진영 씨가 혼수상태이고 해서 입장을 몰라 공식적으로는 뭔가 하고 싶지 않은가 봐요. 미령 씨 외할머니는 그 집에 대해서는 탐탁지 않아 하는 것 같기도 하고. 하지만 계속 손놓고 있다가는 정신이 돌아오셨을 때 어떻게 하고 싶으실지 모르는 일이니까."

"성진영 씨의 유산상속자가 누굴지, 가장 가까운 한국의 친척이 아닐까 싶긴 하지만……. 일단 그 점은 넘어가기로 하죠. 가장 중요한 건 성진영 씨가 이 집을 받고 싶은가인데. 받고 싶다면 미리 준비를 해두는 게 좋을 거고, 받고 싶지 않다면 모든 일이 간단하죠. 성진영 씨가 이 집을 받고 싶었을까요?"

나도 그 점은 편지를 읽던 내내 궁금하던 것이었다. 열여덟에 쫓겨나듯이 나가게 된 집을 국제적으로 저명한 일흔에 이른 화가가 받기를 원할까? 처음에야 어려웠다고 해도 나중에는 언제든 돌아올 수 있었다. 김경수 씨 생전에 그를 만나러 올 수도 있었다. 오고 싶기만 했다면.

나는 고개를 저었다.

"모르겠어요. 사실 유령이 들러붙은 집이라는 면이 꺼림칙하지 않을 수 없잖아요. 마지막에는 그 집 식구들 모두 겁에 질려 있었어요. 고작 열여덟 살인 소녀가 감당하기엔 힘든 현실과 환상이 이 집에 들러붙어 있죠, 어떤 악령이."

그는 펜을 공책 가운데에 가지런히 내려놓았다. 그의 목소리가 창밖에 내린 어둠처럼 주위에 가라앉았다.

"악령은 아니죠. 그건 잘 알지 않습니까, 저도 재인 씨도."

나는 아무 말 하지 않았다. 옆에 놓인 커피잔을 집으려 했으나 커피는 이미 마셔버렸고 바닥에 비 내린 후의 웅덩이처럼 약간 남아 있을 뿐이었다. 그는 내가 바로 볼 수 있도록 공책을 180도 돌려놓고, 일어섰다.

"등류당이라는 집 구조 한번 그려봐요. 갔다 온 지 얼마 안 됐으니 기억나는 대로. 전 음료 새로 주문해서 올 테니. 아까처럼 카페 라떼로 할 거죠?"

모자라는 그림 솜씨로 그 집의 평면도를 그리며 골치를 썩는데, 그가 다시 종이컵 두 잔을 쟁반 없이 슬리브에 끼워 들고 왔다. 그는 한 잔을 내 왼손 옆에 조심스레 놓아두고 다른 한 잔 역시 입에 대지 않은 채 옆으로 놓아두었다.

나는 앞에 앉은 그를 의식하며 그림을 그렸지만 그는 아랑곳하지 않고 휴대전화를 들여다볼 뿐이었다. 시간이 흐르자, 나는 선을 쭉쭉 그어 마무리하고 크라프트지 공책을 다시 그의 앞으로 돌려주었다.

"보시다시피 아래층엔 이전에 식당으로 썼을 방, 부엌, 창고 방으로 쓰는 팬트리, 거실, 작은 응접실, 선룸이 있어요. 부엌과 거실 사이의 현관 입구에 중앙 계단이 있죠. 이 계단을 올라가면 2층 복도가 나오고, 오른쪽이 당시 하녀 방이었던 것 같아요. 건너편에 있는 게 이 편지에 따르면 큰마님이 쓰는 방이고. 그 옆이 서재, 옆은 작업실, 제가 오디오를 봤던 곳이죠. 작업실은 큰방의 문으로 들어가야만 보여요. 큰방이 주인 부부가 썼던 방이죠. 하녀 방을 마주보고 있고요. 다락으로 올라가는 계단이 있긴 한데, 우리는 들어가보진 않았죠. 기 클리너도 그렇게 하긴 번거로웠던 건지."

그는 내가 그린 평면도를 찬찬히 살폈다. 나는 여느 때처럼 쓸데없는 변명을 덧붙였다.

"제가 공간 지각력이 좀 떨어져서 입체를 평면에 옮기는 그리는 걸 잘 못해요."

그가 코를 살짝 찡그렸다. 나는 이것이 그에게는 미소의 준비운동 같은 전단계라는 것을 이제는 많이 봐서 알고 있

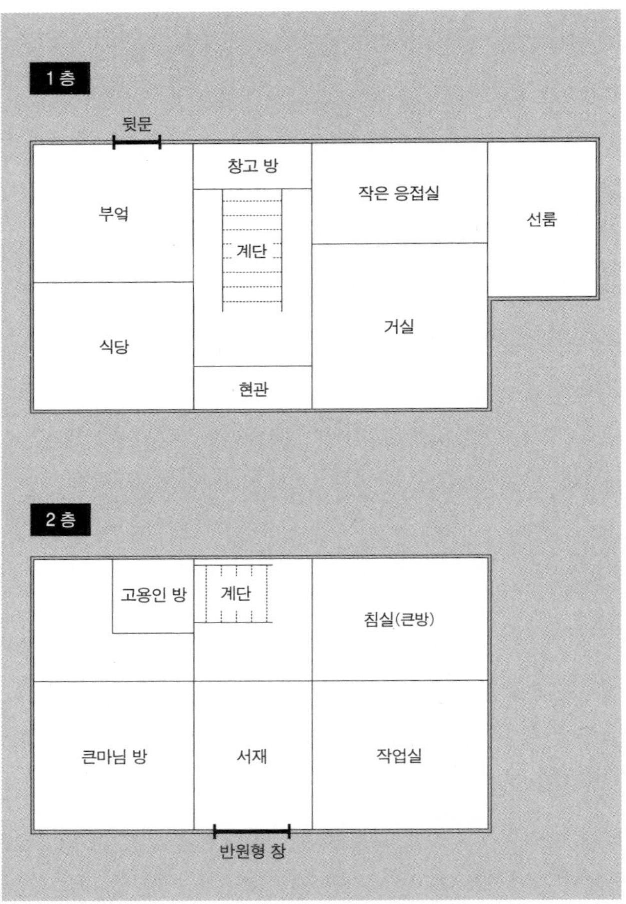
1층
뒷문
창고 방
작은 응접실
부엌
선룸
계단
거실
식당
현관
2층
고용인 방
계단
침실(큰방)
큰마님 방
서재
작업실
반원형 창

었다.

"말은 그렇게 하지만 곧잘 그렸는데요. 방의 비율도 제대로 맞고."

나는 태연하게 받아넘기려고 했다.

"그게 과연 맞는다면 말이지요."

"맞아요. 제 추측에 따르면."

그는 평소보다도 강하게 단언하며, 평면도 1층 한가운데를 짚었다.

"이 유령 문제는 생각보다 간단해요. 우리가 유령이라는 요소를 제거하면 말이죠. 물론 재인 씨가 유령을 믿는 사람인지 아닌지 난 아직도 헷갈리지만."

그는 내가 그린 평면도 밑에 펜으로 유령이라고 쓰고 단어 주위에 박스를 쳤다. 그의 펜에 눈길이 갔다. 봄에 보았던 펜하고도 좀 다르지만 이쪽도 꽤 고급스러운 물건이다. 그는 어쩌면 펜을 수집하는 습관이 있는지도 모른다.

"유령이란 결국 일반적인 눈으로 이해하지 못하는 현상에 붙인 다른 이름이죠. 그건 우리의 마음이 일으킨 어떤 일일 수도 있고, 유령을 직접 만든 손이 있을 수도 있는 일이겠죠. 몇 가지 요소를 짚어보면 어느 쪽인지 알 수 있을 겁니다. 어쩌면 둘 다 알 수 있을지도 모릅니다."

그는 굵게 점을 그리며 하나씩 적어 내려갔다. 나는 그가 써 내려간 질문을 눈으로 따라갔다.

• 유령을 직접 목격한 사람은 누구인가?

• 유령에게 위협을 받은 사람은 누구인가?

• 유령이 나타나서 결과적으로 영향을 받은 사람은 누구인가?

"처음부터 확인해봅시다. 편지에 따르면 유령을 본 사람은 누구죠?"

"가장 먼저 목격한 건 큰마님이네요. 그다음엔 진남 씨, 큰마님이 유령을 봤다고 했을 때 불렀고, 집이 흔들리는 것과 핏자국. 폴터가이스트처럼 죄다 열린 찬장. 기괴한 소리를 들었으니까요. 마지막으로 집이 흔들린 것과 기괴한 소리를 들은 건 집의 가정부인 옥순 씨. 마름 격인 덕형 씨. 집주인인 경수 씨는 찬장을 보았고 소리를 들었네요. 설명은 없지만 집이 흔들린 것도 알았겠죠."

"주로 유령을 목격한 사람은 큰마님과 진남 씨죠. 그럼 다음 질문, 유령에게 위협을 받은 사람은 누구죠?"

"직접적으로 받은 사람은 큰마님. 유령이 나타나서 부상을 입었으니까요. 어떤 면에서는 진남 씨도요. 주인이 아닌 사람 나가라고 했다니까."

"하지만 그 위협이 향했던 대상은 누구일까요?"

"무슨 말이에요?"

"주인이 아닌 사람은 나가라, 그건 진남 씨에게 한 말일 수도 있죠. 하지만 진남 씨는 거기서 스스로 나가는 결정을 내리는 권한이 없었습니다. 애초에 그 집에 올 때도 자기 의지로 온 것이 아니듯이. 그러면……."

"큰마님이나 주인님을 향해서 한 말이라는 건가요?"

"그렇겠죠. 세 번째, 그럼 유령이 나타나서 영향을 받은 사람도 누구인지를 볼까요. 결국 큰마님이 다치긴 했지만, 인생이 바뀐 사람은 진남 씨죠."

"지금 성현 씨가 하고 싶은 말은, 이 모든 게 큰마님과 진남 씨, 주인님에 관한 사건이라는 거죠."

"그렇습니다."

그가 고개를 끄덕였다. 그는 언제나 그렇듯이 의기양양해하지도 않았고, 그저 널리 알려진 사실을 다시 서술한다는 투였다. 그러면서 편지 중 하나를 가리켰다.

"우리는 큰마님과 진남 씨, 주인님 세 사람이 관련된 사건이 뭔지 알죠. 그건 큰마님이 진남 씨를 자기 아들과 결혼시키려 한 겁니다. 사실 유령 소동도 그 이후에 시작되었다는 건 우연은 아니겠죠. 어떤 경우, 유령은 특정 사람에게만 모습을 드러냅니다. 가령, 자기가 죽인 사람의 유령을 보거나 혹은 원혼이 사또에게 나타난다거나 하는 일이죠. 그 사람이 유령의 존재에 관여하거나, 혹은 문제를 해소해줄 사람일 때죠. 하지만 유령은 장소와 관련있을 때도 있습니다. 누구인가와는 상관없이 그 장소에 있는 사람에게 보이기도 하죠. 그게 바로 유령의 집의 속성이라고나 할까. 유령의 장소성이죠."

그는 다시 공책에 두 가지 질문을 적었다.

- 유령이 나타났던 곳은 어디인가?
- 유령이 나타나지 않았던 곳은 어디인가?

나는 그 문장들을 한참 쳐다보았다. 그의 펜은 내가 그린 평면도 위로 향했다.

"자, 여기가 유령이 등장한 곳입니다. 먼저 큰마님의 방. 큰마님이 유령을 보았다는 곳이죠."

그는 내가 큰마님 방이라고 표시한 곳에 가위표를 쳤다.

"일단 정원도 표시는 해놓죠. 그리고 옥순 아지매가 부엌에서 기괴한 소리를 들었다고 했죠. 그럼 부엌도. 현관문이 열려 있었다고 했으니 현관문도. 그건 창고 방도 마찬가지죠. 그리고 거실에 나타났다 사라진 빨간 피. 큰마님이 계단에서 굴렀으니 거기도 표시를 해봅시다."

집 평면도 위에는 어느새 가위표가 그려졌다. 그는 펜 끝으로 각각의 가위표를 가리켰다.

"물론 진남 씨가 쓴 편지가 유령을 목격한 장소를 다 말했다고 할 수는 없죠. 하지만 그랬다고 가정해봅시다. 그러면 마지막 질문을 해볼까요. 유령이 나타나지 않았던 곳은 어디죠? 선룸은 별채 격이니까 뺀다고 하고."

우리의 눈은 동시에 가위표가 없는 곳을 향했다. 그때 나는 이런 생각을 하고 있었다. 유령이 인간의 대척에 있는 존재라면, 이 세계에 있지 않음으로써 그 존재가 정의된다는 역설이 있다. 유령이 있는 곳은 없는 곳, 유령이 없는 곳은 다른 것이 있는 곳. 유령이 없는 자리엔 인간이 있다.

"2층 젊은 부부의 방, 2층 작업실, 2층 서재, 아래층 주인용 응접실이네요. 모두……."

나는 그의 펜이 그리는 동그라미를 보면서 말을 이었다.

"이 집의 젊은 주인, 김경수 씨가 사용하는 공간이에요."

"그렇죠. 이 집을 조정할 수 있는 능력이 누구에게 있는가 하면 그리 어렵지 않게 짐작할 수 있는 문제입니다. 이 집에서 구조를 이해할 만큼 건축적 지식이 있다거나 공학적 지식이 있는 사람은 김경수 씨뿐입니다. 실제로 이 집은 일제강점기 때 지어졌지만, 60년대에 개축을 다시 했고 거기엔 김경수 씨가 관여했다는 말이 나오죠."

그는 펜을 내려놓고 휴대전화를 꺼내 무언가 입력했다. 그는 고개도 들지 않고 말했다.

"재인 씨도 이미 짐작했을 것 같은데. 직접 집을 본 사람이니까. 그리고 전기 작가에게 편지를 공개하는 걸 꺼림칙해했으니까."

나는 한숨을 휴 내쉬고 적당하게 식은 커피를 한 모금 마셨다.

"그렇지 않을까……도 생각했죠. 정확히는 어떻게 했는지 모르지만. 아마 처음에는 우연이었겠죠."

그는 고개를 끄덕이더니 핸드폰을 들어 내게 보여주었다.

"아마도 그랬을 겁니다. 김경수 씨란 분은 국내 1세대 주문 제작 오디오 제작자였습니다. 처음에는 집에서 혼자 만드는 수준이었는데, 70년대부터는 본격적으로 공장 작업을 한 것 같습니다. 영국이나 독일에서 수입한 부품을 조립하는 정도였지만, 대구, 구미 일대의 금형 공장에서 제작을 시작하면서 개스킷이나 보이스 코일 같은 것의 국내 개발 특허도 보유한 분이죠. 처음 제작 시도한 기기 중에는 국내 최초의 중저음 스피커도 있어요. 미국에서도 60년대 중반에나 만들어진 건데 당시 일본에 치료차 가 있었으니 그런 발명품을 접할 기회가 있었던 것 같습니다."

"중저음 스피커라면……."

"네, 요새는 우퍼라고 하는 것들이죠. 저음 전용이기 때문에 진동과 함께 소리가 낮게 울려요. 때때로 층간 소음의 원인이 됩니다."

"그럼 사람들이 들은 집 떨리는 소리가 그거였나요."

"처음엔 김경수 씨가 제작하면서 실험하던 것이었을 거예요. 그게 큰마님이 보았다는 유령 이야기와 결합한 거죠. 당시만 해도 오디오에 익숙하지 않았던 사람은 많고, 스피커도 초기 형태였을 테니까요."

"기이한 소리도 오디오에서 들리는 거였겠네요."

"네, 고주파의 소리가 그렇게 느껴졌을 가능성이 있죠. 이 집이 유난히 소리가 잘 퍼지는 구조였을 수도 있고요."

나는 문득 떠오르는 게 있었다.

"편지에 나오지만 놋쇠 송화관이 2층 작업실과 큰마님 방에 있었어요. 제가 보았을 땐 막혀 있었지만."

"스피킹 튜브군요. 1층과 2층 사이에 관이 설치되어 있다면 소리는 잘 퍼졌을 겁니다."

"하지만 기이한 현상은 그것만이 아니잖아요. 진남 씨가 보았던 핏자국도 있었는데."

"김경수 씨가 약간의 과학 지식이 있었다는 전제하에서

는 사라지는 물감을 만드는 건 쉽죠. 에틸알코올과 산염기 지시약 성분 중 페놀프탈레인, 과산화나트륨을 섞으면 붉게 보였다가 사라지는 잉크를 만들 수 있어요. 색깔이 피라기엔 옅긴 한데, 다른 성분을 섞어 농도 조절을 했을 수도 있을 것 같습니다.

재인 씨가 그린 평면도를 보면 거실 바로 위가 작업실입니다. 작업실은 그 집 다른 공간들처럼 마룻바닥일 테고 그 사이로 물을 흘려내리면 거실의 하얀 천장 위로 스며들겠죠. 물자국은 좀 남겠지만, 어차피 그걸 보여줄 사람은 눈이 좋지 않은 노인이고. 그다음에 이어질 소리로 효과는 충분했을 겁니다. 일이 끝나면 작업실의 양탄자로 다시 덮으면 되고요."

"자기 어머니를 위한 연극이란 건가요."

나는 이 큰마님이라는 여성을 머릿속으로 그려보았다. 신실한 크리스천이었으나 유령을 믿는 여자. 부잣집에서 태어나 부잣집으로 시집온 여성. 하나도 자기 뜻을 거스르지 않는 인생을 꿈꿨지만 그녀의 유일한 아이에겐 장애가 있었다. 그 사실을 쉽게 받아들이지 못한 그녀의 삶은 이 집에 붙들려 있었다. 그 여인도 어떤 면에서는 좌절된 삶이었다. 그 좌절을 다른 사람에 대한 억압으로 바꾸었다. 다른 사람들의 삶을 붙들려 하면서.

"큰마님이 처음에 본 유령은 아마 착각이나 자기 두려움이 빚어낸 것 같습니다. 1966년의 크리스마스에 무슨 일이 있었는지 모르지만……. 그때 두려워할 만한 일이 있었는지 그전에 어떤 사연이 있는지 모르지만 귀신을 보았다는 망상을 키웠죠. 아들은 그 망상을 약간 증폭시킨 것뿐입니다. 이 집에 원혼이 들려 부정한 기운을 쫓아내야 한다는 생각을 하게끔."

나는 무슨 생각에 빠져 있었다. 편지를 읽었을 때부터 마음을 살며시 갉작거리는 불쾌한 생각이었다. 그 정체 모를 기분은 마음의 치통처럼, 신경을 살짝 거슬리게 만들어 나를 다른 데 집중하지 못하게 했다. 성현은 내가 납득하지 못한다고 생각한 모양이었다.

"동기는 그렇게 어렵지 않은 것 같습니다. 진남의 편지에 나오는 경수는 무척 나이가 많고 높은 어른 같지만, 그도 고작 이십 대의 청년일 뿐이었습니다. 첫 아내에게 냉정하게 버림받았고, 이제는 어머니의 뜻에 따라 어린 소녀와 결혼해야 하죠. 자존심 강한 청년에게는 받아들일 수 없는 상황이었겠죠. 보수적인 경북의 상류층에서 자랐지만 서양식 교육을 받고 트인 생각도 있었을 테고. 올바르지 않은 행동이라고 생각했을 겁니다. 고결한 성품의 사람이었던 것 같으나 어머니의 뜻을 거역하긴 힘들었는데 마침 유령 소동이 일어나니 그걸 이용해서 진남을 내보내야겠다고 생각했을 겁니다."

고결한 성품이나 신체적인 특질로 남의 뜻을 거스르지 않게 된 남자. 지적이고 영리하며 자존심이 높지만 자기 뜻을 내세우지 않았던 사람. 성현이 묘사하는 경수는 그런 모습이었고, 이는 내가 상상한 그의 특질과도 멀지 않았다. 하지만 딱 맞아떨어지지는 않았다.

"로체스터 씨는 제인 에어를 보내주지 않았죠. 그랬어야 하는데도."

내가 불쑥 말을 뱉었지만 성현은 놀라지 않았다. 맥락은 이제 굳이 말하지 않아도 이해할 수 있었다. 그는 진지하게 대답해주었다.

"그렇게 도덕적인 사람이 아니었기에. 혹은 제인을 많이 사랑했기 때문이겠죠."

"그럴 수도 있겠지만……."

나는 평면도의 한 지점을 응시했다. 있지 않아야 할 곳에 있는 가위표.

"제인 에어가 가고 싶어 하지 않았으니까요. 떠나려 했을 땐 잡을 수 없었죠. 있으려 할 때는 있었고."

이번에도 그의 특유의 표정을 볼 수 있었다. 그가 한쪽 눈썹을 치켜세우는 건 이제 충분히 맥락을 알고 있다고 생각함에도 완전히 따라잡지 못했을 때 보이는 동작이었다. 그럴 때면 난 심술궂은 만족을 느끼기도 했지만 이번에는 그렇지도 않았다.

"저는 아까부터 창고 방에 일어난 폴터가이스트를 생각했어요."

내 손가락이 창고 방을 가리켰다.

"진남의 편지에 따르면 모든 물건들이 떨어져내리고, 찬장이 열리고. 이 귀신만은 다른 과학 교실 장난과는 성격이 좀 다르지 않나요."

"그런 것도 같군요."

"잘 생각하지 않은 것도 당연해요. 저는 보고, 성현 씨는 보지 못한 게 있으니까요. 이 방의 찬장들은 모두 눈높이부터 시작해서 높은 천장까지 쭉 이어져 있어요. 제 키가 165센티미터니까, 대충 160센티미터에서 대략 2미터 50센티미터까지."

나는 손날을 내 눈앞에 놓았다 쭉 위로 올렸다. 우리 모두 목을 빼어야 하는 높이였다.

"게다가 너비도 삼 미터 가까이 되죠. 척추장애인이었던 경수 씨가 이런 장난을 치려면 의자를 놓고 돌아다녀야 해요. 몹시 힘든 일이죠. 손이 닿지 않는 곳도 많았을 거고, 병을 앓은 지 얼마 되지 않았으니까요. 무엇보다 할 수 있었다고 해도 남의 눈에 띄지 않기는 어려워요. 게다가 굳이 그렇게 할 이유가 없는 것이죠. 그에게는 다른 과학적인 수단이 있었고, 최초 발견자가 될 진남을 놀라게 하고 수고롭게 하는 데 주목적이 있을 리가 없으니까요."

나는 손을 스르르 내려 내가 그리지 않은 다른 면을 가리켰다. 바로 평면도에 없는 다락방을.

"그리고 하나 더 있어요. 큰마님이 보았다는 창문 앞의 흰 존재. 처음에는 착각이었을 수도 있었지만, 두 번이나 나타났죠."

그는 곰곰이 생각했다.

"가을에 한 번, 크리스마스 날 당일에 한 번."

"그게 만약, 다락방에서 실로 묶어 내린 흰 천이나 종이 같은 거라면요? 3층 다락방은 집의 오른쪽, 즉, 큰마님 방 쪽에 있어요. 또 반대로 서재 건너편 창도 오른편에 치우쳐 있죠."

나는 펜으로 그 위에 다락방을 표시했다. 그리고 가파른 계단을 이어서 2층과 붙였다.

"이 집에 거주하는 사람 중 거길 올라갈 수 있는 사람, 남들 보기 전에 치울 수 있는 사람, 혹은 필요할 때 내릴 수 있는 사람은 한 명뿐이에요. 건강하고, 몸이 성한 젊은 사람."

나는 다시 손을 스르르 내리고 파일의 편지들을 하나씩 집어 보았다.

"저는 이 편지들이 좀 이상하다고 생각했어요. 진남은 무척 영특하고 관찰력이 좋은 소녀죠. 성진영 씨의 그후의 성공을 따지지 않더라도 편지만 보아도 알 수 있어요. 그리고 사람들의 심리 상태도 명확히 판단하는 편이에요. 자기를 버리고 가버린 외숙모 식구들에 대한 원망은 교묘히 감추고 있고, 누가 자기를 좋아하는지 싫어하는지, 서로 어떤 감정인지 잘 알아요. 하지만 이 나이쯤의 소녀라면 쓸 법한 자기감정에 대한 얘기는 극히 적죠. 다른 사람이 한 말은 정확히 씌어 있지만 자신이 뭐라고 했는지는 간접적으로만 썼어요."

그도 이제 나의 맥락을 이해했을 것이다. 그는 내가 계속 이야기하게 놔두었다.

"저도 처음 귀신 소동은 어떻게 일어났는지 모르겠어요. 아무도 모르겠죠. 정말로 진남이 걷지 않은 빨래가 등나무 덩굴에 걸려서 마치 사람처럼 보였는지. 그게 의도였는지 우연이었는지. 아마 그런 반응까지 계산하진 못했을 테니 우연이라고 믿어요. 하지만 큰마님이 불안 증세를 보이면서 결혼 얘기는 멀어졌죠. 실은 혼인신고를 했기 때문에 안 한 걸 수도 있지만, 적어도 부부로 살라고 강요하지는 않았어요.

귀신 이야기가 효과가 있구나 싶었겠죠, 소녀라면. 한밤에 문을 연다거나 찬장의 물건을 다 꺼내놓는다거나. 큰마님의 방에 가서 내려다본다거나. 당시에 읽었던 소설이 영향을 끼쳤을지도 모르죠. 그리고 이 집안의 천재는 진남 하나뿐이 아니었어요."

나는 건너편에 앉은 남자를 쳐다보았다. 이제 팔 개월 가까이 아는 사람이지만 나를 보는 그의 눈과 마주칠 때 우리가 상대를 이해한다는 건 어떤 의미일까 새삼 떠올릴 수밖에 없었다. 그 사람이 즐거워하는 것, 슬퍼하는 것, 몰래 숨겨놓은 것. 이를 알게 될 때까지는 얼마나 걸릴까, 일 년? 하지만 여전히 나는 자신 없었다.

"그 사람은 진남의 마음을 알았어요. 그래서 보내주기로 했겠죠. 집을 울리는 마술을 꾸미고, 가짜 피를 만들고, 거기에 유령 목소리까지 만드는 수고를 했어요. 굳이 집주인이 아닌 사람은 나가라는 말을 덧붙여서. 진남이 나갈 수 있는 길을 마련했죠. 아마 독일로 갈 수 있는 준비도 그분이 했을 거예요. 이거야 조사해보면 알 수도 있겠지만 그 시절에 여자애를 외국에 보내려면 돈과 연줄이 필요했을 테고 그건 아무나 할 수 있는 일은 아니었어요.

진남도 누가 이런 짓을 꾸몄는지 알았을 거예요. 자기가 아니라면 달리 할 사람은 한 명밖에 없지만. 사촌언니에게도 편지로라도 얘기하지 않았으니까. 이 집에서 빠져나갈 수 있는 기회를 놓치기 싫었겠죠. 나쁘게 말할 순 없어요. 부모의 울타리도 없고, 달리 도와줄 이도 없는 여자가 부당한 환경에 몰렸을 때 선택할 수 있는 길은 많지 않아요. 크리스마스 당일의 유령은 진남이 마지막으로 준비한 결정타였을 수도 있고, 바람이나 무언가가 만든 실수였을 수도 있고…….”

이제 내 앞의 커피는 차갑게 식은 지 오래였다. 음악은 어느샌가 잔잔하게 바뀌었고, 이제 얼마 남지 않은 사람들도 그에 맞춰 목소리를 줄였다. 모든 것들이 잦아드는 시간, 바깥에서 온기를 찾아 흘러들어온 어둠에 잠겨드는 시간이었다. 조금만 더 버티면 다들 떠날 것이다.

“그게 김경수 씨가 성진영 씨에게 준 크리스마스 선물이었어요. 말없이 모른 척하고 그에게 가장 소중한 걸 내놓은 대가로 주는 선물이죠. 머리카락을 팔아서라도 같이 있고 싶은 누군가와 하는 삶을 내놓고.”

그는 한숨을 내쉬었다.

“그저 자선이라고 생각할 수도 있지 않습니까.”

“자선의 뜻도 있었을 거예요. 가엾게 여겼을 테니까. 나와 같이 여기서 이 집에 틀어박혀서, 어머니에게 눌려서 사느니 세상 밖으로 보내주고 싶다. 거기에 자비로운 마음이 없을 린 없죠. 하지만…….”

노트 위에 그린 집이 이제 서서히 일어나 이제 사진의 슬라이드처럼 내 머릿속에 펼쳐졌다. 그곳에서 내가 보았던 것. 하얀 벽, 장식 없는 소박한 방, 먼지 없이 깨끗한 액자.

“그 방에 있었어요.”

나는 말했다. 나의 고질적인 감상주의를 담아서.

“보았던 기억이 나요. 김경수 씨의 침실에서. 저는 그때는 그냥 수태고지를 그린 거라고만 생각했는데…….”

편지 더미 맨 위에 놓인 편지가 눈에 들어왔다. 어떤 크리스마스를 묘사한 편지.

“진남이 준 마지막 크리스마스 선물. 키 작은 천사가 소녀에게 은방울꽃을 건네는 그림요. 비슷해서 생각하지 않았는데, 확실히 늘어진 은방울꽃이었어요. 수태고지라면 백합이어야 하죠. 그의 가장 가까운 곳에 있었네요. 오십 년 동안이나.”

커다란 집안, 홀로 남은 남자가 있다. 종일 홀로 소리와 함께 씨름하던 남자가 잠이 들기 전에 마지막으로 바라보는 그림. 그것은 천사가 된 자신의 얼굴이 아니라, 자기가 은방울꽃을 건넨 소녀의 얼굴이었으리라. 그렇게 오직 유령만이 남은 집에서 그 얼굴을 보고 반세기를 살았다.

"그게 자선이라는 감정, 남을 불쌍히 여기는 감정만으로 할 수 있는 일은 아닐 거예요."

몇 년 전, 어떤 패션 잡지에서 '혼자 있어도 크리스마스이브가 외롭지 않은 이유'로 원고를 써달라며 청탁을 했다. 케이블 TV의 단골이 된 영화 〈브리짓 존스의 일기〉에서처럼 누구나 〈올 바이 마이셀프All by Myself〉를 울부짖으며 쓸쓸하게 보내는 날이 아니라 로맨스 영화와 책을 읽으면서 즐거이 보낼 수도 있다는 주제의 글을 쓰라는 취지였다. 결과적으로 그 기사는 '보판'되었지만, 일월에 크리스마스 기사를 싣는 잡지는 없을 테니 거절당했다고 해도 무방하다. 청탁 콘셉트에 맞지 않는다는 것이 이유였다.

담당 기자의 취지에 맞게 볼 만한 책 몇 권과 영화 몇 편을 추천하긴 했지만, 크리스마스이브에 책이나 영화를 보면서 '나는 외롭지 않다'를 되뇌는 건 더 즐겁지 않을 거라고 썼다. 어차피 크리스마스를 다룬 얘기들은 결국엔 누군가를 찾아서 정을 나눈다는 훈훈한 결말로 끝나기 마련인데, 다른 이들이 함께 보내는 크리스마스에서 대리 만족을 찾을 거라면 같이 있을 사람을 찾든지 어디 파티라도 참석

하는 편이 낫다. 고독이 만성적인 일상인 사람만이 특별한 날에도 흔들리지 않는다. 다른 이들이 서로 모여 보내는 날이라고 해서 상대적인 고독감을 느낄 사람에게만 크리스마스이브는 의미가 있다.

내가 읽어도 시시한 결론이었다. 거절당했지만 순순히 수긍했다. 원고료는 반을 받았으니까, 그리고 무엇보다 내가 진정으로 믿는 바를 썼을 뿐이니까.

하지만 아침에 침대에서 눈을 떴을 때부터 내게도 그 상대적인 고독감이 찾아왔다. 아아, 오늘 크리스마스이브지, 하는 자각이 순간 찬물을 끼얹은 듯 새삼스러웠다. 부모님은 친구분들과 칭다오로 여행을 가신다고 했다. 경은은 공교롭게도 해외 출장이었다. 연말에도 일을 시킨다며 투덜거렸지만, 캘리포니아의 크리스마스는 적어도 따뜻할 것이다. 지연은 좋아하는 배우의 팬미팅 콘서트에 간다고 했고, 영선…… 결혼한 쪽은 제외한다. 미령이 자신의 집에서 친한 부부들끼리 모임을 할 거라며 초대해주었지만, 내가 끼기엔 적합지 않을뿐더러 설사 그렇다고 해도 그런 가족적인 분위기는 견딜 수 없을 것 같았다. 아니, 내가 간절히 함께 있고 싶은 사람들이 아니라면 어떤 분위기라도 견딜 수 없을 것이다.

나는 일부러 가장 바라는 걸 생각 바깥으로 밀어내고 있었다. 내가 할 수 있는 모든 선택은 차선도 아닌 차악처럼 느껴지고, 최악은 피한다고 해도 최선의 선택은 오로지 남의 손에 맡겨진 것 같은 기분이 드는 아침이었다.

전화기를 확인해보니, 문자메시지는 없고 읽어야 할 메일이 있다는 알람이 두 건 와 있었다. 일은 항상 잘해내야 하는 것이므로 쓸쓸한 기분을 달래는 수단으로 써서는 안 되지만, 그날은 할 일이 있다는 것이 다행이었다.

대충 씻고 나와 TV를 틀었지만, 별다른 소식도 재미있는 프로그램도 없었다. 뉴스에서는 J그룹이 제주에 대규모 개발 단지를 조성한다는 부동산 소식 같은 것밖에 나오지 않았다. 커다란 프로젝트고 중국 기업을 비롯하여 여러 해외 기업 투자도 들어온다고 뉴스캐스터는 약간 과장된 언어로 떠들어댔지만 나와는 아무런 상관이 없는 먼 나라 이야기나 다름없었다.

결국 마음을 다잡고 노트북을 켜고 일을 시작하려는데 현관문을 두드리는 소리와 함께 "택배입니다"라는 외침이 문 너머로 들어왔다. 나는 문을 열었다. 최근에 중고나라에 옷을 많이 내다파는 바람에 이십 대 후반의 집배원과는 이미 서로 낯이 익은 상태였다. 오늘은 내가 받는 쪽이었다.

"크리스마스이브에도 배달하느라 바쁘시겠어요."

내 공치사에 그는 사무적인 말투로 대답했다.

"일 년 중 오늘이 제일 많은 날 중 하난데요, 뭐."

그가 건넨 소포 중 하나에 쓰인 발신인 이름은 약간 의외였다. 이건 일단 접어두고 다른 소포부터 뜯었다. 진영 씨의 전기 작가인 미아 리 호흐슈타트에게서 온 EMS였다.

일주일 전 나는 유령의 집에 대한 자세한 이야기는 제외하고, 편지에 일어난 사건을 대략적으로 요약해서 메일로 보냈다. 전기에 중요한 사건이 될 수도 있기에, 결혼했을 수도 있다는 이야기는 하지 않을 수 없었고 이미 미아도 집 상속과 관련해서 알고 있었다. 나는 이제 미아를 대신해 조사하는 일종의 통신원 역할까지 떠맡았다.

미아는 바로 답장을 보내면서 계획과는 달리 당장은 한국에 올 수 없다고 썼다. 나의 판단을 신뢰하니, 얻을 수 있는 정보가 있으면 더 찾아봐달라고 썼다. 자신도 이제껏 조사한 자료 중 관련이 있을 만한 내용과 한국어로 확인을 해봤으면 좋겠다 싶은 내용을 복사본으로 보내겠다고 썼다. 워낙 오래전 일이라 전자 파일로 되어 있지 않은 것들이었다. 상자를 열어보니 두툼한 바인더가 두 개 있었다. 그리고 미아가 보낸 크리스마스 선물도 함께 들어 있었다. 펼치면 작은 트리가 일어서는 팝업 카드에는 연말 명절 기간에 무척 바쁠 텐데 도와주어서 고맙다는 메모를 영어로 적어놓았다.

Es tut mir leid……. 나는 오래전 배운 독일어를 떠올리려 애쓰며 미아가 보낸 선물의 금색 포장지를 풀었다. 그렇게 바쁠 게 없는 나날이네요.

포장지 속에 든 건 독일제 초콜릿 캔디 한 상자, 그리고 USB 메모리 스틱이었다. 곧 영화로 개봉될 동영상을 저장한 것이라고 했다. 미아가 보낸 바인더의 마지막에 이 영상에 대한 독일어 기사 사본이 끼워져 있고, 미아가 적어놓은 간단한 영어 설명이 있었다. 이번 아티스트 바이오그라피에 프로젝트에서 함께 협력하는 다큐멘터리 영화 가편집본이었다.

랩톱에서 연결해놓고 재생해보았다. 재생되지 않을 것 같아 걱정했는데 다행히 잘 작동했다.

한 시간 반가량 정도 되는 다큐멘터리 영화였다. 영어 자막이 붙어 있었다. 작가의 인터뷰, 아틀리에, 과거의 기록물, 그리고 강연 모습 등등이 담겨 있었다. 다큐멘터리는 작가의 집으로 돌아가 마무리되었다. 이 끝부분을 나는 열 번 정도 재생해보았다. 정지 상태로 만들어놓아도 이 랩톱으로는 확대할 수 없었다. 온갖 고심 끝에 그 장면을 캡처해서 사진으로 저장했다. 영상을 잘라내서 편집하고 싶었지만 기술적으로 어려울 것 같아, 재생 화면을 다시 태블릿으로 비디오 녹화했다. 그런 후에는 미아에게 질문을 담은 메일을 썼다.

미아의 답장은 오후가 되었을 때 도착했다. 답을 아는 질문이어서 다행이라고 했다.

겨울이라서 해가 짧았다. 4시밖에 되지 않았는데, 바람 속을 타고 어둠이 방안으로 스며들었다. 나는 한참 가만히 앉아 있다가 침대 위에 떨어진 휴대전화를 주워 전화를 걸었다.

"저예요."

몇 번 벨이 울리기도 전에 전화를 받자, 강하게 먹은 마음이 흔들리는 것 같았지만 나는 다시 용기를 끌어냈다.

"오늘 저녁 시간 어떠세요? 혹시 약속 있으세요?"

그는 약속이 없다고 했다.

어떤 애니메이션 제목처럼 '크리스마스에 기적을 만날 확률'은 얼마나 될까. 크리스마스에 영화에서는 언제나 기적이 일어난다. 실업자에 혈혈단신이던 사람이 원하던 직업과 따뜻한 가족을 얻고, 이상형의 연인과 사랑이 이루어지고, 심지어 신을 만나기도 한다. 그런 일은 일어나야 '기적'이라고 이름 붙일 수 있을 것이지만, 그렇다면 크리스마스에 만날 확률은 바닷가에서 우연히 떠내려 온 병 속의 편지를 발견할 확률 정도가 아닐까. 평생을 가도 만나지 못할 확률.

하지만 규모를 줄인다면, 사소한 일에도 '기적'이라고 느낄 수 있다면 만날 수 있을지도 모른다. 내가 만나고 싶은 사람이 때마침 약속이 없고, 연말에 차가 막히지 않으며, 크리스마스이브에 화려하지 않지만 품위 있는 시내 식당에서 예약도 없이 빈자리를 얻을 수 있는 일 같은 기적.

나는 웨이터가 빼준 의자에 앉으며 "기적이네"라고 중얼거렸다.

그가 건너편 자리에 앉으면서 머리를 들어 나를 보았다.

"네?"

"아, 기적이라고요. 이런 날에 갑작스레 예약도 없이 이렇게 좋은 식당에 올 수 있다니."

음, 하고 그가 약간 뜸을 들이기에 혹시나 원래 예약이 있었던 게 아닐까 하는 생각이 스쳤다. 하지만 그는 태연하게 말했다.

"이 식당 주인하고 아는 사이예요, 기적 같은 건 아닙니다."

그렇다고, 항상 자리를 빼놓는 건 아닐 거잖아요, 라는 말을 속으로 떠올렸지만 이번엔 그나마 소리 내어 말하지 않았다.

할 얘기가 있다고 했지만, 그는 식사를 한 후에 이야기하자고 했다. 그는 크리스마스답게 칠면조 로스트를 메인으로 하는 코스를 시켰고, 나는 안심 스테이크를 주문했다. 창문 너머, 며칠 전 내린 눈 밑으로 푸른 잔디가 보였다. 자줏빛과 회색 커튼, 하얀 식탁보까지 고전적인 느낌을 주는 식당이었다. 나는 그가 이 주인과 어떻게 아는 사이일까 궁금했지만, 그에게 묻지 않은 많은 질문과 함께 삼켜버렸다. 우리는 음식 맛과 식당의 풍경, 날씨 같은 사소한 주제 이외에는 말하지 않았다.

식탁 위에 에그노그와 크리스마스 푸딩이 나무 디저트 접시 위에 놓였다 치워졌다. 이쯤 되자 식당 안의 조명이 어두워졌고 차와 커피잔을 내려놓은 웨이터는 포인세티아 장식이 된 빨간 촛불에 불을 붙였다. 촛불 빛을 받은 얼굴들이 옆 창문에 세상의 길에서 우연히 만난 영혼들처럼 어른거렸다.

나는 가방에서 태블릿과 이어폰을 꺼냈다. 어울리지 않는 장소, 시간, 행동이었지만 이게 핑계가 되어줄 것이다.

"아까 낮에 미아, 성진영 씨의 전기 작가에게서 소포가 왔어요. 자료와 다큐멘터리 가편집본을 함께 보냈더라고요. 성진영 씨 상태는 아직 모르니까 후에 내용이 바뀔 수도 있겠지만 기본 틀에서 크게 바뀌지 않을 것 같대요. 한국에서 새로운 내용이 나타나면 추가될 수도 있지만, 그것도 회의적이라고. 공개되면 안 되지만 자기가 받은 걸 보낸다고 했어요."

"그렇군요. 오늘 하루도 일로 바빴군요. 그러지 않을까 싶었지만."

그의 어투는 언제나처럼 그저 사실을 묘사하는 거 같았다. 그게 무슨 의미인진 알기 어려웠다. 내가 오늘 바쁠지 아닐지 생각이나 하긴 했단 말인가? 사람의 마음을 알기란 늘 어렵다. 속마음 인터뷰라도 하지 않는 한.

"영상을 봤어요. 마지막에 인터뷰가 있더군요. 영상 편집 기술이 있으면 좋을 텐데, 없어서 화면을 태블릿으로 찍어보았어요."

나는 태블릿에 이어폰을 꽂아 그에게 건넸다. 그가 영상을 보는 동안 나는 그 장면을 머릿속으로 재생했다.

다큐멘터리를 마무리하는 인터뷰이다. 백발이 된 머리카락을 길게 땋아 내리고 삼빛 리넨 원피스를 입은 진영 씨가 자신의 집 거실에 앉아 있다. 얼굴이 보이지 않는 인터뷰어가 건너편에서 질문을 던진다. 카메라는 먼저 소박

한 거실을 훑는다. 커다란 소파 위에 염색을 한 천이 덮여 있고, 바닥에는 푸른빛의 기하학적 무늬가 있는 러그를 깔았다. 푸른 관엽 식물이 몇 개, 벽에는 그림 한 점이 걸려 있다.

카메라는 잠시 멈췄다가 다시 성진영 씨의 얼굴을 클로즈업한다. 인터뷰어는 디아스포라라는 감각이 아티스트의 삶에 어떻게 녹아들었는지를 질문한다.

"한국을 떠나온 뒤, 저는 다른 사람이 되었다고 생각했어요. 어딘가에 겉껍질을 두고 온 것처럼. 고치를 벗어난 나비처럼 말이지요. 하지만 두고 온 건 벗어낼 수 있는 허물이 아니었습니다. 어떤 일부분이죠. 디아스포라를 저는 그런 식으로 받아들입니다. 유목민처럼 이동하는 사람들은 그렇게 자신의 일부분을 여정에 두고 옵니다. 그렇게 전 세계에 자신이 퍼져가는 거죠."

공식 인터뷰 답변이 아니고 마치 혼잣말을 하는 듯 진영 씨는 덧붙인다.

"아, 이 곡 제가 좋아하는 노래예요. 처음 나 아닌 바깥의 세계와 맞닿았다고 생각했을 때 들었던 곡이죠. 그래서 이렇게 계절 가리지 않고 듣지요."

작가는 노래를 허밍으로 흥얼거리며 잠시 동안 생각에 잠겼다.

"그래요, 저는 언젠가 집으로 돌아갈 거예요. 세상에 흩어진 일부분을 찾아서. 그게 어쩌면 크리스마스가 될지도 모르지요."

이 이야기를 마치 재미있는 농담처럼 잔잔하게 웃으며 그녀는 말한다. 어둠 속에서 반짝이는 촛불 같은 웃음이었다.

성현은 이어폰을 빼고 태블릿을 내려놓았다.

"이게 재인 씨가 제게 하고 싶은 말이군요."

"저는……."

그의 얼굴을 보기 전까지만해도 무척 명확했던 문장들이 부서져서 흩어졌다. 이 이야기가 그에게 무슨 의미가 있는지조차 모른다. 그는 이 모든 게 핑계라는 것을 알았을지도 모른다.

"이걸 꼭 같이 보고 싶었어요."

그의 눈매가 부드러워진 건 촛불 빛의 착각인지, 나는 궁금했다. 그는 말했다.

"성진영 씨가 다시 한국에 오려고 했다는 증거가 될까요? 항상 좋아하는 노래로 〈아일 비 홈 포 크리스마스〉를 꼽았다는 게? 그 노래가 김경수 씨와 함께 들었던 크리스마스 노래이기 때문에?"

내가 주목한 건 그 점은 아니었다. 하지만 노래에 대한 것도 어렴풋하게 의심하긴 했었다.

"그렇게 짐작할 순 있어도 확인할 수는 없죠."

그는 아주 살짝 미소를 지었다. 장난기라고는 전혀 없는 사람이 드물게 그런 기분이 들 때 지을 만한 미소였다.

"언제 줄까 생각하고 있었는데."

그가 녹색 포장지에 금색 별 스티커를 붙인 포장지를 하나 꺼냈다.

"풀어봐요. 아마존에 주문해놓고도 연말이라서 배송이 늦을까 봐 좀 걱정했었죠."

모양에서 추측할 수 있듯이 CD였다. '더 베스트 오브 더 플래터스: 더 크리스마스 컬렉션'. 크리스마스트리 앞에 선물을 든 네 남자. 그리고 한 여자.

"이건……."

"진남의 편지에 있던 그 표지죠. 묘사를 읽고, 혹시 싶어 찾아봤습니다."

나는 CD를 뒤로 넘겨보았다.

"여기 첫 곡은 징글벨인데요. 편지의 묘사와는 달라요."

"이건 20세기 거장들 시리즈라고, 나중에 다시 컴필레이션한 음반이기 때문이죠. 수록곡은 유사하지만 실제로

그해의 크리스마스 북성 상회 사장님이 가져왔던 음반은 폴리그램에서 1963년에 출시된 '크리스마스 위드 더 플래터스'인 걸로 보입니다. 그리고 그 앨범의 첫 곡이, 바로 이 다큐멘터리의 마지막에 깔린 〈아일 비 홈 포 크리스마스〉죠."

나도 잘 아는 곡이었다. 크리스마스에는 거리 어디에서나 들을 수 있다. 진남의 편지에 나온 것처럼 가장 기쁜 날에 희망을 말하는 노래이지만, 이 곡에는 사람의 마음을 쥐어짜는 슬픔이 흘렀다. 나는 잠시 생각했다. 이 노래도 퍼즐의 일부일 수는 있다. 하지만 내가 가지고 온 조각은 아니었다.

"노래만으로는 추측이 될 수 있겠죠. 하지만 제가 가지고 온 증거는 다른 거예요. 여기 인터뷰 장면에서 뒤쪽 벽을 보세요."

나는 태블릿을 켜고 비디오를 다시 재생하고, 성진영 씨가 거실에서 대화하는 부분에서 멈췄다. 나는 그녀의 어깨 너머를 손가락으로 짚었다.

"여기 벽에 걸려 있는 그림요."

그는 고개를 숙이고 열심히 들여다보았다.

"흐려서 잘은 보이지 않지만…… 전에 진남이 편지에 묘사했던, 김경수 씨의 방에 있었던 그림과 비슷하군요."

"미령 씨도 그 방에 있던 그림을 보고, 이모 할머니 댁에 비슷한 그림이 있는 것 같다고 말했어요. 이보다 조금 앞에 약간 클로즈업된 부분이 있어요. 아, 여기."

나는 탁자 위에 놓인 태블릿을 멈춰놓았다. 그런 뒤에 휴대전화를 꺼냈다.

"이건 내가 찍었던 그 집의 사진이에요. 다행히도 한 장이 있더군요."

크기는 다르지만 두 그림은 나란히 놓였다. 전화기 속의 그림은 편지에서 묘사된 그대로였다. 머리를 땋아 내리고 살구색 드레스를 입은 한 소녀가 살짝 무릎을 구부려서 날개 달린 작은 천사가 건넨 은방울꽃을 받는다. 이건 언젠가 그 집의 정원에서 있었던 장면을 모사한 것이리라. 다큐멘터리 속의 그림은 필치가 다르지만 구도와 소재가 비슷했다. 하지만 이 그림에서는 소녀는 하얀 레이스 드레스를 입었고, 하얀 은방울꽃을 남자에게 내밀고 있다. 구부정한 어깨의 이 남자는 회색 날개를 달고 있어 천사처럼도 보이지만 검은 양복 차림이었다. 남자의 키는 이전 그림과 다르지 않지만…… 이 남자는 허공 위에 떠 있었다. 날고 있었다.

"미아에게 메일을 보내서, 혹시 그 그림에 대해서 아는 게 있느냐고 물어보았어요. 미아는 도록에서 그 그림을 찾아보았어요. 성진영 씨가 독일에 와서 미술대학을 다니던 초기의 작품으로 보인다고 하더군요. 1970년 전후에 그린 작품으로 수록되어 있대요. 그리고 제목은 〈Ein Paar〉라고."

레스토랑의 다른 손님들은 조금 더 따뜻해진 얼굴로 외투를 걸쳐 입고 한둘 자리를 뜨기 시작했다. 고등학생쯤으로 보이는 아들과 중학생 정도 되는 딸과 함께 온 부부, 예쁘게 차려입은 삼사십 대 여성들, 그리고 육칠십 대 정도 되어 보이는 부부.

나는 아까부터 노부부를 바라보고 있었다. 처음에는 연인일 수 있다고 생각했으나, 중간에 손주들의 전화가 걸려와서 부부임을 확실히 알았다. 두 사람은 서로의 접시에서 음식을 덜어 나누어 먹기도 하고 목소리를 낮추어 이야기를 나누었다. 노부인이 일어서자 노신사는 그녀의 어깨에 외투를 걸쳐주며 살짝 뒤꿈치를 든다. 가까이 어깨를 맞대고 문을 나서는 두 사람은 이제 집으로 돌아가려나.

"미아가 친절하게 영어로 설명해주었죠. Ein paar, 영어로 하면 a pair 같은 말이죠. 한 쌍, 두 개, 커플. 부부였어요. 성진영 씨의 집에 걸려 있던 그 작품의 이름은. 소녀가 이제 어떤 면에서는 자기보다 큰, 자기 위에서 나는 남자를 올려다보는 그 그림은."

이걸로는 아무것도 확신할 수 없다. 이 모두가 그저 잘 맞아떨어진 우연, 혹은 한 사람의 취향일 수도 있다. 소녀와 천사와 꽃, 그저 화가가 좋아하는 모티브일 수도 있었다.

"어린 소녀가 그 집에서 벗어나고 싶었던 게 사실이라고 해도, 거기서 그 사람의 아내로 살고 싶지는 않았다고 해도, 그리고…… 그 사람이 보통 소녀들이 그리는 이상형의 모습은 아니라고 해도, 그렇다고 해도 사랑이 아니라고는 하지 못하겠죠."

며칠 전 이 비슷한 말을 한 기억이 났다. 그 말을 할 때와 지금도 비슷한 기분이었다. 서로에게 가는 길을 따라가지 못하고 그 교차점 어디에서 헤어진 감정의 끈을 다시 이어가는 작업의 벅참. 하지만 그렇게라도 이어주고 싶은 마음이 있다. 잇고 싶은 내 마음이 있다.

공교롭게도 음악이 바뀌었다.

오늘밤, 내가 사랑하는 곳의 꿈을 꾸고 있어.

돌아가려면 먼 길임을 알지만, 그래도 당신에게 약속해.

사랑하는 여자를 보내주려던 젊은 남자가 받고 싶었던 건 그 크리스마스의 약속이었을까? 그리고 여자는 남자를 떠나고 오랜 후에 노래를 반복하며 약속을 기억했을까?

하지만 반세기가 흐르고 약속은 지켜지지 않았다. 그 오랜 시간 모두가 떠난 집을 지키는 남자가 세상을 뜨기 전 마지막에 어떤 마음이었는지, 그리고 남편을 그림으로만 바라보면서 반세기 동안 집을 떠난 여자가 그 세월 동안 어떤 마음이었을지는 풀 수 없는 수수께끼일 것이다.

자기가 가고 싶은 길을 씩씩하게 떠난 사람도 가끔은 두고 온 것을 돌아볼 때가 있다. 아니, 늘 마음에 둔 그리움이 있어도 계속 나아가는 삶이 있다. 그런 삶을 선택한 이들은 강한 사람들이리라.

"제가 아까 신청했어요."

성현이 말했다. 우연이라고 하기엔 너무 시의적절하다고 생각하던 참이었다.

"이 한 곡만 듣죠, 이 한 곡만."

그렇게 노래가 흐르는 동안 나는 태블릿을 가방에 집어넣고 다른 물건을 꺼내 탁자 위에 놓았다. 아무 말 없이 그를 향해 밀었다.

그에게 주는 크리스마스 선물이었다. 그도 말없이 눈으로만 인사하고 포장을 풀었다. 여러 가지를 고민했지만, 내가 살 수 있는 건 아주 작은 것뿐이었다. 주는 사람과 받는 사람이 아무 부담이 없는. 손수건과 그 위에 놓인 펜이었다. 유월에 빌린 손수건을 돌려주지 않았다는 것을 그가 기억하는지는 알 수 없었다. 그리고 그가 즐겨 쓰는 브랜드의 펜. 합리적인 가격의 제품을 샀다. 내가 눈여겨보았다는 걸 알아주길 바라는 의미의 선물이었다. 그는 손수건을 보더니 다시 고이 접어 주머니에 넣었고, 펜은 도로 상자에 넣고 그 위에 두 손을 올려놓았다.

식당 밖으로 나왔을 때는 한층 더 싸늘했다. 나는 얕게 재채기를 했다. 그가 나를 내려다보았다.

"손수건 빌려줄까요?"

나는 가볍게 웃으며 고개를 흔들었다.

갑자기 눈이 내린다거나 별이 더 반짝거린다거나 하진 않았다. 뒤에서 낮게 깔리는 음악 소리만 아니라면 크리스마스이브인지 알 수 없는, 여느 때와 다름없는 겨울밤이다. 잔디밭 사이의 길을 걸어 주차장으로 돌아갔다. 정원 한구석에 세워놓은 등에서 나오는 불빛이 얼어붙은 눈 위로 떨어졌고 그 속에서 하얀 가루가 반짝거렸다. 나는 등류당의 정원에서 보았던 반딧불이를 떠올렸다. 어둠 속에서 떠오르던 작은 빛들.

"마니였어요."

내가 뜬금없이 내뱉자 그가 나를 돌아보았다. "네?"

"제 어릴 적 별명. 전에 물었잖아요. 진남이랑 비슷한 이름. 딸은 이제 그만 낳으라고 구만이, 만이라고 하다가 다들 마니라고 부르게 됐어요. 할머니가 시작했는데, 다들 별명 예쁘다고 했지만 전 사실 싫었어요."

"그렇군요. 언니가 많습니까?"

"하나 있었어요."

안경 너머 눈이 가늘어지는 것도 같았지만 그는 더는 묻지 않았다. 나는 태연한 척 덧붙였다.

"최근에는 이 이야기를 아무에게도 하지 않았어요."

우리는 말없이 나머지 어두운 길을 지나며 차로 향했다. 우리는 각자의 차로 여기에 왔다. 그는 내 옆에 서서 한 손을 살짝 들어 내 몸 주변에 생긴 공기 막을 감싸듯 걸었다.

"눈이 와서 길이 미끄럽네요. 발밑, 조심해요."

언제라도 넘어지면 잡아주겠다는 준비 자세였다. 그럴 거면 차라리 잡아주는 게 나을 텐데. 하지만 오늘은 내가 쫓아갈 사람도 없고, 오르막길도 아니고, 비도 눈도 오지 않았다. 우리는 아직 핑계가 없다면 손을 잡을 수 없는 사이다.

"그러면…… 들어갈게요."

차 앞에 이르자 더는 할말이 없어서 나는 살짝 고개를 숙이면서 말했다. 고개를 들면 원치 않는 기분이 같이 올라올 것만 같았다.

그러나 그는 자기 차로 가지 않고 내 차 옆에 섰다.

"나도 하나 고백하고 싶은 게 있는데."

사람의 마음을 흔드는 정도를 수치로 재서 계량화할 수 있다면, 고백이라는 단어는 가장 높은 단계에 해당하는 말일 것이다. 그 단어에는 좋은 뜻이든 나쁜 뜻이든 심장을 덜컥거리게 하는 힘이 있었다.

"뭔데요?"

"여기 식당에 자리잡을 수 있었던 것 기적은 아니라고요. 우연도, 그 다른 것도 아니고."

갑자기 바깥 온도보다 몸안이 더 차가워지는 느낌이 떨어진 심장을 감쌌다.

"믿진 않겠지만, 제가 먼저 전화하려고 했어요. 그렇게 늦게까지 기다리게 하지 말았어야 했는데."

그의 손이 내 쪽으로 다가왔다. 그 손은 차 키를 든 내 손을 감쌌다.

"먼저 전화하게 해서 미안해요."

우리는 잠시 그렇게 서 있었다. 손을 금세 놓지도 않고, 더 다가가지도 않았다. 그저 몸안이 다시 따뜻해질 때까지만. 그렇게 결국엔 기적이 없는 크리스마스이브의 시간의 한 조각을 같이 서 있었다. 그러나 돌아보면 신만이 행할 수 있는 기적보다 인간이 행한 기적 아닌 평범한 일이 사람의 삶에는 더 의미가 있다.

차 키를 꾹 누른 건 나였던 것 같다. 그가 손을 놓고 한 발 물러섰다. 그의 손이 떠난 자리에 찬 공기가 내렸지만 내 손은 오히려 더 뜨거웠다.

그는 내 차 문을 열어주면서 말했다.

"즐거운 성탄 보내요."

"즐거운 성탄." 인사를 할 때는 왠지 목이 막혀 거센 소리가 났다.

차문을 닫을 때 "내가 전화할게요"라고 하는 낮은 목소리를 들은 듯했다.

나는 창문 너머로 그의 얼굴을 바라보았다. 그 순간 어떤 사람들은 레스토랑의 노부부처럼 오랜 세월을 함께 보내기도 하고, 어떤 사람들은 서로 그리워하면서도 평생 만나지 못한다는 생각이 떠올랐다. 우리가 어떤 쪽이 될지는, 그 무엇이나 되기나 할지는 전혀 알 수 없다. 지금은 우리 앞에 저 은하의 별처럼 수많은 선택지가 놓여 있다. 그러나 그렇게 별이 빛난다는 것만으로도, 하늘이 까맣지 않다는 것만으로도 따뜻해지는 밤이었다. 그리고 그 순간만은 하나의 별을 따라간 동방박사 같은 확신이 혜성처럼 내 마음을 스쳐갔다.

그가 손을 흔들었다. 처음 보는 그의 모습에 나는 자그맣게 웃었다.

어쨌든 지금은 집으로 돌아간다. 나는 시동을 걸었다.

덜컥
받는 사람
도재인
보내는

옛것을 몰아내고 새것을 들이기 위하여

기를 청소해주는 오컬트 서비스

어린 시절의 추억 한편에는 유령의 집이라고 하는 곳들이 있다. 사람이 살기도 하고, 살지 않기도 하는 낡고 오래된 집들. 아이들은 그 집 앞을 지날 때면 발걸음을 빨리 하고 숨까지 죽였다. 마치 거기서 누군가 나와 친구를 잡아가기라도 할 것처럼. 혹은 어느 여름밤 그 집안을 누가 들여다볼 수 있나 담력 내기를 하기도 했다. 간혹 용감한 친구가 하나 있어 그곳에 다녀오기라도 하면, 그 아이의 무용담은 온 학교에 퍼졌고 그 애가 보았다는 집안 속 유령이 꿈까지 쫓아와 잠옷을 땀으로 흥건히 적시곤 했다.

하지만 어느 환한 날, 유령의 집은 어느덧 모습을 감춘다. 깨진 유리창은 갈아끼워지고, 벗겨졌던 페인트는 새로 칠해지고, 떨어져 바람에 덜렁거리던 문은 새 유리문이 된다. 심지어 어떤 사람들이 그곳에 들어와 살기도 한다. 회사가 되고 교회가 된다. 그곳에 살던 유령들은 어디로 갔을까?

영화 속 고스트 버스터즈처럼 현실에도 사악한 기운을 청소해주는 사람들이 있다. 집에 들러붙은 불길한 기운을 청소해서 새 사람들이 들어와서 행운을 누리며 살 수 있도록 바닥을 다져주는 직업이다. 이사 청소가 집의 물리적인 부분을 닦는다면, 기 클리닝 서비스는 집의 정신적인 부분의 먼지를 털어준다. 이 분야의 전문가로 꼽히는 세영대학교 정신문화학과 겸임 교수 최영도 씨는 이렇게 말한다. (……)

낙원의
낯선
사람
6
Stranger in Paradise

적어도 제대로 된 이별 인사를 받을 수 있는 사람이 되고 싶다는 마음은, 살아가는 데 최소한의 존중을 받는다는 감각이 필요하기 때문일 것이다.

이듬해 2월

❧

부재중 전화 39통

전화는 무음 속에서 혼자 몸부림치다 제풀에 지쳐 어두워진다. 화면을 힐끗 들여다보았다가 도로 손에 쥔다. 너무 꽉 쥐어서 전화기 자국이 손바닥에 남을 것만 같다. 분노가 뱃속에서부터 치솟아 가슴까지 올라온다. 이렇게까지 집요하게 전화를 해서 나를 괴롭힐 일은 아니잖아. 그렇다고 해서 전화를 끌 수도 없다. 기다리던 전화가 언제 올지 모르니까 가방이나 주머니에 넣어둘 수도 없다.

계단을 내려오는데 발밑이 흔들거려서 잠깐 벽을 짚는다.

굴러떨어지는 줄 알고 등줄기가 서늘해서 뒤를 홱 돌아보았다. 그 여자가 뒤에서 갑자기 나타나 등을 민 줄 알았다. 위층의 어두운 전시실 모서리에 서 있던 게 그 여자였을까? 바로 그 물건 앞에 서 있던 검은 옷의 사람? 왜 보지 못하고 지나쳤지?

보관함에 넣어둔 커다란 검은색 가방을 꺼내면서 오른쪽 옆 미술관 카페의 카운터 뒤의 남자와 눈이 마주친다. 그는 이쪽을 보려던 게 아니라 그저 미술관 안을 널리 훑어보려던 것인 양 나를 지나쳐 창문 너머로 시선을 두었다가 다시 아래를 쳐다본다. 하지만 그 여자가 인상착의를 알려주며 매수했을지도 모른다. 태연한 표정을 지으면서 그의 앞에 놓인 메뉴를 슬쩍 본다. 커피를 한 잔 마시면서 기다리는 편이 나으려나. 벽 쪽의 테이블 위에는 빨간 코트를 입은 여섯 살 남짓 된 아이가 젊은 어머니와 함께 앉아 있다. 어머니는 두 손으로 머그잔을 그러모은 채 머핀을 오물오물 먹는 아이를 바라본다. 커피잔의 온기가 눈을 통해 아이에게 전해지는 느낌이다.

그림엽서 같은 엄마와 아이의 모습에 안도한 것도 잠시, 평온한 분위기는 밖에서 들려오는 높은 금속성 소리에 금방 부서진다. 약에 취한 듯 나른하게 보이던 미술관의 사람들이 모두 그 소리에 깨어난다. 카운터에 서 있던 어린 남자 직원은 고개를 빼서 문밖을 내다본다. 그 뒤를 따라 들려오는 북소리. 사람들의 외침이 동시에 울린다. 엄마와 함께 있던 아이는 의자에서 내려와 창가로 달려간다.

이 소리가 무엇인지는 알고 있다. 작년에도, 재작년에도 들었다. 여기 동문에서부터 사물놀이패와 함께 등불 뒤를 따라 걸었다. 작년에는 행렬중에 눈송이가 한둘 떨어지기 시작하더니 관덕정 앞에 도착했을 때는 거대한 자청비의 종이 등 위에 내려앉았다. 사람들 머리와 어깨를 덮은 눈이 점점 옅어져가는 파란 저녁 빛 속에서 불빛을 받아 반짝거렸다. 그는 자기 머리 위의 눈은 손도 대지 않은 채 말없이 얼굴을 들여다보더니 코에 떨어진 눈을 톡 쳐서 털어주었다. 아니, 그랬었나? 갑자기 오른쪽 머리를 작은 드릴로 뚫는 듯한 진동이 밀려온다. 추운 곳에 있었던 것도 아닌데.

"어, 윤명 씨."

미처 보지 못했던 카페 구석자리에서 젊은 여자가 가방을 메고 나오다가 인사한다. 온몸의 감각기관들이 죄다 일어선다. 차가운 기운이 머리끝에서부터 발끝까지 고속도로를 달리는 차처럼 쭉 달려온다. 털이 달린 후드를 쓴 여자는 얼굴이 보이지 않는다. 여자에게서 떨어져 뒤로 물러서는 편이 안전하다는 직감이 들지만 발이 떨어지지 않는다. 그러나 글자를 손가락으로 짚어가면서 말하는 듯한 똑똑한 목소리는 달리 귀에 익다.

"아침에 비행기에서……. 저예요."

여자가 후드를 벗고 긴 머리카락을 귀 뒤로 넘기면서 살며시 웃는다. 그러고 보니 아까도 같은 생각을 했었다. 웃을 때 살며시 활처럼 둥글어지는 눈매가 다정하다고. 살짝 안심이 찾아들지만 완전히 자리에 앉지는 않는다.

"아……."

"그러고 보니, 혹시 만날 수도 있다고 생각했어요."

그랬을까. 아까 비행기 안에서 말을 털어놓을 때는 다시 만날 거라고 생각하지 않았다. 그러나 여기는 넓고도 좁은 섬이고, 여행객들은 꿀을 따러 가는 벌들처럼 비슷한 여로를 지난다. 특히 자신의 경로를 말했을 때는 더욱 그러하다. 이게 우연일까. 설마 비행기 안에서부터 사람을 심어놓은 걸까.

"일로 오는 거라고 하지 않으셨나. 무슨 취재라고."

좀더 조심했어야 한다는 생각이 든다. 처음 보는 사람에게 속사정을 터놓고 말하는 게 아니었는데. 평소답지 않게 왜 그랬을까. 아니, 평소답다는 게 뭐지. 갑자기 눈앞에서 선 여자가 한 바퀴 도는 것만 같다. 사람을 대할 때 이렇게 하나하나 따지고 드는 게 오히려 평소답지 않다. 그런 거리낌이 없는 게 사람이 나다. 그 위에 다른 여자의 얼굴이 떠오른다. 이렇게 낯선 사람을 경계하고 불안해하도록 만드는 게 그 여자의 속임수다. 내가 다니는 곳마다 집요하게 따라다니고 괴롭혀서 나답지 않은 행동을 하도록 하는 것. 낯선 사람이 된 것처럼. 그 여자가 원하는 일이다. 꺼림칙한 기분을 떨치고 나답게 웃는다.

"네, 굿을 보러 온 거였어요. 전야제는 저녁에 시작한다고 해서 전시 구경하러 왔어요. 아까 말씀 들으니까 흥미로울 것 같아서. 보고 나가시는 거예요?"

"그래요."

다시 나답지 않은 내가 마음속에서 고개를 들며 대답이 짧아진다. 아니야, 안 돼. 꾹꾹 눌러 담는다. 여전히 미소는 붙이고 있지만 입가의 근육이 따갑다.

"아는 사람의 전시품이 있다고 하지 않으셨어요? 그게 뭐였죠?"

"그게……."

선뜻 대답을 할 수 없다. 역시 얼마나 알고 온 건지 떠보는 것일 수도 있다. 이 여자는 왜 그런 것까지 기억하고 있지. 처음 만난 사람이 한 말을 하나하나 기억하는 게 보통인가. 역시 수상하다. 아까 자기 신분을 제대로 밝히지 못한 것도 그렇고. 혹시 취재를 한다는 게 우리 얘기는 아닐까? 다시 평소다운 내가 사라진다. 하지만 그녀는 눈치가 빠르다.

"아, 물어보는 게 실례일 수도 있겠네요. 지인의 이야기이기도 하니까."

그녀는 자문자답을 하더니 창문 너머 점점 다가오는 소리를 향해 고개를 돌린다.

"벌써 춘등제를 시작했나 봐요."

화제가 바뀌자 얼굴의 근육에서 긴장이 빠져나간다. 그래, 알아내려고 했다면 아까 비행기 안에서 더 캐물었을 거야. 그때는 오히려 관심없어했잖아.

"여기서부터 행진해서 관덕정으로 갈 거예요. 다른 데서 온 행렬이랑 합쳐서."

"전에 와보셨나 봐요."

고개를 끄덕였더니 더는 묻지 않는다. 잠시 말없이 둘 다 밖을 내다본다. 미술관도 폐관 시간을 향해간다. 아이와 함께 온 어머니는 일어서서 자신의 모직 치맛자락을 잡은 아이의 손을 떼더니 물티슈로 닦아준다. 카페 카운터를 지키던 남자는 등을 돌리고 컵 따위를 씻고 있다. 관람객들이 삼삼오오 계단을 내려와 물품 보관함에서 자신들의 물건을 찾거나 곧바로 차가운 겨울 속으로 나간다. 적당히 틈을 봐서 떠나야 할 때이다. 한자리에 너무 오래 있는 건 위험하다.

"그럼, 저는 전화할 데가 있어서."

전화기를 들어 보이자 그녀가 고개를 끄덕인다.

"덕분에 좋은 전시 보았어요. 감사해요."

형식적인 예의와 스스럼없는 친근함을 극단으로 오가는 사람이지만, 이 사람은 의심하지 않아도 될 것 같았다. 아니, 의심하지 않아야 한다. 나는 사람들에게 호감을 쉽게 품고, 누구에게나 호감을 주는 사람이니까. 타인의 사소한 말에 일일이 신경쓰지 않으며, 그 뜻을 하나하나 새기지도 않는다.

"천만에요."

여자가 고개를 꾸벅 숙였을 때 누군가 그녀의 이름을 부른다.

"재인 씨."

그녀의 시선을 따라 뒤를 돌아보았다. 한 남자가 문밖에서 성큼성큼 걸어온다. 어디선가 보았을 법한 평범한 인상인데, 어디를 보아도 빠지지 않는 무난함 때문에 오히려 잘생긴 듯 여겨지는 사람이었다. 그녀에게 동행이 있다니 의외다. 아침에 얘기할 때 동행이 있다는 말을 하지 않았기 때문이기도 하지만 그보다는 어디든 혼자 다닐 사람 같은 느낌이기도 했다. 동행이 있다는 건 역시 이 여자는 경계할 대상이 아니란 뜻이겠지. 경쟁 대상도 아니고. 나를 찾는 그 여자도 아니고. 이제는 스스럼없이 손을 흔들 수 있어서 안도하면서도 한편으로는 가슴이 따끔하다. 동행.

"그럼, 전 가볼게요. 취재 잘하세요."

"네, 그럼……. 만나려는 분도 잘 만나시길 바랄게요."

거리에 어둠이 벌써 와서 기다리고 있다. 휴대전화의 통화 버튼을 다시 누르며 창 안쪽에 선 재인과 그녀의 남자친구를 다시 쳐다본다. 남자친구 맞겠지. 두 사람이 서로 서 있는 거리가 약간 멀기는 해도 남자의 얼굴이 부드럽다. 그런 부드러움이 익숙하지 않은 얼굴인데도.

다시 머리가 아파와서 고개를 젓는다. 지금 한 생각 때문인지 더욱 가까워진 풍물패의 꽹과리 소리 때문인지 모르겠다. 아니면 끝없이 울리며 끊이지 않는 전화벨 소리 때문인지도. 왜 그치지 않지?

그대로 휴대전화를 들고 점점 많아지는 사람들의 틈에 껴서 동쪽으로 걷는다. 스피커에서 여자의 목소리가 흘러나오면 전화를 끊었다. 다시 통화 버튼을 누른다. 물에 흘러가는 나뭇잎처럼 사람들 틈에서 떠내려가다 보니 어느덧 자청비의 등을 실은 수레 뒤에 따라붙고 만다. 바람이 뺨을 스치는 것이 아니라, 베면서 날아가듯이 차가웠지만 전화기를 댄 귀만은 뜨거웠다. 눈앞이 흐려지는 것이 커다란 등의 불빛 때문인지 추위 때문인지 두통 때문인지 알 수 없다. 사물놀이패와 등을 실은 수레는 동문 광장으로 가며 다른 수레들과 어우러진다. 주변에 선 사람들의 얼굴에 불이 비쳐 빛나면서 흐린 윤곽으로 떠오른다. 하나하나가 작은 등불 같다.

등불 속에 그가 있다. 그는 전화를 들고 들여다보고 있다. 사람들의 얼굴이 등이 되어 하나둘씩 떠오르고 그 사이 어둠 속에 선 그를 바라본다. 낯선 곳에 와 있다는 여행자의 기분은 사라지고 안심이 된다. 전화기를 껐을 때 그도 고개를 들고 이쪽을 본다. 손을 흔들어 보이자 그의 얼굴에는 반가운 미소가 떠오른다.

그 모습을 보자 웃음이 뱃속 깊은 곳에서 솟아올라 입 주위를 맴도는 듯 간질거린다. 그가 이전에 말했었다. 나는 누구보다도 잘 웃는 사람이라고.

손을 흔들며 그의 이름을 부른다.

꽹과리와 장구 소리가 높아지자 사람들이 그에 맞춰 와아 소리를 지른다. 다시 등불을 실은 수레가 움직이기 시작하며 옆을 지나간다. 불빛은 내가 사랑하고, 나를 사랑하는 남자의 얼굴을 다시 비춘다.

이 순간 그는 아주 익숙하면서도 낯선 사람이다. 그의 시선은 기대하던 방향을 향하고 있지 않다. 나는 그를 바라보고 있지만 우리의 눈은 한 지점에서 만나지 않는다. 그가 바라보는 곳은 내 등뒤 너머 다른 곳이다.

고개를 돌려본다. 이제 모든 이들의 얼굴은 잘못 인화된 사진처럼 다들 흐려지고 만다. 그러나 그중에 한 사람만이 포커스를 받은 듯 또렷하다. 모든 등불 반대편에 있는데도.

그녀에게만 꽃과 빛이 쏟아진다. 여자가 웃는다. 웃음이 나와 같다. 그 여자는 나다.

❧

내 좌석으로 들어가려면 복도 쪽에 앉은 옆자리 승객을 지나쳐야만 했다. 어제 경은이 취소한 후에 누가 그 자리를 금방 예매한 모양이다. 검은 가방을 무릎 위에 단단히 올려두고 문고판 영문 소설을 읽는 여자를 방해하는 게 약간 꺼려졌지만, 내가 짐을 머리 위 짐칸에 올리는 동안 여자는 눈치 빠르게 일어났다. 그러는 동안 우리는 서로에게 공간을 내주기 위해 합이 맞지 않는 어설픈 무용수들처럼 이리저리 몸을 움직여야 했다. 나는 겨우 창가 좌석에 앉은 후 안전벨트부터 매고 창밖을 내다보았다.

어제까지 세차게 내리던 눈은 아침에 그쳐서 비행이 취소될 염려는 사라졌다. 그래도 아직 하늘과 활주로가 명확히 구분되지 않는 회색 날씨다. 비행기는 뜨겠지만 제주의 기상 상태에 따라 행사 강행 여부가 결정될 것이었다. 아마 취소되지만은 않겠지만 날씨가 나쁘면 고생스럽겠지. 하지만 제대로 취재를 못 하면 다른 기사 아이템을 선정해야 하고 시간이 촉박하다.

"비행공포증 때문에 그러세요?"

옆자리 여자가 책을 덮은 채로 걱정스러운 목소리로 물었다. 불안은 전염성이 강하므로 금방 드러났을 것이다.

"네……. 아뇨……. 그게 아니라 날씨가 흐려서 걱정이 되네요."

"괜찮을 거예요. 비행이 지연되지는 않을 테니까."

여자는 오른쪽 입꼬리를 살짝 올려 웃었다. 본인도 불안해 보이는데, 싶었지만 나도 그에 맞춰서 미소를 지어 보였다.

"아니, 비행기 때문이 아니라 도착했을 때 날이 나쁘면 어쩌나 싶어서요."

"그러게요, 여행은 날씨가 중요하니까요."

여자는 이해한다는 듯 고개를 끄덕거렸다. 낯선 사람에게 상황을 굳이 자세하게 설명하고 싶은 마음은 없지만, 그 말이 맞는 양 가만히 있으려니 거짓말 같아서 싫은 마음이 들었다. 여자도 딱히 캐묻는 투는 아니었지만.

그녀는 내 또래, 혹은 나보다 약간 연상의 여자로 어딘가 모르게 미령을 연상하게 하는 면이 있었다. 사람의 첫인상에 헤어스타일이 중요한 만큼, 둘 다 픽시커트라고 하는 짧게 친 세련된 쇼트커트를 하고 있어서 그런 공통점이 보였는지도 모르겠다. 모두 다 한 번쯤은 해보고 싶어 하는 헤어스타일이긴 해도 손질하기가 쉽지 않다. 하지만 미령과 옆자리의 승객 둘 다 깔끔하게 해내고 있었다.

그러나 두 사람의 스타일은 미묘하게 달랐다. 미령은 주부 대상의 여성 잡지에 나오는 모델 독자처럼 고급 아파트에 사는 여유롭고 세련된 젊은 어머니 같은 인상으로, 럭셔리 브랜드의 실크, 캐시미어 소재의 옷을 주로 입었다. 반면 옆자리의 여자는 블랙 니트 위에 붉은 체크무늬 플란넬 셔츠, 블랙 데님, 블랙 부츠, 그리고 안쪽에 시어링이 붙은 가죽 아우터를 들고 있었다. 둘 다 세련된 면은 비슷하지만, 굳이 말하면 미령은 청담동의 모던 한식 레스토랑의 코스 요리처럼 잘 정돈된 개성이라면, 이쪽은 유학파 셰프가 대학생 많은 거리에 낸 펍 같은 분위기를 연출했다. 그럼에도 두 사람이 닮았다는 인상은 쉽게 지워지지 않았다.

나는 여자의 전화를 가리켰다. "전화 오는데요."

여자는 힐끗 보더니 '거절'을 눌렀다. "스팸이네요. 이른 아침부터. 정말 짜증나는 사람이야."

그런 후에는 전원을 꺼버렸다. 어차피 곧 이륙이기도 했다. 나도 마지막으로 문자메시지를 한번 보았지만 새로 온 건 없었다. 나도 전화를 껐다.

비행기가 사선으로 올라갈 때의 기분이 제일 싫다. 높이를 실감하는 기울기이다. 위로 올라가면서 속이 울렁거렸다. 중력을 극복하는 건 떨어진다는 가능성에 대한 두려움을 극복하는 것이다. 상승은 추락을 망각하는 사람에게만 주어진다. 거의 이 년 전 다친 이후로 떨어진다는 두려움은 쉽게 사라지지 않았다. 하늘을 날면서도 불안하지 않은 인간만이 멀리 갈 수 있다는 걸 알지만, 나는 그럴 수가 없었다.

나도 모르게 손잡이를 꽉 쥔 모양이었다. 손등에 무언가 부드러운 것이 닿았다. 눈을 살짝 떴다. 내 손 위에 놓인 것은 하얀 레이스 손수건이었다. 옆자리 여자가 손수건 위로 내 손을 토닥였다.

"땀을 다 흘리길래. 걱정 마요. 나도 예전엔 이륙할 때가 제일 무서웠어요."

고맙다고 말하자 여자가 손을 거둬갔다. 나는 손수건을 보았다 고급스러운 면에 하얀 실로 유명 브랜드 이름이 수놓아진 물건이었다. 또다시 나는 미령이 갖고 다닐 물건이군, 생각했다.

"나도 전에 비행공포증이 있었어요. 그 덕에 인생에서 중요한 사람을 만났지만."

"네?"

안전벨트를 풀어도 된다는 불이 깜빡 들어왔다. 나는 그대로 앉아 있었지만 여자는 고개를 돌려 나를 바라보더니 갑자기 목소리를 낮추었다. 남이 들으면 안 되는 비밀이라도 털어놓는 투였다. 나도 그런 남이라는 생각은 하지 않는 듯했다.

"서울, 뉴욕행 비행기였어요. 단거리는 몇 번 타봤지만 그렇게 먼 장거리 여행은 처음이었어요."

여자는 기억 속의 기록 책장을 하나하나 훑듯이 말했다. 택시도 아니고 비행기 안에서 낯선 여자에게 이처럼 갑작스러운 자기 사연을 듣게 될지는 몰랐다. 나는 딱히 대꾸할 말이 떠오르지 않아서 그냥 아아, 하며 장단만 맞추었다. 여자는 나의 반응은 신경쓰지 않는 것 같았다.

"뉴욕으로 유학 가는 길이었거든요. 집 떠나서 처음 혼자 살러 가는 거라 걱정스럽기도 하고. 그래서 비행기가 뜨자마자 발작을 일으켰는데 옆에 앉아 있던 그 사람이 내 손을 잡더니 천천히 숨을 들이마셨다 참은 후 코로 내쉬라고 해줬어요. 그리고 승무원에게 부탁해서 물을 가져다주었죠. 그 사람이 옆에 있어서 편안해졌지."

"네, 다행이었네요."

앞줄부터 승무원들이 음료를 나누어주고 있었다. 여자가 물었다.

"먼저 주스라도 달라고 할까요?"

"아녜요. 이제 괜찮아요. 고맙습니다, 여기."

나는 손수건을 여자에게 건넸고, 여자는 손을 뻗어 받았다. 손이 닿았을 때 매끈해 보였던 느낌과 달리 손이 거칠어서 약간 놀랐다. 어딘가 모르게 이 여자에게 어울리지 않는다는 느낌이 들었다. 하지만 그보다도 왼손 약지의 플래티넘 반지가 눈에 띄었다. 브릴리언트컷의 다이아몬드가 여러 개 연결된 모양의 반지는 유명한 브랜드의 디자인이었고, 그 의미도 명확했다.

"한번 극복하니까 비행공포증은 쉽게 다시 오지 않더라고요. 그후로도 그 사람하고 같이 있었으니까."

"그렇군요. 다정한 이야긴데요."

"네, 다정한 사람이죠. 멋진 사람이에요. 제가 사실 그 손을 잡은 일 분 동안에 반했어요."

여자의 목소리는 추억에 잠겨 살며시 허스키해졌다.

기욤 뮈소 소설 같은 데 나올 만한 이야기였다. 그렇다고 해서 낭만적이 아니라고 생각하는 건 아니었다. 하지만 남의 인생사를 뻔하다고 생각해서는 되지 않는다. 현실의 인생엔 언제나 예상하지 못한 방향이 있다. 완벽한 플롯으로 짜인 소설과는 다르다.

"그렇게 만나서 결혼하다니 정말 낭만적이네요."

여자는 또다시 오른쪽 입꼬리를 살짝 올리며 웃었다.

"결혼은 안 했는데."

역시, 아무리 상식적인 추론이라도 언제나 틀릴 수 있다. 사람들은 소위 일반 상식대로 행동하지 않을 수도 있고, 언제나 예외가 있을 수도 있다. 그 사실을 언제나 잊고 만다.

"죄송해요."

당황해서 사과하자, 여자는 그다지 개의치 않는다는 듯 고개를 살짝 뒤로 젖혔다.

"곧 하긴 할 거예요."

"아, 축하드려요."

"그 사람이…… 이혼한 지 얼마 되지 않았거든요."

"예에……."

다시 머리가 아찔했다. 나는 그녀의 사생활을 필요 이상으로 알고 싶지 않았다. 아니, 애초에 남의 일을 알 필요라는 게 얼마나 있을까? 아니, 이 말은 거짓말이다. 나는 늘 남의 이야기를 필요 이상으로 듣는다. 그렇다는 건 내게 늘 남의 일을 알고 싶어 하는 마음이 있다는 뜻일 것이다. 개인적인 삶을 알고 싶은 사람은 말해주지 않고, 전혀 모르는 사람에게서 속 이야기를 듣는 것이 인생의 역설일까? 피식 웃음이 나왔다. 그녀가 내 웃음을 오해한 것 같았다.

"제가 황당하죠? 그래요, 처음 만났을 때는 그 사람 유부남이었어요."

"아닙니다. 사람마다 각자 사정이 있죠. 제가 잘 알 수 없는 노릇이고요."

잘 알고 싶지 않은 일 쪽에 가깝죠. 속으로는 이렇게 말했다.

"어머, 아니긴. 태도가 딱딱해졌는데." 여자가 놀림조로 말했다. "괜찮아요. 이상하게 생각하는 것도 당연하지. 안 좋게 생각할 수도 있죠."

여자는 나를 향해 몸을 돌리더니 손을 불쑥 내밀었다.

"강윤명이에요."

낯선 사람에게 이름을 가르쳐주는 건 피하고 싶었지만 십 센티미터도 떨어지지 않은 자리에서 다가오는 친근한 제스처를 거절하기는 힘든 일이었다. 나는 그 손을 잡았다.

"도재인이에요."

승무원이 마침 음료 트롤리를 가지고 우리 좌석 앞에 서서 다행히 어색한 악수는 금방 끝이 났다. 나는 주스를 받았지만 여자는 그저 물만 원했다. 그녀는 물을 단숨에 마셨지만 사레가 들린 듯 약간 콜록거리다 금세 침착해졌다.

"그럼 재인 씨는 제주도엔 혼자 여행?"

"아뇨, 일요."

"제주도에서 무슨 일? 공무원이에요?"

이것이 낯선 사람하고 대화할 때의 문제이다. 대화를 어디에서 끝내야 할지 모른다는 것이다. 나는 윤명이라는 이 여자가 내게 친근하게 구는 것이 약혼자라는 남자를 만났던 경험 때문인가 잠깐 생각했다. 아니면 원래 쾌활한 성격일 수도 있었다. 외모에서도 격식을 따지지 않고 낯선 사람에게 경계가 없는 사람다운 분위기가 풍겼다. 어쨌든 우리 둘 다 서로와 사랑에 빠질 일은 없으니 추상적인 정보 정도는 나누어도 될 법했다. 제주 공항까지는 이십오 분, 그동안 두 사람이 얼마나 서로에 대해 알아낼 수 있겠는가?

"취재예요."

"아, 기자구나."

"기자는 아니고요."

"그럼 무슨…… 책 써요?"

이 질문에는 대답하지 않았다. 대신 도로 물었다. 언제나처럼 질문 회피 전략이다.

"제주에는 무슨 일로 가세요?"

윤명은 갑자기 자기의 용무가 생각나지 않는 듯 순간 입을 다물었다. 얼굴 위에 아연한 표정이 떠돌았다. 그러다 다시 무척 환한 웃음을 지었다.

"공연 준비로 가요."

"무슨 공연을 하세요?"

"바이올린. 전공했거든요."

아까 손이 닿았을 때처럼 위화감이 느껴졌다. 바이올리니스트라니 의외라는 기분이었지만, 무엇 때문인지는 명확히 알 수 없었다. 외모로만 보고 낯선 사람의 정보를 파악하기란 역시 어렵다.

여자와 나는 탁구를 치듯이 똑같은 대화를 반복했다. '아, 그러시구나'의 의례적 반복.

"예술가는요. 그냥 할 뿐이죠. 공식적인 이유는 그런데, 겸사겸사 애인이랑 여행. 그 사람 지금 연구하러 제주도에 와 있거든요. 지금 신구간新舊間이 막 끝나고 신들이 돌아오는 때이죠." 그 뒤에 이모티콘이라도 붙이면 적당할 가벼운 말투로 윤명은 덧붙였다.

"그렇죠. 오늘이 입춘 전날이니까."

"재인 씨도 이런 걸 잘 아네요."

여기서 내 취재의 목적을 하마터면 말할 뻔했으나 간신히 입을 다물 수 있었다. 이런 것도 미신이라고 할지 모르겠지만, 이 일에 대해서 낯선 사람과 길게 얘기하는 건 왠지 거리꼈다.

"제주 사람들에게 들어서요."

“하긴 이제 지역 행사만도 아니겠죠. 제주로 이민 오는 사람들이 한둘이 아니에요. 아무튼 그래서 그 사람 만나고, 온 김에 미술관에도 가볼 생각이에요.”

여기에는 살짝 흥미가 돌았다. 그러지 않아도 제주에 온 김에 몇 군데 미술관을 돌아보고 싶다는 생각에 조사하고 온 터였다.

“어디 가세요? 저도 미술관에 가볼 생각인데.”

“일단 오늘은 제주시에 있는 미술관들을 둘러보려고 하는데. 아라리오 뮤지엄하고…….”

“인터넷에서 저도 읽었어요. 아라리오 갤러리 동문 모텔 점에서 실연에 관한 박물관 전시를 하고 있다고요.”

“그래요. 거기도 가볼 생각이에요. 내가 아는 사람 하나도 물건을 기증해서…….”

“어, 그러세요?”

“그래요. 이전 사람과 헤어진 후에 추억의 물건을 기증했다고 들었어요.”

뭔지 물어볼까 하던 순간, 윤명은 생각에 잠긴 말투로 말을 꺼냈다.

“그리고 다른 미술관도 가볼 수 있어요.”

“네?”

“거울 미술관이라고.”

"아……. 그런가요?"

"미술관이지만, 일종의 사원 같은 느낌이 있다지요."

잡지에서 읽은 기억이 났다. 한국계의 일본 건축가가 지어서 유명해진 곳이었다.

"그러고 보니 저도 들어봤어요. 하지만 거기, 빌라 스페쿨룸인가? 사유 주택단지에 있어서 관람이 자유롭지 않다던데."

"맞아요. 하지만 예약해서 가볼 수도 있고 그곳 주민을 안다면 들어갈 수도 있겠죠. 주민들은 자주 산책 다녀요. 거기서 올려다보는 하늘이 좋다고."

"네. 거기 사는 사람을 모르니 가려면 미리 예약을 해야겠네요."

"그렇죠, 거기 사는 사람을 알아야……."

윤명은 아까처럼 공기가 빠져나간 듯 생기가 사라진 얼굴을 보였고 입술까지 흘러나왔던 단어가 도로 굴러떨어졌다. 그녀의 다음 말은 마치 혼잣말과 같았다.

"거울 미술관은 실제로는 거대한 연못이라고 했어요. 그렇지만 건물의 구조와 빛의 굴절에 따라서 약간은 다른 모습이 보인다고 하지요. 어떤 하늘과, 어떤 빛이 비출 때……. 모든 것이 비치는 곳이라고 그랬어요……. 거울을 통해서 자기를 볼 수 있는 곳이라고……."

나는 대답하지 않았다. 그녀도 내 대답을 기대하지 않았다. 꺼진 텔레비전처럼 아무런 화면도 내보이지 않았다.

어떨 때는 사근사근하면서 무척 스스럼없이 묻지 않은 자기 얘기를 털어놓다가도 다음 순간 나와 함께 있다는 걸 잊어버린 것 같기도 했다. 그녀의 얼굴 앞에 내 손을 흔들어볼까 싶은 생각이 들 정도였다. 지금 내 옆에 앉은 사람은, 공연 막간에 무대에서 내려와 대기실에서 쉬는 희극배우처럼 온몸의 근육이 늘어진 느낌이었다. 그녀는 기면증 환자처럼 갑작스레 잠에 빠진 듯 눈을 감았다.

나머지 비행 시간은 조용했다. 이번 비행에는 울거나 소리지르는 아이들도 없었다. 단체 관광객도 없거니와 있더라도 서로 말을 나누지 않았다. 동체가 기류에 휘말릴 때도 단말마의 비명조차 나오지 않았다. 엄한 선생님의 감독을 받는 교실과 비슷한 정적이 기내에 돌았다. 제주 여행에서 만나는 몇 안 되는 행운이다.

공항에 착륙한 비행기가 활주로를 지치는 동안 나는 내렸던 창문 셰이드를 올리고 바깥을 내다보았다. 김포공항과 비슷하게 섬의 하늘도 회색을 띠고 있었다. 하지만 여기서는 회색 특유의 탁한 기운을 바람이 쓸고 간 것만 같았다. 저멀리 자그마하게 보이는 워싱턴야자가 바람을 타고 작게 손을 흔들었다.

"여기도 흐리네."

윤명이 다시 눈을 뜨고 내 옆을 지나 밖을 내다보았다. 눈에는 처음과 같은 빛이 돌아왔다. 나는 내 귀 옆에 가깝게 댄 그녀의 얼굴을 쳐다보았다. 창백하다 싶을 만큼 깨끗한 피부였다. 그 점도 미령과 비슷하다고, 나는 다시 한 번 생각했다.

"그러네요. 아직 겨울이 가시지 않았으니."

가까운 얼굴이 부담스러워 내가 말을 건넸지만 윤명은 창밖에서 눈을 떼지 않았다.

"그래도 곧 매화가 필 거예요."

비행기가 완전히 멈추자 사람들이 줄지어서 기내를 빠져나가기 시작했다. 윤명이 먼저 복도로 나간 뒤 나는 짐을 선반에서 꺼내려 일어서다가 좌석에 놓인 물건을 보았다.

"저기요."

하지만 그사이에 반대편 좌석의 사람들이 나와서 복도를 채우는 바람에 우리 둘 사이는 멀어졌다. 목을 쭉 빼보았지만 그녀는 돌아보지 않았다. 나는 그걸 집었다. 그녀가 읽고 있던 영문 페이퍼백이었다. 『Through a Glass, Darkly』.

공항을 나섰을 때 윤명을 따라잡아서 책을 주려고 했다.

결과적으로 말하면 나는 그녀에게 책을 주지 못했다. 비행기를 빠져나가는 동안 우리의 거리는 좀더 멀어졌고, 내가 공항에 발을 디뎠을 때 그녀의 모습은 보이지 않았다. 때마침 비슷한 시간에 다른 비행기가 착륙해 공항 안은 혼잡했다. 중국인 단체 관광객들이 커다란 캐리어와 상자를 실은 카트를 밀고 있었다. 서둘러서 나갔다면 따라잡을 수 있었을지도 모른다. 따라잡지 못한 이유는 무엇보다도 공항을 걸어가는 동안 예상치 않은 사람을 만났기 때문이다.

공항 렌터카 카운터 부근에서 두리번거리는데, 누군가 내 어깨를 살며시 두드렸다. 나는 화들짝 놀라며 고개를 돌렸다. 겨울이어서 옅게 바래긴 했지만 햇볕의 흔적이 남은 얼굴, 검은 눈동자가 나를 내려다보고 있었다.

"여긴 어떻게 왔어요?"

이전에 내가 말한 적이 있는 대사 같았다.

"아, 일이 있어서……."

그 애가 입은 회색 후드 티를 보자 전에 빌렸던 옷도 아직 주지 않았다는 게 생각났다. 돌려주지 않은 건 그것만이 아니었다. 헌은 내가 돌려주지 못한 것을 전부 잊은 듯씩 웃었다. 네댓 달밖에 지나지 않았는데 그사이에 키가 컸나.

"크리스마스 때 선물 보냈는데."

잊지 않았구나. 크리스마스이브에 미아가 보낸 택배와 함께 배달되었던 것. 카드와 함께 커다란 안테나를 얹은 우주선 모형이었다. 나중에 검색해보고, 그것이 명왕성 탐사선인 뉴허라이즌스인 것을 알았다. 크리스마스 당일에 열어보았지만 나는 답장하지 않았다. 무슨 의미인지 알 수 없었기 때문이다. 카드에는 쓴 문구도 의미를 알 수 없었다. "빛의 속도보다 빠르게, 우주를 한 바퀴 돌고 온다면."

"그랬지. 답장 못 해서 미안해. 그동안 바빠서."

궁색한 변명은 하지 않으려고 했지만 어느새가 덧붙이고 말았다. 나의 고질적인 문제이다. 필요 이외의 설명을 하려고 한다. 헌은 어깨를 으쓱했다.

"괜찮아요. 답장 기대는 안 했고, 삼월에 다시 연락하려고 했으니까."

말문이 막혔다. 상대방이 너무 무던해서 더욱 어쩔 줄 모를 때가 있다. 이 애에 대해서는 언제나 그런 기분이었다.

어색한 상황을 모면하게 해준 것도 헌 본인이었다.

"아저씨랑 와서 만나기로 한 거? 우리랑 같은 비행기를 타고 왔는데."

나의 시선이 헌의 손가락 끝을 따라갔다. 오늘 두 번째의 우연과 눈이 마주쳤다. 아니, 이건 우연이 아닐지도 모른다고 잠깐 의심했다. 나는 성현에게 취재하러 제주도에 간다고 분명 전했다. 경은과 같이 간다고도 말했다. 경은이 마지막에 갑작스런 해외 인터뷰를 가야 해서 취소하긴 했다는 사실은 말하지 않았지만. 다만 그가 자신의 일정을 말하지 않았을 뿐이다.

서운했다. 그가 나와 겹칠 수도 있는 일정에 대해 일언반구 언급하지 않아서. 자신의 일에 대해 무엇 하나 말하지 않아서. 그리고 분명 내가 헌과 얘기하는 것을 아까부터 보고 있었을 텐데도 먼저 다가오지 않아서. 하지만 그를 보고 서운한 감정보다는 반가운 설렘을 먼저 느낀 나의 연약한 마음은 아직 들키고 싶지 않았다.

❦

"영영영 씨와 이 년 반 동안 연인 사이였습니다. 알고 지낸 지는 십오 년쯤 됩니다……."

나는 전자책 단말기를 들여다보며 작은 소리로 읽었다. 성현은 검은 탁자 위에 놓인 고소장을 면밀히 살펴보고 있었다. 중요한 정보는 수정 테이프로 지워져 있었지만, 미술관에서 제공하는 단말기 속 책을 읽으면 각 물건의 사연을 알 수 있었다. 이별에 대한 이야기는 세상 사람의 수만큼 있고, 하나의 물건은 한 삶의 파편을 담고 있다. 이 고소장 속의 고발인이 사랑했던 남자는 결혼하고 아이도 있다는 사실을 속였으며, 결국엔 폭행을 일삼았다. 고소장의 주인은 그것으로 폭력적인 관계를 끝내려 했다. 이 사연의 제목은 '거짓말'이었다.

"고소장의 메일 주소로 보면 남자는 68년생인가. 68이라는 숫자가 들어 있으니."

성현은 미술관 관리 직원이 눈총을 보내지 않을 한도 내에서 고소장에 얼굴을 가까이 대고 말했다.

"뭐예요. 한 사람의 실연의 증거물을 보면서 그런 거나 따져보고 있고."

"그거 외에는 딱히 뭘 생각하면 좋을지 몰라서."

"가슴 아픈 사연이에요. 처음에는 분명 사랑인 줄 알았는데 모든 게 거짓말로 시작되었다는 걸 깨닫는 과정은."

나는 단말기 페이지를 넘기면서 말했다.

"몸의 상처도 상처지만 이런 경우에는 마음에 가한 폭력이 더 심할 텐데."

그는 이제 고소장 옆에 놓인 숟가락과 젓가락 한 벌을 들여다보고 있었다.

"실연이라는 게 그저 남녀 간의 이별만을 말하는 건 아닌가 보죠. 이건 사연이 뭐지."

미국에 간 유학생이 챙겨 간 유일한 살림살이였다고, 책에는 씌어 있었다. 그는 이걸로 다른 유학생들이 해 온 음식을 함께 나누어 먹고 고향의 어머니를 생각했다고 했다.

"이건 유학 생활의 고독과의 이별을 뜻하는 거네요. 여기 작품들이 다 그래요. 각자에게 있는 다양한 이별들을 표현하는 것. 그 옆에 놓인 반지는……." 나는 단말기를 이리저리 눌러보면서 해당 항목을 찾았다. "못 찾겠네요. 하지만 반지니까 연인과의 추억이 담긴 거겠지요."

그러면서도 나는 그와 내가 헤어진다면 무엇을 기증할 수 있을까 헤아려보았다. 우리는 아직 무슨 사이인지도 모르는데, 실연의 병아리부터 세고 있다니. 이건 비관주의일까 낙관주의일까.

공항에서 만났을 때도 그렇게 양극단을 오갔다. 이렇게 우연히 만날 수 있다니 행운일까, 아니면 내가 제주도에 온다는 걸 알면서도 그가 미리 말하지 않았다는 건 불길한 징조일까. 그는 놀라지도 않고, 당황하지도 않은 채 나를 보고 "그러지 않아도 연락하려고 했어요"라며 사무적으로 말했다. 미리 와서 기다리기로 약속이라도 한 사람 같은 태도였다.

헌은 마치 성현과 교대하듯이 선선하게 사라지며 "그럼 운이 닿으면 또 만나요"라고 말했다. 헌은 가족 여행 겸, 희원의 병문안 겸 제주에 왔다고 했다. 오 개월 전에 사고

당했던 희원은 이제 많이 회복하여 제주도 별장에서 요양 중이었고 모두 그곳으로 갈 예정이었다. 나는 성현도 그들과 함께 희원의 별장으로 가려던 계획이 아니었나 의심했지만 그는 호텔을 예약했다고만 답했다. 내가 묵는 호텔이 어딘지는 묻지 않았다. 아직은.

"저는 재인 씨 스케줄에 맞춰서 움직여도 됩니다. 재인 씨가 제주도에 있는 동안은 제가 딱히 할 일이 있는 것도 아니라서."

내 캐리어까지 받아든 그는 렌터카 영업소로 가는 셔틀 정류장으로 나를 데려가면서 의향을 묻듯 덧붙였다.

"괜찮죠?"

나는 고개를 끄덕였다. "그렇게까지 할 필요 없는데, 그럼 제 일정 때문에 먼저 온 거예요?"

"뭐, 그런 셈으로 해두죠."

렌터카를 타고 제주공항을 빠져나가면서 무엇이든 원하는 대로 해요, 라고 그는 말했다.

"그러면 입춘굿 취재할 때도 같이 있을 거예요? 오늘밤 전야제와 내일 아침도."

그는 눈가에 주름을 잡으며 씩 웃었다.

"뭐든 원하는 대로 하라고 했잖아요."

그는 전방에서 시선을 떼지 않은 채 왼손으로는 운전대

를 잡고 오른손으로 내 머리를 토닥였다. "유원지에 놀러 온 아이처럼 신나 보이는군요."

이전에 모텔이었던 장소를 개조한 미술관은 다른 전시 때도 와본 적이 있지만, 과거의 애욕이 먼지 같은 기억으로 떠다니는 폐허는 실연의 증거품을 전시하는 곳으로 특히 잘 어울렸다.

"신나기에는 약간 우울한 장소죠. 실연의 사물들이 이렇게 기증되어 있으니까요."

"그렇긴 하네요. 누구에게나 실연은 슬픈 일일 테니."

"네, 그러니까 적절한 의식이 필요하지요. 제대로 실연하지 못하면 오래 상처가 남잖아요. 사랑에는 법이 없고 판사도 따로 없지만 그 시간에는 예의를 갖추길 누구나 기대하는 것 같아요. 아무래도 이별은 한 인간의 존재적 자부심을 뒤흔드는 사건이니까요."

그가 호기심 어린 표정으로 나를 쳐다보기에 나는 덤덤하게 덧붙였다.

"경험은 아니에요."

경험이라고 해도 상관은 없었다. 전시실 안의 물건들은 성당의 성물처럼 경건해 보였다. 한 사람의 인생에 의미가 있었지만, 이제는 지나가버린 사랑의 유품이 되었으니 그럴 만도 했다. 자기 소임을 다한 물건들이었다. 과거를 버리고 새로운 삶으로 다시 태어나는 사람들은 추억을 이승의 옷처럼 벗어버리고 싶어 하기도 한다. 하지만 나는 언제나 다양한 감정이 아로새겨진 타인의 물건은 주의해야 한다는 경계심이 있다. 그 물건들이 발산하는 아우라가 다른 사람에게 영향을 끼칠지 모른다는 생각을 늘 하고 있었다. 나는 이렇게 말하며 그에게 조심하라고 말했다.

"물건의 사념이 언제 옮겨붙을지 모르잖아요. 여기 있는 건 대체로 아름답고 슬픈 기억이라 괜찮겠지만 아닌 것도 있으니까요."

"오컬트 전문가다운 말이군요." 그는 심각한 말투로 말했지만 표정은 대수롭지 않다는 투였다. "참, 이상하다니까. 어떨 때 보면 세상에 이렇게 논리적인 사람이 없는데."

"제가 오컬트 전문가도 아니지만……." 나는 뾰족하게 말했다. "오컬트가 비논리와 동의어라고 생각하진 마요."

나는 오래된 휴대전화가 놓인 전시대로 천천히 걸어갔다.

"오컬트란 현재 아는 논리로 완전히 설명할 수 없는 또 다른 일이란 뜻이죠. 그 세계 안에는 나름의 설명이 있다고요."

"물건의 기가 있다는 말처럼요."

"시네스테지아, 공감각이라고 알아요?"

나는 휴대전화가 놓인 전시대 아래의 문구를 눈으로 읽었다.

'해지하기 전 문자 보관함을 보았는데 저에게 적다 만 문자들이 십여 개 남아 있었습니다.'

"보통 사람들이 한 가지로 보는 감각을 다른 감각으로도 느낄 수 있다는 것 아닙니까, 대강."

"네, 대강. 가령 음에서 색을 느낀다거나, 어떤 사람을 보기만 해도 그 사람의 감촉이 느껴졌다거나……. 이런 보고 사례들이 있는데, 특정한 기분에 색을 본 사람이 있기도 했죠. 그래서 이 물건들에 기분의 에너지가 남아 있다면 어떤 색으로 볼 수도 있는 것 아니겠어요. 그 색의 기억이 우리에게 물들 수도 있고."

"설명은 나름 일리가 있긴 합니다만, 그럼 이 하얀 장갑에 남은 감정의 색은 무엇이죠."

"글쎄요. 제가 공감각자는 아니니까, 볼 수는 없잖아요."

전시실 안에는 우리 둘뿐이었다. 주변의 전시품들을 길게 둘러보았다. 검은 패딩 베스트, 십자가 목걸이, 기다란 장갑, 베개 커버, 한때 관계처럼 소중히 꽃과 나무를 피웠겠으나 이제는 비어버린 화분과 말라버린 씨앗……. 책,

오래된 전화기, 다이어리. 나는 눈을 감고 방금 보았던 것들을 머릿속으로 불러냈다.

"하지만 이 안에는 미련의 색, 후련함의 색, 그리움의 색, 용서의 색, 그리고 자기 마음에 대한 거짓말의 색이 가득한 것 같네요. 볼 수는 없어도."

그가 웃고 있을 거라 생각했는데 한쪽 눈을 떠보니 의외로 진지하게 입을 꾹 다물고 있었다.

"뭐예요, 그 표정은. 하나도 믿지 않으면서 진짜 믿는 사람처럼."

"누가 믿지 않는다고 했습니까."

그는 주머니에 손을 넣고 계단으로 향했다. 나는 눈을 완전히 뜨고 뒤를 총총히 따랐다.

"그렇다고 정말 믿는 건 아니죠?"

그는 뒤돌아보지 않고 말했다.

"물론 믿지는 않습니다만……. 가끔 재인 씨는 내가 보지 못하는 걸 보는 것 같다는 생각을 할 때는 있죠."

계단을 다 내려왔을 때 문득 기억이 났다.

"아, 아까 비행기에서 옆자리 앉았던 사람의 지인도 여기 물건을 기증했다고 했는데. 뭔지 모르겠네."

"실명이 적혀 있는 것도 아니고 알 수 없죠. 그 사람 이름은 알아요?"

"네. 왠지 지인이 아니라 아주 가까운 사람 같은 느낌이었는데……. 얘기하기를 피하는 것 같아서 자세히 묻지는 않았어요."

1층 카페에는 사람이 하나도 없이 한산했다. 여기서 굿이 벌어지는 제주 목관아까지는 걸어가려면 갈 수도 있는 거리였다. 시작까지는 두 시간여 남았지만 블로그 등을 미리 읽어봤더니 등 행렬의 진행 속도에 따라서 늦게 시작할 수도 있다고 했다. 미술관 문 닫을 때까지 커피를 마시다가 행렬이 시작되면 천천히 따라가도 될 것 같았다.

그가 카운터에 가서 자기가 마실 아메리카노와 내가 원한 자몽차를 주문하는 동안, 나는 창문 옆 자리로 가서 가방을 놓았다. 여기 앉아 있으면 지나가는 행렬이 보일 테니 그때 나가도 늦지 않을 것이다. 그가 주문을 마치고 와서 자리에 앉았다.

"그래, 오늘 취재할 게 뭐라고요?"

"입춘굿이에요. 매해 입춘 절기인 2월 4일에 제주도 목관아에서 벌이는 행사죠. 한동안 전승이 끊겼는데 1999년부터 다시 시작했다고 하네요."

"그게 재인 씨가 쓰는 기사와 관련이 있습니까."

"일종의 토속적 기원을 담은 민속 신화적 행사니까 관

련이 있죠. 제주시가 주최하고 주관은 제주 민예총에서 하니까요. 입춘굿은 춘경春耕이라고 해서, 풍년을 기원하는 풍농굿이에요."

"네, 이 시기에 하는 굿이라면 대체로 그렇겠죠."

"오늘은 세경제라는 제사가 있고요, 낭쉐코사가 있대요. 그건 뭔지 모르겠네. 곧 있으면 제주 각 방향에서 춘등들을 실은 수레가 관덕정으로 모여드는 춘등제가 시작할 거예요. 제가 아는 건 이 정도예요. 나머지는 직접 봐야 알겠죠."

"그러고 보니……."

성현은 탁자를 손가락으로 톡톡 두드리며 고개를 갸웃했다. 그가 뭔가 생각해내려 할 때 하는 습관이라는 것을 이제는 알 수 있었다.

"제 지인 중의 한 명이 이런 민속학 분야의 전문가인데, 여기 와 있다는 얘기를 들은 것 같습니다. 이따가 행사에서 만날 수도 있겠는데요. 모르는 건 설명을 들어볼 수도 있고."

바깥은 여전히 개지 않아 흐린데, 눈앞에서 등을 켠 듯 환해지는 기분이었다. 그러지 않아도 굿은 생소한 분야인데다가 제주 방언으로 기술되어 있는 경우가 종종 있어서 평소보다 더 골머리를 썩고 있었다.

"저 좀 꼭 소개해주세요! 부탁드려요!"

나는 탁자 위에 놓인 그의 손을 덥석 잡았다. 내가 해놓고도 당황스러웠지만, 그는 잡힌 손을 빼지도 않았으며 오히려 다른 쪽 손으로 내 손을 덮었다.

"그렇게 부탁하지 않아도 합니다."

나는 성현이 거리에 서서 전화하는 모습을 창 너머로 바라보았다. 옅게 내려앉는 늦겨울의 푸른 땅거미 속에서 내 쪽으로 등을 돌리고 통화하고 있었다. 그가 앞모습보다 등을 더 자주 보이는 것 같아서 서운하다는 생각이 드는 순간, 그가 몸을 돌려 나를 보았다. 눈이 마주치자 그가 눈에 살짝 주름을 잡으며 웃더니 손가락을 동그랗게 오므려서 오케이 사인을 해 보였다. 약속이 잡혔다는 뜻인 것 같았다. 마주보고 싶다고 생각할 때 볼 수 있는 사람이 있다는 게 좋았다.

그가 전화기에 손을 대고 고개를 드는 게 보였다. 그와 함께 전통 타악기의 소리가 점점 선명해졌다. 춘등제를 시작한 모양이었다. 나는 손가락으로 그에게 내가 밖으로 나가겠다고 신호를 주었다. 그는 고개를 끄덕이면서 통화를 이어갔다. 나는 가방을 주섬주섬 챙기고 후드를 뒤집어썼다. 의자를 돌아 나가는데 창가로 뛰어오던 아이와 부딪힐 뻔했다.

"이런, 조심해야지."

내가 손으로 막으면서 말하자 아이는 내 손을 피한 채 해실해실 웃으며 창가로 뛰어가버렸다. 회색 개버딘 치마를 입은 아이 어머니가 살짝 고개를 숙여 미안함을 표시하기에 나도 얼결에 같이 고개를 숙였다.

아이 엄마의 등뒤로 카페 입구에 선 여자가 보였다. 여자는 들어갈 마음도, 그렇다고 나갈 마음도 없는 사람처럼 징 박힌 가죽 가방을 든 손을 늘어뜨린 채로 그 자리에 서 있었다. 아는 사람이었다.

"어, 윤명 씨."

윤명의 하얀 얼굴은 추위 때문인지 파랬고 눈은 김 씐 유리처럼 불투명했다. 그녀는 내게 눈길을 돌렸지만 알아보는 기색이 없었다.

"아침에 비행기에서……. 저예요."

나는 후드를 내리면서 흘러내린 머리카락을 쓸어넘겼다. 이제야 윤명의 눈에 빛이 떠올랐다. 유리에 어렸던 김이 서서히 가시면서 빛이 돌아왔다.

"아."

"그러고 보니, 혹시 만날지도 모른다고 생각했어요."

솔직히 진짜 만나리라는 예상은 하지 않았다. 갑작스레

성현을 만난 일 때문에 다른 우연한 가능성에 대한 기대는 어느덧 멀어진 상태였다. 하지만 윤명을 만나고 보니 예상을 하지 않은 게 더 이상할 정도였다. 그녀의 힌트 때문에 여기 와야겠다는 결심을 굳혔으니까.

"일로 오는 거라고 하지 않으셨나. 무슨 취재라고."

아까 비행기 안에서 스스럼없이 말을 걸던 여자와는 딴 사람 같았다. 자신의 둥지를 침해당한 작은 새처럼 나를 바짝 경계했다. 입가에 미소는 머금었지만 눈은 경직되어 있었다. 나는 어색한 상황에 몰리면 언제나 그렇듯 내 상황을 구구하게 설명하기 시작했다. 애초에 간단한 인사만 하고 나갈걸, 후회를 하면서도 말을 멈출 수가 없었다.

"네, 굿을 보러 온 거였어요. 전야제는 저녁에 시작한다고 해서 전시 구경하러 왔어요. 아까 말씀 들으니까 흥미로울 것 같아서. 보고 나가시는 거예요?"

"그래요."

여전히 짧은 답변, 변함없는 표정. 이 자리를 벗어나야 하는데 어색하지 않게 마무리할 기술이 떠오르지 않았다. 나는 심지어 쓸데없는 말을 하나 더 하고 말았다.

"아는 사람의 전시품이 있다고 하지 않으셨어요? 그게 뭐였죠?"

"그게……."

그녀는 오히려 입을 꾹 다물었다. 그것만으로도 말하고 싶지 않다는 의도는 역력한데, 눈은 그 이상을 말하고 있었다. 그녀 본인이 꺼낸 얘기를 반복했을 뿐인데도 남의 결혼식에 하얀색 옷을 입고 간 것만큼의 큰 결례를 저지른 기분이 들었다. 나는 한발 물러났다.

"아, 물어보는 게 실례일 수도 있겠네요. 지인의 이야기이기도 하니까."

이제는 빠져나갈 시점이었다. 나는 짐짓 미술관 밖의 소리에 귀를 기울였다.

"벌써 춘등제를 시작했나 봐요."

윤명은 이번에는 선뜻 대답했다. 자기와 관련이 없는 주제라서인가.

"여기서부터 행진해서 관덕정으로 갈 거예요. 다른 데서 온 행렬이랑 합쳐서."

"전에 와보셨나 봐요."

그녀는 고개를 끄덕이면서 말했다.

"자청비의 등불이 이 앞을 지나갈 거예요. 여기서부터 관덕정까지."

뜬금없는 말이었지만 윤명은 더는 부연하지 않고 밖을 바라볼 뿐이었다. 나도 이제는 질문을 이어가지 않고 나갈 틈만 찾고 있었다. 관람객들도 풍물놀이 소리를 퇴장 신호

삼아 내려오기 시작했다. 그럼 이만, 하고 말을 하려는데 윤명이 먼저 전화기를 꺼냈다.

"그럼, 저는 전화할 데가 있어서."

드디어 어색한 만남을 끝낼 수 있는 자연스러운 지점에 도달했다. 안도하는 마음이 들면서도 의아하기도 했다. 윤명은 아침에 무작정 친근하게 대할 때도, 지금처럼 소원하게 대할 때도 똑같이 대하기 어려운 사람이었다. 나는 타인과의 거리를 쉽게 좁히는 사람이 아니지만 스스로를 낯을 많이 가리는 사람으로 정의해본 적은 없었다. 보통의 경우라면 잠시 얘기해보고 어떤 태도로 대해야 할지 알 수 있었다. 그런데 이 여자는 얼마만큼의 거리를 두고 대하든 틀렸다는 느낌을 주었다.

이렇게 알 수 없는 거리일 때는 약간 먼 편이 좋다. 나는 조금 형식적으로 인사했다.

"덕분에 좋은 전시 보았어요. 감사해요."

"천만에요."

윤명은 이제야 약간 풀어진 얼굴을 한다. 그녀도 나와의 얘기가 불편했던 거겠지, 이렇게 생각하니 조금 개운하다. 불편한 기분이란 상대적일 때만 적절하다. 한쪽만 불편한 기분이 든다면 불편함은 견디기 힘들어진다. 서로의 거리가 맞았을 때야 아무렇지 않게 만날 수도, 헤어질 수도 있다. 그때 성현이 내 이름을 뒤에서 불렀다.

"재인 씨."

성현이 밖에서 기다리다 내가 나오지 않으니 들어온 모양이었다. 나는 이유 없이 윤명의 시선이 신경쓰였다. 나와 그가 서로 다른 비행기를 타고 와서 만나야 할 연인이 된 것 같은 기분이 들었다. 아침에 윤명이 한 얘기 때문인지도 몰랐다. 다시 스칠 일 없는 낯선 타인이 어떻게 생각하든 아무 상관없는 일이며, 설사 그런 연인이라고 해도 이상한 일도 아닌데. 그러나 한 사람과 관계를 맺는다는 건 그와 둘러싼 모든 일들을 지나치게 의식하게 된다는 뜻인지도 모른다.

윤명은 살짝 미소를 지으며 손을 흔들었다. 아까의 경직된 얼굴에 기름칠을 한 것처럼 조금은 부드러워진 표정이었다.

"그럼 전 가볼게요. 취재 잘하세요."

"네, 그럼……. 만나시려는 분도 잘 만나길 바랄게요."

잘 돌아가던 자전거 바퀴가 갑자기 삐걱대는 느낌을 남기며 윤명은 고개를 숙이고 걸어가버렸다. 성현과 스쳤지만 두 사람은 서로에게 눈길조차 주지 않았다. 뒤도 돌아보지 않고 단호하게 걸어가는 윤명의 뒷모습을 보자 나는 마지막 말조차 실수한 기분이었다. 성현이 내 옆으로 다가

오며 물었다.

"누구랑 얘기하고 있었어요?"

나는 대답했다.

"아침에 비행기 안에서 옆에 앉았던 분……. 우연히 만나서요."

"그래요?"

"네, 저기 지나가는 저분."

내가 가리키는 손가락 끝을 따라 성현은 고개를 돌려서 창 너머로 윤명을 다시 보려 했지만, 윤명은 벌써 창의 프레임 밖으로 빠져나가고 없었다.

"그렇군요."

성현은 고개를 돌려 안경을 벗더니 주머니에서 손수건을 꺼냈다. 내가 크리스마스에 선물한 손수건이다. 그는 무심하게 손수건을 탈탈 펴서 안경을 닦으며 말했다.

"언뜻 재인 씨 친구 미령 씨를 닮은 사람이라 생각했는데."

나는 그의 숙인 고개 아래로 얼굴을 넣어 그를 바라보았다. 내가 갑자기 얼굴을 들이밀자 그의 눈동자가 나뭇잎 떨어진 호수처럼 살짝 흔들렸다.

"갑자기 왜 이럽니까."

그는 한발 물러나며 말했다. 나는 짐짓 의뭉스러운 웃음을 떠고 말했다.

"신기하고 좋아서요."

"뭐가요, 안경 벗은 얼굴이?"

"설마요."

우리가 같은 관찰을 했다는 사소한 일치가 기뻤다는 말은 하지 않았다. 들키고 싶지 않은 마음을 궁금하게 만들고 싶었으니까.

"신화와 전설은 둘 다 구전으로 전해오는 서사 무가이지만, 성격이 다릅니다. 신화에는 세계 창조의 원리가 기술되어야 하죠. 그래서 한반도에는 신화라고 부를 수 있는 널리 알려진 서사가 두 개입니다. 하나는 단군 신화고 다른 하나는 제주 신화죠. 제주 신화 열두 본풀이에는 천지 창조의 이야기가 들어 있거든요. 예를 들자면, 천지왕 본풀이에는 창조자의 아들인 쌍둥이 대별왕과 소별왕이 있고, 그들 사이에 이승과 저승을 차지하기 위한 대결이 있습니다."

나는 휴대전화의 녹음 앱을 켜놓은 채로 고개를 끄덕였다. 하지만 축문을 읽는 소리가 앰프를 통해 울려 퍼져서 그의 말이 잘 녹음되었는지는 자신할 수 없었다. 관덕정 앞에 차려놓은 제상에는 어둠 속에서는 잘 구분되지 않는 짙은 패딩 점퍼를 입은 남자들이 단체로 나와서 절을 하고 있었다. 제주시장과 관련 지자체의 공무원들은 제일 먼저 절을 하고 어딘가 따뜻한 곳을 찾아 자리를 잠깐 피한 것 같고, 지금은 지역의 민속학 관련 단체, 민속학과 학생들의 차례인 듯했다. 제주 민예총 소속이라는 사람이 옆에서 한 명 한 명 소개했지만 스쳐지나가는 이름들뿐이었다. 나는 앞에 선 남자에게 절을 하실 필요는 없느냐고 물었지만, 그는 고개를 저었다.

"저는 여기 단지 방문 학자 자격으로 와 있는걸요. 로컬 사람도 아닙니다."

그의 이름을 듣고 나는 그가 제주 출신이 아닐까 막연히 생각했었다. 한국의 성명학은 내가 무지한 분야이긴 해도 고 씨라면 제주가 본가일 수도 있었으니까. 하지만 여전히 내가 확신할 수 없는 부분에서 무엇이든 단정하기란 어렵다.

등을 실은 수레를 따라 목관아에 도착했을 때, 고지한 교수는 우리보다 먼저 와서 기다리고 있었다. 성현이 그를 소개했을 때 나는 놀라는 표정을 짓지 않으려고 평소 이상의 노력을 해야 했다.

그는 내가 일상에서 본 사람 중에서는, 특히 일정 연령대 이상에서는 가장 잘생긴 사람이라고 해도 될 만했다. 텔레비전이나 영화에서는 그만한 외모의 사람이 흔하지만, 일상이란 연예인이 특별한 직업인으로 걸어다니는 곳일 뿐, 현실은 모두가 각자의 아름다움으로 살아간다고 생각한다. 그래도 이렇게 서로의 기준을 초월하는 미모를 가진 사람과 맞닥뜨리는 순간이 있다. 게다가 그에게는 잘 다듬어진 배우와는 달리 꾸미지 않은 일상감이 있어서 한층 더 인상적이었다. 그는 자신의 외모를 보고 놀라는 사람들을 많이 보았겠지만, 나처럼 내색하지 않으려고 일부러 애쓰는 사람은 더 익숙하리라. 자신의 외모에 무심한 태도가 가장 매력적이라는 것도 아는 남자였다.

"혹은 마을 본향당 본풀이를 보면 설문대할망이라는 천지창조의 신이 등장합니다. 세상을 만들어내느라 바빠서 날개옷이 해어져 다시 하늘로 올라가지 못한 여신이죠. 이 이야기는 인간의 배은이 깔려 있다는 면에서 꽤 비극적이기도 합니다만……. 이처럼 제주 굿은 신화, 그중에서도 여신의 이야기라고 할 수 있습니다. 입춘굿도 예외는 아니에요."

고 교수는 가늘고 긴 손가락으로 우리를 거대하게 내려다보는 선녀 모양의 등을 가리켰다. 복숭아꽃 세 송이를 든 여자가 수레 위에 곱게 앉아 온화하게 내려다보고 있다. 그 옆에는 벼 이삭 세 줄기와 호박 세 덩이도 함께 놓여 있었다. 관덕정에서 불을 밝히는 등과도 같은 모양이었다. 행사가 벌어져 불빛이 휘황한 관덕정 주위엔 제주 방송국 카메라, 지역 신문사 카메라, 그리고 개인적으로 촬영하는 사람들의 카메라 삼각대가 즐비했다. 거기에 사람들의 들뜬 분위기까지 더해져 열기가 뜨겁다고 할 만했지만 추위는 아까보다 깊어져 있었다. 봄을 맞는 행사를 하는데도 봄은 아직 한참 멀었다. 나는 잠깐 후드의 털로 얼굴을 감쌌다.

"농경을 주관하는 여신 자청비입니다. 세경을 담당하는 신이죠."

이제 제가 다 끝났는지 절을 마친 사람들이 흩어졌다. 사람들은 목관아 앞마당을 오가며 다음 행사를 준비했고, 진행을 맡은 남자가 다시 앞으로 나와 마이크를 잡았다.

"아, 오늘 행사에 대해 설명하려나 보네요. 잠깐 귀를 기울여봅시다."

고 교수는 내 어깨에 살짝 손을 댈 듯 말 듯하며 사람들 앞으로 보내고 내 뒤에 섰다. 내가 좀더 편하게 볼 수 있으면서도 다른 사람들에게 방해를 받지 않을 수 있는 자리였다. 나는 그의 배려에 감사하면서도 모순적으로 불편한 마음을 느꼈다. 처음 본 이성에게 배려를 받을 때 느끼는 모호한 불편함이다. 성현이 옆에 있었다면 좀더 편했을 텐데 생각했지만, 그는 고 교수에게 나를 소개해준 이후에는 방해하지 않으려는지 실례한다고 말한 후 사라져버렸다.

개량 한복 위에 자주색 패딩 점퍼를 입은 진행자는 인간이 다니는 길을 춘등을 싣고 다니며 사악한 기운을 내몬다는 거리제와 항아리를 깨뜨려서 역시 같은 기능을 하는 사리살성에 이어 지금까지 세경제를 지냈다고 설명했다. 이는 곧 세경신인 자청비 여신을 모시는 의식이기도 했다.

"스스로 자청해서 태어났다고 해서 자청비라고 한단 말도 있는데, 이 자청비 여신이……."

살짝 두들기는 어깨의 감촉에 놀라 고개를 돌려보니 고 교수가 전화기를 귀에 댄 채로 한 손으로 전화기를 가리켰다. 잠깐 전화를 받고 오겠다는 뜻으로 이해하고 고개를 끄덕였다. 그는 뒤로 돌아 사람들 틈으로 사라졌다. 짧게 친 머리 아래 목이 훤했다. 앞에서는 진행자가 계속 신화의 내용을 설명하고 있었다.

"……하늘로 올라가게 됩니다. 올라가서 엄청난 고난을 겪게 됩니다. 세경 본풀이 내용에 있는 것인데요. 하늘 옥황의 문도령을 만나가지고 사랑을 나눕니다. 사랑을 나누는 과정을 통해서 오곡 씨앗을 가지고 우리 인간 세상에 내려와서 오곡을 전파해줍니다. 그래서 신격화되어가지고, 세경 신 중의 하나인 중경신에 좌정을 하게 되는 게, 자청비 신화입니다."

제주 신화의 자청비 여신은 그리스신화의 데메테르 같은 존재인 듯했다. 결국 입춘굿 전체가 자청비 여신에게 바치는 의식이라고 할 수 있었다.

행사를 진행하던 사람들과 구경꾼들은 흩어져 정자 아래 광장으로 모여들었다. 이제 작은 제상이 나무를 깎아 엮은 소 앞에 차려지고 그 앞에는 장구가 놓였다. 나는 소를 자세히 보고 싶어서 계단을 몇 단 내려갔다. 검은 나뭇단을 엮어서 형태를 만들고 황, 적, 청의 물감을 발라 만든 이 소를 낭쉐木牛라고 불렀다. 전통적인 형태의 목상을 지역 민예회에서 현대식으로 재해석했다는 인상이 들었다. 곧이어 빨간 저고리에 파란 치마를 입은 심방(무당)이 나타나 합장한 후 절을 하고 방울을 흔들더니 다시 장구 앞에 앉았다. 이것이 낭쉐코사였다.

그후 십여 분 동안 나는 녹음기를 켜놓은 채로 심방의 말을 받아 적어보려고 무던히 노력했지만 포기하고 말았다. 보통의 제문이라도 알아듣기 힘들었을 테지만, 이 경우에는 제주 방언이라는 장벽까지 있었다. 이 제주 섬에 사는 사람 중에서 이 말을 제대로 이해하는 사람은 이 심방 한 명이 아닐까 하는 의심이 들었다. 전체적으로 종교적인 의식이라기보다는 관에서 주관하는 민속 행사 같은 느낌이었다. 낭쉐코사는 앞의 세경제보다는 좀더 일찍 끝이 났다.

불이 한둘 꺼지면서 카메라들이 철수했다. 행사 진행을 맡은 사람들이 흩어져 돌아다니며 제상을 정리하고 제사 음식을 나누었다. 이제 돌아가야겠지. 성현은 어디 있을까. 갑자기 방향을 알 수가 없었다. 여기가 밤이며 낯선 곳이라는 생각이 퍼뜩 들었다. 분주하게 오가는 사람들 속에서 나만 이방인이라고 의식할 때 생기는 어색함이 밀려왔다. 그때 한 중년 남자가 나를 향해 웃으며 다가왔다. 나는 낯선 사람에 대한 본질적 경계심으로 흠칫 물러섰다. 하지만 그는 내게 적당히 거리를 둔 채 무언가를 건네며 말했다.

"자, 이것도 좀 드셔보세요."

"감사합니다."

나는 얼결에 손을 내어 받으며 고개를 끄덕였다. 내 손바닥에 놓인 것은 도토리만 한 크기에 가늘게 생긴 견과류 열매 서너 알이었다. 이게 뭔가 싶어 나는 열매를 내려다보았다.

"제밤인 것 같은데요. 먹어도 돼요."

성현이 어깨 너머로 고개를 숙이면서 말했다. 그의 입김이 허공에 하얗게 어렸다. 낯익은 얼굴을 보니 갑자기 긴장이 턱 풀렸다.

"끝났어요? 고 교수는요?"

"아까 통화하고 온다고 하셨는데."

그가 옆에 있다는 것만으로도 안도감이 들었다는 사실이 좋기도 하고 싫기도 했다. 혼자 여행을 다녀본 적이 없는 것도 아닌데, 아까처럼 길을 잃은 느낌이 들었다는 게 싫었다. 그러나 그런 기분이 그로 인해 생긴 것이라면 그건 싫지 않다.

"저기 건너편에 계신 것 같은데."

성현의 손가락이 가리키는 자리 끝, 이제 영업이 끝나 간판의 불도 꺼진 작은 상점의 어두운 그늘 아래 고 교수가 서 있었다. 혼자가 아니었다. 어떤 사람과 이야기를 나누는 중이었다. 거리가 좀 있는데다가 어두워서 잘은 보이지 않았지만 고 교수가 담배를 꺼내어 입에 무는 것 같았다.

같이 있는 상대는 고 교수의 큰 키에 가려 처음에는 소년인 줄 알았는데, 고 교수가 그 사람을 가볍게 안아 어깨를 감쌀 때 보니 짧은 머리카락의 여자였다. 검은 데님에 가죽 재킷을 입은 여자는 갓길에 세워놓은 흰색 차에 올라탔다. 고 교수는 허리를 굽히고 차창 안으로 고개를 넣어 무어라 말하더니 뒤로 물러섰다. 차는 곧 떠났다. 번호판이 잘 안 보였지만 렌터카 같았다.

"아. 알았다!"

성현이 의문 어린 눈으로 나를 돌아보았다.

"뭘요?"

"아, 이제까지 왜 몰랐지. 바보같이."

"재인 씨?"

지한은 차의 뒷모습을 보고 있다가 몸을 돌려 다시 이쪽을 향해 걸어왔다.

"제 발이 235거든요."

나는 여전히 고 교수를 바라보면서 말했다.

"네?"

"예전에 거대한 창고 세일에 간 적이 있었거든요. 구두가 줄줄이 선반에 걸려 있는데, 좋은 제품이 많았지만 거기서 발에 맞는 신발을 찾는 게 일이었어요. 정말 맘에 드는 빨간 구두가 하나 있는데 한 짝이 없는 거예요. 누가 신어보고 아무데나 걸어뒀던가 봐요."

고 교수는 담배를 포석 아래로 던지더니 똑바로 앞을 보며 도로를 건너기 시작했다. 그는 우리를 보았는지 살짝 손을 들었다. 나는 가만히 있었고, 성현이 고개를 잠깐 숙였다가 들고는 나를 보았다.

"그런데요?"

"주위의 선반을 둘러봤지만 찾을 수가 없어서 포기하고 나오려는데, 글쎄, 계산대 옆 선반 위에 다른 한 짝이 굴러다니는 거 있죠. 그래서 신발의 짝을 맞춰서 사서 나오는데 기분이 더 좋더라고요."

나는 고 교수에게서 눈을 돌려 성현과 눈을 마주쳤다.

"지금이 그런 기분이에요. 신발 짝을 맞춘 기분. 고 교수가 누군지 알았어요."

성현은 여전히 영문을 모르겠다는 표정이었다. 길을 건너온 고 교수가 예의 매력적인 미소를 지으면서 우리 앞에 섰다.

"이런, 미안. 잠깐 전화만 받고 온다는 게. 벌써 식이 다 끝났네."

"나도 와보니까 식이 끝나 있더라고."

고 교수는 내게로 눈을 돌렸다.

"재인 씨만 혼자 두는 실례를 범했네요."

나는 고개를 저었다.

"괜찮습니다. 저도 취재를 온 거니까요. 실례지만 지금 같이 얘기하시던 분……."

고 교수의 눈매가 살짝 가늘어졌다.

"윤명 씨…… 맞죠? 약혼하셨다는……."

이번에는 놀랐지만 내색하지 않으려는 그의 표정을 볼

수 있었다.

“어떻게, 윤명이를 아십니까?”

“네, 제주 올 때 같은 비행기를 타고 왔어요. 그때 약혼자분이 민속학자라고 말씀하셨는데, 아까 고 교수님 뵙고도 미처 몰랐네요. 지금 멀리서 보니, 윤명 씨 같아서 떠올랐죠.”

지한은 입을 약간 벌렸다.

“네?”

그의 태도에서 순간 그가 자신과 윤명과의 관계에 대해서 남에게 말하고 싶어 하지 않는다는 생각도 들었다. 윤명의 말이 맞다면 그는 이혼한 지 얼마 되지 않을 수도 있고 공적으로 만나는 사람들에게는 그런 사생활을 알리고 싶지 않을 충분한 이유가 있었다. 특히 학계는 보수적인 곳일 테니까. 사정을 알고도 모른 척한다는 게 음험하게 느껴졌기 때문에 아는 척한 것이지만 그 자체가 실례가 될 수 있겠다 싶었다. 그러나 지금은 사과를 하기도 이야기를 더 하기도 애매한 시점이었다.

다행스럽게도 이 불편한 상황은 누군가의 부름으로 끊겼다. “고 교수! 어이! 고 교수, 여기 좀 와봐요!”

요란한 고함소리에 그는 눈살을 찌푸리며 고개를 돌렸다. 아까 절하던 사람 중의 한 명이 손을 치켜들고 있었다.

그 옆에는 제례복을 입은 남자 한 명이 서 있었다. 아까 삼헌관 역할을 했던 사람 중 하나인 것 같았다.

"이런, 잠깐 다녀오겠습니다."

그는 우리에게서 돌려서 자기를 부른 곳으로 향해 갔다. 남자들은 서로를 소개하고, 고 교수는 그중 한 명과 악수를 나누었다. 그들에게선 일하는 남자들 사이의 과장된 친밀감이 흘렀다.

"바쁜 분이네요." 내가 말했다.

"그렇죠. 바쁜 사람입니다." 성현은 나를 보았다. "그런데 고 교수 약혼녀를 만났다고요?"

"아까 비행기 안에서 옆에 앉았어요. 우연이네요."

"그렇군요. 그런 우연이 다 있군요."

"참, 아까 미술관에서 봤었잖아요?"

"예?"

"오후에 미술관 카페에서, 저랑 얘기했던."

"그랬습니까?"

"말했잖아요. 아침에 우연히 만난 분이라고."

성현이 턱을 들어 머리를 살짝 뒤로 젖혔다.

"아, 그분……."

"네, 아까 저기 서서 고 교수랑 얘기했잖아요."

"아까 저기 서 있던 사람이라고요?"

그는 고개를 갸웃했다. 그의 말투는 기묘하게 의심스러운 기색이 있었지만, 나는 내 눈썰미가 내심 뿌듯했다.

"비행기 안에서 자기 남자친구 얘기를 많이 했어요. 다정하고 멋진 사람이라고."

성현은 허리를 굽혀서 바닥에 떨어진 무언가를 주웠다. 아까 누군가 떨어뜨린 제밤이었다. 그는 그걸 한참 들여다보더니 주머니에 넣었다. 다람쥐처럼 도토리를 모아서 먹으려는 건 아닐 테고, 다시 내버리기가 애매해서 한 행동 같았다.

"뭐, 잘생긴 사람이죠. 남자가 봐도 그렇습니다. 여자가 보면 더 그럴 테고."

나는 여전히 아까 그 남자들과 함께 있는 고 교수를 보았다. 중장년의 남자들 사이에 서 있으니 그의 훤칠한 키와 납작한 배가 더 눈에 띄었다. 그래도 나는 고개를 저었다.

"그렇긴 해도 좋은 사람은 아닌 것 같은데."

"어째서요?"

성현에게서 내가 좋아하는 점이었다. 내가 뜬금없는 말을 할 때마다 물어봐준다는 것. 묻지 않으면 먼저 꺼내기에는 약간 심술궂은 것만 같은 속마음을 토로할 기회를 만들어주니까.

"피우던 담배꽁초를 거리에 그냥 버리고, 무단횡단할

때도 전혀 망설이지 않았으니까요."

❧

드라마나 영화에서는 본 적이 있다. 어떤 사람들이 말다툼도 하지 않았는데 다짜고짜 타인의 뺨을 때리는 장면. 80년대의 학교를 다룬 영화에서 폭력 교사가 학생의 따귀를 때리거나, 일일 드라마에서 재벌 사모님이 아들의 가난한 여자친구의 뺨을 때린다거나. 하지만 현실에서 싸운다면 차라리 주먹을 날리거나 머리채를 잡을지언정, 정확히 조준해서 뺨을 때리는 일은 적지 않은가? 적어도 폭력과 거리를 두고 살아온 나의 세계에서는 그랬다. 그러니 어떤 사람이 따귀를 맞는 장면을 내 눈으로 목격하리라고는 상상하지 못했다. 아니, 목격했다는 표현은 옳지 않다. 뺨을 맞은 사람이 나 자신이기 때문이다. 그것도 영문도 모른 채 낯선 사람에게.

전야굿이 끝나고 나는 성현과 근처 식당에서 간단하게 저녁을 먹은 후 호텔로 돌아왔다. 그는 차로 나를 호텔까지 태워다주었다. 내가 묵는 호텔은 제주시에 있었지만, 그는 성산의 대형 리조트에 방을 잡았다고 했다.

"꽤 머네요."

나는 가방을 메고 캐리어를 들고 호텔 로비에 내리며 말했다. 그가 주차장에 차를 세우겠다고 했지만, 나는 너무 번거로울 테니 이 앞에 내려도 된다고 했다.

"그렇군요. 알았다면 가까운 데로 방을 잡아드릴걸 그랬습니다."

기묘한 구문이었다. 친근함의 표시인지 아니면 오히려 선을 긋는 행동인지 명백히 알 수 없는 모호함의 지대에 있는 말이었다. 나도 그렇게 모호하게 대답했다.

"네……. 하지만 서로 일이 바쁘니까요."

그의 차 뒤로 SUV 한 대가 들어섰다. 경적을 울리진 않았지만 계속 이렇게 서 있다가는 차가 밀릴 참이었다.

"그럼."

"내일은 10시부터인가요. 아침에 데리러 올게요."

나는 그의 차가 사라질 때까지 뒷모습을 바라보고 있다가 돌아섰다. 가방 주머니에서 호텔 예약 사항이 적힌 종이와 지갑 등등을 주섬주섬 꺼내 손에 들면서 막 호텔 현관의 회전문으로 들어서려는데 그 순간 고 교수와 맞닥뜨리고 말았다.

"어, 여기 묵어요?"

그의 말에 나는 고개를 끄덕였다.

"네, 교수님도 여기 묵으세요?"

무심결에 물은 말이었지만 그는 간결하게 대답했다.

"네."

생각해보면 연구하러 온 지 서너 달 되었다 했으니 여간 부유한 사람이 아니라면 호텔에 계속 묵는 것은 흔치 않은 일일 것이다. 약혼녀를 만나러 온 건가 하는 생각이 머리를 스쳤지만 먼저 말을 꺼낸다면 오지랖 넓고 무례한 인간이 될 뿐이었다. 나는 입을 다물었다. 그가 한 발짝 비켜서며 문을 양보해주기에 먼저 들어서며 장갑을 벗었다.

세상에 여러 포비아가 있지만, 내게는 여러 움직이는 기구에 대한 포비아가 있다. 사실 과장된 표현이긴 해도 엘리베이터나 에스컬레이터. 하다못해 회전문까지 움직이는 기계의 속도에 맞춰야 한다고 생각하면 몸이 뻣뻣해지고 살며시 긴장하는 것이다. 지금은 함께 있는 사람이 어색한 사이라 그런지 회전문과 박자를 맞추지 못하고 허둥대고 말았다. 설상가상으로 캐리어 바퀴가 제대로 돌지 않는 바람에 느슨하게 걸치고 있던 기다린 목도리의 한쪽 끝이 땅에 흘렀다.

"어엇, 위험한데."

내 뒤 칸으로 들어오던 지한이 목도리 끄트머리를 주웠다. 목도리는 목에서 아예 스르르 떨어져버렸다. 내가 엉거주춤 회전문 사이에 끼어 있으려니 지한이 말했다.

"먼저 나가요."

내가 밖으로 빠져나오자 지한이 목도리를 마저 챙겨서 내 뒤로 따라 나왔다. 그는 웃으면서 목도리를 건넸다.

"자, 여기요."

그 순간 나는 양손에 지갑과 종이, 장갑을 들고 게다가 캐리어까지 끌고 있는 터라 지한이 내민 목도리를 금방 받아들지 못했다.

"아, 잠깐만요……."

지한은 내가 손을 어떻게 해야 할지 몰라 하며 어정쩡하게 있자 웃음을 지으며 손을 뻗었다. 그가 좋은 사람은 아니라고 생각했더라도, 그의 웃음은 내 판단을 의심하게 할 만큼 매력적이기는 했다. 그건 인정해야 한다. 그가 사람을 마비시킬 정도로는 호감을 주는 인상이라는 것을. 내가 그때 가만히 있었다는 것도. 그가 내 목에 목도리를 직접 걸어주는, 오늘 처음 만난 사람치고는 친밀한 행동을 했는데도.

그다음에 눈앞에서 섬광이 튄 것은 그의 미소 효과는 아니었다. 어떤 사람의 시각적 효과라도 그렇게 강렬할 순 없었다. 그 뒤에 찾아온 저릿한 느낌도 마찬가지였다. 사람의 매력이 우주를 매혹시킬 만큼 대단하지 않은 한 이렇게까지 신체적인 충격을 줄 리 없다.

빰을 맞은 것이었다. 불시에. 처음에는 신체적 아픔보다도 그 현실이 더욱더 충격적이어서 사실로 받아들여지지 않았다.

내 눈앞에 서 있는 여자는 잔뜩 붉어진 얼굴로 소리치고 있었다. 삼십 대 후반쯤 되어 보이는 여자는 화를 내지 않는다면 아나운서처럼 잘 정돈된 외모라고 할 수 있었다. 커트한 지 이 주일이 되지 않은 단발머리, 카멜색 코트. 하지만 지금은 무섭게 얼굴을 찡그리고 있어서 평소의 모습이 어떨지는 알 수 없었다. 얼굴을 얻어맞은 건 난데 어째서 이 여자 얼굴이 더 빨간 거지?

"당신, 어떡할 거예요! 뻔뻔하게!"

로비를 지나던 숙박객들이 우리 쪽을 힐끔거리면서 소곤거렸다. 데스크의 직원들이 몸을 움찔 움직였지만 그들의 놀라움에도 일상적인 면이 있었다.

"남의 남편을 꼬여내서 이렇게 즐겁게 웃고 있어요? 혜정이는 지금 어디 있는지도 모르는데?"

그때 내 머릿속에 든 생각은 성현에게 아내가 있었어? 라는 것뿐이었다. 하기는 그 사람에게 결혼한 적이 있느냐고 물어본 적이 없었다. 결혼반지를 끼지 않은 것으로 미혼이라 짐작했을 뿐이다. 그러나 결혼반지를 끼지 않은 손으로 다니는 유부남은 적지 않다. 내 착각이라 생각하니 순간 온몸이 찬물을 끼얹은 것처럼 머리부터 발끝까지 차가워졌다. 그러나 지한이 여자의 팔을 잡았다.

"왜 이러세요, 처형. 이분은 저랑 아무런 상관도 없는 분이에요."

그 순간은 불쾌감보다는 안도감이 먼저 든 내가 스스로 이상하게 여겨질 정도였다. 하지만 여자는 지한의 팔을 확 뿌리쳤다.

"제부도 이러는 거 아니에요! 나도 눈앞에서 보지 않았다면 믿지 않았겠지. 하지만 내가 지금 똑똑히 본 게 있는데."

지한이 화를 억누르는 게 눈에 보였다. 그는 처형이라는 여자에게서 등을 돌리며 나를 보았다.

"재인 씨, 괜찮으세요?"

나는 한 손을 뺨에 댄 채 고개만 끄덕였다. 그가 걱정해주는 것조차 지금은 부담스러웠다.

"죄송합니다."

그의 정중한 태도에 여자도 과녁이 잘못되었다는 것을 눈치챘는지 얼굴에서 붉은빛이 빠져나갔다. 여자는 나와 지한을 번갈아보았다.

"정말 아니에요?"

"여보!"

로비에서부터 한 남자가 뛰어와서 우리 옆에 섰다.

"아이고, 주차하는 사이에 벌써 사고 쳐버렸네. 평소답지 않게 왜 성급하게 굴어서."

지한은 냉정하게 남자를 향해 고개를 까닥했다. 풍채가 좋고 번드르르한 얼굴에 금테 안경을 쓴 남자는 유해 보이는 인상이었다.

"미안하네, 고 교수. 지금 이 사람이 흥분했어. 처제가 편지만 한 장 달랑 남겨놓고 나간 지 벌써 사흘째인데다가, 어디 내용이 심상찮았어야지."

엘리베이터 앞에서 얼쩡거리면서 구경하던 사람들은 사태가 쉽게 종료되었다는 걸 깨닫고는 시시하다는 듯 흩어졌다. 여차하면 튀어나올 기세였던 직원들은 아직 눈치를 살피고 있었지만 자신들이 끼어들 필요는 없다고 결정을 내린 듯했다. 나를 때렸던 여자가 기운이 빠진 듯 남편에게 살며시 기대며 여전히 찌르는 말투로 말했다.

"그러니까 전화는 왜 안 받아요, 몇 통이나 했는데."

지한은 딱딱하게 대꾸했다.

"혜정이랑 정리는 다 했고, 더는 할 얘기가 없습니다."

그 말에 여자가 다시 발끈했다.

"무슨 말이 그래요! 당신들 때문에 걔가 어떤 상태였는데. 지금 무슨 짓을 저지를지 몰라! 죽겠다고 나간 애가!"

나는 억울하게 얻어맞은 것에 대한 사과를 받고 싶었다. 지금까지 그 자리에 서 있었던 이유도 그것이었다. 하지만 이들 중 누구도 그런 문명적인 행동을 할 만큼 제정신은 아닌 듯했다.

"오해가 풀린 것 같으니 저는 이만 빠져도 되겠네요."

서릿발처럼 말할 작정이었으나 소리는 연약하게 나왔다. 내가 뒤로 슬며시 물러서자, 여자의 남편, 지한의 동서라는 남자가 애써 안쓰럽다는 표정을 지어 보였다. "아이고, 미안해서 어쩌나."

미안하면 제대로 사과를 하세요, 라고 말할까 하려는 찰나, 지한이 차갑게 끼어들었다.

"재인 씨에게는 제대로 사과를 하십시오. 폭행으로 고발을 당해도 할말 없는 상황이잖습니까. 이분은 저랑 학술적으로 일이 있는 분이지 그것 말고는 아무런 연관이 없습니다."

여자는 분개했지만 그의 말에 틀린 구석이라고는 없었기에 반박할 수 없었다.

"죄송합니다. 제가 너무 흥분해서 사람을 잘못 봤어요. 지금 동생 일 때문에 제정신이 아니어서……."

여자는 바르르 떨리는 입술을 꼭 깨물었다. 더는 추궁할 상황이 아니었다. 나는 알겠다고만 말하고 서둘러 자리를 떴다. 으슬으슬한 한기가 불쾌감 때문인지, 겨울의 낮은 기온 때문인지는 알 수 없었다.

데스크 직원의 눈길을 받으며 체크인을 했다. 여직원은 방을 배정해준 후 애처롭다는 기색 없이 친절함만 담아 말했다.

"얼음주머니 좀 방으로 올려드릴까요?"

괜찮다고 말하려고 했으나 이미 남들에게 다 보인 후에 태연한 척해봐야 소용없을 것이다.

"네, 부탁합니다."

방으로 향하면서 로비를 보니 그들은 아직도 서서 이야기중이었다. 여자는 이제 흐느끼고 있었고, 남편은 그녀의 어깨를 감쌌다. 지한은 주머니에 손을 넣은 채로 그들의 말을 그저 듣고만 있었지만 어느 시점에 고개를 들어 내 쪽을 보았다. 나는 그와 눈이 마주쳤지만 목례도 하지 않고 엘리베이터로 걸어갔다.

엘리베이터 안에서 어떤 생각이 스쳤다. 지한이 먼저 폭행 고발 운운한 것은 여자에게 사과를 시키려는 것도 있겠지만 내가 더 화를 내며 진짜 고발을 하는 귀찮은 상황을 피하려던 게 아닐까 하고.

방에 들어가자마자 부츠를 벗고 실내화를 신었다. 종일

돌아다녔더니 오른다리에 통증이 왔다. 다리를 끌며 내일 갈아입을 옷을 캐리어에서 꺼내 옷장에 걸고, 오늘 모은 자료들을 깨끗이 정리해서 철해놓는 데만 해도 제법 시간이 걸렸다. 옷을 갈아입고 씻은 후 파스를 다리에 붙이고 쉬고 싶었다. 내일은 아침부터 굿이 있으니 더 춥고 노곤하겠지. 욕실로 들어가려는 찰나, 벨이 울렸다. 데스크에서 보내준다던 얼음주머니려니 했다.

얼음주머니가 오기는 했지만 그걸 들고 문 앞에 서 있는 사람은 지한이었다.

"엘리베이터에서 직원이 가지고 오는 걸 보고 제가 대신 들고 왔습니다. 사과도 드릴 겸."

그는 주머니를 건네며 인사를 꾸벅했다.

"네에……."

나는 얼음주머니를 받았다. 얼음이 손에 닿자 냉기가 퍼져 저릿했다.

"개인적인 일로 폐를 끼쳤습니다. 전처 가족이 그렇게 굴 줄은 미처 몰랐습니다."

그는 몹시 미안한 표정을 지으며 방 문틀에 기댔다. 그의 잘못이 아니란 사실도 알고, 내가 그에게 신세를 지고 있는 입장이니만큼 계속 냉정한 태도를 유지하는 건 의미 없었다.

“아니에요. 고 교수님 잘못도 아니고, 뭐.”

그보다는 이 상황을 빨리 종료하고 싶을 뿐이었다. 겨우 오늘 처음 본 남자와 호텔 방문 앞에 서서 눈을 맞추어야 하는 상황이 불편했다. 옷을 맞춰 입은 듯 같은 브랜드의 코트를 입은 엄마와 아빠, 여자아이로 구성된 세 가족이 복도를 지나가며 힐끔거렸다. 나는 문손잡이에 손을 대며 말했다.

“그럼 내일 아침에 목관아에서 뵈어요. 저도 춘경문굿 할 때 갈 거니까. 여쭤보고 싶은 게 많을 것 같아요.”

그는 허리를 펴더니 잠시 머뭇거렸다.

“저기…….”

나는 순간 긴장했다.

“네?”

“윤명이에게는 오늘 있었던 일 말하지 말아주십시오.”

“아…….”

긴장했다는 사실 자체가 바보같이 느껴졌다. 이런 기분이 드는 입장에 처한 것이 더 바보 같았다. 내가 즉각 대답하지 않자 그는 다른 뜻으로 받아들인 것 같았다.

“다른 뜻이라기보다, 요새 윤명이가 좀 날카롭습니다. 이런저런 일도 불안해하기도 하고……. 전처와 전처 가족이…… 이혼한 지 좀 됐는데도 정리를 못 해서…….”

더이상 개인적인 얘기를 들으면 오히려 실례일 것 같았다. 그리고 이 사람이 내게 변명하게 내버려두고 싶지 않았다.

"아, 오해하신 것 같은데 저와 윤명 씨는 그렇게 가까운 사이는 아니고요. 오늘 비행기를 같이 탄 우연으로 처음 만난 거예요."

그도 자기 실수를 깨닫고 문에서 한발 물러섰다.

"그렇군요. 그러면……?"

"연락처도 모르고. 개인적인 얘기를 조금 나누긴 했는데, 그것뿐이었습니다."

처음 만난 사람치고는 너무 많은 얘기를 했지, 지금 이렇게 불쾌하게 얽힐 만큼. 지한은 다시 한번 사과했다.

"죄송합니다. 늦은 밤에 여러 가지로 실례를 했군요."

"네, 뭐."

아까 낮에 윤명과 그랬던 것처럼 이번에도 어색한 상황에서 우리를 구한 것은 전화였다. 전화벨 소리에 그는 주머니에서 휴대전화를 꺼내 전화를 들여다보았다.

"그럼 내일 뵙죠."

그가 등을 돌려 사라지자 나는 문을 닫고 돌아섰다. 그는 잘생기고 불편한 남자로는 어느 누구에게도 빠지지 않을 사람이었다. 얼음주머니를 든 손 끝이 살짝 시려와서 방안 탁자 아래 냉장고 안에 재빨리 넣었다. 무릎을 펴고 일어서는데, 책상 위에 놓인 여러 자료 옆에 무언가가 눈에 띄었다. 『Through a Glass, Darkly』. 아까 비행기 안에서 주운 윤명의 책이다. 미술관에서 만났을 때 주었어야 했는데 경황이 없었다. 내일 고 교수를 만날 때 건네달라며 주어도 될 일이지만 그렇다면 종일 들고 다녀야 할 테니 지금 전달하는 편이 낫다는 생각이 들었다.

나는 문을 열고 재빨리 나갔다. 그러고 보니 지한의 방이 몇 호실인지 모른다는 것을 새삼 떠올리며 복도 모퉁이를 돌아가는 순간, 엘리베이터 문이 닫히면서 아래로 내려갔다. 나는 지한이 그 엘리베이터를 탔을 거라고 예감하고, 엘리베이터 위의 층수 표시등을 보았다. 엘리베이터는 다른 층에는 서지 않고 L 자에 멈추었다.

나는 그때 방으로 돌아갈 수 있었다. 후에 생각해보면 그 순간 돌아섰다면 더 나았을 것이다. 삶에는 그렇게 떠올리게 되는 결심의 지점이 있다. 그날 밤, 내가 되돌아갔더라면. 책은 다음날 돌려주어도 된다고 생각했더라면. 지한에게 윤명의 주소를 물어 택배로 보내주어도 되었을 텐데. 아니면, 내가 길에서 주운 남의 물건을 가지고 있어도 개의하지 않는 사람이었으면 더 좋았을 것이다.

나는 어떤 쪽에도 해당하지 않았다. 다시 올라온 엘리베이터를 타고 로비로 내려갔다. 거기서 지한을 만난다면 건네주고, 그러지 못하면 데스크에 맡기든가 방으로 배달해 달라면 될 일이라고 생각했다.

밤이 깊어 로비는 한층 한산했다. 로비 한쪽에 있는 바에서는 옅게 베이스가 깔린 멜로 재즈 음악이 흐르고 있었다. 고개를 두리번거리다가 그 바에 있는 지한을 발견했다. 여러 사람들 틈에 있어도 눈에 띄었을 테니 고적한 장소에서는 더욱 눈에 띄었다. 그는 진짜 모닥불을 본떠 만든 전자식 홀로그램이 어른거리는 온열 장치 앞에 서 있었다. 나는 몇 발 더 다가갔다. 그는 혼자가 아니었다.

"윤명……."

나는 그들을 부르려다가 입을 다물었다. 그와 같이 서 있는 여자는 언뜻 보기에는 윤명과 비슷했다. 검은 부츠, 검은 진. 그 위에 두터운 검은 패딩을 입고 있었다. 여자가 후드를 쓰고 있어서 얼굴이 잘 보이지 않았지만 자세히 보면 키라든가 체구가 미묘하게 달랐다. 무엇보다 두 사람은 연인이 아니라면 너무나 어색할 정도로 가까운 거리를 유지하고 있었기에, 나는 자연히 윤명이라고 생각하고 말았다. 지한은 여자의 어깨에 손을 얹었고, 여자는 지한의 어깨를 밀쳤지만 다시 금방 그의 가슴에 머리를 댔다. 너무나 스스럼이 없는 행동이었다.

이 지점에서 내가 든 감정은 피로함이었다. 지한과 같은 남자가 있다는 발견이 피곤했다. 그는 매력적이고 아내가 있는데도 모르는 여자와 새로운 관계를 시작했다. 그런 사람이 약혼녀가 있다고 해서 다른 여자가 없으리라는 법이 없었다. 하지만 내가 그의 윤리에 대한 판단을 하기에는 너무 고즈넉한 시간이었다. 지한의 옛 처형처럼 내가 착각을 하고 있는 것이 아닌지 따져보고 싶지 않았다. 그저 그런 모든 복잡한 일들을, 지한을 말할 때 윤명의 얼굴에 떠오른 살뜰한 표정을, 지한의 처형이 분출했던 분노를, 그리고 지금 이 두 사람의 정다운 분위기가 모두 내가 모르는 타인의 일이었으면 싶었다. 실상 그들은 내게 타인이나 다름없는 사이였고, 나는 모른 척해도 될 권리가 있었다.

바가 끝날 시간이어서인지 두 사람은 자리에서 일어서 같이 로비로 걸어나왔다. 나는 그들과 마주치고 싶지 않아서 물품 보관소 옆의 바깥이 내다보이는 소파에 앉았다. 그들은 내가 아까 들어왔던 회전문을 통해 밖으로 나갔다. 내가 앉은 자리에서는 문 앞 차로에 선 그들이 보였다. 환한 현관 불빛 아래서 여자와 지한은 무어라 말을 나누었다. 무슨 말인지 전혀 들리지 않았지만, 여자가 약간 몸서리를 치며 "지겨워"라고 말하는 것 같았다. 지한이 고개를 끄덕이더니 여자를 다시 한번 안아주었다. 여자가 그를 떠밀자 그는 마지못해 다시 안으로 들어왔다. 나는 몸을 더 깊숙이 숙여 그쪽으로 시선을 보내지 않았다.

여자는 일이 분 정도 그 자리에 서 있었다. 뒷모습으로 봐서는 체형이 매끈하고 가늘었다. 윤명도 날씬했고 꽤 좋은 인상을 주는 외모였지만 이 여자에게는 날렵하게 잘 정리된 분위기가 있었다. 전문가들이 여럿, 오랜 시간에 공을 들였을 때 마침내 자기화되는 형태의 단정함이 여자에게 흘렀다. 두터운 패딩 코트를 입고 있는데도 둔탁해 보이지 않았고, 허리를 펴고 선 자세도 여유로운 느낌을 내도록 훈련된 것이었다.

여자의 앞에 차가 한 대 섰다. 도어맨이 차문을 열어주자 여자는 차에 가볍게 올라탔다. 나는 잠깐 열렸던 차문 너머로 운전자의 얼굴을 볼 수 있었다. 하지만 운전석이 보이지 않았어도 차를 보고 알았을 것이다. 한 시간 전에 내가 내렸던 바로 그 차니까.

여자는 성현과 함께 차를 타고 호텔의 진입로를 빠져나갔다. 나는 그 차의 뒷모습을 다시 바라보았다. 같은 뒷모습이지만 아까와 같은 기분은 들지 않았다.

나는 책을 여전히 손에 든 채로 소파에서 느릿느릿 일어났다. 호텔 바 영업이 끝나고 로비의 조도가 전체적으로 낮아졌지만 호텔 유리창에 내가 흐릿하게 비쳤다. 나는 어두운 유리창에 어른거리는 내 모습을 바라보았다. 이제껏 겪어보지 않은 어떤 감정에 사로잡힌 어떤 여자의 얼굴이 떠오르길 기대하면서.

내가 본 것은 그 모습 위로 겹치는 어떤 여자였다. 그녀는 아까 내 몸에서 빠져나간 영혼처럼 이미 사라져간 차의 뒷모습을 보고 있었다. 어디 있었을까. 호텔 마당에 심어놓은 어색한 야자나무 그늘 아래? 아니면 라운지 바의 폭신한 쿠션들을 엄폐벽 삼아? 유리창에 떠오른 얼굴은 아침과는 다르게 파리하고 수척해 보였다. 아침, 저녁, 밤. 해가 하루를 떠나며 그녀의 얼굴에서 생기를 빼낸 것 같았다. 아마 나도 비슷한 표정을 띠고 있지 않을지.

우리 모두 태양의 아이들로, 겨울밤이 되면 유령이 되어 도시를 떠돈다. 유령이 된 나는 서서히 고개를 돌렸다. 나를 보는가 싶었지만, 진정으로 나를 쳐다보지는 않았다. 마치 내 등 너머 무언가를 바라보는 것만 같았다. 내가 책을 든 손을 들어 주의를 끌려는 찰나, 그 얼굴은 고개를 돌려 호텔 진입로로 사라져버렸다.

뒤를 쫓아갈 마음은 없었다. 아무래도 오늘은 책이 주인을 찾아가지 못할 운명인 듯싶었다. 윤명조차 무대에서 퇴장해버렸을 때 또다시, 지한과 여자를 처음 봤을 때와 유사한 피로함이 밀려왔다. 이번에는 좀더 커다란, 세상 전체에 대한 피로에 가까웠다.

❧

밤새 잠을 설친 터라 눈을 떴을 때는 벌써 9시였다. 아침을 거른다고 해도 굿 시작까지 한 시간밖에 남지 않았다. 지각이라고 생각했는데, 택시를 타고 목관아에 도착했을 때는 아직 시작 전이었다. 심지어 관아 안쪽, 굿이 시작되는 행사장 안에는 앉아 있는 사람들도 몇 명 없었다. 묵직한 카메라를 든 남자들이 맨 앞줄을 차지했고, 나이 지긋한 관객들이 반쯤 건성인 흥미를 담은 표정을 띠고 띄엄띄엄 흩어져 있었다. 내 또래의 여성은 극히 드물었지만 니트 모자를 쓴 여자가 딱 한 명 다이어리를 손에 든 채로 두 번째 줄에 앉아서 식이 시작도 하기 전에 단상을 똑바로 응시하고 있었다.

무대 위에서 어제의 그 심방이 준비하는 동안, 옆면 한쪽에는 익숙하지 않은 한복 위에 앞치마를 두른 아낙들이 분주히 돌아다녔다. 무대 뒤편에서는 무슨 민속 행사가 있었는지, 노란 원복 위에 어머니의 취향에 따른 코트를 오롱조롱 입은 유치원 아이들이 선생님의 인솔에 따라 내가 들어온 문으로 나갔다.

"망경루"라고 쓴 현판 밑에 차려진 굿상 위로는 적, 청, 황, 백의 천이 길게 늘어졌고, 과거의 제주 목관아를 그린 병풍 위에는 지방과 유사하게 보이는 흰 종이 수백 장이 나부꼈다. 고수들의 북소리가 높아지자, 빨간 두루마기를 입고 빨간 머리띠를 맨 큰심방이 등장해서 빨간 저고리에 파란 치마를 입은 보조 심방과 함께 합장한 이후에 본격적인 굿이 시작되었다.

입춘굿은 거대한 일인극과 마찬가지로, 심방은 쉬지도 않고 수없이 많은 주문을 외며 굿을 진행해나갔다. 총 일곱 가지 과정이라고 들었는데, 나는 시작 십 분 만에 모든 과정을 끝까지 볼 수 없으리라는 것을 깨달았다. 이는 제주 신화의 총구술이나 다름없어서, 제주 창조의 기원과 굿이 일어나는 날짜에 대한 설명을 하는 날국섬김으로 시작한다고 했다. 나는 자신은 없었지만 귀에 들리는 대로 받아 적었다.

"우르르 무르르르 이 용상아, 저 용상아, 아방 타이던 용상이로구나……."

그다음에는 다른 심방이 나와서 흰 천과 방울을 묶은 나뭇가지를 털며 액을 쫓는 푸닥거리를 시작했다. 몇 사람이 단상에 오른 후 젯상 앞에 앉자 심방은 하얀 술을 들어 그들의 어깨를 털며 액을 털어주었다. 팸플릿에 따르면 이게 물감상, 새도림이라고 하는 단계인 듯했다.

이것이 끝나자 한쪽에 앉아 있던 아낙네들이 부산히 일어나서 움직이며 사람들 앉은 사이를 돌아다니기 시작했다. 제수 음식을 나누는 것이다. 나도 얼결에 다른 사람들을 따라 둥글고 흰 쌀떡과 생선을 받았다. 아침 차가운 날씨에 떡이라니 싫었지만, 생선과 함께 먹는 맛은 의외로 비리지 않고 어울리는 조합이라 할 만했다. 그래도 속으로는 맥모닝을 갈구하는 마음이 더 컸다.

그동안 다시 빨간 두루마기를 입은 심방이 나와 굿을 이어갔다. 해가 떴는데도 날씨는 여전히 흐리고 온도는 더욱 떨어졌다. 떡을 먹은 이후 나는 극히 집중력을 잃어갔다. 팸플릿을 펼쳐 보니 지금의 단계는 신도업, 신청궤에 해당하는 듯했다. 제주의 1만 8천 신의 이름을 부르며 하나씩 자리에 모시는 단계이다. 1만 8천 신이라는 말을 들었을 때는 그저 비유인 줄 알았다. 하지만 지금 쏟아지는 단어의 나열을 들으면 1만 8천 신을 하나하나 호명하는 것만 같았다.

정신이 어느덧 아득해졌다. 나는 기사의 방향이 잘못되었다는 생각을 했다. 더는 따라갈 수가 없다. 나는 만화의 주인공처럼 비극적으로 "이것이 끝인가……"라는 말을 나도 모르게 중얼거렸다. 더욱이, 아침 섬 바람이 불어 차가워진 날씨에 녹음하던 휴대전화기도 갑자기 꺼져버렸다. 일어나서 나가고 싶었지만 그래도 초감제까지는 보아야 기사를 완성할 수 있을 것 같아 반쯤 일으키던 몸을 도로 주저앉히며 얼어서 굽어버린 손을 전화기의 전원 버튼을 꾹 눌렀다.

전화기에 다시 전원이 들어왔을 때, 문자가 와 있었다는 것을 알았다. 성현이었다.

—아침에는 약속 못 지켜서 미안해요. 어디 가거든 문자 줘요. 이따가 봐요.

이따가 과연 볼 수 있을까. 아침에 일어나서 그에게 문자를 보내려 했다. 데리러 올 필요 없으니 혼자 가겠다고. 얼굴을 맞대고 이런저런 이야기를 태연하게 하고 싶지 않았다. 하지만 나는 늦잠을 잤고, 깨어났을 땐 부재중 통화가 두 통, 문자가 하나 와 있었다. 소리를 줄여놓아서 듣지 못했던 것이다. 그는 오늘 데려다준다는 약속을 지킬 수 없을 것 같다고, 오후에 다시 연락하겠다고 했다. 먼저 말할 기회를 놓치고 말았다.

심방이 이제 무슨 말을 하고 있는지도 귀에 들어오지 않았다. 1만 8천 신은 다 모셨나? 지금 한 12,750번쯤 될까? 그 순간 하늘에서 신이 내려온 것도 아닌데 누가 등뒤에서 내 앞으로 얼굴을 들이미는 바람에 나는 소스라치게 놀라 돌아보았다.

"죄송해요. 젊은 여자분이 있길래 혹시 제가 찾는……어머."

나도 모르게 몸을 한 뼘 뒤로 뺐다. 오늘 아침에도 뺨을 맞진 않겠지만 그래도 반사적인 행동이었다. 여자, 지한의 옛 처형은 두 손을 앞으로 가지런히 모으고 고개를 푹 숙였다.

"어젯밤은 너무 죄송했어요! 제가 정신이 하나도 없어서 처음 보는 분에게 그런 짓을."

앞줄에 니트 모자를 쓴 여자가 우리 쪽을 돌아보며 눈치를 보냈다. 나는 의자 위에 놓아두었던 가방을 다른 편 의자로 넘기며 여자에게 자리를 권했다.

"괜찮으면 일단 앉으세요."

"그럼……."

여자는 어제와는 사뭇 다르게 공손한 태도로 의자에 엉덩이만 살짝 걸쳤다. 어제보다는 훨씬 차분해 보였지만 입술 한쪽 끝이 까져서 피가 살짝 맺혀 있는 게 보였다. 밤에 제대로 잠을 자지 못한 게 분명했다.

"솔직히 어제는 별안간에 그런 일을 당해서 불쾌했지만……."

나는 다른 사람들에게 방해되지 않도록 목소리를 줄여

말했다.

이제 무대 위의 심방은 내가 아까 지방이라고 생각한 하얀 종이 위에 적힌 이름들을 읊고 있었다. 한 귀로 들어보니 제주시에서 영업을 하는 상점들에게 복을 가져다 달라고 상호를 일일이 호명하는 행사였다. 이제 이 땅의 풍년이란 산업적 번영이겠지. 제주에 중국 관광객이 많이 들기를 바라고, 또 다른 공항이 서기를 기원한다. 모든 비의적 행사에는 가장 현실적인 욕망이 깃든다. 나는 어제 걸었던 한산한 상점가를 떠올렸다. 누구를 기다리는 건지도 알 수 없는 오래된 상품들 사이로 외지에서 찾아든 것이 분명한 새로운 상점들이 초대받지 못한 파티에 온 손님들처럼 쭈뼛쭈뼛 서 있었다. 기원으로 이들을 활발하게 되살릴 수 있을까.

"언니분 심정이 오죽하면 그랬을까 싶어서 이해는 했습니다. 하지만 다음에는 괜한 싸움으로 크게 번질 수도 있으니까요."

어쭙잖은 충고를 덧붙인 건 그렇게라도 한마디해야 억울함이 가실 것 같다는 마음 때문이었다. 여자는 손을 무릎 위에 모은 채로 "예"라고 말했다.

"저도 그렇게 교양 없게 행동하는 사람은 아닌데. 어제 들으셨으니 사정을 아시겠지만, 동생이 연락이 안 되고 제가 고 교수에 대한 미움이 너무 커서 눈이 멀었던가 봐요. 얘는 정말 어떻게 된 건지…….”

“네.”

나는 하소연을 들어줄 마음으로 앉으라 권한 게 아니었지만, 여자는 어쨌거나 말할 작정 같았다. 나 또한 지금은 굿에 집중하기도 어려웠다.

“고 교수, 제 옛날 제부, 정말 사람이 그러는 게 아닌데. 둘이 사이가 좋을 때는 얼마나 대단했게. 학생 때 만나서 연애도 오 년이나 하고, 결혼 생활도 삼 년인데. 그런데 지금 우리 혜정이가 어디 갔는지, 죽었는지 모른다는데도 저렇게 냉정한 걸 보라지, 그 여자랑 일 년도 넘게 사귀었다는 말을 신문에서 봤을 때는 기절하는 줄 알았지. 결혼 생활에선 다정한 남편인 줄로만 알았는데. 동생에게 잘하기도 했고…….”

언니라고 해도 부부 문제라면 상관할 일은 아니다, 라고 생각했지만 굳이 입 밖에 내진 않았다. 가족의 일 또한 낯선 이방인이 무어라 논평할 일이 아니었기 때문이다.

어제 본 것보다는 나쁜 인상이 아니었지만, 종결어미와 마침표를 모르는 분이었다. 상황이 그런 만큼 이해는 하지만 나는 말을 끊었다.

“네……. 동생분이 제주도에 오신 건 확실하고요?”

나는 어제의 다짐을 잊었나? 낯선 사람과 대화를 길게 끌지 말자는? 얼굴도 모르는 혜정의 언니는 질문을 기다렸던 사람처럼 말을 쏟아놓았다.

"그건 맞아요. 어디 먼 외국은 안 갈 애고……. 컴퓨터 검색 기록을 보니까 브라우저에 국내 항공권을 검색한 흔적이 있었어요. 우리 남편이 아이티 회사를 해서…… 그런 건 잘 찾아내거든요. 그리고 이혼 전 이 시기에 두 사람이 매년 제주에서 지냈기 때문에 여기 올 거라는 건 알 수 있었죠."

"남편분 만나서 다시 잘 이야기해보려고 온 걸 수도 있잖아요."

이 말을 하면서 나는 왠지 어제 단 한 번 만났을 뿐인 윤명을 배신하는 기분에 죄책감이 들었다. 그녀와 나 사이에 희미한 친밀감이 있다고 할 수 있을까. 모두가 낯선 사람이기는 마찬가지지만, 역시 피와 살을 가진 존재로 한 번이라도 대면한 사람은 얼굴도 모르는 사람과는 전혀 다른 관계이다. 먼 지인과 익명의 대중 사이의 저울질이나 다름없다. 여자의 동생이 전남편을 만나서 화해한다면, 그의 약혼녀, 나의 먼 지인은 혼자 남게 된다.

"그랬을 수도 있는데, 그 애 상태가 심상치 않았어요."

"어떤?"

"저도 한동안 연락을 못 했어요. 시어머니가 편찮으셔서 병원 모시고 다니느라. 일주일이었나. 그런데 애가 출근을 안 한 지가 꽤 되는데 연락을 안 받는다고 가게 아르바이트 학생이 전화를 해서……. 혜정이가 꽃집을 하거든요. 그래서 집에 가봤더니 이상한 거예요. 이전 가구들도 싹 없어지고, 옷장에 옷들도 다 사라지고. 방이 휑뎅그렁했어요."

이혼을 하고 새 출발을 한다면 그런 결심을 할 수도 있지 않을까 싶었지만 그렇다고 해도 갑자기 미니멀 라이프를 실행하지 않는 한 짐이 하나도 없다는 건 이상한 일이기는 했다.

"애가 아기자기하고, 꽃집을 해서 무채색보다 화사하고 환한 걸 좋아하는 애예요……. 꽃 때문에 외국 유학도 힘들게 다녀오고. 평소에 내성적이고 연약하다는 말을 듣는 편이라 이런 일을 할 거라고는 생각도 못 했어요. 하지만 이 시기 제주도에 매화를 보러 오기도 했기 때문에 여기 올 수 있단 생각을 했고. 여기 오면 저 남자도 있을 테니까. 게다가 유서 비슷한 것도 있었어요."

"아, 유서요……."

"다이어리 같은 걸 꼬박꼬박 쓰던 애라서 뭐가 없나 찾아봤더니, 노란 메모판에 장혜정이라는 자기 이름을 엑스

자로 쫙쫙 그어놓았더라고요. 장혜정, 죽어. 죽어, 이런 말도 몇 번이나 써놓고."

이 말을 하면서 여자는 몸을 부르르 떨었다. 마치 그 말을 자기가 꺼내서 동생에게 닥칠 불길한 일을 앞당기기라도 한 듯이.

"그리고 '오빠, 언제나 함께할 거야. 죽음이 우리를 갈라놓을 때까지'라고 씌어 있었어요. 그것도 이상해요."

"뭐가요?"

"혜정이는 드라마도 잘 보지 않을 정도로 유치한 대사라면 질색하는 애여서, 제정신으로 할 만한 말이 아닌데다……."

그다음 말은 다시 나타난 사람에 의해 끊겼다.

"여보."

여자의 남편이 우리가 앉은 열로 엉거주춤 다가와서 여자의 어깨를 쳤다. 여자가 남편을 올려다보는데 뒷사람들이 보이지 않는다고 "거기 머리 좀 치워요!"라는 소리가 들렸다. 그는 좁은 의자 사이에 힘겹게 몸을 구겨 넣고 주저앉다가 나를 알아보았다.

"어이쿠, 어제 저희가 실례한 분이시군요. 오늘도 이렇게 폐를 끼치고."

나는 두 손을 저었다.

"아뇨, 괜찮습니다."

마침, 굿도 지루하던 판에……라고 말할 순 없었다. 남자는 아내의 어깨에 손을 얹고 소곤거렸다. "처제 봤다는 사람이 있어."

여자가 반색하며 목소리를 높였다. "어디서! 누가 그래!"

나는 다시 투덜거리는 소리가 날아올까 봐 조마조마했다.

"고 교수 친구라는 사람 만났어. 어제 마트에서 우연히 봤다는 거야. 그 사람이 놀라서 웬일이냐고 물으니까, 고 교수 만나러 왔다고 태연하게 말하더래."

"내가 정말 속이 터져서. 일단 그럼 그 사람 다시 만나보자."

혜정의 언니와 남편은 자리에서 일어서며 건성으로 인사했다. 나는 자리에서는 일어나지 않고 고개만 숙였다. 낯선 사람은 낯선 사람의 길로 떠나게 두는 편이 좋다. 인사는 짧게.

줄을 빠져나갈 때 남편이 소곤거리는 소리가 들려왔다.

"그런데 그 사람 말로는 처제가 칼을 보고 있더라지 뭐야, 그것도 유심히 하나하나 들여다보면서……."

'칼'이라는 단어가 실물처럼 내 마음을 슥 갈랐다. 미술관에서 보았던 윤명 씨와 고 교수, 호텔의 여자가 만화경처럼 돌았고 그 위를 추리 만화의 범인처럼 얼굴이 흐릿한 혜정이라는 여자가 덮었다. 걱정과 불안이 섬 바람처럼 마음을 파고들었지만, 가만히 있으면 이내 잦아들 것이다. 낯선 사람의 문제. 나는 내가 도울 수 없는 일에 심란해지지 않으려 옷깃을 여미고, 마음을 단단히 먹고, 다시 휴대전화의 녹음 버튼을 눌렀다.

그사이 굿은 다른 국면으로 바뀌었다. 빨간 두루마기를 벗고 여기저기 띠를 묶은 심방이 자리에 앉아 구술을 시작했다. 어제 고 교수에게 들었던 자청비 이야기였다. 제주에 씨앗을 가져왔다는 자청비가 이 굿의 주인공이니 세경굿의 핵심을 차지하는 것도 당연했다. 심방은 여러 목소리를 흉내내며 마치 동화 구연처럼 신화를 늘어놓았다. 심방이 하는 말을 모두 알아들을 수 있는 건 아니나 핵심은 구성할 수 있었다.

자청비는 김진국과 조진국의 딸이고, 문도령은 하늘나라 문곡성의 아들이다. 선녀들 뒤꽁무니만 따라다니던 문도령은 아버지 문성왕의 명으로 아랫마을 거무 선생에게 공부하러 가다가 연화못 빨래터에서 자청비를 보고 한눈에 반한다. 문도령은 자청비에게 나그네의 전형적인 접근 방식으로 물 한 그릇을 청하고, 자청비는 역시 물 바구니에 버들잎을 띄워 건네어 자신의 배려 깊은 성정을 어필한다. 문도령이 거무 선생에게 공부하러 간다는 말을 들은 자청비는 눈이 번쩍 뜨여, 아버지에게 청하고 자청비의 남동생인 척 변장하여 문도령과 함께 기거하며 공부를 시작한다. 선생과 문도령은 자청비를 의심하지만 자청비는 막대기와 솔방울을 이용한 재치로 넘긴다…….

버들잎이나 남장한 서당 동무는 다른 신화에서도 흔히 찾아볼 수 있는 모티브였다. 이야기 전체가 민담 원형의 조합이었지만, 어느 정도 단단한 서사로 구축되어 신화로 자리잡고 있다는 사실만은 흥미로웠다.

"뭐, 이건 디즈니 〈뮬란〉 같은 얘기 아니에요?"

내 옆자리로 불시착한 두 번째 사람. 하지만 이번에는 잘못 알아본 것도 아니고 우연도 아닐 것이다. 우연한 관광객들이 들어와서 구경할 행사도 아니고, 그 사람들 중에서 나를 찾을 가능성도 희박했다. 나는 말했다.

"여긴 학생들이 관심 가질 만한 곳이 아닌데."

헌은 엉덩이를 앞으로 빼서 삐딱하게 앉았다. 건방지게 보일 수 있는 자세였지만, 실은 뒷사람이 목을 빼는 걸 알고 자세를 낮춰준 셈이다. 저번에도 느꼈지만 의외로 주변의 심리를 파악하는 눈치가 좋다. 그렇게 눈높이를 맞추더니 나를 바라보며 싱긋 웃었다.

"굿에'는' 관심이 없죠."

그러고는 손가락으로 앞을 가리켰다.

"안 봐요? 취재라면서."

이제 심방의 이야기는 삼 년 뒤, 자청비가 문도령에게 자기 정체를 밝히고 같이 밤을 보내는 부분에 이르렀다. 성적인 부분의 은근한 묘사는 민속 구술 문화의 특징으로 관객들의 시선을 끌려는 의도로 자주 삽입된다. 나는 옆에 앉은 미성년자가 새삼 신경쓰였다. 헌은 이전처럼 알 수 없는 시험지 같은 표정으로 앞을 바라볼 뿐이었다.

자청비는 문도령과 헤어지고 그를 찾기 위해 온갖 고난을 무릅쓰다가 잘못해서 사람을 죽이고 집에서 쫓겨날 것 같아 그를 되살리기 위해 환생꽃을 구하러 간다. 자청비는 남자로 변장하고 서천꽃밭 막내딸과 결혼하여 꽃을 구하여 사람을 살리지만, 결국 길을 떠난다. 온갖 고난을 겪은 끝에 자청비는 문도령을 다시 만나지만, 서천꽃밭 막내딸과의 약속을 지키기 위해 문도령을 보내 일 년간 남편 역할을 해달라고 한다. 하지만 바람둥이 문도령은 자청비와의 약속 기한을 잊어버리는데…….

바람둥이 남편. 그를 찾기 위해 고난을 무릅쓰는 아내, 어딘가 익숙하다. 내가 구술을 받아 적는 동안 헌이 휘파람을 휙 불었다. "이런, 일일 드라마 빰치는 치정인데요."

그냥 앉아만 있는 줄 알았는데 내용에 귀를 기울인 모양이다.

“일일 드라마도 취미가 있었나 봐요.”

내가 노트에서 고개를 들지 않고 던진 말에 헌이 진지하게 대답했다.

“있을 리가 없잖아요. 하지만 보지 않아도 아는 게 있죠.” 헌은 나를 슬쩍 건너다보았다. “봐도 모르는 것도 있고.”

이제 슬슬 마무리를 할 시점이었다. 이 모든 일을. 무대에는 노란 저고리와 빨간 치마를 입은 여자가 주머니를 들고 등장했다. 일인극은 일종의 촌극으로 바뀌어 두 사람은 씨앗을 주고받는 의식을 행하고 있었다. 이 부분만 지나면 초감제는 끝나고 점심시간이 된다. 굿은 이 정도로 정리할 수 있었다. 하지만 여기 떠도는 헛된 기대와 얽혀버린 약속, 배반당한 신뢰 같은 것들은 간단히 정리될 수 있는 게 아니었다.

나는 헌에게 물었다.

“여기 내가 있는 줄은 어떻게 알았어요?”

헌은 당연하다는 듯이 말했다.

“안성현 씨에게 물어봤어요. 도재인 씨는 무슨 일이냐고. 입춘굿 때문에 왔다고 하길래 검색해보니까 여기서 한다고 하더라고요."

어린 학생에게 이름을 불리는 게 신경쓰였지만, 달리 어떤 호칭이 좋을지도 알 수 없었다. 누나도 선생님도 어차피 어색하기는 매한가지였다.

"성현 씨를 만났어요?"

내 목소리가 좀 날카로웠는지 헌이 눈을 크게 떴다.

"네. 우리랑 같은 데 있는데. 희원이네 제주 집에. 우리 다 거기 있거든요. 안성현 씨는 옆집, 그러니까 희원이 할아버지네 있고."

"그렇군요."

뭔가 자꾸 신경을 건드렸지만 선명해지지가 않았다. 요새는 전문 사진가처럼 사진을 근사하게 찍는 사람들이 많지만 나는 사진은 잘 찍지 못한다. 카메라를 들이대면 처음 흐릿하던 화면이 점차 초점이 맞아가는 것처럼 보일 듯 말 듯한 그림이 있었지만, 나는 좀체 초점을 맞추지 못했다. 노트 패드와 펜을 가방에 넣으면서 헌에게 물었다.

"희원 학생은 괜찮나요?"

"에? 아, 다친 거요. 많이 나았어요. 뼈가 부러진 건 아니었으니까. 지금 회복중인 셈이죠."

나는 다른 걸 생각하고 있었지만 그건 묻지 않았다. 헌은 어쨌든 편안해 보였고 어떤 관계들을 만들어나가고 있든 그건 역시 타인의 문제였다. 나는 내 문제를 해결해야 했다.

어제의 민예총 소속 남자가 다시 나와서 초감제를 요약하며 설명했다. 이젠 떠나가야 할 시간이었다. 나는 말없이 자리에서 일어났고, 헌도 뒤를 따랐다. 관덕정 마당에는 먹거리를 나눠주는 부스와 입춘 부적을 써주거나 그림을 그려주는 부스가 세워져 있었고, 한쪽에서는 거대한 윷이 놓여 있었다. 사람들이 주위에 몰려든 모양이 곧 윷놀이가 시작될 듯했다. 목관아의 문간을 넘어서면서 나는 말했다.

"이제 어디로 갈 거예요?"

헌은 옆을 밀치고 안으로 들어가는 남자를 피해 옆으로 비켜서면서 말했다.

"딱히 계획이 있을 리가. 도재인 씨는요?"

"나는……."

나도 마찬가지였다. 이후에는 딱히 정해놓은 일정이 없었다. 원래는 굿을 계속 취재할 생각이었지만 이런 관제적 성격의 행사만으로 기사를 꾸미는 건 역동성이 떨어질 듯 싶었다. 보통은 대체 소재를 생각해놓는 편인데 이번은 방심했다.

솔직한 마음을 들여다보면, 성현이 있었기 때문일 것이

다. 그와 함께 시간을 보낼지도 모른다고 생각했기에 일부러 일정을 비워놓고 말았다. 나의 시간이 타인의 사정에 맞춰간다. 같이할 시간을 계획에 넣어놓는다. 나는 그런 것이 친밀한 사이라고 생각했다. 하지만 그에게는 아닐지도 모른다. 사이를 정의하는 사소한 행동들에 대한 생각이 어긋나는 일은 흔하다. 아니, 거의 모든 관계에 있는 맹점이다. 비행기는 오늘 저녁에 출발한다. 그때까지 헤매지 않고, 공항에 가서 더 이른 항공편으로 티켓을 바꿀 수 있을지 몰랐다. 그랬다면, 이 모든 낯선 사람들의 문제로부터, 심지어 내 문제로부터도 자연스럽게 떠날 수 있다.

"나는 이제 공항으로 갈까 봐요."

헌은 얼굴을 살짝 흐렸다.

"벌써 가시게요? 이렇게 그냥 가요?"

"아니, 일도 끝났고, 딱히 할 일도 없고."

"제가 이렇게 왔는데."

너무 스스럼없는 솔직한 표정과 말투여서 이해하기가 힘들었다. 의도가 명확해 보이는 행동들도 환경이 맞지 않다면 명확하지 않다. 이 아이와 나의 나이 차. 공통점. 아니, 공통점 없음이 모든 걸 모호하게 만들어버렸다. 사는 곳도 관심사도 다르다. 여기서 선을 긋고 넘어가야 할까. 하지만 무엇에 선을 그어야 할지조차 나는 알지 못했다.

"저기……."

헌이 나를 내려다보았다. 나는 불리한 위치를 조금이라도 만회하려고 허리를 꼿꼿이 폈다.

"나한테 왜 이러는지 모르겠는데……."

"왜가 있을 것 같기는 한가 봐요. 좋은 신호인 건가."

나는 말이 막혔다. 논리학 수업 시간에 배웠던 전제의 문제 같았다. '갈릴레이는 지구가 둥글다는 것을 증명했다'라는 명제의 전제는 지구가 둥글다는 것이다. 이유가 뭐냐고 물으려면 이유가 있어야 가능하다.

"아니, 왜가 있으면 곤란하지. 됐어요. 더는 묻지 않을게."

"왜가 있으면 왜 곤란한데요?"

내가 돌아서려는데 헌이 한 발 옆으로 돌아서며 물었다. 그래도 더 가까이 다가오거나 하지는 않았다. 그 정도의 거리는 아는 애였다. 나는 이 거리를 그대로 두고 싶었다.

"서로 모르는 사이, 낯선 사이니까. 상대의 일이나 개인적인 사정에 상관하지 않는."

"이미 상관은 했잖아요. 오래전에. 그러면 낯선 사람이 아니죠."

오늘 처음으로 헌과 눈이 마주쳤다. 나는 잠깐 비 내리던 가을밤, 경찰서 앞을 떠올렸다. 빗물 묻은 앞 머리카락을. 물론 아주 잠깐이었다. 떠올리지 않았다고 해도 스스로 믿을 만큼의 짧은 시간이었다.

"그게……."

"욪이다!"라는 왁자지껄한 환성과 함께 누가 내 이름을 부르는 것 같아서 나는 고개를 돌렸다. 지금은 아무 일 없어도 고개를 돌릴 시점이었다.

"재인 씨!"

고지한의 목소리가 이렇게 반가울 일은 다시 없을 것 같았지만, 우리 앞에 선 그는 헝클어진 머리카락에 헐떡이며 입김을 내뿜고 있어서 내가 반가워서 부른 것은 아님이 확실했다.

"고 교수님, 무슨 일이라도…….?"

"아까 제 처형, 그러니까 어제 호텔에서 만났던 여자분 다시 보지 않았습니까?"

"네, 만났어요."

우리가 만나는 모습을 먼발치서 봤으니까 물어보는 거겠지. 그때는 그들을 피해서 갔을 거면서.

"어디로 간다고 말 안 했습니까? 혹시 동생을 찾았다고 하지 않던가요?"

"아뇨……. 저한테는 아무 말도……."

나는 칼 이야기를 해야 하나 망설였다. 확실하지 않은

엿들은 이야기를 지금 해봤자 혼란만 더할 것 같았지만, 정말 위급한 상황이라면 경고를 해주어야 한다. 그러나 내가 끼어들어도 될지는 알 수 없는 문제였다.

고지한은 고개를 떨어뜨리고 초조하게 휴대전화만 만지작거렸다. "젠장……."

헌이 느닷없이 지한에게 말을 걸었다.

"무슨 일이 있어요? 혹시 집에?"

지한이 멍하게 눈을 들어서 헌을 보다가 정신이 든 것 같았다.

"너……."

헌이 자기를 손가락으로 가리켰다.

"네, 희원이 친구. 어젯밤에 만났잖아요. 무슨 일 있어요?"

"아니, 없어. 아니, 있을지도 모르지만……."

지한이 갈팡질팡하자 헌이 단호하게 말했다.

"할아버지에게 말 안 할게요. 다른 사람들한테도요. 고모 일이에요?"

지금 이 순간은 헌이 지한보다는 다섯 살은 연상인 어른으로 보였다. 지한은 원래도 외모 아래로 다 자라지 않은 소년 같은 면이 있었지만, 지금은 뭔가 나쁜 짓을 하고 들킬까 두려워하는 어린아이 같았다.

"고모 연락이 안 돼. 집에 전화했다간 이상하게 여길 테고. 아버님…… 귀에 들어갈지도 모르지."

헌은 휴대전화를 꺼내 버튼을 눌렀다.

"희원이냐? 고모 집에 있어? 응, 윤명 고모."

헌은 전화를 잠깐 떼고 말했다.

"알아보고 온대요."

지한은 말없이 고개를 끄덕였다. 헌은 다시 통화를 이어갔다.

"뭐? 그게 뭐야? 암튼 알았어. 난 조금 있다가 갈게. 사람들은…… 그래. 아니, 내가 물어봤다는 말은 아무한테도 하지 마."

헌은 왠지 내 쪽을 돌아보면서 전화를 끊었다. 나는 듣지 않는 척하고 있었다. 헌은 지한을 보고 말했다.

"고모, 운동하러 나갔다는 것 같았는데. 그런데 또 무슨 말인지, 지금 막 차 타고 들어오는 것 같다고 하기도 하고. 희원이는 정확히는 모르고 '어쨌든 여기 어딘가에 그 남자 친구라는 사람이랑 있겠지'라고 하던데요."

지한은 고개를 끄덕이더니 고맙다는 말도 없이 달려가 버렸다. 나는 기다란 코트 자락을 날리며 사람들을 헤치면서 뛰어가는 그의 모습을 보았다. 이번에도 무단횡단이었다. 그러나 이번 건은 마음속에서 뺄셈을 했다. 칼 얘기를 더할 필요도 없었다. 겁에 질린 표정, 허둥지둥하는 태도로 보아 그도 알고 있을 테니까.

나는 헌에게 물었다.

"윤명 씨……라는 사람이 희원이 고모예요?"

"네. 윤명 고모 알아요?"

"안다기보다…… 집에서는 두 사람 사이 좋아하지 않나 보죠?"

"뭐, 할아버지가 못마땅해하시는 거죠. 이혼하신 지 얼마 안 됐다면서요. 게다가 최 선생님도 싫어하고."

"최 선생님?"

"할아버지…… 자문이라고 해야 하나, 상담이라고 해야 하나. 항상 같이 다니는 분 있어요."

헌이 한 말을 채 삼키지도 못했는데 전화가 울렸다. 내 몸 어디에선가. 아까 짐을 챙기면서 어딘가 넣어둔 것 같다. 헌이 손가락으로 가리켰다.

"가방 같은데요."

노트북과 함께 가방에 집어넣어버린 듯했다. 가방을 열었더니 안의 물건이 우르르 쏟아져 마당 한가운데 쏟아졌다.

"이런."

욕을 목구멍 뒤에만 걸어두고 밖으로 내지 않은 것만 해도 자제력을 많이 썼다. 사람들이 내 물건을 피해 뒤로 돌아갔고, 나는 허겁지겁 쓰러진 물건을 주웠다. 헌도 큰 몸을 접어 바닥에 무릎을 꿇고 도왔다.

"이거 뭐예요? 영문 소설? 『Through a glass, darkly』? 이런 것도 읽어요?"

헌은 표지가 낡은 책을 들어보았다.

"아, 그거. 윤명 씨, 희원이네 이모가 놓고 간 책인데……. 우리나라 제목으로는 『어두운 거울 속에』라는 추리소설이에요."

나는 어제 그 책의 제목을 인터넷으로 검색해보았고 어떤 내용인지 알고 있었다. 하지만 제목을 입 밖에 낸 순간, 생각날 듯 생각나지 않는 말이 있었다. 아까 초점이 맞지 않았던 사진이 초점이 다시 또렷해졌다 흐려졌다. 헌은 책을 손에 든 채로 표지 삽화를 들여다보며 고개를 갸웃했다.

"그 고모, 이런 소설도 읽나. 책 좋아하게 생기질 않았는데."

나는 짐을 챙겨 들고 몸을 일으켰다. 전화기는 계속 울리고 있었지만 받지 않자 혼자 울리다 끊어졌다. 나는 전화를 받았어야 했다. 그 전화가 바로 나의 문제였다. 성현과 나의 문제. 문고본, 거울, 칼, 이 모든 건 나의 문제가 아니었다. 그런데 지금은 다른 사람의 문제로 머리가 어지러웠다. 남편을 찾아다니는 자청비. 실연의 미술관에서 만났던 윤명. 어두운 거울 속에. 거울 같던 호텔 창문 위로 비쳐 보이던 내 얼굴. 그녀가 위험할지도 모른다는 것.

"희원이네 집이 혹시 빌라 스페쿨룸이라는 곳이에요?"

헌이 의아한 표정으로 나를 올려다보았다.

"네. 어떻게 알았어요?"

그 질문에는 대답하지 않았다. 비행기에서 했던 윤명의 말이 떠올랐다. "아는 사람이 있어야……."

"나 좀 거기 데려다줄 수 있어요?"

발을 들인 순간, 이제 더는 낯선 사람의 문제가 아니었다.

마른 억새잎이 바람 따라 한 곳으로 흘러갔다가 다시 쓸려왔다. 억새의 바다를 지나 겨울을 버티느라 황량한 들판, 그 위에 세워진 검은 돌벽을 돌아가면 가운데가 트인 다각형 유리 타일의 지붕 아래 거대한 하늘이 나온다. 아니, 하늘을 담은 물이다. 하늘을 향해 열린 거대한 물 거울을 닮은 건축물이었다. 햇빛이 비치면 수천수만 개의 유리 타일을 통해서 들어오는 빛들이 물에 비친 그림자 위에 드리워 갖가지 모양을 만든다고 한다. 하지만 흐린 날이라서 그런지 거울은 고요했다. 콜로세움과 닮았다고 묘사한 기사를 읽은 적이 있었지만, 어떤 순간에도 이곳은 생사를 가르는 검투가 일어날 장소처럼은 보이지 않았다. 나는 사람 키만큼 높은 벽을 돌아 작은 문으로 뛰어 들어가면서도 그런 맞대결을 기대하지는 않았다.

거대한 거울은 바닥 전면에 깔려 수평으로 누워 있을 뿐 아니라, 하늘과 땅이 맞닿은 곳에, 그 선을 따라 수직으로도 세워져 있는 듯했다. 물에 비친 두 개의 그림자. 그리고 마주보고 선 두 그림자. 그 순간에는 무엇이 진짜인지 알 수가 없었다. 어느 쪽으로 다가가야 할지 나는 갈피를 잡을 수 없었다.

나는 건너편에 선 두 여자를 바라보았다. 검은 옷, 가는 실루엣, 짧은 머리. 어제 호텔에서 봤을 때는 후드를 쓰고 있어서 미처 깨닫지 못했다. 두 여자는 서로 다르지만 아주 닮았다는 것을.

물 위에 어린 구름들이 바람에 흔들리며 고요한 수면을 깼다. 그와 함께 등거리의 규칙이 무너지고, 내가 바라보는 왼쪽에서 선 여자가 오른쪽으로 다가갔다.

오른쪽에 서 있던 여자가 소리를 질렀다. 그 파동이 고요한 물을 깰 것처럼 높고 날카로운 소리였다. "다가오지 마요!"

왼쪽의 여자는, 내가 비행기에서 만났던 여자는 그 소리를 못 들은 사람처럼 천천히 걸음을 뗐다. 다른 여자는 소리를 지르며 손을 휘둘렀다. 나는 순간 망설였다. 원형의 못 건너편, 원의 대척에 있는 사람들에게 다가가려면 어느 쪽으로 뛰어가야 하는지 결정해야 한다. 내가 따른 건 파이를 이용해서 호의 길이를 구하는 수학 법칙이 아니었다. 낯선 사람들 사이에서도 상대적 친밀감이라는 마음의 법칙이었다.

나는 왼쪽으로 뛰어갔다. "그만해요! 위험해요!"

오른쪽의 여자, 즉 호텔에서 본 여자만 내 소리를 들었다. 그녀는 달려오는 나를 쳐다보았다. 하지만 내가 따라가는 그녀는 고개를 돌리지 않았다. 그녀는 한 발, 한 발 걸음을 뗄 뿐이었다.

"고모!"

내 뒤에서 이제야 들어온 헌이 소리를 질렀다. 칼을 든 여자가 멈칫한 동안 나는 다른 여자를 따라잡으며 말했다.

"가까이 가지 마요, 위험해요!"

나는 비행기에서 본 여자의 어깨를 잡으려고 했지만, 그녀는 내 손을 쳤다. 하얗고 파리하지만 거친 손. 그런데도 역시 나를 돌아보지 않고 한 발을 뗐다.

칼을 든 여자가 머리를 감싸 안으며 비명을 질렀다. "이젠 정말 지겨워! 소름 끼쳐! 그만 좀 해!"

내 앞의 여자는 반대로 어떤 감정도 드러내지 않았다. 분노도 불안도 없었다. "나는 그저 말하고 싶을 뿐이야." 그녀가 한 발 더 뗐다.

"오지 말라고!" 앞에 선 여자가 팔을 휘두른 순간, 나는 두 여자 사이에 끼어들며 내 앞의 여자를 감쌌다. 칼에 맞는다, 라고 생각한 순간 나는 눈을 감았다. 하지만 각오했던 감각은 닥치지 않았다. 헌이 뒤에서 칼 든 여자의 허리를 잡았던 것이다.

"윤명 고모, 그만하세요!" 여자는 발버둥치는 듯했지만 금방 저항을 포기했다. 손에서 칼이 굴러서 떨어졌다.

나는 내가 안은 여자의 얼굴을 쳐다보았다.

"혜정 씨, 괜찮아요?"

내가 비행기에서 만났던 여자, 자기를 윤명이라고 소개했던 여자는 이름이 불리자 고개를 돌려 나를 보았다. 자기 진짜 이름이 불리자 저주가 깨진 숲속의 요정처럼 그녀는 자신이 어디에 있는지도 알지 못하는 듯했다.

"아니야, 난 아니야……. 난 혜정이 아닌데……."

나는 어깨를 안으며 다시 토닥였다.

"혜정 씨, 괜찮아요. 이제 다 괜찮아요."

단지 어제 만났을 뿐인 낯선 사람의 온기. 그것만으로도 충분할까, 그녀를 그림자의 세계에서 빼내려면. 나는 알 수 없었다. 하지만 그녀의 어깨에서 무언가 힘이 빠져나가는 것만은 느낄 수 있었다. 그녀는 내게 머리를 기대며 말했다.

"나는 그냥 미안하다는 말을 하려고 했던 것뿐인데……."

내가 안은 가녀린 어깨 너머로 박물관 문 안으로 밀려들어오는 사람들이 보였다. 맨 앞의 지한, 그리고 내가 얼굴을 모르는 사람들, 경비원 제복을 입은 사람들. 그리고 성현. 나는 그와 눈이 마주쳤다. 나는 그대로 혜정의 귀에 대고 속삭였다.

"아뇨, 혜정 씨는 그냥 미안하다는 말을 듣고 싶었던 거예요. 이제 그 사람들이 말할 거예요, 미안하다고."

구름이 물 위를 건너가며 다시 하늘이 물속에 잠겼다. 물 위로 파란색이 서서히 번져갔다.

❧

혜정의 언니와 형부가 윤명 쪽의 사람들과 언성을 높이며 잘잘못을 따지는 동안 나는 윤명의 집 거실 한쪽 의자에 앉아 있기만 했다. 윤명은 자기 방 침대에 누워 진정하고 있다고 했고, 혜정도 집안 도우미와 함께 다른 방에서 쉬면서 기다리게 했다. 혜정은 정신이 든 것 같았다. 정신이 또렷하진 않지만 언니를 만나자 알아보는 것 같았다. 그건 다행이지만서도 아픈 혜정을 어떻게 할지는 윤명 가족에게 달려 있는 것이기도 했다.

아이들과 윤명의 다른 식구들은 다른 집에 가 있고, 지금 이 자리에는 윤명의 오빠, 그리고 아버지, 또 최 선생, 그리고 그의 조카라는 젊은 남자만이 남아 있었다. 젊은 남자는 우리가 집으로 들어온 후에 도착했다. 단지 관리소 쪽에서는 혜정이 윤명의 이름을 대고 사유지로 무단침입했다며 유감을 표했다. 혜정의 언니는 들여보내준 사람이 누군데 적반하장이냐며 따졌다. 그때 집에서 누군가 윤명이라고 말한 혜정을 인터컴으로 보고도 문을 열어준 것이었다. 또한, 혜정의 형부는 윤명이 칼을 휘두른 걸 폭행으로 고소하겠다고 했다.

칼이 누구의 것인지는 아직 밝혀지지 않았다. 혜정이 마트에서 샀을 수도 있지만 언니와 형부는 아까 들은 목격담에 대해서는 입을 싹 다물었다. 불리하게 작용할 수 있다고 판단하고 입을 맞추기로 한 모양이었다. 윤명이 호신용으로 가지고 다녔던 것일 수도 있었다. 자기 흉내를 내며 주위를 맴도는 혜정 때문에 윤명이 요새 불안해했다고 지한이 말했다. 혜정이 가지고 와 먼저 꺼내든 것을 실랑이를 벌이다 윤명이 빼앗았는지도 모른다. 윤명이 깨어나서 솔직히 말한다면 알 수도 있겠지만, 양쪽 다 솔직히 말하지 않을 가능성이 있다. 굳이 따질 필요가 없게 될 수도 있었다. 양쪽 모두 변호사에게 전화했고 이제 곧 도착할 시간이었다. 그리고 사건은 아마 일어나지 않았던 것으로 처리되고 말 것이다.

성현은 내가 앉은 의자로 걸어와 옆에 섰다.

"재인 씨는 괜찮아요?"

그가 손을 내밀었지만, 나는 손을 잡지도 않았고 눈을 마주치지 않았다. 지금 여기서 나는 다시 낯선 사람이었다. 나는 마음을 먹고 일어섰다.

"저는 그럼 이만 가보겠습니다."

그 자리에 있던 나의 존재를 모르던 사람들은 새삼 놀라는 듯했다. 최 선생, 개량 한복을 입은 오십 대의 남자는 안경 너머로 나를 아래위로 훑었다. 그가 나를 알아볼 리가 없었다. 영리하고 눈썰미가 좋은 사람이라고 해도 눈길을 주지 않은 한 스쳐지나간 사람을 모두 기억하는 건 아닐 테니까. 하지만 역시 나를 훑어보는 그의 조카는 나이든 삼촌보다는 기억력이 좋을지도 몰랐다.

지한은 내가 아니라 성현, 혹은 단지 관리 경비원을 향하여 물었다.

“이렇게 가셔도 괜찮겠어요? 사건의 증인인데…….”

내 의무는 다했다고 여겼다. 이 일은 조용히 묻힐 것이다. 이들에게는 이것보다 더 큰 문제가 있겠지.

“얘기를 듣자 하니 경찰에 신고하거나 사건으로 만들고 싶어 하시진 않는 것 같은데요. 저는 여기 없었던 사람으로 하겠습니다.”

지한과 윤명의 오빠가 눈짓을 나누더니 관리인들에게도 고갯짓을 했다.

“그럼 자세한 얘기는 나중에 안 선생과 하도록 합시다. 저희도 필요한 일이 있으면 연락을 드릴 테니. 오늘 괜히 이렇게 고생하시고.”

윤명의 오빠가 말했다. 썩 진심도 아니었지만 그렇다고 건성도 아닌 말투였다.

혜정의 언니도 인사를 하겠다며 따라 나왔지만 두 손을 들어 사양했다. 지한과 성현만이 내 뒤를 따랐다.

지한은 현관 앞에서 어색하게 인사했다. 어젯밤처럼 그는 지금도 여전히 잘생긴 사람이었다. 하지만 이제는 그 매력이 약간 야비하게 보였다. 그는 똑같은 사람일 것이다. 다른 사람의 문제가 내 시각에 영향을 끼친 것뿐이다.

나는 남의 일에 상관하지 않고 눈감았어야 했는지 모른다. 그러나 나는 시선을 돌려버렸고 이제 어제 보지 못한 것까지 보았다.

"여러 가지 실례가 많았습니다. 제 문제로 폐를 끼쳤네요. 전처가 저렇게 정신이 흐트러진 줄도 모르고. 드린다던 도움도 어설피만 드리고."

나는 고개를 숙이고 입술을 깨물었다. 이 사람의 책략이다. 선수 쳐서 가볍게 사과하지만 잘못의 본질은 어물쩍 피한다. 같이 잘못한 사람이 있으면 그 사람에게 책임을 슬쩍 나눠지게 하고, 내가 더 비난하지 못하도록 자신이 내게 베푼 호의를 상기시킨다. 내가 원망하지 못하게 하려는 의도가 역력했다. 나는 고개를 들었다.

"사과해주세요."

옅게 미안한 미소를 띠었던 지한의 얼굴이 굳어졌다. 지한은 딱딱하게 말했다.

"죄송합니다, 재인 씨. 마음이 많이 상하셨겠지만……."

"아뇨, 저 말고. 혜정 씨에게."

그의 얼굴은 순간 돌처럼 무표정해졌다가 약간 멸시에 가까운 표정을 지었다. 내가 다른 사람들과 마찬가지로 타인의 선정적인 가십에 시시콜콜하게 끼어들기 좋아하는 여자라고 판단한 듯했다. 그 판단이 맞을지도 모른다. 지금 내가 하는 말은 그런 짓이었다. 그렇지만 나는 마음을 누를 수 없었다.

요즈음 나는 필요하면 단호하게 말할 수 있다는 것을 새삼 깨달았다. 나는 말을 이었다.

"제가 상관할 일이 아닌 건 압니다. 부부와 연인 간의 문제니까 제삼자가 끼어들 일이 아니란 것도 압니다. 마음이 변하는 데는 이유가 없고, 그것이 잘못도 아니라고 생각합니다. 하지만 혜정 씨는 마음이 많이 아팠어요. 뭘 어떻게 할 순 없지만 적어도 자신에게 미안한 마음이 있다는 건 알고 싶었던 거예요. 사과를 받고 싶어 했어요. 그 말을 제대로 하고 싶어 했어요. 그뿐이에요."

이 말을 하는데, 눈물이 왈칵 쏟아질 것 같았다. 사과를 받고 싶어 하는 마음, 적어도 타인에게 예의를 기대할 수 있는 대상이 되고 싶다는 마음이 어떤 건지는 나도 알았다. 적어도 제대로 된 이별 인사를 받을 수 있는 사람이 되고 싶다는 마음은, 살아가는 데 최소한의 존중을 받는다는 감각이 필요하기 때문일 것이다. 가장 사랑했던 남자에게 아무렇게나 취급해도 괜찮은 사람으로 취급받는 건 너무나 비극적이다.

남의 일에 울고 싶지 않았다. 눈물 대신에 알고 싶은 게 있었다.

"혹시 실연의 박물관에 물건을 기증하셨어요?"

그가 고개를 끄덕였다.

"네, 그랬죠."

"무엇인지 알 수 있을까요?"

"화분이었습니다. 혜정이가 전에 선물했던 꽃을 심었는데, 어느새 시들어 죽어버렸죠."

성현이 문 앞 도로까지 내 옆을 따라 걸었다. 나는 그의 얼굴을 보지 않았다.

"재인 씨, 지금은 얘기하기 좋지 않지만……."

"네, 좋지 않네요."

나는 빨리 걸으려 했다. 눈이 내린 지 얼마 되지 않은 길은 질척했고 얇게 깔린 얼음 때문에 미끄러울 수도 있지만 평소처럼 펭귄 걸음으로 걸을 순 없었다. 성현이 옆에서 말했다.

"내 차 타고 가요. 택시 오려면 한참 걸리고."

"괜찮아요. 지금 일하시는 중이잖아요."

그가 내 손을 잡았다.

"재인 씨, 어떻게 된 건지도, 그리고 나한테 왜 이러는지 내가 지금은 잘 모르겠는데……."

나는 손을 잡힌 채로 그를 보았다. 그는 이제까지 만난 일 년 동안 처음으로 당황한 표정이었다. 그에게는 지금 이 표정, 콧등을 살짝 찡그린 것이 가장 당황에 가까웠다.

"묻고 싶은 게 있어요."

그는 내가 무엇을 물어봐도 지금은 다 대답할 수 없다는 눈빛이었다. 그렇지만 일단은 고개를 끄덕였다.

"말해봐요."

"어제, 제가 묵는 호텔에 다시 왔었지요, 윤명 씨와 함께."

상대적으로 쉬운 질문이었다. 그가 좀더 수월하게 대답할 수 있는 것이었다. 그렇다는 사실을 그는 아직 몰랐겠지만.

"네, 다시 갔습니다. 이 댁에 묵는다는 말을 재인 씨에게 하지 않았지만……. 이분들과의 관계를 타인에게 말하지 않는다는 게 일의 일부분이고요."

타인. 그 말이 허공에 실려온 얼음 조각처럼 가슴을 콕 찔렀다. 내 얼굴을 보았는지 그가 급하게 덧붙였다.

"재인 씨가 저와의 관계가 어떻든 이분들에게는 외부인이니까요. 어쨌든 제가 돌아가는 길에 윤명 씨가 제주시에 있다고 같이 왔으면 좋겠다는 연락을 받았습니다. 윤명 씨가 지한 씨랑 같이 호텔에 있는데, 두 사람이 약간 다퉈서 지금 집에 오고 싶다고. 술을 마셔서 운전은 할 수 없으니,

오는 길이면 데리고 왔으면 한다고 부탁하시더군요."

깔끔한 설명이었다. 두 번째 질문에도 그렇게 간결한 대답이 있을 것이다. 무슨 일을 하든 합리적이고 논리적인 설명이 있는 남자였다.

"혜정 씨가 정문에 와 관리소에서 인터컴으로 연락했을 때…… 문을 열어준 사람은 누구죠?"

윤명의 가족이 열어줬을 리는 없다. 자기 식구도 못 알아보진 않았을 테니까. 집에서 일하는 사람이 있다고 해도 그 사람일 리는 없었다. 주인에게 물어보지 않고 열어줄 리는 없으니까. 그리고 그 집에 식구가 아닌데 머문 사람은 둘뿐이었다.

"최 선생님이었습니다."

성현은 질문이라는 화살이 어디로 올지 알고 있는 사람처럼 말했다. 나는 그 화살을 그의 가슴을 향하게 했다.

"성현 씨도 최 선생님이 문을 열어주는지 알고 있었나요?"

그는 이런 곤란한 대답에도 거짓말은 하지 않는다. 나는 그 정도는 믿었다.

"네."

"윤명 씨가 위험할 수도 있다는 걸 알았는데도요."

"위험할 일 없다는 걸 알았습니다……. 그렇게 생각했

습니다."

그의 확신이 순간 흔들렸다. 나는 그 틈에 그의 손을 뿌리쳤다. 손을 떠나는 온기가 환상통처럼 손끝에 아련히 남았다.

나는 말했다.

"서울에서 얘기해요."

"그래요, 서울에서."

지금은 이렇게 손을 놓지만 아직은 약속이 남은 사이였다.

"그럼 내가 차를 가지고 올 때까지 잠깐만……."

예상했던 건 아니지만 뒤에서 차 소리가 들렸다. 둘 다 다가오는 자동차를 바라보았다. 어쩌면 조금은 예상했던 것 같다.

아까 여기까지 오는 길에 헌은 여름방학 끝나고 운전면허를 땄다고 했다. 고등학생도 운전면허를 딸 수 있는 나이였던가, 확실히 알 수는 없다. 다만 헌은 나보다도 운전이 능숙해 보였다.

산길을 따라 내려오는 동안에 나는 창밖을 내다보며 말을 던졌다.

"윤명…… 희원이 고모는 괜찮나요?"

"괜찮다는 것 같아요. 본인이 소동 부린 거지, 크게 다친 건 아니니까."

잠시 우리 둘 다 아무 말 없다가 헌이 물었다.

"……다치신 덴 없죠?"

"난 괜찮아요, 덕분에."

그러고 보니 이 애에게 두 번이나 도움을 받았다. 둘 다 크게 도움이 필요했던 건 아니지만……. 나는 길옆으로 스쳐가는 나무들에서 녹색의 봄기운을 찾아보려 하며 생각했다. 필요 없는 도움이라도 다가오면 고마운 법이다. 외면하는 것보다는 훨씬 좋다. 낯선 사람에서 어떤 관계를 가진 사람으로 바뀌게 된다.

"아까 그분……."

산 옆을 지날 때 헌이 입을 열었다.

"그거 해리성 둔주라는 거죠? 자기를 다른 사람으로 생각하는 거."

나한테 어려운 얘기를 아무렇지도 않게 한다고 말한 사람이 누구였더라.

"글쎄, 정확한 전문용어는 모르겠는데 맞을 거예요. 자기를 다른 사람이라고 생각하는 증상. 그런 용어도 다 아네요."

"수시 면접용으로 이런저런 준비를 했거든요."

헌은 조심스럽게 핸들을 왼쪽으로 꺾으며 사실을 전달하는 어투로 말했다. “의대 지원했으니까.”

합격했느냐고 물어볼 필요도 없었다. 나는 말했다. “트라우마를 크게 겪은 후에 일어나는 일종의 정신 질환에 그런 게 있다는 걸로 알아요. 혜정 씨는 자신이 윤명 씨라고 생각했던 것 같아요. 신문에서 윤명 씨 사진을 본 후에…… 인터넷을 찾아봤겠죠. 원래는 머리가 길고 부드러운 색을 즐겨 입었다던데……. 아까 언니분이 그러더군요. 처음에는 동생 못 알아봤다고. 완전히 딴사람이 되었더라고.”

결국 혜정이 미령과 닮았다는 인상을 받은 이유를 후에야 깨달을 수 있었다. 둘 다 전형적으로 활동적이면서도 차분한, 그리고 무언가에 소속되고 정착되었다는 안정감으로 사는, 그렇게 살았던 여성이었다. 잘 정돈되긴 했지만 마음 내키는 대로 가볍게 사는 듯 보이는 윤명과는 굳이 나누자면 다른 범주의 사람들이다.

“어떻게 알았어요? 그 사람이 윤명 고모가 아니라는 거.”

“알았다기보다 계속 위화감이 있었던 것 같아요. 비행기에서 처음 만났다고 했는데 얘기도 돌아보면 이상했고요. 윤명 씨가 누군지 잘 몰랐을 때는 그러려니 했지만, 희원이 고모이고 J그룹 회장님 따님이라고 하니까 약간 의아하단 느낌도 있었고요. 손……. 바이올린을 한다는 사람치고 긁힌 상처도 많고 거칠었어요. 실제로 혜정 씨는 꽃집을 운영했으니까요. 그리고 레이스 손수건도. 그저 선물 받은 것일 수도 있지만 다른 물건과 어울리지 않아서. 게다가 혜정 씨는 남편과 동갑인데, 쪽지에는 오빠라고 썼다고 했고요."

여자는 사랑하는 사람을 잃었을 때, 그 사람의 눈길이 향하는 자리에 있는 여자가 되는 욕망을 품는다는 글을 심리학자의 책에서 언젠가 읽은 적이 있다. 실제로 그런 케이스에 대한 글도 읽은 적이 있었다. 혜정이 겪었던 심리적 분열도 그런 것이리라. 하지만 아무리 다른 사람이 되고 싶어도 자기의 본모습이 어딘가에 스며 있다. 완전히 지워버릴 수 없다.

"그리고 책. 이상한 점이긴 한데……『어두운 거울 속에』는 도플갱어에 대한 책이에요. 자기랑 똑같은 모습을 한 사람."

혜정이 어떻게 그 책을 손에 넣었는진 알 수 없다. 자신의 어두운 방에서 거울을 바라보면서 과거 자신을 사랑했던 사람이 지금 사랑하는 여자로 자기의 모습을 바꾸는 심경이 어떠했는지 알 수 없다. 나는 문득 말했다.

"굿에서 보았던 자청비 이야기 기억나요?"

"대강은요."

"남편을 찾으러 변장하고 떠났던 여자 이야기죠. 남편은 하지만 다른 여자의 남편으로 살고 있었죠."

"하기는."

기묘한 표현이었지만 헌은 내가 하려던 말을 이해한 것 같았다. 그걸 알기엔 너무 어린 나이라고 생각했지만 어떤 삶의 미묘한 부분들은 살아온 세월과 상관없이 이해되기도 한다.

도로를 지나는 차는 많지 않았다. 차는 큰길을 벗어나서 좁은 길로 접어들었다. 내비게이션을 잘못 본 걸까 생각했지만 아무 말 하지 않았다. 비행 시간까지는 시간이 있었다. 햇빛이 차창으로 들어오자 나는 눈을 가늘게 뜨며 하루가 길다고 생각했다. 어제부터 너무 많은 일들이 일어났다. 내 마음 안팎에서. 어제 이 시간에 무엇을 하고 있었더라. 그래, 실연의 박물관에 있었지. 나 또한 거기에 뭔가 두고 온 기분이었다.

"저기 좀 보세요."

헌이 창밖을 가리켰다. 처음에는 무엇을 보라는지 알지 못했다. 헌이 차의 속도를 서서히 늦추었다.

"뭐?"

"저거요."

하늘은 때 이르게 어두워지려 하고 있었다. 섬의 해는 육지에 비해 일찍 지는 기분이다. 푸르고 붉은 어스름이 얹힌 야트막한 지붕 사이로 붉은 등불이 점점이 들어와 있었다. 이 계절에는 어울리지 않는 광경이었다. 때와 장소보다 이르게 가득 피어버린 홍매화.

제주의 매화는 이월 초부터 남쪽 지방부터 맺히지만 섬의 이쪽이라면 때가 이르다. 어떤 햇빛과 바람과 물의 조화가 만들어낸 사소한 우연이겠지만, 여기서 꽃을 볼 수 있을 거라고는 생각하지 못했기에 애틋하게 느껴졌다. 올해는 꽃이 일찍 핀다.

"잠깐 세울까요?"

헌이 물었지만 나는 고개를 저었다.

"아니."

아직 차가운 겨울바람에 흔들리는 붉은 꽃들을 뒤로하고 차는 달렸다. 제주 시내, 어제 보았던 열대의 나무들을 지나며 공항으로 향했다. 여기서부터는 공항 가는 길에 무슨 사정이 있는지 차들이 느릿느릿 달려갔다. 빨간불이 켜져 교차로에 멈춰 섰을 때 하늘 위로 날아가는 비행기가 보였다. 우리 둘 다 시선이 어느샌가 그리로 향했다. 헌이 문득 생각났다는 듯 말했다.

"내가 보낸 거요."

"아, 우주선……."

"그거 알아요? 쌍둥이 역설이라고?"

"아니, 난 과학에는 약한데."

"쌍둥이 중의 형이 광속에 가까운 우주선을 타고 날아가요."

헌은 집게손가락으로 앞에 나는 비행기의 궤적을 따라 그렸다. 마치 우주선의 궤도를 그리듯.

"그럼 지구상에 있는 동생의 입장에서는 우주선의 시간이 천천히 흐르는 거죠."

신호가 바뀌어서 차가 출발했지만 곧 다시 멈춰버렸다. 우리는 아주 조금씩만 움직여갔다.

"물체의 운동은 상대적으로 보이는 것이라서 우주선에 있는 형의 입장에서는 지구의 시간이 천천히 흐르는 것처럼 보여요."

모든 차들이 다시 멈춰 섰다. 차들의 뒷모습이 모두 초조해 보였다.

"그래서……?"

"내가 하고 싶은 말은 시간이라는 건 상대적이라는 거죠." 헌이 핸들을 잡은 채로 턱을 기대고 나를 쳐다보았다. "나이 같은 것도 그렇단 뜻이에요."

나는 뭐라고 대답하지 못하고 있다가 앞유리창을 가리켰다. "다른 차들이 움직여요."

헌은 다시 엑셀을 밟았다. 차는 느리게 나아갔다. 아주 느리게. 헌이 우리 앞 차의 꼬리를 바라보며 다시 말했다.

"그런데 이 역설은 해소돼요. 우주선이 지구로 돌아온다고 가정하면, 방향을 틀 때 우주선에는 엄청난 가속이 일어나고 그 때문에 중력이 생기거든요. 아인슈타인에 의하면 중력이 커지면 시간이 느려진다고 해요. 즉, 우주선 속의 시간이 느려지는 거죠."

나는 여전히 물리는 이해할 수 없었지만, 이 대화가 흘러가는 방향은 어렴풋이 짐작되었다.

앞유리창에 무언가 날려 살며시 내려앉았다. 모든 차들이 떨어지는 눈 속에서 한둘 반짝거리는 미등을 켰다. 모두가 슬로모션으로 움직여간다.

"우주선을 타고 온 형이 다시 돌아왔을 땐, 오히려 동생보다 나이가 덜 들었어요. 형의 시간은 천천히 가니까요."

헌이 마지막으로 조심스럽게 엑셀을 밟으며 혼잣말처럼 중얼거렸다.

"그런 거죠. 천천히 갔다가 오라고."

나는 그 애의 얼굴을 쳐다보았다. 그 애는 여전히 앞유리창에서 시선을 떼지 않았지만 입꼬리가 미세하게 올라가 있었다.

이제 눈송이는 확실히 보일 정도로 굵어져 있었다. 앞 유리창에 붙은 눈들은 모두 다른 방사형 결정을 드러내다 녹아버렸다. 다 다른 구조로, 어떻게 그렇게 자라나는지 알 수 없는 프랙털의 형태지만 모두 같은 눈송이가 된다. 둥글어진 솜털 모양의 눈송이. 어디서 어떻게 자라났는지 모르고 그 방향과 순서도 다르지만 모두 비슷해지는 좋아하는 마음처럼.

머리 위에 제주국제공항이라고 쓰인 도로 표지판이 보였다. 이제 곧 도착할 것 같았다. 나는 오는 길에 지났던 붉은 매화를 생각했다. 그 매화 위에도 하얀 눈이 떨어지고 있겠지. 겨울은 여전히 남아 있지만, 새로운 봄은 그 속에서 기다리고 있다. 그렇게 계절이 스치며 바뀌는 광경은, 보진 못했어도 분명 아름다울 것이다.

J 그룹은 이번 스캔들에 대해 아직 입장을…
다음은 명왕성 탐사선 뉴허라이즌스 소식입니다
팬지 꽃씨

신들이 올라가는 날의 한 해 기원

신화의 섬 제주의 이른 봄

바람과 돌의 제주, 휴식을 위한 이 섬은 예로부터 신화의 땅이었다. 수없이 많은 전설로 빚어진 섬은 지금 현재 한국에서는 가장 급격한 변화를 겪고 있지만 토착의 신에 대한 신앙만은 변치 않았다. 익숙한 것과 낯선 것이 뒤섞여 이제까지 있었던 신 위에 새로운 신이 더해졌다고 말할 수 있을 것이다.

제주의 신구간新舊間은 일 년 중 가장 춥다는 대한 후 5일째부터 시작하여, 입춘 전의 3일까지의 기간이다. 이 시기는 인간사를 관장하던 신들이 모두 하늘로 떠났으나 아직 새로운 신들이 내려오지 않아서 집 주변을 정리하더라도 액이 들지 않는다고 한다. 제주의 사람들이 모두 이사를 하는 가장 바쁜 기간이라고 한다. 어쩌면 이 기간 자체가 옛 모습을 벗고 새로운 사람들이 드는 현재 제주 모습에 대한 은유라고 할 수도 있겠다.

신구간이 지나면 입춘이다. 신구간에 떠났던 1만 8천 신이 돌아와 다시 한 해의 일들이 시작되는 때, 제주에서는 입춘굿으로 만물의 소생을 축하한다. 춘경이라고 부르는 입춘굿은 예로부터 제주의 봄 잔치라고 할 수 있었다. 백성의 대표인 수령, 즉 호장이 맨 앞에서 주관하는 행사로서, 심방은 관아에서 종합예술로서의 굿을 펼쳐 사람들의 마음에 희망을 불어넣어준다. 관에서는 음식을 마련하여 백성들과 함께 나눈다. 시민과 정부, 무속이 융합된 문화 퍼포먼스이다. (……)

에필로그

이듬해 3월

이전에 사람이 살았다고 하는데 부엌 타일의 틈까지도 깨끗했다. 햇빛에 비친 타일들이 라미네이트를 한 이처럼 반짝였다. 그 점이 마음에 들었다. 다른 사람이 스쳐간 흔적이 적다는 것. 비 온 뒤에 사람이 들었다 씻겨나간 집 같았다. 싱크대의 수도를 틀어보았다. 물이 스테인리스 바닥에 부딪히는 소리가 손에 잡힐 듯 선명했다.

육십 대의 공인중개사 아저씨가 집을 둘러보는 나를 뿌듯한 눈길로 굽어보았다. 본인이 집주인인가 싶을 정도로 자랑스러워하는 기색이 역력했다. 외모는 중견 탤런트처럼 번듯한 분인데, 목소리가 텅 빈 양동이처럼 가벼웠다.

젊었을 때 배우 꿈을 꿨더라도 무성영화의 시대가 끝난 이후에는 어려웠을 목소리였다.

"이 가격에 이런 집 구하기 힘들어요, 지금 아마 이 문을 나서면 금방 빠질걸. 어디 하나 나무랄 데가 없는 집인데."

맨 처음 이 집 정보를 알려준 경은도 그렇게 말했다. 누가 계약하려던 방이었는데, 그 사람이 갑자기 지방으로 가게 되어서 금방 나왔다고. 이렇게 좋은 매물은 흔치 않으니 당장 가보라는 말에 나는 아침부터 서둘러야 했다. 경은의 말이 맞았다. 이 가격에 보기 드물게 좋은 집이었다. 지난 일 년 경은이 추천한 일들이 모두 그랬듯이, 내 인생에서 예기치 못한 기회를 가져다줄 것 같은 집이었다.

나는 거실로 돌아와 창밖의 집들을 내다보았다. 앞에 해를 가리는 큰 건물도 없고 시끄러워 보이는 상업 시설도 없다는 건 마음에 들었다. 나는 건물 아래로 뻗은 골목길을 내려다보며 말했다.

"지하철역에서는 좀 머네요."

아저씨는 미리 준비해둔 답인 양 시원하게 대답했다.

"아, 그거야 그렇지만 이 집에 주차장이 있잖아요. 아가씨도 차가 있고."

그게 제일 장점이긴 했다. 요새 주차장이 딸린 집을 이

만한 가격에 구하기 어렵다는 건 알고 있었다. 입지가 아주 좋지는 않다는 점이 작용했겠지만, 그렇지 않아도 싼 집이었다. 진입하는 골목도 너무 좁거나 비탈지지 않아서 눈이 올 때도 다닐 만할 듯했다.

거실은 해가 잘 들었지만 방들의 크기에 비해 약간 작은 듯했다. 마루에 찍힌 자국이나 벽에 슨 곰팡이가 없나 둘러보는데, 거실 한쪽 구석 천장에 달린 작은 물체가 보였다. 가까이 다가가서 올려다보았다. 투명 플라스틱 상자에 은색 동판 두 개와 금색 동판 하나가 붙어 있는 물건이었다. 동작 감지기도, 화재경보기도, 흔히 걱정하는 몰래카메라 같은 것도 아닌 듯했지만 과학 수업 실험 키트 같이 생긴 상자가 여기 있을 이유는 알 수 없었다.

"이건 뭐예요?"

부동산 아저씨는 역시 세상 모든 답을 미리 준비해둔 사람처럼 지체 없이 말했다.

"아하, 그거 수맥 차단기."

"수맥 차단기요?"

"그래요, 그러니까 여기가 얼마나 좋은 집이에요. 나쁜 기도 좋은 기로 바꿔주고, 잠도 잘 자고, 돈도 잘 벌게 하려고 집집마다 수맥 차단기를 설치해놓았다니까요."

나는 고개를 뒤로 뻣뻣이 젖힌 채로 발뒤꿈치를 들고 더 자세히 들여다보았다. 그런 게 아니겠지. 액막이라는 건 처음부터 액이 있는 곳에 필요한 것이다. 미리 돈 들여 액을 예방하는 사람도 있겠지만, 자기가 살 집도 아니고 세입자의 액까지 미리 걱정해주는 집주인은 드물다. 처음부터 수맥이 들어오지 않는다면 차단기도 필요 없다. 여기 수맥이 들어온다는 걸 어떻게 알았을까. 운이 나빠진 사람이 있었다든가. 수맥 차단기는 먼지 하나 없이 깨끗해 보였다. 이 집의 전 주인은 어떤 사연으로 떠났는지 새삼 궁금해졌다. 새 세입자를 들이기도 전에 빈집이 되었다.

"그렇군요."

내 말에 아저씨는 기대하는 말투로 물었다.

"그래서 사무실에 들러 계약서 쓰고 가시려나?"

평생 이런 은근한 채근에 마음 약하게 살아왔지만, 이번만은 똑똑히 말했다.

"생각해보고요."

나는 돌아서서 현관으로 내려가 신발을 신었다.

"에, 생각할 게 뭐 있어. 더 발품 팔아봤자 다시 돌아오기 마련인데 그사이에 물건 빠진다고. 이런 좋은 집 또 봤어?"

아저씨의 조급한 마음이 반말로 나타났다. 이런 정도로 성급하다면 조건을 협상할 가능성이 충분하다는 뜻이다.

"교통도 자세히 보고, 돈도 맞춰봐야 하고요. 뭐…… 수맥이라니 생각할 점도 있을 것 같고."

나는 문 앞에 서서 반쯤 돌아서서 중개인의 얼굴을 보았다. 그의 얼굴엔 자신감이 칠판지우개로 지운 듯 사라져 있다. 그의 가벼운 목소리가 물 위에 수제비 뜨듯 날아갔다.

"요새 신문에서 수맥 풍수 사기니 뭐니 하며 한참 떠들어대니까 께름칙해서 그런가 본데, 여긴 그럴 게 아니에요. 숨기고 싶었으면 저렇게 버젓하게 차단기를 달아놓겠어? 그리고 사기를 치려면 제주 반만 한 땅에서나 하는 거지 이런 코딱지만 한 방에서, 뭐."

"네, 그러게요. 이런 코딱지만 한 방에서 뭘요."

중개인은 자신의 실수를 금방 깨달았다. 그는 더는 나를 잡지 않고 문밖으로 나오며 자물쇠를 잠갔다.

"혼자 살긴 넉넉해요. 전에 살던 사람도……."

중개인은 말을 꿀꺽 삼켰다. 더는 말해봤자 도움이 될 리 없는 얘기들이 2연속 볼처럼 날아왔다. 나는 더 따져 묻지 않았다. 중개인은 재빨리 화제를 바꾸려 했다.

"그러게, 사람들이 미신을 믿으면 그렇게 된다니까. 어떻게 그렇게 돈 많고 똑똑한 사람들이 사기꾼들에게 넘어갔을까."

나는 등을 돌려 먼저 계단을 내려가면서 말했다.

"그렇게 말하면 수맥 차단기도 딱히 미신이 아닌 건 아닌 것 같은데요."

중개인의 가느다란 목소리가 훨씬 높아졌다. 그는 내게 뭘 모른다는 투로 말했다.

"아이고, 그런 사이비 미신이랑 이렇게 진짜 영험한 거랑은 달라요! 진짜가 따로 있는 거라고! 옥석을 구분할 줄 알아야지."

나는 어두운 계단을 내려가면서 생각했다. 아마 그 돈 많고 똑똑한 사람들도 그렇게 생각했을 거예요. 이건 가짜가 아니라고.

그는 벌써 도착해서 기다리고 있었다. 나는 절 안의 찻집에서 기다려달라고 말했지만, 그는 사찰 대문 앞에 서 있었다.

"왜 들어가지 않았어요?"

삼월의 바람은 그렇게까지 차갑지 않았다. 나는 지난 입춘 날의 바람을 떠올렸다. 마른 억새밭에 일던 바람이 마음을 파고들었었다.

"재인 씨야말로 왜 걸어왔습니까. 여기까지는 한참 오르막길이라서 걷기도 힘든데."

나는 고개를 저었다.

"버스 타고 다닐 만해요. 병원에서도 이제는 이상 없다고 했고."

다친 지 이 년, 나는 공식적으로 그 상처로부터 완치되었다. 오늘 아침 병원에 들렀을 때 의사 선생님은 무표정하게 더는 올 필요 없다고 선언했다. 뼈가 잘 붙지 않아 고생했던 과거로부터 해방되었는데, 팡파르도 폭죽도 색종이도 없었다. 그래도 그만큼 기뻤다.

하지만 다 나았다는 건 무엇일까. 나는 절 안으로 들어가 계단을 오르며 생각했다. 넘어졌을 때 부러졌던 다리는 이제 제 기능을 찾았다고 해도 비 오는 날이면 그 기억을 불러낼지도 모른다. 몇십 년 후에 내가 노인이 되었을 때 되살아날지도 모른다. 아무것도 장담할 수 없다. 한번 생긴 상처는 흉터를 남기고, 그 흉터는 시간의 흐름에 따라 옅어진다고 해도 고통의 기억만은 감추고 있다가 가장 연약할 때에 찾아온다.

계단을 한 단 앞서 올라가던 그가 손을 내밀었다.

"잡아줄까요?"

나는 그 손을 보았다. 크고 뼈가 굵직하게 도드라지는 손이다. 지난 일 년, 가파른 길을 오를 때면 그는 이렇게 손을 잡아 내 걸음을 도왔다.

"괜찮아요. 정말 다 나았어요."

그는 손을 다시 자기 바지 주머니에 넣었다. 그 동작에는 다른 감정이 실려 있지 않았다.

우리는 찻집이 아니라 왼쪽으로 틀어 바로 전영각을 올라갔다. 나뭇가지 위에는 푸른빛이 점점이 어렸고 너그럽게 떨어지는 햇볕 속에서 간간이 반짝였다. 그날의 장면들이 사진 정리 앱의 자동 추천처럼 떠올랐다. 이날의 재발견. 이 년 전 오늘. 그날의 꽃과 나무. 절. 저기 옆 수반 옆에서 다우징 로드를 들고 있던 남자들. 그리고 정자의 마루 위에서 우연히 만난 그와 나.

우리는 그날과 같은 자리에 앉았다. 오늘도 이쪽까지 올라오는 사람은 드물었다. 우리는 일행이 아니고 따로 올라와 같은 자리에 앉게 된 사람처럼 잠시 앞만 바라보았다. 어쩌면 아무것도 바라보지 않았는지도 모른다. 오늘은 고양이도 우리를 찾아오지 않았다. 잠시 후 나는 조용히 입을 열었다.

"신문에서 봤어요. 그 사람들…… 기소되었다고요."

그는 안경을 치켜 올리며 차분히 말했다.

"아직 갈 길은 멉니다만. 증명하기 힘든 부분도 많고. 하지만 일단 회장님이 진실을 보실 수 있게 되었다는 것이 다행이죠."

최근 며칠간 쏟아진 신문 기사, TV 탐사 보도를 통해 나는 전말을 알 수 있었다. 거기에서 빠진 정보는 유명인 가십을 전문으로 하는 블로그에서 보았다. 다우징 로드를 든 남자들은 수맥, 풍수를 전문으로 하는 철학가들이라는 명분으로 J그룹의 회장님, 즉 희원의 할아버지에게 접근했다. 당시 큰아들을 잃고 마음이 허탈했던 아버지는 그들의 말에 넘어가고 말았다. 그후로 이 년, 회사의 중요한 결정이 그들의 손을 통과해서 이루어졌다. 회사에 일어난 나쁜 사고는 그들의 충고를 따르지 않은 결과이고, 집에 일어난 자잘한 사고들은 그들의 자문이 필요한 사건이었다.

"저 회사에 연락해서 배상금 받을 수 있게 됐어요. 다쳤던 부상과 관련해서 치료비 포함 배상금 지급하겠다고. 물론 나중에 이걸로 고소를 하거나 사건화하지 않는다는 조건이지만."

사건이 가시화될 때쯤 나는 영선을 통해서, 더 정확히는 그의 남편을 통해서 회사 보안실에 연락했다. 이 년이 지난 사건이므로 명백한 해결을 기대하지 않았지만 그들은 순순히 배상 조건을 제시했다.

나는 옆에 앉은 그를 보았다. 그도 고개를 돌려 나를 보았다. 그와 눈을 마주보는 것이 오랜만이었다. 그 시간 동안 무엇이 바뀌었을까?

"성현 씨가…… 처리해준 건가요? 제가 배상받을 수

있도록?"

그는 긍정도 부정도 하지 않았다.

"재인 씨뿐만 아니라 그 사건과 관련해서 손해를 본 사람은 다 배상을 받을 수 있도록 처리했습니다. 회사는, 부회장님은 일을 깔끔하게 처리하고 싶어 하시니까요."

장남이 사고로 죽은 후, 공석이 된 부회장직을 차지한 건 의외로 삼남인 희원의 아버지였다. 이사회에서 승인된 건, 커다란 금전적 손실 없고, 회사의 평판에 영향을 끼치지 않게 처리한 공이 컸을 것이다. 범인들의 계좌는 다 파악되었고, 연루된 사람들의 명단도 확보되었다.

이른 봄바람이었지만 일단 불어오자 풍경을 딸랑 흔들고 갈 만큼 힘이 있었다. 그 소리가 공기에 퍼져 나갔다. 내 마음이 떨리는 것도 그 소리의 진동 때문이었는지도 몰랐다. 나는 천천히 입을 열었다.

"여기서, 이 년 전 처음 봤을 때……."

나는 그가 이 년 전 만났다는 사실을 기억하는지조차 여전히 몰랐다. 그의 얼굴이 지금 이렇게 굳어지는 것도 그 사실을 기억하지 못해서인지, 아니면 이 기억을 되살리는 이유가 의심스러워서인지는 알 수 없었다.

"저는 성현 씨에게 한눈에 반했던 것 같아요."

반했다. 그런 단어가 존재하는지는 알고 머릿속에 있었

지만 소리로 만들어 입 밖에 내어본 적은 없었다. 그런 사건 자체가 평생 딱 한 번뿐이었으니까. 이렇게 서로의 눈을 쳐다보면서 이 말을 할 수 있는 순간이 평생 다시 오리라는 확신도 지금은 없었다.

"이유는 없어요. 그냥 얼굴이 좋았던 걸 수도 있죠. 아마 그랬겠죠."

처음 사람을 좋아하는 순간에 얼굴 말고 무엇을 더 알 수 있을까. 아마도 그의 얼굴이 좋았던 것이 맞을 것이다. 처음 보는 여자가 이상한 말을 하는데도 진지하게 듣던 그 얼굴이.

그는 나의 솔직함을 기대하지 못한 듯했다. 그의 입가에 어렸던 긴장이 여린 햇살을 처음 받은 눈사람처럼 스르르 녹아 흘러갔다.

"저는……."

그가 말을 하기 전에 내가 먼저 굳어진 입술로 말을 끊었다. 그다음 꺼내야 하는 말이 고백보다도 더 힘들었다.

"나를 만난 건, 만나러 온 건 모두가 우연은 아니겠죠? 나도 그…… 부회장님이 좋아하시는 깔끔한 처리의 일부분이었나요?"

그의 눈빛이 흔들렸지만 내 시선을 피하지는 않았다. 그것만은 고마웠다.

"처음에는 저도 몰랐습니다."

"무슨 뜻이죠?"

내가 누른 기억의 리와인드 버튼이지만, 이제 그의 필름이 펼쳐질 것이다. 그리고 그건 나의 편집하고는 다른 영화일 수 있었다.

"처음, 재인 씨 친구의 결혼식에서 봤을 때 재인 씨가 내 앞에 넘어질 뻔했죠. 그런 후에 제게 인사를 했고. 저는 그때는 재인 씨가 누군지 알지 못했습니다. 제가 간 건 회사에 연속으로 일어난 사건에 대해 가장 밀접한 정보를 지니고 있을 보안실 사람들이 한자리에 모일 것이기 때문이었습니다. 후에…… 재인 씨가 신부와 사진을 찍는 걸 보고 신부 친구라는 걸 알았고, 회사에서 사고를 당했다는 것도 알았습니다. 우연이라기에는 공교로웠죠."

"하지만 우연이었어요."

그의 말이 끝나자마자 나는 조용히 말했다. 그는 고개를 끄덕였다.

"네, 그럴 수도 있을 겁니다. 하지만 도영 씨의 집에서 다시 봤을 땐, 우연이 이렇게 겹칠 수 있나 싶어 의심했습니다. 특히 그때 현규 씨…… 사건은 최 선생과 그들이 관계한 다른 사건이기도 했으니까요. 현규 씨가 연구하던 지하수 기술, 제주 단지 개발, 중국 측과의 거래가 그들이 가장 핵심적으로 조작하려 했던 건입니다."

나는 그날 도영의 집에서 그를 만났을 때 느꼈던 감정을 떠올리면서 조용히 말했다.

"우연이 아닐 수도 있겠죠."

이 말을 뱉고 나서야 오해를 살 수도 있다는 생각이 들었다. 그때 그와 나는 다른 감정의 궤도를 걷고 있었다는 걸 다시금 실감했다. 그는 그저 계속 말을 이었다.

"저는 연결 고리를 몰랐습니다. 재인 씨가 넘어졌던 사건은 최 선생과 그 무리가 회사에서 자잘한 사고를 만들어 회장님의 위기감을 높이기 위한 것이었죠. 실제로는 회장님이나 부회장님, 그리고 따님 등 가족을 노렸던 것 같은데 재인 씨가 간발의 차이로 먼저 왔고 VIP 주차장으로 잘못 들어가서 그들이 만들어놓은 미끄러운 바닥에 넘어졌습니다. 주차도 그곳에 하도록 차를 배치해서 유도한 것 같습니다. 재인 씨가 다친 후에야 문제가 될지도 모른다고 생각하고 흔적을 지운 것 같아요. CCTV 사각지대라서 확실한 증거는 없지만, 보안실 직원과 공모한 흔적도 찾아냈습니다."

경은의 말대로 내 잘못, 내 부주의가 아니었다. 이 사실을 나는 이 년 뒤에야 확인받은 것이었다. 하지만 그 안도감은 잠시, 다른 씁쓸한 기분이 찾아왔다. 그들이 노린 피해자 대신에 내가 그 자리에 있었다는 것만으로도 별자리의 잘못이 아닐 수 있을까? 그것에 어떤 공교로운 힘이 없었다고 할 수 있을까?

"게다가 도영 씨의 말에 의하면 풍수 교실의 친구라고 하고. 오컬트에 대한 기사를 쓴다고 하고. 우연이라고 보긴 어려웠죠. 최 선생과 공모했는지도 알 수 없고. 사실 재인 씨가 회사를 고소하거나 하는 소동을 일으킨다거나 할 수도 있는 일이었으니까요. 커다란 스캔들은 아니겠지만, 최 선생들이 조작을 해서 키운다면 회사의 흉으로 충분히 이용할 수도 있는 일이었습니다."

그는 이를 사실적으로, 감정을 담지 않고 말했다. 내가 운명론을 생각하고 있을 때 그는 음모를 생각하고 있었다.

"저는 그런 생각해본 적 한 번도 없어요."

"물론 그런 것 같진 않았습니다. 최 선생과 공모했다기엔 재인 씨는 너무……."

"허술했나요?"

내가 그의 말을 받아서 이었다. 그가 나라는 존재를 인식한 건 현규의 작업실에서 남자들을 쫓아가다가 몇 미터도 못 가 넘어지고 말았을 때였으리라. 그룹을 삼킬 거대한 음모의 일부라고 보기엔 너무나 형편없었을 것이다. 지금 그의 눈에 떠오른 게 웃음기는 아니길 바랄 뿐이었다.

지금 우리는 너무 심각한 얘기를 하고 있었다.

"그런 표현으로…… 말할 수도 있겠죠."

평일 오후여서 절을 돌아보는 여행자, 혹은 참배객들은 많지 않았다. 그중 중년 여성 참배객 둘이 우리 앞을 지나 전영각 안으로 들어가려고 하자 나는 살며시 자리를 비켜 그에게 다가앉아야 했다. 그들이 문지방을 넘자 나는 다시 원래의 자리로 돌아가 앉았다. 그동안 잠시 이야기는 끊겼다.

"하지만 굳이 저를 담양까지 쫓아오겠다고 한 건, 내가 연루된 사람인지 알아보려는 것이었겠군요."

어쩐지 안 지 얼마 되지 않는 사람치고는 지나친 호의였다. 그때 그 호의를 다른 이유로 해석하려 했던 나는 언제나처럼 혼자 똑똑했고, 모두에게 바보였다.

"그래서 그때 차 안에서 많이 아팠냐고, 왜 보상받으려 하지 않느냐고 물어봤던 거였어요. 그런 것도 모르고 난……."

그는 굳이 변명하려 들지 않았다.

"갔다 와서는 재인 씨가 관련자가 아니란 건 확실히 알았어요. 그래서……."

"그래서 다시 연락할 일은 없었던 거겠죠."

나는 심통을 부리듯 습관적으로 그의 말을 끊어버리고

있었다. 그의 설명을 듣고 싶었던 건데 마음과는 자꾸 반대로 행동했다.

"그런 게 아닙니다." 그의 말은 단호했다. "다시…… 개인적으로 연락할 결심을 하기 전에 우연히 만난 것뿐이죠."

역시 우연인가. 몇 번의 우연인지 손가락을 꼽아보아야 할 정도이다. 그런데도 우리는 여전히 우연인 사이였다.

스치는 사이에서 호감을 느끼는 경우는 있다. 하지만 그것이 관계로 이어지지 않을 때는 다시 상기할 길이 없다. 우연한 호감은 우연이 뒷받침해주지 않는다면 확인되지 않는다. 그렇게 우연이 여러 번 거쳐서 지금까지 그를 향한 느낌을 만들었다. 이 년 전 이 절에서 그에게 느꼈던 감정이 무엇이든 간에, 우연이 없었다면 휘발되었을 것이다. 그러니 우리가 만난 우연을 책망할 수 없다. 우리의 감정은 우발적인 사건들을 통해서 젤리처럼 굳어지고 굳어졌다.

"그때쯤에는…… 재인 씨도 뭔가 눈치를 챘다는 생각을 했습니다만."

"차…… 이 년 전에 이 앞에서 보았어요. 다우징 로드 든 사람들과 같이 있던 분들이 탄 차."

"부회장님 차 말이군요."

아까 전영각 안으로 들어갔던 손님들이 금방 도로 나왔

다. 그들이 우리의 눈치를 보면서 머뭇거리는 사이 이번에는 그가 잠시 일어서서 내 쪽으로 물러섰다. 손님들이 내려가 신발을 신고 총총 아래로 내려갈 때까지도 그는 다시 자리에 앉지 않고 그대로 선 채로 나를 보았다. 나는 그를 올려다볼 수밖에 없었다.

"저는 재인 씨를 좋아합니다."

나도 일어섰어야 했다. 이렇게 내가 올려다보는 자세는 너무도 불리하다. 하지만 지금 벌떡 일어선다면 동요한 마음이 그대로 눈치채일 것 같았다. 그래서 나는 그대로 그를 바라보고 있을 수밖에 없었다.

"처음에는 물론 이상하게 본 것도 사실이지만……."

이런 말을 하면서도 세상에서 가장 중요한 면접을 보듯이 한없이 진지했다. 그래도 눈만은 부드러웠다. 실은 그가 어떤 표정을 하고 있을 때도 항상 나를 볼 때는 부드러운 눈을 하고 있었다. 사람의 시선에 촉감이라는 감각을 더할 수 있다면.

"재인 씨는 현대 과학으로 알 수 없는 일이 벌어져도 절대로 그럴 리가 없다거나, 다른 사람의 말을 일축하지 않죠. 그러면서도 일반적인 신비로운 설명들을 믿는 걸로 보입니다. 그렇지만 언제나 그냥 넘어가지 않고 논리적으로 모든 사건의 이유를 따집니다. 그 점이 늘 대단하다고 생각했습니다."

타인의 입으로 내 장점을 듣는 건 따뜻한 기분이었다. 마음속에서 겨우내 쌓였던 얼음이 녹고 그 속에 졸졸 물이 흐르는 것 같았다. 하지만 완연한 봄이 찾아온 것은 아니었다. 마음 속에도 마음 바깥에도.

목이 살짝 메어서 간신히 이렇게 말할 수밖에 없었다.

"그렇군요."

"게다가 남의 일에 항상 최선을 다하죠. 누구의 사정도 모른 척하지 않았어요. 위험이 있다고 해도 그 점을 고려하지 않는 것처럼 보입니다. 그리고 여러 사람의 감정을 배려합니다. 무모하지만…… 대체로 다정합니다."

어떤 찬사들은 평생 기억될 훈장처럼 남는 경우가 있다. 나는 이 말을 묘비명으로 고려해야 할지도 모르겠다고 생각했다. 무모하지만 대체로 다정했던 사람. 지금 오 분 후도 어떻게 될지 모르는 삶이지만, 이 말만은 오래 기억할 것 같았다.

"그게 제가 재인 씨에게서 알아낸 점입니다. 알게 되고 좋아진 점이기도 하죠."

낭만이라고는 전혀 모르는 듯한 사람에게서 들은 낭만적인 고백이었다. 나는 이 순간을 좀더 오래, 천천히 끌고 싶었다. 가능하다면 지금 이렇게 그와 나의 얼굴에 그림자를 드리운 해가 지고, 또 달이 뜨고, 다시 해가 뜰 때가 여러 날 오래. 하지만 흐린 날을 견뎌 간신히 떴나 싶은 해가 또 한 번 구름에 가리었다. 우리 사이에는 아직도 그늘이 있었다.

"하지만 당신은 나를 완전히 믿지는 않죠."

나도 진심을 다해 진지하게 말했다. 불만이나 불평으로 들리지 않도록 조심했다. 자기 속마음을 내색하지 않는 사람이 진심으로 해준 말에 대한 예의였다.

그는 주머니에 손을 넣은 채로 움직이지 않았다.

"일 년 동안이나 내게 처음에 접근한 의도를 속였고……."

"말하지 않은 거죠."

그가 항변했지만, 나는 그 말을 받아 이어갔다.

"말하지 않음으로써 속였고…… 일을 하러 갈 때는 나와의 약속을 저버리죠."

이 말을 할 때는 마음속에 흐르던 시내가 다시 멈춘 것만 같았다. 그날의 차가움이 다시 바람이 되어 그 물을 얼려버렸던 것 같았다. 그랬다. 나도 가슴이 아프지 않은 건 아니었다.

"재인 씨, 그때는 상황이 급박했고 확실한 증거를 손에 넣을 수 있는 시점이었습니다."

"알아요."

다 알았다. 그가 그럴 수밖에 없었던 것을. 우리가 그때 제주에서 만났던 것은 역시 또 한 번의 우연이었고, 그는 그때 우연을 감당하기 위해 자기가 할 수 있는 일을 했다는 것을 알았다. 하지만 안다는 것과 받아들일 수 있는 것은 다른 이야기였다. 우리가 삶에서 만나는 모든 이야기들이 앎과 받아들임 그 사이에 있다.

"최 선생이라는 사람이 혜정 씨에게 문을 열어주어서 윤명 씨와 혜정 씨 둘 다 위험에 빠뜨릴 수 있는 데도 가만히 두었죠."

내 마음의 차가운 바람이 나와 그의 얼굴에까지도 불어간 것 같았다. 순간 그는 거친 바람을 맞아 피곤한 듯 보였다.

"그건 우리 두 사람 사이의 문제가 아닙니다."

"그것도 알아요."

그에겐 최 선생이 그 집안을 위험에 빠뜨릴 수 있는 짓을 태연히 할 수 있는 사람이라는 증거가 필요했다. 그래서 의심받을 수 있는 기회를 만들었고, 그 틈을 타서 수집한 증거를 내놓아 회장님의 신뢰를 무너뜨리려는 의도였다. 극적인 효과가 필요했다. 혜정이, 혹은 윤명이 칼을 가졌을 수도 있다는 것은 몰랐지만 위험한 상황이 발생할지도 모른다는 생각은 했을 것이다. 어쩌면 그런 일이 일어나기를 바랐을 것이다. 하지만 그는 자신의 힘을 다해 지켜줄 각오를 했을 것이다. 나는 그 모든 상황을 눈으로 보듯 알 수 있었다.

그때 나는 앉은 자리에서 일어섰다. 그는 한발 물러섰다. 우리는 아까처럼 마주보았다.

여기서 그의 손을 잡을 수 있었다. 지금까지처럼 우연을 운명으로 믿고, 모든 걸 나른하게 운명론에 맡길 수 있었다. 다시 한번 스치는 바람에 풍경이 땡그렁 울렸다. 약한 바람에도 그렇게 맑게 울리는 소리가 그렇게 마주선 우리 사이에서 돌고 지나갔다.

하지만 나의 불운은 인간이 만든 것이었고, 그와의 만남은 사람들 사이의 관계망을 따라 여섯 단계를 거쳐 연결된 결과물이었다. 나는 이 일 년간 운명 뒤에 있는 인간의 작용이 필연이라는 사실도 배웠다. 일단 알게 되면 일어나지 않았던 양 해버릴 수 없는 것들이 있었다.

그가 말했던 나의 장점이 이 순간에는 우리의 장애물이었다.

나는 늘 모른 척 넘어갈 수 없는, 그런 사람이었다.

나는 그에게 손을 내밀었다. 그는 순간 무슨 의미인지 가늠하는 듯했지만, 천천히 내 손을 잡았다. 그의 손은 지금 이 순간은 내 기억보다 약간 차가워져 있었다. 가장 추웠던 겨울날보다도 지금이 더 차갑다니, 그 감촉이 쉽게 손에서 지워질까 싶어 마음이 아릿했다.

"저 작업실을 옮겨서 이사 가요. 덕분에 받은 배상금을 보태서."

나는 그의 손을 놓았다. 그의 손이 내 손바닥 안에서 스르르 빠져나가 툭 떨어졌다.

"당분간은 바쁠 거예요."

그는 어디로 가느냐고, 언제까지 바쁘냐고 묻지 않았다. 다만 알았다는 표시로 고개를 끄덕하면서 말했다.

"기다리겠습니다."

내가 돌아서 나올 때 그는 그 자리에 그대로 서 있었다. 내가 떠나가는 길옆에서 봉오리가 맺힌 목련 나무들이 나를 배웅하듯 나뭇가지를 흔들었다. 지금 이 나무 사이를 빠져나가는 바람이 그에게까지 불어가서 부드러웠던 머리카락을 헝클 것이다. 나는 그 머리카락이 바람에 날리는 광경을 좋아했다. 나는 잠시 멈추어 섰지만 돌아보진 않았다. 더 힘을 주어 걸음을 뗐다.

우연이 또다시 겹친다면, 우리는 다시 만날 수 있을 것이다. 내가, 그가 또 한 번의 우연을 만들 수도 있을 것이다. 나는 이른 봄의 햇살을 조금이라도 더 받으려 발뒤꿈치를 쳐든 것 같은 덤불들 사이로 걸어 내려갔다.

이런 복잡하고 감미로워서 슬픈 감정의 와중에도 현실적인 생각이 끼어들었다. 아까 보았던 집을 계약한다면, 계단에 동작 감지 센서 등을 더 밝은 걸로 교체해달라고 해야겠군, 이라고 생각했다. 어두운 곳에서 발을 헛디디는 일이 없도록. 그늘 속엔 언제나 어두운 기운이 서려 있기 마련이니까.

절의 문지방 위에서 한 발 내디뎠을 때 코트의 주머니 속에서 메시지가 왔다는 알림음이 울렸다. 나는 전화기를 굳이 꺼내지 않았다. 그대로 계속 걸어갔다. 길이 미끄럽거나 울퉁불퉁해도 아랑곳하지 않았다. 그저 바로 앞의 한 걸음, 한 걸음만 생각하면서 넘어지지 않게 걸었다.

작가 후기

'누가 누구를 사랑하는가'의 수수께끼

2015년 초, 신촌으로 별자리 점을 보러 갔다. 원래도 종종 점집에 다니는 편이지만 그날은 반쯤 취재를 위한 것이었다. 몇 번이나 예약을 잡았지만 서로의 사정으로 두세 번 취소된 후 세 번째에야 드디어 상담을 받을 수 있게 된 것이라 이 만남이 좀더 의미심장하게 여겨졌다. 이것이 아마 점을 보러 가는 사람들의 보통 정서일 것이다. 우연적인 사건에 의미를 부여하는 것.

점성술사가 그날 상담의 끝에 '내가 지금 쓰는 책'의 성패를 묻는 질문에 이렇게 말했다. "당신에게 시련이 있었다면, 2017년부터는 대박"이라고. 2017년 지금 책을 출간하기에 앞서, 나는 이 말을 다시 떠올린다. 그간 내게는 시련이 있었을까? 책을 처음 쓰기 시작해서 지금까지 내가 겪었던 일들을 시련이라고 말할 수 있나? 다치기도 했고, 수술도 받았고, 좌절도 했다. 하지만 이것이 시련이라고 할 만한 것들인가? 아니면 그저 인생의 궤도에서 지나쳐야 할 지점들일 뿐인가? 점괘는 언제나 확신과 함께 전달되지만 반드시 해석적으로 모호하게 구성되어 있기 마련이다. 참과 거짓은 언제나 미래에 있거나 혹은 조건문 속에 들어있으므로 현재에는 명확히 알 수 없다. 확실성을 얻고 싶어서 찾아가지만, 불확실성 속에서 돌아온다.

내가 『나의 오컬트한 일상』에서 쓰고 싶었던 것은 우리가 가진 불확실성에 대한 이야기이다. 이 소설을 읽는다고 해도 미래를 확실히 읽는 법이나 소위 운을 트이게 하는 개운법을 배울 수는 없다. 나는 일상에서 우리가 마주치는 수수께끼들을 어떻게 받아들일 수 있는지에 대해서 쓰고 싶었다. 설명할 수 없는 신비스러운 방식, 반드시 설명해야 하는 이성적인 방식 둘 모두를 통해 우리가 불확실이라는 삶의 불안을 어떻게 다루는지에 대한 이야기가 나 자신에게도 필요했다.

그리고 우리가 평생을 통해 대면하는 가장 큰 수수께끼는 타인의 마음, 그리고 나 자신의 마음이다. 세상에 이보다 더 간절히 알고 싶은 미스터리는 없었다. 사랑에 빠진 사람은 언제나 불확실성 속에서 고민하고, 단서를 모아 상대의 마음을 추적해나간다. 모두가 탐정이 되었다가, 풀리지 않는 퍼즐을 발견하면 미신을 믿었다가, 어떨 때는 포기해버린다. 하지만, 결국은 자백을 받든 증거를 얻든 찾아나서는 사람만이 타인의 속마음과 자기 자신을 발견할 수 있는 것이다.

전통적인 살인 사건을 다룬 추리소설을 후더닛Whodunnit이라고 한다. 누가 무슨 짓을 저질렀는가? 누가 무엇을 훔치고, 죽이고, 노렸는가? 나는 이런 소설을 읽으며 자랐고, 어른이 되어서는 그런 소설을 우리말로 옮기거나 혹은 비평하는 독자로서 살았다. 하지만 막상 내가 책을 쓰려고 할 때 말하고 싶었던 것은 '누가 누구를 사랑하는가'의 문제였다는 사실을 깨달았다. 사람들은 온 인생을 걸고라도 이 문제의 해답을 찾기를 원한다.

이 이야기를 쓰는 동안 여러 사람에게 "어떤 책이야?"라는 질문을 받았다. 그러면 나는 잠깐 생각해보고 이렇게 대답했다. "오컬트 미스터리 로맨스야." 황당해하거나 우습다는 표정을 지은 사람도 적지 않다. 이것저것 좋아 보이는 재료를 몽땅 넣어서 뚱뚱해진 서브웨이 샌드위치 같은 것이라고 생각했을 수도 있다. 입는 이에 대해서 별달리 말해주지 않는 스파 브랜드의 무지 티셔츠처럼 무난하지만 개성 없는 설명이라고 여겼을 수도 있다.

하지만 1%의 환상적인 태도도 섞지 않고, 나는 지금 이렇게 말할 수 있다. 자, 여기 썼어요. 오컬트이고, 미스터리고, 로맨스인 이야기를. (내가 이것을 쓰면서 겪은 일들이 시련이었는지는 이제 독자들의 판단에 달려 있다.)

2017년 6월

박현주

작품 내 오컬트 스폿 지도

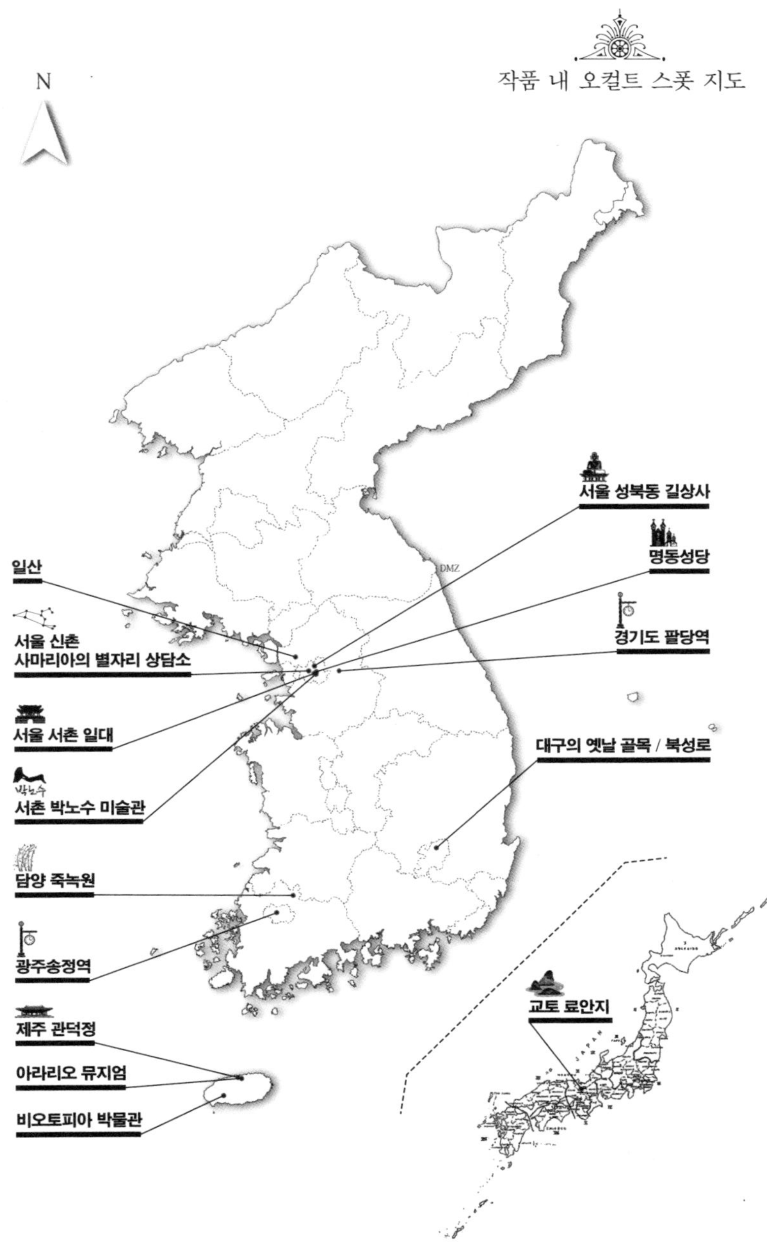
N
DMZ
서울 성북동 길상사
명동성당
경기도 팔당역
일산
서울 신촌
사마리아의 별자리 상담소
서울 서촌 일대
대구의 옛날 골목 / 북성로
박노수
서촌 박노수 미술관
담양 죽녹원
광주송정역
교토 료안지
제주 관덕정
아라리오 뮤지엄
비오토피아 박물관

감사의 말

이 책을 쓰기까지 많은 분들의 도움을 받았다.

1장의 별자리 관련 조사를 함께 해주고 여러 유용한 정보를 알려준 전경은 씨, 1장의 요리 관련 조언과 4장의 소재를 제보해준 신윤영 씨, 2장 교토 료안지 탐방에 동행해준 김선정 씨, 3장의 담양 죽녹원을 안내해준 신근영 씨, 5장의 과학 관련 자문에 답해주신 네이버 소리 팀의 이은영 씨, 6장의 제주 입춘굿 조사에 도움을 준 김우승 씨에게 감사의 마음을 전한다.

일러스트레이터 장미영 씨(a.k.a. 도대체)는 소설에 삽입될 만화를 선뜻 그려주셨다. 소설가인 이도우 씨는 작품을 읽고 표현과 캐릭터 구성에 대해서 조언을 해주셨다.

영화감독 박현진 씨는 작품의 초기 형태를 읽고 대사와 인물 구성의 방향을 제시해주었다. 세 분 모두에게 깊은 애정을 보낸다.

무엇보다도 작품의 기획부터 중간 집필 과정에서 자세히 조언해주고 여러 도서 자료를 조사해서 제공해주셨으며, 5장의 대구 답사에 동행하여 자료를 수집해주신 엘릭시르의 임지호 부장님에게 말로 다할 수 없는 깊은 감사의 뜻을 전한다. 진부하게 들리는 표현이지만 그만큼이나 진실한 말로, 엘릭시르 편집부의 협조가 없었더라면 이 책은 완성될 수 없었을 것이다.

마지막으로, 언제 나올지 모르는 책에 대해서 굳이 회의를 표현하지도 않고 자세히 묻지도 않은 가족들에게도 감사와 사랑의 마음을 전한다. 가끔은 기다리지 않는 것이 가장 잘 기다리는 법이라는 것을 알려준 이들이다.

참고 문헌

1장 별에 씌어 있는 것

별자리 관련

『사마리아의 아주 특별한 별자리 상담소』 사마리아, 나무의철학, 2015

TimePassages app - Astrograph software

'종준의 호라리 강좌' http://cafe.naver.com/junibus

'Cafe Astrology .com' http://cafeastrology.com/

『행성궁 점성학: 해와 달, 떠돌이별, 별자리들의 메시지』 마셔 무어/마크 더글러스, 유기천 옮김, 정신세계사, 2011

『당신의 별자리』 린다 굿맨, 이순영 옮김, 북극곰, 2012

『점성학 첫걸음』 존 로저스, 유기천 옮김, 정신세계사, 2011

『(출생차트 해석을 위한) 정통 점성학: Christian Asrology 정통 점성학의 교과서』 조만섭, 에세이, 2012

2장 악마와 깊고 푸른 바다 사이에서

료안지 정원

「Visual structure of a Japanese Zen garden」 Gert J. Van Tonder, Michael J. Lyons & Yoshimichi Ejima, Nature, 2002
"교토 료안지 경내 안내서"(료안지 발행)
http://www.okeihan.net/navi/kyoto_tsu/tsu200902.php
http://ameblo.jp/kazue-fujiwara/entry-10064001369.html
http://bell.jp/pancho/k_diary-12/2014_09_24.htm
http://tryxtrip.com/20150903-647.html

고산수 정원 일반과 젠 정원의 문양

『일본 枯山水 庭園의 구성기법에 관한 연구』 정옥헌, 이훈, 대한건축학회 학술발표대회 논문집-계획계/구조계 27(1), 2007.10, 157-160, 2007
『The Art of Gravel Pattern in the Japanese Garden』(Ebook) http://www.japanesegardens.jp/explanations/000106.php
'건축 블로그 마당 한중일의 정원' http://madangsr.tistory.com/8
'Japanese Zen garden ASMR / Meditation 禅の庭' http://www.youtube.com/watch?v=kff7GsbagQo
'Japanese Gardening Terms' http://japanesegardening.org/reference/jgardenterms.html

풍수 관련

『창덕궁의 역사적 전개와 전통입지과정』, 박정해, 국학연구 24, 395-427, 2014
『(복과 행운이 저절로 굴러 들어오는) 현관 풍수 인테리어』 Mr. 류, 김소라 옮김, 황금부엉이, 2011
『(건강과 부를 부르는) 풍수지리』 배상열, 우리글, 2013
『사랑과 행운의 풍수 인테리어』 이상인, 창해, 2008
『나만의 별자리 풍수 인테리어』 이상인, 창해, 2008
『공간 해석의 지혜, 풍수』 이지형, 살림, 2014
『로또보다 풍수』 박상근, 21세기북스, 2013

3장 오, 너 미친 달이여

『島田秀平と行く! 全国開運パワースポットガイド決定版!!』 島田秀平, 講談社, 2010
'Power Spots: Japan's latest spiritual craze' http://blog.japantimes.co.jp/japan-pulse/power-spots-japan%E2%80%99s-latest-spiritual-craze/
'Ley-lines' http://www.ancient-wisdom.com/leylines.htm#what
「담양은 '용의 도시', 담양호는 "세계 최대 용"」 담양곡성타임스(2012년 1월 4일 자), http://www.dgtimes.co.kr/SubMain/News/News_View.asp?bbs_mode=bbs_view&tni_num=376137&menu_code=NH14
'Full Moons: What's in a name?' http://www.nationalgeographic.com/science/space/solar-system/full-moon/
「신부」 『질마재 신화』 서정주, 1975
「석문」 『풀잎단장』 조지훈, 1952
「신부와 석문」 『거울 나라의 작가들』 최재봉, 한겨레출판, 2010
'담양 죽녹원 홈페이지' http://www.juknokwon.go.kr/

4장 천사의 눈

나자르 본주(악마의 눈)
「소개합니다 행운을 부르는 녀석들」 조선닷컴(2014년 1월 7일 자), http://danmee.chosun.com/site/data/html_dir/2014/01/06/2014010602534.html
http://www.businessinsider.com/the-power-of-the-evil-eye-2011-6
https://www.dustinstoltz.com/blog/2012/05/26/the-evil-eye-and-mountain-karma
http://www.evileyestore.com/evil-eye-meaning.html

대구의 근대 건축

『한국의 주택, 그 유형과 변천사』 임창복, 돌베개, 2011

『한국의 근대건축』 오창섭, 류동현, 이승원, 김정신, 이병종, 안창모, 북노마드, 2011

『청춘남녀, 백 년 전 세상을 탐하다: 우리 근대 문화 유산을 찾아 떠나는 여행』 최예선, 정구원, 모요사, 2010

"북성로 시간여행"-대구 중구 근대 건축물 리노베이션사업 안내서

'대구 근대 골목 투어 페이스북 페이지' https://www.facebook.com/notes/263215063713031/

「골목길에서 다시 태어나는 근대 건축」-대구는 골목길 도시다 〈4〉 매일신문(2015년 4월 28일 자) http://www.imaeil.com/sub_news/sub_news_view.php?M=v&INUM=&news_id=23403&yy=2015&page=2

상달고사와 액운 퇴치 풍속

'한국민족문화대백과사전'-이사 http://encykorea.aks.ac.kr/Contents/Index?dataType=0201&contents_id=E0044507

'한국민속대백과사전'-가을고사 http://folkency.nfm.go.kr/kr/topic/%EA%B0%80%EC%9D%84%EA%B3%A0%EC%82%AC/1671

'문화원형백과'-인귀세상 http://terms.naver.com/list.nhn?cid=49251&categoryId=49251&so=st4.asc

'초록불의 잡학다식'-귀신을 죽이는 약 http://orumi.egloos.com/4828610

'한국전통지식포탈'-이자건살귀원 http://www.koreantk.com/ktkp2014/prescription/prescription-view.view?preCd=P0002515

그 외

'이영동의 오디오 교실'-오디오 야사 http://audiojournal.co.kr/bbs/zboard.php?id=ydlee_history

The Spangler Effect-Disappearing Ink http://www.youtube.com/watch?v=ZAZmkz5bs6I

http://www.allmusic.com

6장 낙원의 낯선 사람

제주 신화와 입춘굿

『제주신화-원형을 살려내고 반듯하게 풀어내다』 김순이, 여름언덕, 2016
『제주 신화-제주의 신화, 전설, 민담』 이석범, 살림, 2016
"제주 입춘굿 안내서" (2015, 2016-사단법인 제주민예총)
'제주 민예총 홈페이지' http://www.jejuculture.co.kr/

그 외

『실연의 박물관-실연에 관한 82개의 이야기, 헤어짐을 기증하다』 아라리 오뮤지엄 엮음, 아르테, 2016
'쌍둥이 역설' http://physica.gsnu.ac.kr/phtml/modern/relativity/paradox/paradox.html

나의 오컬트한 일상

가을/겨울편

초판 발행 2017년 7월 10일

지은이 박현주
펴낸이 염현숙

책임편집 임지호 | **편집** 지혜림 이현
표지디자인 이혜경디자인 | **본문디자인** 이보람 | **표지일러스트** 뽀얀 | **본문일러스트** 도대체
저작권 한문숙 김지영
마케팅 우영희 정진아 김혜연 | **홍보** 김희숙 김상만 이천희
제작 강신은 김동욱 임현식 | **제작처** 영신사

펴낸곳 (주)문학동네
출판등록 1993년 10월 22일 제406-2003-000045호
임프린트 엘릭시르

주소 10881 경기도 파주시 회동길 210
문의 031-955-8892(편집) 031-955-8896(마케팅) 031-955-8855(팩스)
전자우편 editor@elmys.co.kr
홈페이지 www.elmys.co.kr

엘릭시르는 출판그룹 문학동네의 임프린트입니다. 이 책의 판권은 지은이와 엘릭시르에 있습니다.
이 책 내용의 전부 또는 일부를 재사용하시려면 반드시 양측의 서면 동의를 받아야 합니다.

이 도서의 국립중앙도서관 출판예정도서목록(CIP)은 서지정보유통지원시스템 홈페이지(http://seoji.nl.go.kr)와 국가자료공동목록시스템(http://www.nl.go.kr/kolisnet)에서 이용하실 수 있습니다.(CIP제어번호: CIP2017015120)